César Duáyen
(Emma de la Barra)

MECHA ITURBE

edición de
Mary G. Berg

 - STOCKCERO -

Set in Linotype Granjon font family typeface
Printed in the United States of America on acid-free paper.

Published by Stockcero, Inc.
2307 Douglas Rd. Ste 400
Miami, FL 33145
USA
stockcero@stockcero.com

www.stockcero.com

César Duáyen
(Emma de la Barra)

MECHA ITURBE

Índice

LA ÉPOCA MODERNA EN LAS NOVELAS DE CÉSAR DUÁYEN

Al hojear las páginas de 1905 y 1906 de la revista popular semanal de Buenos Aires, *Caras y Caretas* (1898-1982), uno se siente más que impresionado –más bien asaltado – por la proliferación de nuevas invenciones (coches, máquinas de coser y lavar, radios, tocadiscos, teléfonos, luces eléctricas) y nuevas posibilidades de salud (cantidades de drogas, curas, tratamientos eléctricos) y de inversión en proyectos consumistas y capitalistas: se explaya todo un nuevo mundo de energías agresivas, optimistas, fuertemente conectadas a los países europeos de donde venían no sólo los nuevos productos sino los miles de inmigrantes a la Argentina de esos años. Entre 1880 y 1890 más de un millón de inmigrantes llegaron a la Argentina; entre 1890 y 1900, 800.000; y entre 1900 y 1905, más de 1.200.000.[1] No sorprende que la modernización de todo aspecto de la sociedad sea preocupación insistente de la narrativa argentina de la primera década del siglo XX. Con entusiasmo y con dudas inquietantes, se comentan los cambios sociales inmensos sucedidos en los últimos años del siglo XIX y comienzos del XX. En libros aparentemente tan distintos como *La guerra gaucha* (1905) y *Las fuerzas extrañas* (1906) de Leopoldo Lugones, y *Stella* (1905) y *Mecha Iturbe* (1906) de César Duáyen, se vislumbra y se articula la profunda inquietud generada por el nuevo "progreso" y una sociedad que cambia muy rápidamente[2]. Se explora la tensión entre apertura (esperanza optimista en el poder transformativo de la nueva tecno-

---

1   La población de Buenos Aires en 1905 era 1.025.653 y 40% de ellos eran italianos de origen. En el país habían 5.410.028 personas, según las estadísticas de www.1911encyclopedia.org/Argentina. Para una discusión excelente de las repercusiones de la inmigración y su reflejo en la narrativa, ver Tulio Halperín Donghi, "¿Para qué la inmigración? Ideología y política inmigratoria en la Argentina (1810-1914)" en su *El espejo de la historia: Problemas argentinos y perspectivas latinoamericanas*. Buenos Aires: Sudamericana, 1998 (2nda ed.), 189-238.

2   Para una discusión más extensa de estos cambios, y de novelas argentinas de esta primera década del siglo XX, ver Lea Fletcher, "Apuntes sobre la narrativa de mujeres argentinas, 1900-1919" en *La Aljaba*, 2a. época, IV (1999): 43-51; Francine Masiello, *Between Civilization and Barbarism: Women, Nation, and Literary Culture in Modern Argentina*. Lincoln: U of Nebraska P, 1992; Carmelo M. Bonet, "*Stella* y la sociedad porteña de principios del siglo" en *Cursos y conferencias* 44 (1953): 303-16; y, más dispersamente, en Horacio Vázquez-Rial, ed., *Buenos Aires 1880-1930: La capital de un imperio imaginario*. Buenos Aires: Alianza Editorial, 1996.

logía y las nuevas ideas) y ruptura (abandono y desvalorización de valores tradicionales). Los viejos modelos ya carecen de validez; civilización/barbarie ya no es paradigma estable: se teme que debajo de la superficie de la supuesta civilización yace una barbaridad transmutada, nutrida por la letargia de la tradición. El gaucho simbólico, el argentino esencial rural, ya ni encarna la violencia primitiva ni es emblema de inocencia rousseauiana. Los movimientos feministas de las últimas décadas del siglo XIX, y las olas de inmigraciones han transformado para siempre las nociones de una Gran Aldea estable. Para las mujeres y los hombres de esta sociedad nueva, es bien difícil averiguar cómo comportarse: todas las reglas tradicionales están cambiando y hacen falta nuevos manuales de instrucción. No es coincidencia que sea la época de codificación escrita, con proliferación de libros de cocina, de etiqueta, de remedios médicos, de programas de educación, y de historias panorámicas de la literatura, junto con todos los manuales que requiere la nueva tecnología en esta edad de industria floreciente. El optimismo de los 1880 frente a los avances tecnológicos, que se celebra, por ejemplo, en la novela *Oasis en la vida* (1888) de Juana Manuela Gorriti, se transmuta en preocupación por el estado de la nación y sus ciudadanos. En la narrativa de César Duáyen, se exploran algunas de las posibilidades y limitaciones inherentes en los cambios sociales de los primeros años del siglo XX. En *Mecha Iturbe* se celebran los avances en tecnología, medicina, participación política más democrática, y en responsabilidad social, aunque no todos logren encontrar su lugar en la sociedad moderna.

LA AUTORA

César Duáyen, seudónimo de la escritora argentina Emma de la Barra (1861-1947)[3], colaboró durante muchos años en diarios y revistas, fue tra-

---

3   Aquí se escribe "César Duáyen", como apareció en la primera edición de *Mecha Iturbe*. También fue escrito con solo un acento (César Duayen) o con dos acentos como "César Duayén" o —como apareció por primera vez impreso— sin acentos (Cesar Duayen). Sobre estas permutaciones e ambiguedades, ver María Gabriela Mizraje, "Emma de la Barra: la vara del éxito" en su libro, *Argentinas de Rosas a Perón*. Buenos Aires: Editorial Biblos, 1999, 156-169; Marcela M.A. Nari, "Alejandra. Maternidad e independencia femenina", en *Feminaria* VI:10 (1993): 7-9; y Bonnie Frederick, *Wily Modesty: Argentine Women Writers, 1860-1910*. Tempe AZ: ASU Center for Latin American Studies, 1998. Aunque por lo general, las críticas y las historias de literatura argentina refieren a ella como Emma de la Barra, aquí se utiliza su seudónimo porque, como George Sand, George Eliot, Mark Twain y muchos otros, ella escogió ponerlo en sus novelas publicadas. Cuando apareció *Stella* en 1905, escondía su identidad, pero como el libro tuvo un éxito extraordinario, tantas eran las especulaciones, que *La Nación* publicó un artículo el 26 de septiembre, 1905, donde aclaraba que "Muy poderosos eran sin duda los baluartes con que la delicada modestia de la autora había encerrado su secreto: pero el éxito resultó demasiado entusiasta para que se pudiera resistir su impulso. Y aún cuando el propósito de la reserva persistiera, los tanteos de la conjetura han dado por último con la verdad de las cosas, proclamando el nombre de la señora Emma de la Barra junto a ese otro nombre de *Stella* ya prestigioso y tan notorio que desde ahora queda definitivamente incorporado a los anales de las letras argentinas". [Citado en Frederick, 33]

ductora de narrativa europea[4], y publicó cinco novelas que tuvieron un éxito sin precedente en su época. Duáyen nació en Rosario en 1861, hija de un periodista y político distinguido. Su familia se mudó a Buenos Aires, donde ella desarrolló sus talentos en música, arte, literatura y educación. Entre otras empresas, fundó la primera escuela profesional de mujeres, y fue cofundadora de la Cruz Roja argentina[5]. Con su primer marido, fue fundadora en 1882 de un barrio obrero modelo en Tolosa, situada donde estaban los talleres ferroviarios cerca de La Plata[6], comunidad utópica reflejada en la descripción de la Ciudad Obrera en *Mecha Iturbe*[7]. Las novelas de César Duáyen, donde se reflejan estas pasiones por la música, la medicina, la reforma de condiciones laborales, y la educación, sobre todo de mujeres, son por lo menos[8] cinco: *Stella* (1905), *Mecha Iturbe* (1906), *El Manantial* (1908), *Eleonora* (1933) y *La dicha de Malena* (1943). Ya viuda, se casó en 1905 con el escritor y periodista Julio Llanos, que le alentó a escribir y publicar. Durante la primera guerra mundial, los dos escribieron crónicas desde París para *La Nación* de Buenos Aires en 1915, publicadas bajo el nombre de él.[9]

Las novelas de César Duáyen describen en detalle las situaciones de mujeres jóvenes extraordinariamente capaces e inteligentes que intentan encontrar su lugar en la sociedad argentina, en Buenos Aires y en el campo. *Stella* es un análisis crítico de la sociedad argentina, la historia de un amor

---

4   Por ejemplo, tradujo del francés la novela *Novia de abril* de Guy de Chantepleure, seudónimo de Jeanne Violet. Buenos Aires: Biblioteca de La Nación, 1904.

5   *Mecha Iturbe* está dedicada a Elisa Funes, con quien fundó la Cruz Roja, y a dos otras mujeres, su madre y Clara Funes de Roca.

6   "...Emma de la Barra...había nacido en 1861 y era hija de Federico de la Barra, político y periodista de destacada actuación que, en la villa de los años '60 que crecía vertiginosamente, reunía noche a noche en su casa una tertulia de personajes brillantes. Siendo todavía niña, Emma se trasladó con la familia a Buenos Aires donde, años más tarde, se casó con su tío paterno Juan de la Barra. Inquieta por naturaleza, continuó desarrollando sus talentos artísticos, encaminados hacia la música y la pintura. En este medio propicio pudo poner en marcha iniciativas que lograron éxito, como la fundación dela Sociedad Musical Santa Cecilia para encauzar el entusiasmo de los aficionados a la música; la primera escuela profesional de mujeres; la Cruz Roja, que fundó en unión de Elisa Funes de Juárez Celman en las postrimerías del gobierno jaqueado por la revolución de 1890; la exposición de obras de arte y joyas que organizó en 1893 con Delfina Mitre de Drago, con fines benéficos, y que permitió admirar las más hermosas expresiones artísticas que había entonces en colecciones privadas. Otra importante empresa en la que participó, con el marido, fue la construcción de un barrio obrero en Tolosa, donde estaban los talleres ferroviarios junto a La Plata, o lo que sería entonces la capital de la provincia. Habilitado en 1882, popularmente conocido como 'las mil casas', de las que aún quedan vestigios. Emma proyectó allí una escuela, teatro e iglesia, pero fracasó económicamente y perdió casi toda su fortuna." Citado de Sosa de Newton, www.lamaquinadel tiempo.com/Mujeres/duayen.htm. Este "César Duayen: una señora escritora" parece ser una versión abreviada de la biografía más amplia de la misma autora en "César Duayen: Una mujer que se adelantó a su tiempo" en *Todo es historia* XVII, 311 (junio, 1993): 46-48.

7   Sobre este barrio obrero utópico, "Las mil casas", ver www.laplatamagica.com.ar/tolosa 3.htm

8   En varias bibliografías tentativas aparecen otros títulos, pero sin datos muy concretos. En la lista pionera de Diane Marting, por ejemplo, *Women Writers of Spanish America: An Annotated Bio-Bibliographical Guide*, Westport CT: Greenwood Press, 1987, p. 36, figura la novela *Graziella* como obra de Emma de la Barra. En la página sobre Emma de la Barra en www.labiografia.com se menciona una novela de 1917, *Cartas materiales*.

9   Ver Mizraje, *op. cit.*, p. 158.

turbulento, y sobre todo, un escrutinio detallado de las dificultades enfrentadas por una joven al querer definirse y participar en el proyecto de modernización nacional. *Mecha Iturbe*, también, es la historia de una mujer privilegiada que intenta encontrar su lugar y resolver su crisis de amor, en una Argentina efervescente con energías progresistas, en profusión de huelgas, fábricas, hospitales y escuelas nuevas. *El Manantial* se enfoca en los esfuerzos de la joven maestra de una escuela modelo recién fundada. Es la única novela de las cinco que no es historia de amor, sino centrada en un análisis de la sociedad argentina por medio del microcosmo de la escuela. *Eleonora* es una historia de amores llena de suspenso –hay muchísimo suspenso en todas las narrativas de Duáyen– donde se pregunta ¿cuáles decisiones, cuáles elecciones, cuáles opciones tiene una mujer joven en la sociedad argentina, cuánta libertad tiene para decidir con quién casarse, qué acceso al poder tiene ella, o está el poder siempre en manos de los hombres que tienen control político y económico y de las mujeres sujetas a este desequilibrio, complacientes ante la desigualdad de libertad, la falta de acceso a la educación y de una norma de comportamiento racionalmente (y no emocionalmente) motivado? *La dicha de Malena* se centra en una joven seria que se casa con un millonario que resulta ser frívolo, egoísta, e infiel; ella tiene que aprender cuáles son sus opciones y cómo debe proceder. Como ha observado Francine Masiello de *Stella*, todas las novelas de César Duáyen son *bildungsroman* femeninos (132).

De las cinco, *Stella* y *Mecha Iturbe* son las novelas más extensas, más densas y complejas, donde más se ve el deseo de encuadrar el dilema personal en un ámbito de dimensiones nacionales. Todas las novelas se pueden leer como dramatización y análisis de las deficiencias del proyecto positivista modernizador. Expresan angustia y preocupación creciente por la recurrente falta de posible coordinación entre talento individual y necesidad nacional. Los individuos de más talento y mejor posicionados en la sociedad para poder efectuar cambios positivos, son con frecuencia los que menos logran conectarse con la situación inmediata argentina. Como en las "ficciones fundacionales" discutidas por Doris Sommer con su doble agenda amorosa y política,[10] los fracasos amorosos en las novelas de Duáyen son metáforas de fallas de la empresa nacional, pero sobre todo son historias de mujeres jóvenes que –como su patria– tienen que aprender todo por su propia cuenta. En su mayoría[11], son jóvenes sin madres, padres ni abuelos, literalmente y metafóricamente huérfanas; ellas mismas –y sin mucho apoyo familiar– tienen que buscar quiénes son y cómo definir sus carreras y cuáles son los requisitos para una relación amorosa satisfactoria. No sólo les faltan padres, sino también carecen de hogar propio; estas condiciones las liberan pero también las privan de seguridad. En con-

---

10 *Foundational Fictions. The National Romances of Latin America.* Berkeley: UC-Press, 1991.

11 Hellen Buklerc, la mujer moderna central de *Mecha Iturbe* es una excepción: aunque se ha muerto su padre, cuenta con el apoyo de una madre fuerte, que insiste que sus hijas sigan carreras prácticas para poder mantenerse. En el caso de Hellen, esto significa un cambio de su profesión elegida como escultora, a una carrera médica. Las cuatro hermanas de Hellen también estudian, y tienen carreras como maestras, contadoras, arquitectas y gerentes.

traste con lo que se encuentra en la mayoría de historias románticas populares, Duáyen dramatiza a mujeres complejas y muy imperfectas que no siempre logran lo que añoran. Cometen errores; carecen de suficiente confianza en sí mismas; no hacen sus decisiones con la sagacidad y la deliberación debidas; les cuesta mucho percibir y luego articular cuáles son sus emociones verdaderas. Dice Elida Ruíz de *Stella* que es "novela para despertar fantásticas ambiciones y permitir soñar en ser la protagonista", una novela que mezcla lo romántico con lo didáctico.[12] Las mujeres centrales de las novelas de Duáyen sí atraen con sus cualidades de novela rosa: son bellas, jóvenes, inteligentes, y de alta clase, pero encuentran la felicidad –si la logran– no por medio del hombre ideal sino por medio de su propio trabajo, sus propios esfuerzos.

En todas las novelas, la capacidad perceptiva de la mujer es aumentada y afilada por una perspectiva extranjera que la provee suficiente distancia de la sociedad argentina para permitirle articular por lo menos algunas de sus dudas respecto a ella. En *Stella*, el personaje central, Alejandra, siempre llamada Alex[13], nació y se educó en Noruega y viene a Buenos Aires a los veinte años, cuando su padre noruego muere. Después de hacer un esfuerzo inmenso para conectarse con lo argentino, vuelve a Noruega para enseñar ciencias naturales y geografía (campos poco comunes para mujeres[14]) en la Escuela Superior de Mujeres de Cristianía (212), sintiéndose siempre "la extranjera" (213) en Buenos Aires. En *Mecha Iturbe*, las dos protagonistas centrales son Hellen Buklerc, de padre finlandés, cuya educación inglesa le imparte la confianza necesaria para ser cirujana, y Mecha Iturbe, argentina de nacimiento y crianza, que ha vivido mucho tiempo en Europa, casada con un aristócrata español, que ha aprendido como triunfar en círculos sociales madrileños vistos en Buenos Aires como anticuados si no decadentes. Desilusionada por su incapacidad de conectarse con la Argentina (y específicamente con el médico ar-

---

12   Elida Ruiz, "Prólogo" a su *J. M. Gorriti, C. Duayen, M. de Villarino y otras. Las escritoras 1840-1940. Antología*. Buenos Aires, Centro Editor de América Latina, 1993, p. iv.

13   Se ha comentado cómo el título, nombre de la hermana menor, oculta la presencia más activa de la hermana mayor, comparándola (Mizraje, Nari) al uso de seudónimo por parte de la autora: nada es exactamente cómo parece, que es también tema central de todas las novelas. Pero Bonet y Nari señalan la importancia de la pequeña Stella como figura hija que convierte a Alex en figura madre, confiriéndole papel tradicional de mujer respetable, y dándole también motivo para quedarse en una situación familiar difícil en vez de independizarse. En el título de *Mecha Iturbe* figura la protagonista que no logra modernizarse, pero la novela se enfoca también en Hellen, la Mujer Moderna idealizada, que triunfa y se describe como modelo para el futuro.

14   Pero precisamente campos de estudio señalados por Soledad Acosta de Samper en su muy difundida *Conversaciones y lecturas familiares sobre historia, biografía, crítica, literatura, ciencias y conocimientos útiles* (Paris: Garnier Hermanos, 1896) como especialmente atractivos para mujeres investigadoras. En este libro, mezcla híbrida de narrativa y demostración de la educación ideal para niñas, cuando una de las jóvenes se interesa seriamente en la botánica, hay discusión de cómo la tendrán que educar. Comenta su madre que "estoy pensando que tendré que llevarla a Europa para que le den algún grado entre las mujeres, pues lo que es aquí las damas se burlarían de ella" (405). Sigue una larga discusión de bien reconocidas investigadores científicas mujeres. Se entusiasma la madre: "Adelante pues, Marcelina, estudie usted con ahinco, y será tal vez una de las primeras mujeres científicas que ha dado Colombia! 'No se burlen de mí', contestó la niña sonrojándose" (406).

gentino de quien se enamora), vuelve al final a vivir (y morir) en Madrid. La joven maestra de *El Manantial*, educada en Inglaterra, está empleada por un filántropo inglés que quiere fundar una escuela modelo en el pueblo argentino donde vive. En *Eleonora*, la heroína de ese nombre es la hija de padres holandeses en Buenos Aires y cuando pasa por una época de crisis en la Argentina, huye a Bélgica y luego a Inglaterra donde encuentra una carrera y nueva comprensión de lo argentino al tener que orientarse en una cultura extranjera, antes de volver a la Argentina. En *La dicha de Malena*, una estancia en París le sirve a Malena para aclarar lo intolerable que es su matrimonio y decidirla a volver a Buenos Aires. A lo revés del viejo chiste que los argentinos buenos cuando mueren van a París, aunque Europa en general en las novelas de César Duáyen representa una sociedad estable de larga tradición preservada (en contraste con la Argentina que cambia con espeluznante rapidez, y está en su infancia políticamente), París en particular es mostrada como una ciudad de moral bastante corrupta, parecido al París que horrorizó e indignó tanto a Clorinda Matto de Turner al escribir sus impresiones de Europa en 1908, en un viaje subvencionado por el Consejo Nacional de Mujeres en Buenos Aires para que estudiara la educación de mujeres europeas[15]. Una estancia en Europa sirve para distanciarse y mejor meditar y articular los problemas argentinos, pero, con o sin la corrupción de París, provoca ganas de volver a la patria. Europa es adonde se va cuando ya no se puede más en la Argentina. Para Alex, Mecha, Eleonora y Malena, una estancia prolongada en Europa es un exilio doloroso de la patria donde está el corazón, pero se aprende lo que luego puede aplicarse en la Argentina. Lo europeo también se percibe como impuesto, como intruso. Los inmigrantes son esenciales para las nuevas industrias argentinas, pero también son resentidos. Comenta Marco en *Mecha Iturbe* que "Europa exporta sus excesos en ideas, en hombres, en manufacturas, que nosotros acojemos sin análisis y sin adaptarlas. El progreso moral se retarda. Se animan todos por un descubrimiento científico o industrial, como si la felicidad consistiera en alumbrarse mejor, o en trasladarse más rápidamente de un punto a otro" (91)[16]. Pero en las novelas de Duáyen, se describe una europeización de la Argentina que representa una importación a casa del espacio (y distanciamiento de los problemas nacionales) que ofrece el viaje a Europa; en *Stella*, Máximo y Alex, que tienen tanta dificultad en entenderse, descubren que si hablan en inglés, sí se sienten amigos, "pero todavía sólo en inglés,–respondió [Alex], sacudiendo tres veces, con una exageración cómica que imitaba a un hijo de la Gran Bretaña, la mano que él la extendía" (117). En *Stella*, se describe un Buenos Aires lleno de italianos, canciones ilalianas (173,174), dichos italianos que se citan (203). En el hogar de los Maura, la inglesa Miss Mary cuida a los niños, y en la estancia de Máximo, el mayordomo es "un inglés que ocupaba el puesto hacía dieciocho años" (193), imponiendo su orden: "como buen inglés sabía respetar y hacer respetar las leyes

---

15   *Viaje de recreo: España, Francia, Inglatera, Italia, Suiza, Alemania*. Valencia: F. Sempere, 1909.

16   Las citas refieren a esta edición de Stockcero, que se basa en la primera edición de la novela, publicada en Buenos Aires por Maucci Hermanos, 1906.

públicas y privadas" (196). Su médico es alemán, sus amigos son suecos, no-
ruegos, franceses, ingleses. Hablan de la hora cuando se sirve "el lunch" (87)
y se sienten "gentlemen" (217). Dicen "pelouse" (85) y "touché" (109) y los
niños de la escuela de Alex cantan "Sur le Pont d'Avignon" (121) y "Au clair
de la lune" (118) sin comentarlo. Alex habla inglés (15), alemán (88), noruego
y francés tanto como el español, y nadie se queja de no entenderla. En *Mecha
Iturbe*, los salones de Buenos Aires están llenos de europeos que visitan o se
establecen en el país, como el ingeniero belga, Juan Hordies y el técnico
francés, Roberto Duclos. Juegan al croquet, refieren a "sport" (21), "hall" (45),
"leader" (109), "flirt" (114), "mail coach" (80), "four in hand" (81), "coach
woman" (81), "up"" (94), "lord" (2), "ulster" (13) y se incluyen muchas palabras
y citas en italiano y en francés sin ver la necesidad de traducirlos al castellano.
Esta fuerte y constante presencia de lo europeo también se manifiesta en las
otras novelas de Duáyen.

La educación de las mujeres en Noruega, Holanda, Alemania y Inglaterra es descrita como admirable y digna de emulación en las novelas de
Duáyen; ella presenta como esencial la aceptación de que todo ser humano
necesita y merece no sólo educación sino una carrera digna, una profesión, y
en sus novelas, esto se ha reconocido más universalmente en Europa que en
la Argentina. En todas sus novelas, Duáyen deplora la creencia errónea (de
parte de los dinosaurios aristocráticos de las familias adineradas de Buenos
Aires) que los de clase alta no deben ejercer una profesión. Las mujeres felices en sus novelas son médicas o maestras, organizan empresas y eventos de
beneficencia, y participan activamente en la fundación de escuelas, comunidades modelos, hospitales y fábricas. Como comenta Marcela Nari, Alejandra
en *Stella* "era la máxima desviación permitida dentro del paradigma femenino
de la época" (9) y *Mecha Iturbe* ofrece varias mujeres que presionan incluso
con más fuerza y determinación sobre los límites de una sociedad tradicio-
nalmente patriarcal. Lo que hacen estas mujeres modernizadas con menos
eficacia es resolver sus relaciones personales, a veces porque no logran trans-
formarse lo suficiente (Mecha Iturbe, Ana María en *Stella*), a veces porque los
hombres conservan e imponen sus prejuicios tradicionalistas. Pero eso es simplificar demasiado las muchas tensiones que Duáyen dramatiza con suma
efectividad en sus novelas.

MECHA ITURBE

Mecha Iturbe, publicado en 1906, es la más ambiciosa y más extensa de las
novelas de César Duáyen. Como *Stella* había tenido tanto éxito el año anterior,

la editorial, la Casa Maucci, no solo le pagó a la autora una suma sin precedente –5000 pesos– sino que también la sacó en edición de seis mil ejemplares,
en vez de los quinientos a mil habituales[17]. Se dice que *Stella*, *Mecha Iturbe* y
Amalia (1851-55, de José Mármol)[18] eran las novelas argentinas más leídas de
su época. *Mecha Iturbe* presenta un análisis detallado del personaje central y
su esfuerzo sostenido para reintegrarse en la sociedad porteña después de una
larga ausencia en Europa. Ella pertenece a un círculo de familias que cons-
tituye una selección representativa de la clase dirigente del país, la élite de te-
rratenientes, dueños de estancias, privilegiados: los mejor educados, los más
capaces, los más responsables, quiéranlo o no. La novela es una representación
dramática de una sociedad apresurada por los cambios rápidos y las tensiones
personales y públicas de la modernización. Es un estudio del alto precio exigido
por el cambio radical del país, una exploración de la imposibilidad de retener
lo nuevo y lo tradicional simultáneamente, y de las pérdidas sufridas durante
esta agresiva "época de efervecencia" (14) de progreso implacable.

Al principio de la novela, Mecha Iturbe, viuda acaudalada de un aristócrata español, vuelve a su círculo de amigos en Buenos Aires después de una
década de ausencia. Dos hombres jóvenes de este grupo representan las
fuerzas de "progreso" (de tecnología y medicina), y se supone que la viuda
atractiva elegirá entre ellos. Uno es Pablo Herrera, un ingeniero idealista que
ya va asumiendo una posición de poder política por su capacidad de representar a la clase obrera; es fundador de una comunidad modelo utópico, un
pueblo donde todos están empleados por una fábrica que produce una variedad de artículos de consumo, desde automóviles hasta textiles. El otro es
Marco Silas, un médico de familia establecida y próspera, que tiene fe en los
avances médicos y científicos (dirige el hospital, organiza un congreso científico internacional en Buenos Aires) como base del mejoramiento de condiciones sociales. Sigue el suspenso sobre cuál de estas vías de modernización es-
cogerá Mecha, mientras ella redescubre la Argentina y se reconecta con los
amigos de su niñez. A pesar de su belleza y sofisticación, Mecha contiene con
dudas profundas, una falta de confianza, y una profunda incapacidad a tomar
en serio todo este pesado proyecto de modernización. Ella lo admira, pero no
se conecta. A pesar de su juventud, se ha formado en la España tradicional y
esta educación no la ha preparado para la modernización del siglo veinte. La
otra mujer central es una joven cirujana, Hellen Buclerc, hija de un "distinguido naturalista finlandés" (58), que ha tenido la suerte de educarse en Inglaterra, y ahora trabaja en el hospital de la Ciudad Obrera de Itahú. Es la
época de las primeras médicas eminentes en la Argentina; si se mira un periódico como el *Búcaro Americano* (dirigido por Clorinda Matto de Turner)

---

17   Frederick discute este fenómeno, proveyendo los datos aquí citados, y comentando que
      uno de los autores mejor pagados del momento, Florencio Sánchez, solo recibió 2000
      pesos por *Barranca abajo* (33)

18   Ver María Gabriela Mizraje, *Argentinas de Rosas a Perón*. Buenos Aires: Editorial
      Biblos, 1999, p. 166. Mizraje comenta de estas novelas que además de su gran popula-
      ridad "pueden encontrarse muchos otros rasgos que asemejen a una y otra novela, ya
      desde el punto de partida que consiste en la elección de un nombre de mujer y el trazado
      del personaje femenino como protagonista de una obra que ofrece una pintura de época,
      cuadro de costumbres de mujer adinerada"(166).

en los año 1905 y 1906, hay cantidades de anuncios de mujeres médicas y mujeres dentistas[19]. Modelada quizás en las argentinas bien visibles como Cecilia Grierson (1859-1934), Elvira Rawson de Dellepiane (1867-1954) y otras que ya se estaban graduando de las facultades de medicina en Buenos Aires y distinguiéndose por su apoyo al feminismo y a la medicina. Hellen representa la Mujer Moderna idealizada, bella, inteligente, bien educada, y que trabaja para el bien de todos. Como Alex en *Stella*, suele vestirse de blanco, y lucir su juventud, pureza y moralidad: el Angel del Hogar, que ya extiende su ámbito a ciertos espacios transformables: el hospital, la escuela, la oficina, el centro de investigaciones. Como señala Lea Fletcher, Hellen, como toda Mujer Moderna en la obra de Duáyen, ha tenido que hacer cierto sacrificio: Hellen había estudiado escultura con pasión, pero a la muerte de su padre, dejó el arte y se dedicó a una carrera práctica, y en Itahú, junto con su madre argentina y sus seis hermanas (el único hermano varón estudia en Inglaterra), todos están empleados en trabajos útiles a la sociedad. Como Alex, ha sacrificado algo de su feminidad; es decisiva, brusca a veces, tiene "la mirada casi viril" (117) y "mente viril como la de un hombre fuerte" (106), y como Alex —que es *Alex* y no Alejandra—, es intolerante de la flojera de otros. Mecha admira y hasta envidia la dedicación de esta familia, pero aunque hace un esfuerzo de vez en cuando, no se siente motivada a emularla. En contraste con la cirujana Hellen, que opera en los ojos de varios pacientes con éxito (*ojos*, no testículos ni intestinos), cuando Mecha visita el hospital y accidentalmente observa una lección de anatomía con un cadáver, sufre un ataque nervioso que conduce a fiebre cerebral (44). Se enamora del médico idealista pero él la ve como perezosa y sin enfoque (69), y demasiado tradicional. Ella siente que él la ve como "inútil" (70-79). Y es verdad; ella está dispuesta a donar un pabellón al hospital, pero no quiere ensuciarse las manos en contacto con los necesitados. Nunca encuentra su lugar en el siglo veinte; su muerte —asesinada por error, confundida con otra por el disfraz que lleva, en un baile de máscaras de caridad organizado por ella misma— es tan sin sentido como su vida, en los términos prácticos de los progresistas, pero Duáyen la representa como mujer enormemente atractiva, con buen sentido de humor, energía, audacia, sensibilidad, y corazón. Pero no bastan la riqueza y la belleza: el nuevo siglo veinte exige reforma rigurosa desde adentro, y la novela ofrece varios modelos para esta modernización, aunque Mecha (y tal vez la Argentina) son muy resistentes.

El fondo de todas las novelas de Duáyen es el país, su condición, sus esfuerzos a mantenerse al día, y la discrepancia entre clases, entre los campesinos y obreros pobres y los de la clase adinerada que ya deben asumir responsabilidad por la implementación de cambios que resultarán en una vida

---

19   Por ejemplo, en el número 49 (Año VI, 15 de septiembre, 1906), figuran anuncios de "Doctora Cecilia Grierson: Partos y enfermedades de mujeres. Reeducación Gimnástica y masage. Consultas de 1 a 3 PM lunes, miércoles y viernes.U.T.2928 (Avenida). Lavalle 385", y de "Dra. Rosa Pavlovsky de Rosenberg de la Facultad de Paris y Buenos Aires, especialidad en enfermedades de mujeres y niños. Consulta de 3 a 5 PM Tucumán 1781". Y "Las señoritas dentistas argentinas Josefina y Petrona Pecotche, se encargan de hacer todo lo concerniente al ramo. Precios módicos y trabajos garantizados. Se hacen extracciones sin dolor por un tópico colocado en la encía. (Invención de las que suscriben). Rivadavia 2545". (p. 740)

más igualitaria[20]. Duáyen es crítica: la Argentina es un país que no cumple
con su potencia, que no se reforma con una velocidad adecuada, impedida por
la arrogancia y la complacencia y la pereza de los de la clase alta. Un tema
central de *Mecha Iturbe* es la disparidad entre realidad externa y conciencia interna, dramatizado y simbolizado por la figura de la mujer (Mecha) que es
perfecta en todo lo exterior (bella, rica, socialmente adepta, bien vinculada, la
estrella de la alta sociedad europea) pero deficiente en estrategias internas: es
insegura de sí misma, incierta cuándo debe hablar y cuándo disimular. A veces
se muestra débil, reoncorosa o celosa, y con frecuencia está deprimida y enfu-
recida por su falta de control sobre los sucesos. Le falta pasión moral de re-
formadora, pero le averguenza admitirlo. No sabe cómo convertirse en la
mujer moderna que ella siente que el siglo nuevo exige – y más concretamente,
que exige el hombre que ella desea atraer. Mecha está tan libre como puede ser
una mujer en 1906: no tiene padres ni familia inmediata que la limiten, no
tiene ni esposo ni hijos, tiene riqueza y salud física. Nadie le dicta qué tiene
que hacer. Pero su independencia no la conduce a la felicidad. Decepcionada
con la Argentina al final, se refugia en una vida tradicional en Madrid, deprimida. El médico idealista se casa, no con la cirujana que representa la nueva
mujer profesional, sino con una jovencita sin ideas formadas, que le adora y
le sirve de secretaría y asistente, y que será madre de sus hijos. En la escena
final de la novela, después de la muerte de Mecha, el bautismo de la primera
hija del médico y su mujer en el día de Pascua en la iglesia de la Ciudad Obrera
reune a los personajes principales de la novela. "Los miles de obreros de las dos
fábricas, reunidos en hermandad, sus mujeres y sus hijos, apiñados en la calle
y rebosando en la plaza espiaban regocijados la aparición del cortijo" (236).
Al salir de la iglesia con la niña, el médico, "fiel a sí mismo, fiel a sus sentimientos de equidad, no quiso permitir que los niños pobres…conocieran a su
hija en sus ropajes espléndidos y en su lujo. Sin pronunciar una palabra arrancó
con sus propias manos, los encajes regios de su traje bautismal" (238) y su
abuela la levanta en el aire y la presenta al pueblo, anunciando que "Su nombre
es María de las Mercedes; pero la llamaremos Mecha…Mecha no ha muerto:
¡Mecha ha recomenzado!" (238) Y se celebra el porvenir. Como todas las últimas páginas de las novelas de Duáyen, se presenta un cuadro melodramático
que suma y contradice varios de los mensajes del libro. Los constantes son en
primer lugar el optimismo en cuanto a comunidades utópicas y el mejoramiento de condiciones de los obreros y campesinos, y en segundo lugar la presencia de los que siempre han sido los privilegiados como los líderes y or-
questradores de estas reformas, que siguen en sus espacios de privilegio: ellos
entran en la iglesia, mientras los obreros se quedan en la plaza. Simbólica-

---

20   Lea Fletcher discute el interés de Duáyen en la reforma, señalando que Frederck y Nari
     han opinado que Duáyen afirma la continuación de los roles tradicionales de las mujeres,
     que Duáyen "no cuestiona las instituciones sociales" (Frederick, 37) y que "la indepen-
     dencia…profundamente deseada y anhelada en la novela, no podía lograrse sin quebrar
     gravemente el paradigma femenino de la época" (Nari, 8-9). Fletcher ofrece otra inter-
     pretación de las mujeres independientes que figuran en las novelas de Duáyen, y discute
     como Alex en *Stella* es el primer personaje femenino en la narrativa argentina que "per-
     sonificaba a la nueva mujer: educada, inteligente, culta, responsable y, después de cumplir
     con todas sus responsabilidades, independiente. No es poca cosa." (Citas de Fletcher sin
     indicación de página porque lo he leído en manuscrito y no en *La Aljaba*).

mente, le quitan los vestidos de lujo de la niña: desnuda, no tiene marca de clase. Pero a la vez, le dan el nombre de una aristócrata que nunca se hizo parte de la comunidad, ni quería bajar de su pedestal. Si la Mecha original se ha muerto sin hijos en parte por su falta de deseo de cambiar, si representa el viejo orden argentino tradicional que ya se delega al pasado, entonces ¿qué significa darle su nombre a la recién nacida? ¿La pequeña será la Nueva Mecha, que se adaptará, y seguirá la nueva tradición que proclama su abuela, de "tres generaciones de almas útiles" (238) que trabajan juntos en este pueblo modelo? ¿Representa fe en el futuro, confianza que la Argentina se dominará y resolverá las rupturas que en 1906 parecen ser tan divisivas?

Reflejando sobre su lectura de *Foundational Fictions* de Doris Sommer, dice María Inés de Torres[21] que siguiendo "la afirmación capital de que nacionalismo y erotismo comparten una misma retórica en un sector fundamental de la producción literaria del XIX" (102), se puede especular sobre la retórica erótico-patriótica en una serie de obras uruguayas que son historias de amor sin final feliz, obras que ilustran "el proceso de acuñación verbo-simbólica que lleva a cabo el sector letrado como correlato ideológico del proceso de modernización, [donde] existe la necesidad de conformación de una doble ideología complementaria: por un lado una ideología nacional-estatal, y por otro una ideología familiar-patriarcal." (118) Es precisamente esta "necesidad de conformación" que resiste Duáyen; en sus novelas, las historias de amor y los proyectos nacionales transcurren simultáneamente, pero como privilegia la complejidad sicológica, en general no hay equiparaciones fáciles (hasta la página final, de todas maneras) y los conflictos no se resuelven. La Mujer Moderna sí representa lo mejor del proyecto civilizador (es más difícil encontrar un Hombre Moderno en su obra - se dispersan sus cualidades en varios individuos) y hay que dejarla avanzar, pero Duáyen no simplifica ni esquematiza la resolución de las relaciones amorosas ni los problemas estatales. En *El Manantial*, escrito en 1907 y publicado en 1908, el personaje central, la joven maestra sí encarna el espíritu progresista de la nación idealizada, pero, en contraste con las otras novelas de Duáyen, es un texto moralista ya muy fuera de moda en el siglo XXI: una narrativa que testimonia la nueva presencia de mil maravillas tecnológicas (desde la vacuna contra rabia hasta los teléfonos y los trenes rápidos), elogio del progreso y de la perfectibilidad de la sociedad: una novela que tiene cierto interés como crónica de cómo parecía el mundo en 1907, por su documentación del impacto masivo de las inmigraciones e innovaciones tecnológicas europeas, pero es casi ilegible hoy[22], por su falta de

---

21 En *¿La Nación tiene cara de Mujer? Mujeres y nación en el imaginario letrado del siglo XIX*. Montevideo: Arca, 1995.

22   Aunque tiene mucho de interés como texto socio-histórico: es un análisis detallado de lo que hace la joven maestra en su sala de clase, cómo enseña a sus alumnos de formación muy diversa (contado en detalle), y un análisis de la comunidad a través de la que relatan (lo que relata Duáyen a través de ellos) los niños de sus familias. Se ha dicho que era texto escolar, pero me parece improbable - es un libro sobre la enseñanza, sobre el idealismo del progreso, que va a resolver todos los problemas de clase social, pobreza, padres abusivos, invalidez física, y falta de modelos en el hogar. Es parecido a *Conversaciones y lecturas* de Soledad Acosta en su inclusión del ciclo completo del año, con sus cuatro estaciones, descripción de fiestas tradicionales (muy costumbrista) y también en su inclusión del habla de los niños, cuáles preguntas hacen, cómo comentan los eventos del día.

subversividad, ambivalencia, ambiguedad, complejidad, subtextos, contradicciones, irresoluciones, desmesura, fragmentariedad - todas las cualidades
que abundan en las otras novelas de Duáyen, donde sí explora más las encrucijadas entre lo personal y lo público, el deseo y lo obtenible, el silencio y
la voz, la máscara y la cara desnuda.

César Duáyen escribe dentro de la tradición novelística de Jane Austen y
George Eliot, Mme. De Staël y George Sand, Fernán Caballero y Emilio
Pardo Bazaán: una tradición europea de narrativa femenina de observación
minuciosa de la vida transcurrida en los salones, en los espacios domésticos
privilegiados. No es una tradición inherentemente argentina, aunque, como
han señalado Fletcher, Sosa de Newton, Frederick y Masiello, entre otros, es
una tradición adaptada e instalada en la cultura intelectual del Cono Sur a
partir del siglo dieciocho. Las novelas de Duáyen reflejan y analizan una
época argentina de experimentación activa con modelos europeos, modelos
que no se ajustan a las condiciones y realidades rioplatenses. Hay importación
rampante de tecnología, de las últimas modas de París, de óperas de Milán;
pero en un nivel más profundo, no todo está bien. Los personajes de las novelas no logran escaparse (aunque lo intentan) del malestar de no sentirse genuinamente vinculados con su patria, con su sociedad, con alguna esencia de
argentinidad que todos añoran. El tema central de las novelas de César
Duáyen es justamente este malestar, las dudas, la falta de confianza y convicción que aflige a tantos - y a tantas - al entrar en el siglo veinte, debatiendo
cómo debe ser la Argentina moderna. Al explorar en gran detalle las posibilidades abiertas a las mujeres argentinas (con enfoque, pero no exclusiva, en
las de clase alta) en este momento de transición, Duáyen, al imaginar y proyectar una variedad de mujeres inteligentes que investigan sus opciones, crea,
en novela tras novela, imágenes de como podrá ser la Mujer Moderna, y cuáles
serán sus dificultades e impasses.[23]

Esta edición de *Mecha Iturbe* se basa en la primera edición de 1906, publicada por Maucci Hermanos en Buenos Aires. Se han modernizado la acentuación y la ortografía, y se han corregido unos pocos errores que la autora
misma corrigió en ediciones subsiguientes de la novela, que también fue republicada múltiples veces en ediciones cortas (200 a 247 páginas en vez de las
526 de 1906).

Mary G. Berg
Resident Scholar, Women's Studies Research
Center, Brandeis University

---

[23]   Una versión de partes de este ensayo se publico en la *Revista Iberoamericana* LXX,
206 (2004): 197-209.

Bibliografía selecta:

Acosta de Samper, Soledad. *Conversaciones y lecturas familiares sobre historia, biografía, crítica, literatura, ciencias y conocimientos útiles.* Paris: Garnier Hermanos, 1896.

Alloatti, Norma. "El placer de escribir: las novelas de Emma de la Barra" en *Confluencia: Revista hispánica de cultura y literatura* 20, 1 (2004): 100-119. Reproducido parcialmente en www.elhilodeariadna.com Vol. 6 (noviembre 2005).

Area, Lelia y Mabel Moraña, ed. *La imaginación histórica en el siglo XIX.* Rosario: UNR Editora, 1994.

Berg, Mary G. "César Duáyen and Early Twentieth-Century Argentina" en *Homenaje a Enrique Anderson Imbert*, ed. Nancy Hall y Lanin Gyurko. Newark: Juan de la Cuesta, 2003: 305-315.

_____. "La mujer moderna en las novelas de César Duáyen" en *Revista Iberoamericana* LXX, 206 (2004):197-209.

_____. Prólogo a César Duáyen, *Stella.* Buenos Aires: Stockcero, 2005: vii – xxiii.

Bonet, Carmelo M. "Stella y la sociedad porteña de principios del siglo" en *Cursos y conferencias* 44 (1953): 303-16.

de Amicis, Edmundo. Prólogo a la primera edición de *Stella* en italiano en 1908, incluído en muchas ediciones en castellano. Citado aquí de la edición de *Stella* de Barcelona: Casa editorial Maucci Hermanos, 1909: v–x.

Duáyen, César. *Stella: un novela de costumbres argentinas.* Buenos Aires: Stockcero, 2005. [primera edición: Buenos Aires: Maucci Hermanos,1905]

_____. *Mecha Iturbe.* Buenos Aires: Maucci Hermanos, 1906.

_____. *El Manantial.* Buenos Aires: Estrada, 1908.

_____. *Eleonora.* Buenos Aires: Editorial Tor, 1947. [y una edición anterior sin fecha, posiblemente 1933]

_____. *La dicha de Malena.* Bueno Aires: Editorial Tor, 1943.

Fletcher, Lea. "Apuntes sobre la narrativa de mujeres argentinas, 1900-1919" en *La Aljaba*, 2a. época, IV (1999): 43-51.

Frederick, Bonnie. *Wily Modesty: Argentine Women Writers, 1860-1910.* Tempe, AZ: ASU Center for Latin American Studies Press, 1998.

Garrido de la Peña, Carlota. *Mis recuerdos*. Rosario: La Cervantina, 1935.

Halperín Donghi, Tulio. "¿Para qué la inmigración? Ideología y política inmigratoria en la Argentina (1810-1914)" en su *El espejo de la historia: Problemas argentinos y perspectivas latinoamericanas*. Buenos Aires: Sudamericana, 1998 (2nda ed.): 189-238.

Masiello, Francine. *Between Civilization and Barbarism: Women, Nation, and Literary Culture in Modern Argentina*. Lincoln: Univ. of Nebraska Press, 1992.

Matto de Turner, Clorinda. *Viaje de recreo: España, Francia, Inglaterra, Italia, Suiza, Alemania*. Valencia: F. Sempere, 1909.

Mizraje, María Gabriela. "Emma de la Barra: la vara del éxito" en su *Argentinas de Rosas a Perón*. Buenos Aires: Editorial Biblos, 1999: 156-169.

Nari, Marcela M. A. "Alejandra. Maternidad e independencia femenina" en *Feminaria* VI: 10 (1993): 7-9 de la sección *Feminaria Literaria*.

Pinkus, Lydia. "¡El autor es una dama!: *Stella* de Emma de la Barra" en *Revista de Filología y Lingüística de la Univ. de Costa Rica* 26, 2 (julio, 2000): 89-94.

Revista Caras y Caretas, 365, 366 y 413 (30 sept. y 7 oct., 1905, 1 sept. 1906).

Ruíz, Elida. *J. M. Gorriti, C. Duayen, M. de Villarino y otras. Las escritoras. 1840-1940. Antología*. Buenos Aires: Centro Editor de América Latina, 1980.

Sommer, Doris. *Foundational Fictions. The National Romances of Latin America*. Berkeley: Univ. of California Press, 1991.

Sosa de Newton, Lily. "César Duayen: una señora escritora" en http://www.lamaquinadel tiempo.com/Mujeres/duayen.htm

_____. "César Duayen: Una mujer que se adelantó a su tiempo" en *Todo es historia* XXVII, 311 (1993): 46-48.

_____. *Narradoras argentinas (1852-1932)*. Buenos Aires: Editorial Plus Ultra, 1995.

Szurmuk, Mónica. "Traveler/Governess/Expatriate: Emma de la Barra's *Stella*" en Szurmuk, *Women in Argentina: Early Travel Narratives*. Gainesville: Univ. Press of Florida, 2000: 89-93.

Tobal, Gastón Federico. *Evocaciones porteñas*. Buenos Aires, Editorial Guillermo Kraft Ltda., 1947.

Torres, María Inés de. *¿La Nación tiene cara de Mujer? Mujeres y nación en el imaginario letrado del siglo XIX*. Montevideo: Arca, 1995.

Vázquez-Rial, Horacio, ed. *Buenos Aires 1880-1930: La capital de un imperio imaginario*. Buenos Aires: Alianza Editorial, 1996.

MECHA ITURBE

César Duáyen

A la memoria de mi madre
A la memoria de Clara Funes de Roca
A Elisa Funes de Juarez Celman

este libro de amor, de lealtad y de fe.

MECHA ITURBE

«No hemos sido creados para regocijarnos ni para sufrir, sino
para obrar, a fin de que cada día siguiente nos hallemos más ade-
lantados. ¡No confiéis en el porvenir por risueño que sea! ¡Dejad al
pasado sepultar a los muertos! ¡Obrad en el presente que vive! ¡El
corazón en vuestro pecho y Dios sobre vuestras cabezas!

LONGFELLOW
(SALMO DE LA VIDA)[1]

E l 9 de julio, la República celebraba las fiestas de su Independencia.

A las ocho de la noche de ese día, todo lo que «cuenta» en la alta sociedad
de su metrópoli formaba, a la entrada del teatro de la Opera[2], una elegante
multitud que media hora más tarde colmaba la sala.

En las representaciones ordinarias a las nueve está aún el teatro vacío, lo
que no alienta a los artistas que cantan la mitad de la noche sin entusiasmo,
para una veintena de melómanos perdidos en la sala. No conocer los primeros
actos de las obras líricas es prueba de buen tono; llegar a tiempo sería una desgracia para una porteña. Mas en esta fecha los concurrentes apresúranse a
acudir como a una cita, y mucho antes de la hora fijada en los carteles todos
ocupan su sitio.

Tres palcos altos de la izquierda, transformados en uno, fueron los pri-

---

1   Cita de poema de Henry Wadsworth Longfellow escrito en 1838, «A Psalm of Life», es-
    trofas 3 y 6. En el original:

    Not enjoyment, and not sorrow,
    Is our destined end or way;
    But to act, that each tomorrow
    Find us farther than today.

    …
    Trust no Future, howe'er pleasant!
    Let the dead Past bury its dead!
    Act, – act in the living Present!
    Heart within, and God o'erhead!

2   Probablemente se refiere al Teatro Colón. El primer teatro Colón (1857-88) construído
    por el ingeniero Charles Henri Pellegrini sobre las ruinas del antiguo «Coliseo de
    Buenos Aires», estaba ubicado en la esq. SO de la Plaza de mayo, las actuales calles Ri-
    vadavia y 25 de Mayo. En 1887 una ley del Congreso expropió el edificio y lo convirtió
    en la sede del Banco Nacional. El actual teatro Colón, ubicado en la calle Libertad, se
    inauguró recién en 1908, o sea que entre 1886 y 1908 no hubo Teatro Colón, pero entre
    1890 y 1920 funcionaron en Buenos Aires simultáneamente siete salas teatrales dedicadas
    a la ópera. (Bosch, Mariano G. Historia de la ópera en Buenos Aires)

meros en ser ocupados por un grupo de hombres más o menos jóvenes, la fina flor entre los socios del «Círculo». Unos sentados, otros de pie ocupábanse en pasar revista en silencio a la sala, hasta que alguno de ellos hacía una observación picante que provocaba una carcajada general, o lanzaba una exclamación admirativa hasta ser brutal, invitando a dirigir la batería de anteojos impertinentes sobre alguna belleza que no siempre se ruborizaba.

Encontrábase entre ellos un caballero extranjero, gallardo en sus sesenta años –lindo color sano, buenos dientes, cabellos canos y brillantes, bigotes oro y plata, irreprochable en su traje de etiqueta, un clavel blanco en el ojal, y todo el aire del hombre de alto mundo y buena compañía– que pedía informes sobre personas y cosas.

—Dígame usted, Cristián ¿por qué en este país tan lindo la gente no sabe divertirse? En otras partes los paseos son un motivo de reunión, y a la Opera se va para oír buena música. ¿Para qué se asiste a los paseos y al teatro aquí?

—Tiene usted razón, señor Palmers; pocos son los que se preocupan de la música, y asistimos a las fiestas sin reunirnos –contestó Cristián Rivera, joven más reposado y observador que los otros.– Esto no quita que tengamos, como usted ve, elementos preciosos que lucir y con que enorgullecernos, –continuó, indicando a las hermosas mujeres que esmaltaban palcos, platea y cazuela.

—¡Oh! eso sí. Sus mujeres: los mejores frutos que produce esta tierra privilegiada.

—Fruto sano, señor Palmers, –apresurose a observar, recalcando la intención, otro de los caballeros, convencido de que la salud moral sólo existe en América.

—Fruto sano y delicioso, –acentuó lord Palmers sonriendo finalmente,– pero que no ha llegado aún al completo grado de cultura. Por eso su rol aquí es todavía secundario. No es la compañera, la colaboradora del hombre. Para serlo, no bastan la virtud y la belleza.

—Las mujeres que saben se hacen pedantes.

—Téngalo usted por seguro, señor mío, –contestó vivamente Palmers, –las mujeres cuya instrucción las hace pedantes es porque no son bastante instruidas.

—Estamos muy a retaguardia, es cierto, en este capítulo, –dijo un joven alto, buen mozo, ligero y bullicioso, Carlos Velásquez.– Pero contemple, señor Palmers, aquella beldad envuelta en nubes rosadas... allí... en aquel palco balcón; ¿cree usted que necesite saber leer para hacer las delicias del género humano?

—Habla usted como un Pachá, amigo Carlos.

—Otro ejemplo, amigo lord: ¿aquella matrona de raza olímpica que entra a su palco, ¿necesita más que haber concebido el coro de serafines que la sigue para merecer bien de la patria?

Rieron de las exageraciones declamatorias de Carlos, y Cristián informó:

—Es la familia de don Manuel Millares, un caballero muy estimado en Buenos Aires, que murió hace tiempo. La señora posee una hermosura tradicional que conserva en parte, como usted ve, y ha sido una de nuestras «bellezas» durante muchos años.

—Serafines realmente las hijas, –dijo el lord. –Las dos mayores, ¡magníficas! Prefiero a la menor, la menos linda, a esa rosa de primavera sentada entre sus dos hermanas.

—Es Esperanza, –volvió a informar Cristián.

—Nuestra Esperanza! –dijo riendo Carlos con un gesto de malicia que vendía a su amigo. –¡Y nos la llevan! Un año de ausencia por lo menos...

—¿Y dónde se va la ingrata?

—Se va a Europa, –respondió serio Cristián.

—Ahí tiene usted a su hermano también, del que no puede decirse si es neurasténico, místico o romántico. Cuando niño pasaba las horas delante del altar; más tarde hacía versos deliciosos... a una hermosa, y paseábase con ella al claro de luna; hoy, es un melancólico con accesos...

—No exageres, –interrumpió Cristián. –No lo crea usted señor: Daniel es muy mi amigo, lo conozco mucho, es simplemente un enamorado incurable, que reúne todas las cualidades de un perfectísimo caballero.

—Una pregunta más, –dijo Palmers. –¿Por qué hay tan poca juventud en esta sociedad tan joven? ¿Por qué elabora tan poco la inteligencia en esta raza de inteligentes?

—¿Qué dice nuestro querido lord? –preguntó Carlos, flirteando con la cazuela.

—El querido lord dice que nuestra sociedad tiene movimiento pero no vida.– Y en voz más baja agregó Cristián –La verdad es que nos haría falta una conmoción... aunque fuera un terremoto.

La conversación fue interrumpida por el ruido que hacía la puerta al abrirse. Por ella entró el doctor Fernando Rojas, hombre de cincuenta años, flaco, calvo y jovial quien púsose a decir con gran vis cómica:

—Vengo del círculo. Allí hay noticias ya sobre el resultado de las elecciones... ¡El campo cubierto de cadáveres!... ¡Borratina general!... Les han colgado la galleta a todos los muchachos.

Una carcajada saludó la noticia.

—¡Una víctima! –exclamó uno de ellos, presentando a un compañero que fingía reír también.

—Y otra aquí... ¡Ecce homo![3] –agregó Carlos, golpeando en el hombro de un mocito que no conseguía ocultar su contrariedad.

—Una más! –dijo un candidato señalándose a sí mismo.

—¡Elecciones!... Para qué me han hecho acordar; me aguan la fiesta. Tengo que salir mañana para mi provincia, –dijo mal humorado Enrique Pedriel.

—¿Y qué vas a hacer tú allí, gran haragán?

---

3   *Ecce Homo*: «Aquí está el hombre», las palabras dichas por Pontius Pilato según la Biblia (Juan 19:5) al presentar a Jesucristo con corona de espinas poco antes de la crucifixión.

—Me llama por telégrafo mi gobernador, necesitando número en la Cámara para el escrutinio de su sucesor.

Cristián preguntó a Carlos, que se encontraba a su lado:

—¿Quién resultará por fin?

—¿Creerás que no lo sé?... Espera. Che, Enrique, ¿a quién vamos a «escrutar»?

—Hombre, no lo sé tampoco yo; se ignora aún por quién optará a última hora el gobernador.

Cristián iba explicando lo que se decía a lord Palmers, que viajaba para estudiar costumbres de Sud América y escribir un libro. Mientras lo escuchaba, recorría con sus ojitos maliciosos el grupo de jóvenes hombres que son el orgullo y la esperanza, el hoy y el mañana, la fuerza moral de una nación; pertenecientes todos ellos a esa clase que forma la parte dirigente de una sociedad. Cuando comprendió, con gran trabajo, lo que se le explicaba, exclamó en voz alta, con su bonhomía calurosa que hacía florecer sus mejillas:

—¡Si supieran ustedes el efecto que todo esto produce en un inglés!

Duraba aún el punto admirativo que cerraba la frase del lord, y aparecía en el palco oficial el séquito de ministros, diplomáticos, generales, edecanes que acompañaban al presidente de la República.

El telón se levantó lentamente, y la concurrencia lentamente púsose de pie. La compañía se alineó en la escena.

La sala presentó entonces el soberbio espectáculo que ha hecho célebre nuestro teatro lírico. Las señoras podían lucirse de cuerpo entero; era aquello un derroche de belleza, de sedas, de pedrería...

Se hizo el silencio; silencio indiferente y distraído sin solemnidad. Sólo lord Palmers demostraba un interés, observando las fisonomías, escudriñando los rincones, tratando de sorprender una emoción, la más pequeña manifestación de entusiasmo, de calor, de cualquier cosa; algo en alguien en fin, en aquella reunión de dos mil almas.

El Himno continuaba. El tenor cantaba sus estrofas en un estilo puro, amplio, majestuoso. Ni un solo aplauso que alentara aquella majestad.

«¡O juremos con gloria morir! ¡O juremos con gloria morir!» repetía el coro entre la misma frialdad polar.

—¿Qué es lo que se canta? –preguntó de pronto lord Palmers, fingiendo ignorarlo.

—Mala música y versos mediocres ¿no es verdad señor? –contestole uno de sus vecinos. –Es el Himno Nacional... como si dijéramos el «God save the King».

—¡Cómo! ¿Lo que se canta, lo que ustedes escuchan en este momento es el Himno, es la Canción Nacional? –Y en igual tono y con igual gesto que la primera vez repitió: –¡Si supieran ustedes el efecto que todo esto produce en un inglés!

Un ligero carmín tiñó un segundo el rostro de Cristián.

El Gran Canto iba a concluir. El silencio indiferente, la inconmovible compostura persistían. El ruido leve de una flor al caer habría escandalizado a aquella concurrencia. De pronto, en el momento justo entre el último acorde que se perdía y el silencio que iba a cesar, un grito se lanzó al aire, firme, vibrante y viril, en el asombro de ese pequeño mundo.

Una voz joven, poderosa y clara que se remontaba sin esfuerzo arrojó tres veces: —¡Viva la Patria!, ¡Viva la República! ¡Viva la Libertad!, —lo que sonó en ese ambiente tibio, como un clarín de guerra en una catedral.

La voz salía de la platea, a la derecha, en medio casi del teatro. Todos, olvidados un momento de sí mismos, inclinábanse sobre las barandas, poníanse de puntillas, daban la espalda al proscenio.

Unicamente el inglés dirigía sus miradas a otra parte: tenía en el cristal de sus anteojos al presidente, el que habiendo tomado ya asiento en su sillón dorado, conversaba de generalidades con uno de los ministros extranjeros.

Un hombre de aspecto vulgar, con una medalla en el pecho, penetró a la platea y en tono altanero habló desde lejos:

—¿Por qué ha gritado?

—Porque se me dio la gana, —contestó una voz tranquila.

—¿No sabe que aquí no se grita? ¿No sabe que estamos en estado de sitio?

—Y a mí qué me importa.

—Salga entonces,—ordenó el agente.

—Sea; vamos a pagar la multa... Pero antes ¿podría saber por qué, señor oficial?

—Por... por... —tartamudeó éste.

—Yo le ayudaré a encontrar, pues tengo prisa por volver a tiempo de oír algo de la Bohéme[4]. Que sea por escándalo... y salgamos ya.

Inclinose a tomar su sombrero. Al levantar los ojos vio una cantidad de curiosas cabezas rubias y morenas adornadas de joyas y de flores, que asomaban. En la expresión de todas esas mujeres aparecía la lástima o el menosprecio.

Sólo Esperanza permanecía derecha en su sitio, tranquila y natural, mirándolo sonriente. El detuvo un segundo sus ojos en ella, sonrió también, y cruzaron un saludo.

La madre y las hermanas contrariadas por tal contravención de parte de la niña, la reprendían.

—¿Y por qué no lo he de saludar mamá, si es Pablo Herrera?

Pablo salió de la fila de sillones de orquesta que ocupaba. El público lo conoció entonces, y supo que era un hombre de treinta años, bajo, moreno y pálido, ancho de espaldas, corto de cuello, en cuya fisonomía aparecía un gran vigor, y que habría sido feo sin sus ojos magníficos de un verde profundo,

4   *La Bohème*: ópera de Giacomo Puccini. Se presentó por primera vez en Turino, Italia el 1 de febrero, 1896. Fue sumamente popular en Buenos Aires.

llenos de inteligencia, de voluntad y de dulzura.

Con el sombrero en la mano y el paletó en el brazo, en su traje de *soirée*, irreprochable, atravesó la sala seguido por las miradas y los comentarios, sin aire de desafío ni de temor, con el paso sin apresuramiento ni lentitud de los que no se turban.

—Un guarango[5]...

—Un loco...

—Un ebrio...

—No por escándalo, por imbecilidad debieron llevarlo...

Guarango, loco, imbécil fueron los calificativos.

La representación había terminado y la concurrencia aglomerábase en el vestíbulo a esperar sus carruajes. Mientras estos llegaban, reuníanse en grupos los amigos, y las conversaciones se establecían.

Los trajes, las próximas carreras, los noviazgos eran los temas. Nadie mencionaba ya el pequeño incidente de la noche.

Entre las personas que rodeaban a las de Millares encontrábanse Cristián Rivera, Carlos Velázquez y lord Palmers encantador de verba y buen humor.

—El carruaje del presidente de la República –se anunció desde la puerta.

Saludando a derecha e izquierda, cubierto por su abrigo de pieles, él pasó entre la doble fila de damas y caballeros. Su aparición trajo a las memorias la persona de Pablo Herrera.

—¿Qué me dicen ustedes de aquel guarango? –preguntose.

—Guarango o no, su audacia sorprendió a todos, –observó Cristián.

Ocultando bajo sus bigotes la ironía de su sonrisa, contestó el lord.

—La verdad es que fue una bomba...

—No ha sido una bomba: ha sido una chispa, –dijo una voz de mujer. Era la voz de Esperanza, fresca, clara y cristalina.

Lord Palmers la miró. Los largos ojos claros que se abrían recién a la vida y los pequeños ojos maliciosos, marchitos por haberla usado, se penetraron. Y fue él, el extranjero, el único en comprender que aquellas palabras bien podían llegar a ser una profecía.

---

5   *Guarango*: incivil, mal educado.

II

E l 9 de julio, la República celebraba las fiestas de su Independencia.

La misma multitud elegante del año anterior, que asiste por tradición a la Opera en esta fecha, descendía de sus carruajes ante la gran portada; subía las escaleras de mármol, atravesaba las galerías alfombradas, llenaba el teatro todo.

La pequeña puerta del paraíso, sus escaleras de pino, sus angostos pasillos llenábanse también de gente humilde, a la que su entrada allí costaba un sacrificio.

—¿Qué es de la vida de Enrique? –preguntábase en el palco del círculo. –No se le ve por el club hace una porción de días.

—Está en su provincia. Ha ido como delegado del comité. ¡Habla tan bien, ese diablo, cuando quiere!

—Buenas noches, –dijo al entrar Carlos Velásquez.

—¡Hola Carlitos! Creíamos que te habías ido.

—Déjame, hombre; estoy contrariadísimo por haberme quedado un día más. He debido irme ayer.

—Quédate hasta el domingo, que corre el caballo de Julián.

—Imposible. Hemos formado mayoría en la cámara, y queremos obtener un triunfo decisivo sobre el gobernador, que nos quiere imponer su proyecto de ley electoral.

—Pero dos días...

—No, no; me he comprometido, y si falto peligra la votación.

—Qué tendencia a engrosar tienen las mujeres en esta tierra. Fíjate, qué lástima la señora de Saravia: una cara lindísima en un cuerpo deforme... ¡Ah! qué monada es realmente aquella chica de Millares.

—Es cierto, y ha sentado mucho el viaje a Esperanza. Está más bonita, y se viste mejor.

—A propósito de Esperanza: es un milagro que Cristián no haya venido aún estando tan enamorado... ¿Cómo va eso, che?

—Lo veo poco, –contestó Carlos. –Está completamente dedicado a su diario.

—¡Lindo diario! Se comprende su creciente circulación. El número de ayer trae un hermoso artículo sobre política americana. Cristián es un muchacho muy inteligente, y mucho más viejo que su edad.

Mientras la concurrencia seguía invadiendo la sala, en el palco se establecían conversaciones animadas por grupos aislados.

Una exclamación admirativa salida de los que ocupaban la delantera del palco las interrumpió. En el público se reflejaba igual admiración, y todas las miradas seguían una misma dirección.

Era una mujer que entraba. Todas las bellezas confundíanse en ella: la línea, la gracia, el color. La naturaleza había puesto ternura al trabajar su forma. Era un sueño viviente que se adelantaba implacablemente sereno dando a los hombres el vértigo de su belleza, la fascinación de su gracia, la sensación de su fuerza. Las mismas mujeres sentían desarmar sus celos: era la reina que aparecía en la cima de una corte.

Un vestido blanco de raso, estrecho como una funda encerraba su cuerpo, caía en pliegues sobrios, pesados y muy largos, arrastrábase en ancha cola por el suelo y daba a toda su figura la esbeltez elegante, ondulosa y lánguida del cuello de un cisne. Sus movimientos eran una modulación armoniosa. El cáliz delicado de su busto brotaba, y erguíase desnudo. La corona de Ceres 6 ceñía su cabeza asemejándola a la diosa; los fulgores de los diamantes de sus espigas hacían juegos de luz sobre los cabellos de un oscuro cálido, sobre el cutis de un blanco suave, pálido y dorado. Engarzados en sus órbitas, bajo los arcos de sus cejas negras, las esmeraldas de sus ojos titilaban.

«Es Mecha Iturbe. Es Mecha Iturbe», fue la voz anunciadora que corrió por la sala, y todos los labios al pronunciar su nombre ligero, gracioso y familiar, sonrieron.

Ella no se sentó; detúvose en la delantera de su palco, en la actitud noble de quien se sabe soberana, porque entraba al mismo tiempo al suyo el presidente de la República con su comitiva oficial.

La orquesta atacó el primer compás del Himno, que el público todo esperaba ya de pie. El telón se descorrió descubriendo a Hericlée Darclée7 rodeada por la compañía, sosteniendo en su diestra la bandera bicolor.

Un aplauso estruendoso saludó al símbolo patrio, y en medio de un silencio solemne dijo la artista sus estrofas. Con largo aliento el coro repitió la suya.

---

6   *Ceres*: diosa romana de la tierra, la cosecha, y los frutos de la tierra, sobre todo el trigo, correspondiente a la diosa Démeter de la antigua Grecia.

7   *Hericlée Darclée*: cantante rumana de óperas, soprano. Fue la primera que representó a Tosca en Roma en 1900. Hay foto de ella en www.oronoz.com/leefoto.php?referencia=%2050487 Apareció con frecuencia en óperas en Buenos Aires y se comentan extensivamente sus éxitos en la revista *Caras y Caretas* en los años 1905 y 1906. Por ejemplo, en junio de 1906 cantaba en el Politeama: ver *Caras y Caretas*, año IX, 401 (9 de junio, 1906).

—¡Nuestro Himno! ¡Cómo levanta! –decían varios jóvenes del palco en momentos que Cristián entraba en él. Y por sus ojos cruzó un relámpago.

El Gran Canto iba a concluir en una atmósfera de recogimiento majestuoso.

El ruido leve de una flor al caer, que lo hubiera interrumpido, habría indignado a aquella concurrencia.

De pronto, en el momento fugitivo que prolonga el silencio de una solemnidad que ha terminado, una voz bajó de lo alto. Desde arriba, esa voz potente y ruda que parecía salir del centro de una tempestad lanzó tres veces: «¡Viva la Patria! ¡Viva la República! ¡Viva la Libertad!», lo que sonó como el grito de un resucitado en aquel ambiente conmovido.

Cien voces respondieron desde abajo; subieron, remontáronse en el aire, uniéronse con la voz ruda en el espacio, y así, formando una sola, inmensa sonora y vibrante que iba creciendo, que iba creciendo, recorrió la sala, resonó en los ámbitos, penetró en esas dos mil almas ya preparadas para recibirla.

El presidente, pálido y recogido, esperó de pie la terminación del soberbio estallido para ocupar su sillón.

El telón volvió a levantarse. El público intranquilo escuchaba a los artistas en los que se traslucía también una inquietud. Durante el segundo acto el paraíso apareció vacío; tres familias se retiraron y esto produjo curiosidad y alarma.

Esperanza Millares, que se encontraba en el palco de Mecha Iturbe, a la que acompañaba también un caballero anciano, muy derecho, de cabellos blancos, preguntó:

—¿Que habrá, señor Villapandos? Me he fijado desde el principio en algo inusitado: la concurrencia extraordinaria que llenaba esta noche el paraíso. ¿Se ha fijado usted cómo estaba apiñada allí la gente? No sé como podían respirar. Después del viva que desde allí se lanzó, han quedado muy agitados.

—Es verdad, –contestó el caballero, con marcado acento madrileño. –Pero, como es la primera vez que asisto al teatro en Buenos Aires, creía que así era siempre aquí.

—No, señor... Y también he observado que después del primer acto pocos han vuelto a sus asientos... Me da miedo... ¿Que habrá?

—Nada, chiquilla, nada... «No se ha hecho la miel para la boca del asno»; esa gente se duerme con Wagner [8]. Es este el secreto de su escapatoria.

—Sí; algo ocurre. Las de Miranda, las de Costarica y las de Percival se han retirado...

—¡Debe haber llegado don Carlos, hermano! Dicen que viene hasta aquí a juntar reclutas, –dijo Mecha con aire de conspiración, dirigiéndose al caballero español, y ocultando su risa detrás del abanico.

—Deseo presentarte a mi mejor amigo, –díjole Daniel Millares, que acababa de entrar. –La señora de Alcántara y Ramos; el señor Cristián Rivera... el señor de Villapandos.

---

8   *Guillermo Ricardo Wagner* (1813-1883), el compositor alemán más eminente del s. XIX. Sus óperas también tuvieron éxito enorme en Buenos Aires, sobre todo el *Anillo del Nibelungo, Parsifal, Lohengrin, Tannhauser, El buque fantasma* y *El oro del Rhín*, entre otras.

—Conocía a usted mucho de nombre, señor Rivera. Daniel lo recuerda continuamente, –dijo Mecha.

—También yo a usted señora, a la madrecita de Esperanza. ¿Piensa usted permanecer mucho tiempo en Buenos Aires?

—No lo sé; eso depende de ella. ¡Me daría tanta pena separarme otra vez!

—Hemos hecho un trato, –interrumpió la niña. –Pasar un tiempo yo con madrecita en Europa, y otro ella conmigo en Buenos Aires. Le he hecho comprar una casa, y... amueblada. La de Marchesi, ¿sabe usted?... Aquella tan elegante de la calle Uruguay.

—¿Y qué dice de sus proyectos su mamá? –preguntole Cristián, con esa tierna solicitud con que se interroga a los niños.

—Mamá lo consiente; sus otras hijas y sus nietos, los novios de sus otras hijas le llenan la vida, y aunque me quiere mucho, me permite emanciparme, –dijo sonriendo. –Desde que perdí a papa me decidí a visitar a Mecha en sus nuevos lares, lo que recién he podido realizar... Hemos viajado continuamente todo un año, y sin embargo volvería a empezar.

—¿Qué les parecería a ustedes si fueramos saliendo? –dijo Daniel que miraba insistentemente a la puerta del palco. –Dos familias más se han retirado... Creo que se ha formado una manifestación para ir a saludar la Pirámide de Mayo.

—¿Y qué hay con eso? –replicó Mecha. –¿Qué tenemos que hacer nosotros con la Pirámide de Mayo?... No tengo por mí interés ninguno en quedarme, pero tal vez lo tenga Esperanza...

—¡Manuel! –exclamó ésta, sorprendida y contenta, mirando también a la puerta del antepalco en la que aparecía, medio oculto por las cortinas, un hombre joven, de cara inteligente, que se le parecía mucho: su hermano mayor.

—¿Qué sucede, Manuel? –volvió a decir la niña, cuya expresión alegre desapareció dejando otra de interrogativo temor. –¿Por qué tren llegaste?... ¿Neneta... ? ¿Coco...?

—No, mi hijita, –contestole su hermano sonriéndole para tranquilizarla, – están todos buenos y sanos. Llegué a las seis, comí con Emilia, y me venía a dormir a casa de mamá; pero habiendo encontrado la manifestación, que es enorme, en camino hacia aquí, se me ocurrió pasar a buscarlas, y me parece conveniente retirarse para evitar apreturas y demoras... ¿No ven? Mamá y las muchachas se retiran también, aconsejadas por mí.

—Sí, vamos! –dijo Esperanza. –Vamos Mecha, ¿quieres...? ¿No decía a usted, señor Villapandos, que algo tenía que haber?... Figúrate, Manuel, al paraíso lleno, lleno de gente, de pronto quedarse vacío...

—Los que lo ocupaban deben haberse plegado a los otros. No hay nada que temer, aunque diez mil almas reunidas se acercan.

—¿Y por qué lo consiente la policía? –preguntó el soberbio señor de Villapandos.

—Porque usan de un derecho, señor. Abusan hoy, sí, pero sólo por haber salido del radio permitido.

—¿Y el presidente por qué no ordena?

—El presidente seguramente lo ignora, –contestole Cristián. –Conocerá la manifestación, mas no su rumbo.

—La chusma dando siempre trabajo, –observó en tono despreciativo el español.

—Deje usted que cada uno se divierta como pueda, caballero de Villapandos y Ramos, –díjole Mecha, rozándole, traviesa, la cara al pasar por su lado para tomar su abrigo, con su ramo de orquídeas y violetas de los Alpes.

Esperanza besó a su hermano, cubriose con su blanca salida de baile, y salió del brazo de Cristián. Su compañera la seguía acompañada de Daniel que le hablaba bajo, y a quién ella respondía con sonrisas y miradas esquivas y coquetas.

Al extremo de la galería encontráronse con la familia de Millares a la que se reunieron.

—Dicen que va a haber disturbios, –contó a Esperanza su hermana Amalia. –Ya están a las puertas del teatro...

—Y, naturalmente, no pueden traer buenas intenciones, ¿no es cierto Arturo? –preguntó Sofía, la otra hermana, con aire de susto, a su novio, que estaba a su lado.

Mecha, cansada de esperar, prorrumpió impaciente:

—Pero al fin, en claro, ¿qué es lo que hay? Explíquenlo, pues, de una vez, usted señor Rivera, o tú Manuel.

—Sencillamente lo siguiente: varios clubes políticos compuestos de jóvenes unos, de estudiantes otros, solicitaron permiso para reunirse e ir a la Plaza de Mayo [9] a depositar una corona. Otras agrupaciones obreras y socialistas...

—¡Y anarquistas, y comunistas y demagogas! –interrumpió indignadísimo don Jaime.

Manuel sonrió indulgente y continuó:

—Otras agrupaciones, socialistas y obreras, aprovechando la ocasión que se les presentaba de explotar esa licencia dada a otros, se les agregaron, y mezclados ahora e indivisibles, formando una columna que abarca lo menos ocho cuadras, han recorrido varias calles y se dirigen hacia aquí, sabiendo que se encuentran los representantes del gobierno...

Un rato permanecieron callados todos, reflexionando, hasta que Mecha rompió el silencio:

—¿Y por qué no salimos? ¿Temen acaso que nos devoren?

Un silbido agudísimo arrojado en la calle los fustigó como un latigazo.

—¡Insolentes! –exclamaron, al mismo tiempo, la hermosa viuda de Millares y el señor de Villapandos.

---

9   *La Plaza de Mayo*, o Plaza Victoria: la actual Plaza de Mayo surgió después de la demolición de la Recova Vieja en 1884 cuando la Plaza de Armas o Plaza del Mercado se unió con la plaza que estaba al oeste, llamada Plaza de la Victoria. en 1883 Torcuato de Alvear, primer intendente de la ciudad federalizada, decidió echar abajo la «vieja recova» que dividía a las dos plazas (de la Victoria y 25 de Mayo) y unificarla en una sola, que llevaría el nombre de Plaza de Mayo.

Por una abertura pudieron distinguir que un edecán entraba al palco del presidente y hablaba con él. Este habló a su vez con uno de sus ministros, dejó pasar un momento, se levantó, y salió seguido por su comitiva. El público, que aún permanecía en la sala apresurose a hacerlo también, dejándola en pocos minutos vacía.

Manuel ofreció el brazo a su madre, encaminándose todos en dirección al peristilo, donde se aglomeraba la concurrencia.

La aparición de Mecha envuelta en su capa de armiño y terciopelo causó igual sensación que la de su entrada al palco.

Hasta allí llegaba el murmullo inconfundible de la muchedumbre, que según se decía rodeaba el edificio, haciendo imposible la circulación, e impidiendo a los carruajes acercarse.

Los ministros y los amigos del presidente oponíanse a que se dejara ver, por el temor de exponerlo a las rechiflas y vejámenes de la turba. Lo convencieron, y entraron con él a la secretaría, situada en el fondo del vestíbulo.

El mismo edecán salió luego, y acercose a la puerta de entrada, guardada por una fila de vigilantes a pie; con él iba un joven de la comitiva. Ordenó en voz alta a un agente:

—Haga acercar el carruaje del presidente de la República.

El pueblo estaba esa noche terriblemente alegre y chacotón. La orden fue recibida con carcajadas, palmoteos y chuscadas.

—Le he dicho que haga acercar el carruaje del presidente, –repitió rojo de cólera el edecán.

—No es posible, señor, –respondiole el agente, haciendo la venia.

—Es preciso hacer lo posible... ¿Por qué no hace despejar?

—Somos sólo cincuenta, señor, y...

—¿Y por qué no despeja el escuadron?

—Porque no hay orden superior...

—¿Y esa orden por qué no viene? –preguntole arrogante e irritado el de la comitiva.

Un oficial de policía, que se encontraba detrás, contestole con expresión de malicia en la cara:

—Hay que pensar un poco antes de decidirse a «despejar» tanta gente... ¿Por qué no se asoma y ve?

El otro se asomó, vio, y entró de prisa murmurando para sus adentros: «tiene razón este animal».

El tiempo pasaba, e impacientábanse los de adentro y los de afuera. Eran dos impaciencias enemigas que se mostraban los dientes desde lejos.

El pueblo crecía en la calle, y crecía la algazara. Dos o tres padres de familia que se atrevieron a salir a explorar, volvieron derrotados y furiosos.

—¿Qué piensas de esto, Manuel? –preguntole en voz baja Cristián, llevándoselo aparte.

—No sé nada, absolutamente nada de lo que pasa. Me ha sorprendido... Pienso que una vez reunidos y en marcha pacífica, algún mal elemento se les ha incorporado y los ha arrastrado... Hasta dónde llegarán las cosas no puede calcularse... Es indudable que en la secretaría se delibera a puerta cerrada. De lo que ahí se decida dependerá el fin del drama... El presidente tiene demasiada cordura para precipitarse.

—¿Y Pablo?... ¿Dónde anda, qué dice Pablo?

—Pablo, como yo, lo ignora todo. El es completamente ajeno a este movimiento. Emilia, con quien he comido hoy, lo esperaba de un momento a otro, pues había salido anteayer en excursión, acompañado por dos amigos, con el objeto de ensayar el nuevo automóvil construído en la fábrica de Itahú.

El pueblo cambiaba de disposición; comenzaba a sentirse cansado y de mal humor. Hablaba fuerte; tomaba aires de autoridad... Uno más atrevido dejó escapar un «¡Abajo!», y muchos lo imitaron.

—¡Caramba! –murmuró Manuel. Pensó un instante, y después de recomendar a los suyos: «Ustedes no se muevan de aquí hasta que yo vuelva», salió a la calle. Vestido como estaba, con su *ulster* y su sombrero bajo, confundiose con la multitud...

De pronto ésta entonó un himno agitador, que pareció siniestro a los de adentro. Dábanse cuenta de que era ya lo incontenible, que el momento de las decisiones supremas, de las represiones violentas se acercaba.

Los padres trataban de tranquilizar a sus hijas; las hijas se encogían temerosas dentro de sus claras capas de seda.

La ansiedad que había penetrado en todas las personas cautivas en el lujoso recinto llegó a la angustia, cuando se oyeron los primeros compases de la Marsellesa [10], el canto que en ciertas horas no sólo tiene sonido sino también color: el rojo del fuego y de la sangre.

Una paralización prodújose en los que anhelantes la escucharon. La misma que en la naturaleza precede a sus propios sacudimientos.

En medio de las voces de la calle y del silencio del interior, un hombre con el largo paletó y la gorra del automovilista penetró solo al teatro, atravesó el vestíbulo y entró en la secretaría.

Transcurrió un momento al cabo del cual se notó que las voces se elevaban allí dentro y que se discutía acaloradamente. La puerta se abrió para dejar pasar a un militar, y pudo oirse lo que se decía.

—Hay que escarmentarlos, señor presidente, –proclamaba alguien muy alterado. –Es esta mi última palabra: si el escuadrón no abre hoy calle al primer magistrado de la nación, éste habrá perdido mañana toda autoridad.

—Señor presidente, –dijo otra voz tranquila, de puro timbre– permítame decir las cosas clara y francamente como lo requiere el momento... Nadie ha podido concebir la imponente forma que tomaría una manifestación organizada bajo el simpático pretexto de depositar una ofrenda. ¿Quien podría

---

10   *La Marsellesa*: himno patriótico francés que en 1793 populizaron los federales marselleses, y que desde entonces es el canto nacional de Francia.

preveer hasta donde llegarían sus represalias?... Estamos en una época de efer-vescencia, nadie lo ignora... Desde hace un tiempo vienen sintiéndose co-rrientes subterráneas que han puesto en movimiento nuestro océano popular. Malas influencias lo han penetrado; se adivina un trabajo velado tratando de extraviarlo, desviándolo del rumbo que otros le trazan... Son las dos eternas fuerzas luchando cuerpo a cuerpo: el bien y el mal.

Un grupo de hombres reflexivos, convencidos y sanos representa al primero en este caso; un montón de individuos cuya única consigna es el de-sorden, al segundo. ¿Cuál de esas dos fuerzas contrarias se apoderará en de-finitiva de la inconsciencia popular? ¿Cuál triunfará sobre el alma tumul-tuosa e ingénua de las multitudes?... Hoy los primeros han podido conducirlo hasta aquí. ¿Hasta dónde les sería dado conducirlo después? Es el problema... Todo esto también lo saben ustedes, caballeros... Mi consejo es el de contem-porizar, el de fingir ignorar el fondo hostil de esta manifestación. La situación de usted, señor presidente, es muy delicada: es la de un hombre que fumara sentado en un barril de pólvora.

Cerrose la puerta, y ya sólo se percibieron los murmullos... Pasaron diez minutos; la puerta se abrió de nuevo apareciendo en ella el presidente de la República, pálido, pero lleno de entereza.

Una explosión de gritos de la turba impulsó a los que permanecían en la habitación a salir también resueltos a oponerse a que diera un paso más.

Se oyó entonces la misma voz tranquila y clara pronunciar con autoridad cortés:

—He dicho que bajo mi responsabilidad, señor presidente— y vieron al mismo tiempo al lado del magistrado, al joven que había entrado hacía un momento de la calle, quién con ademan suave pero resuelto apartaba a las personas del cortejo. Dijo una palabra más a su compañero, y ambos atrave-saron por entre la doble fila de damas y caballeros que mudos los siguieron con la vista.

Cuando aparecieron los dos en la portada, destacándose en la más alta grada, el asombro enmudeció a la turba, y pudieron ellos desde esa altura pe-netrar con sus ojos aquella masa enorme y compacta, que se balanceaba como las olas, y cuya inmensidad no sospecharan.

Pablo se estremeció al sentir el peso de su audaz responsabilidad.

—Aquí estamos, don Pablo, –dijeron desde abajo con voz velada varios hombres del pueblo que se habían abierto paso con los codos para llegar hasta él, y en cuyos semblantes reflejábase una fanática adhesión, y que esperaban bajara para rodearlo: sus hombres de confianza.

—Y nosotros aquí, Pablo, –dijo otro a la izquierda.

Miró, y reconoció en quien le hablaba a Manuel Millares, y con él a Cristián y a muchos jóvenes que ocultaban sus fracs bajo sus sobretodos. Ex-tendioles la mano que ellos se apresuraron a estrechar, y dejola reposar un momento, nerviosa, crispada y fría, en la viril, tranquila y tibia de Manuel.

Todo esto fue rápido como el relámpago. Comprendiendo por ciertos síntomas que la indecisión azorada del pueblo iba a pasar, y que justamente en ese estancamiento estaba el peligro, quiso tomarlos por sorpresa, y ordenó a uno de los obreros del grupo que ciegamente le obedecía:

—Háblales; sacúdelos; impúlsalos a marchar. ¡Pronto!

El obrero, célebre entre los oradores al aire libre, subió también a una grada y desde allí les arengó.

El presidente entre tanto repetía para sí:

—Me han engañado...

—Todo será suyo, señor presidente, el día en que entre ellos y usted nazca la solidaridad.

—Pero al fin ¿quiénes son ellos?...

—Hombres, señor... Los hombres de siempre, debatiéndose en la lucha por las mismas necesidades, los mismos amores, los mismos odios, las mismas pasiones y las mismas ansias.

El magistrado fijó sus ojos en Pablo, le vio en el rostro los signos de una gran alma.

Dijo:

—Los pueblos ya no se resignan...

—Es que la resignación no es sino la sumisión de los impotentes, y empiezan a comprender que no lo son tanto, señor. No son impotentes, no, para realizar lo que desean; lo son para encontrar los medios de realizarlo.

El obrero de buena voluntad continuaba deleitando a su público con su arenga hueca y ampulosa, a la que se tributaban aplausos explosivos.

En esa multitud había mujeres; jóvenes obreras ya marchitadas por la anemia de la fábrica y de las grandes ciudades, alegres y locuaces, divirtiéndose como en una fiesta, madres de cara seria y aire fatigado llevando en brazos a sus hijos. Algunos de esos niños dormían, otros abrían y cerraban muy ligero sus ojitos, deslumbrados por las luces de la fachada, o reían a esas mismas luces. El joven señalándolos volvió a decir:

—Son los débiles triunfando de los fuertes...

El orador terminaba su discurso y sus dos brazos extendíanse indicando a Pablo. El pueblo al reconocer la mirada abierta y familiar de los ojos de su jefe lanzó el grito formidable: ¡Viva Pablo Herrera! que fue repetido por los diez mil hombres de la manifestación, que se alargaba a la distancia y que se estremeció como el cuerpo de una serpiente.

Pablo se descubrió, agitó en alto su sombrero y les contestó: –¡Vivan las instituciones de la República!

El jefe había vencido. Los manifestantes sometidos desfilaron en orden, sin expresión huraña, ni gestos hoscos.

Cuando el último hombre hubo pasado, uniose a él el grupo de amigos que se mantenían reunidos con Manuel, y acompañaron al presidente de la República hasta su carruaje.

—He cumplido la promesa que hice a usted, señor, –dijo Pablo al despedirse.

—Yo cumpliré la que acabo de hacerme, –contestó, estrechándole la mano.

Un suspiro, que descargaba su pecho oprimido, exhaló Pablo.

—No he pasado en mi vida momentos más angustiosos, –dijo a sus amigos. –¡Pocas veces habrá pesado sobre un hombre responsabilidad mayor!

El rodar de los carruajes que venían a buscar a sus dueños hacíase incesante.

La familia de Millares subió al suyo y partió. Un automóvil elegantísimo se detuvo. Mecha, Esperanza y el señor de Villapandos preparáronse a subir en él, y los del grupo se acercaron para despedirlos.

—Imagínese usted, Pablo, que don Jaime se ha enojado por una terrible verdad salida de mi boca en el momento más apremiante de la noche, –dijo la joven señora. –Hermano, sentencié, ahora *ellos* son los gatos y nosotros los ratones. Y agregó después muy quedo, temiendo despertar recuerdos peligrosos en los otros: no olvidemos, usted y yo, únicos poseedores aquí de escudos y blasones, a la amable guillotina.

Echó hacia atrás su cabeza, y la fresca risa de una niña brotó de su garganta, que a ese movimiento mostrose un segundo desnuda y palpitante, evocando en los que la vieron la garganta sangrienta y también divina de otra mujer.

—¡Cuidado! –observole Cristián. –El pueblo exitado es regicida, y es usted reina, señora.

—¡La austríaca! –contestó ella siempre riendo. –¿Es mi advertencia a don Jaime, lo que se la ha recordado a usted?

—No señora: su belleza, –díjole galantemente el joven.

—Más bien Pandora, –agregó traviesamente Pablo a cuyo lado se encontraba Daniel, pálido, alto, fino, distinguido. Mecha, como ella, va dispersando por el mundo todos los males.

—Y tal vez, también, guarde en el fondo de mi cofre la esperanza, –contestó la deliciosa mujer. Envolvió a todos con una de esas miradas, en las cuales cada hombre cree recojer una intención, y subió a su coche.

Esperanza despidiose de sus amigos. Cuando ponía su pie, calzado de raso sobre el estribo, se presentaron a la memoria de Pablo las palabras dichas por ella el año anterior, y que Manuel le había trasmitido. Queriendo recordárselas, señaló con su mano el rumbo que la manifestación había tomado antes de disolverse, y sonriendo le dijo en voz alta:

—Esperanza, la chispa...

Diose ella vuelta y, sonriente también, le respondió:

—No, Pablo: ¡el incendio!

III

Eran las dos de la mañana. Pablo que había podido evadirse de las innumerables solicitaciones de aquellos que ahora disputaban por llamarse sus amigos, con el cuello del paletó muy levantado y las manos escondidas en los bolsillos, para defenderse de las mordeduras del frío seco de una noche de helada clara y serena, caminaba, rápido, por Esmeralda, en dirección al sur. En la calle dormida sonaban firmes, sonoros sus pasos, que tenían todo el ritmo acompasado del paso militar.

Al llegar a Moreno entró a una casa baja, atravesó un pequeño hall iluminado e iba a cruzar el escritorio, pieza espaciosa y confortable, pero notó sobre la mesa de trabajo varias revistas aun no abiertas, y se detuvo a hojearlas.

«Ingeniería y Mecánica» estaba escrito, en alemán, con letras rojas y oro sobre la carátula gris de una de ellas, número destinado exclusivamente a describir una máquina de reciente invención.

Poco a poco la lectura fue interesándolo hasta el punto, que un rato después, sentado y apoyados los codos sobre la mesa, engolfábase [11] en ella, olvidado del río torrentoso desbordado, que un gesto de su mano había hecho volver a su lecho adormecido.

Una delicada figura apareció en la puerta a sus espaldas. Una de esas mujeres de quienes se dice que no tienen edad, de las cuales no podría decirse si tienen belleza, pero que causan siempre una profunda impresión. De estatura pequeña, sus formas perdíanse dentro de una bata blanca que hacía vagos sus contornos, y llevaba a pensar en una finísima estatua, de la cual sólo estuviera terminada la cabeza, suave ésta y dulce como una pintura de Paolo Veronese [12], y que se doblegaba por hábito sobre el hombro izquierdo. En el rostro oval que había empezado a adelgazarse en la barba, –síntoma de un progresivo debilitamiento– las facciones eran irregulares, la tez palidísima.

---

11 *Engolfarse*: concentrarse
12 *Veronese*: Paolo Veronese (1528-1588), seudónimo del pintor italiano Paolo Cagliari. Sus pinturas de grandes dimensiones y composiciones muy estudiadas, trasmiten un aire teatral y gran riqueza de colorido con suave atmósfera dorada. Veronese con su predecesor Tiziano y su contemporáneo Tintoretto constituyen lo más representativo de la pintura veneciana de la época del barroco.

A la frente de noble corte atravesábala de sien a sien un hondo surco, y toda la fisonomía aparecía iluminada por la expresión; la gran expresión de amor y de bondad vigorizada por la marca de la voluntad y de la meditación fijada entre las cejas, que proyectaban sombra sobre los ojos enigmáticos, de pupilas dilatadas por un continuo esfuerzo.

Pablo cada vez más absorbido en su lectura murmuró: «No; no es esto todavía... Hay que simplificar... hay que simplificar...». Al oír ella la voz, sonrió, extendió los brazos, palpó el vacío y caminó para acercársele; la alfombra tragaba sus pasos, y él no la sentía.

Una vez a su lado, dejó caer sus manos, y empezó a pasearlas por su frente, por sus párpados, por sus mejillas y las posó en sus labios. El joven con amor cerró los ojos, tomó entre las suyas las pálidas manos elocuentes y púsose a besarlas. Echando luego hacia atrás su cabeza enérgica, volcola en el frágil seno de esa mujer cuya boca iba a abrirse para la sonrisa y para la palabra. Porque todo era vivacidad, inteligencia, vibración en su cuerpo; todo hablaba en ella. Sólo los ojos permanecían silenciosos. La madre de Pablo estaba ciega.

—¡Tú! –gritó casi el hijo, en una exclamación de inmensa ternura. –Tú, mamá... ¿Y por qué levantada a estas horas y en esta estación?

—Sí; yo, yo misma, mi hijo, –respondió la madre, en quien se adivinaba un esfuerzo para desviar preguntas que luchaban por aparecer. –He preferido permanecer levantada, a encontrar a mi cabecera el mal compañero de la gente vieja: el desvelo... Como todos los viejos, tu madre duerme poco…

—¡Vieja tú, mamá! –interrumpiola Pablo, sorprendido e indignado. –¿Vieja, porque tienes justamente dos veces veintitrés años? ¿No sabes que mis amigos, antes de serles tú presentada, creían infaliblemente, al verte cruzar, en una hermana. Y si no fuera por nuestro parecido habrían pensado seguramente más bien, en algún amor devoto que oculto por veneración y celos.

—¡Adulador! –respondiole sonriendo. Por debajo de esa sonrisa aparecía siempre la preocupación.

Pablo, entregado al placer de tenerla con él, al bienestar que sentía en ese ambiente tibio, familiar e íntimo, no notaba su intranquilidad. Tomándola por la cintura la condujo al comedor, murmurándole al oído: «Es la debilidad la que nos trae desvelos y fantasmas, señora mía. En adelante seré yo quien me ocupe de su alimentación y de sus tónicos».

El comedor estaba iluminado y sobre la mesa, en la que había flores, servida la cena.

—He estado inquieta ¡desesperadamente inquieta, Pablo! –estalló ella al fin.

El, que en ese momento habíase alejado para acercarle un sillón, al percibir angustia en su voz volviose vivamente, y se alarmó al verle igual angustia en el semblante.

—¿Qué ha sucedido, Pablo? Estoy tan asustada, tan...

—¡Ah! –exclamó aquel, comprendiendo y golpeándose en la frente, –la mala inspiración que tuve al no comunicártelo todo, mamá. Creía evitarte inquietudes callando y en cambio las ha provocado mi reserva. ¿Cómo he llegado, torpe yo, a pensar que algo podía escapar a tu ternura vigilante?

—Acostumbrada, es cierto, a que me lo cuentes todo, la primera ocultación debía forzosamente traerme alarmas... Aunque me repitiera que un hombre de treinta años tiene el derecho, y a veces el deber de la reserva. Pero, es que para las madres el tiempo no camina; para ellas el hijo, a toda edad, es el niño expuesto a los peligros..

—Reservas contigo... Bien sabes que no soy sólo hijo de tus entrañas, madre. La valentía de tu alma, las virilidades de tu mente me han nutrido, y han hecho de la tuya una maternidad más amplia y más completa. Porque he respirado la atmósfera que tú respiras hay algo bueno en mí. Y si algo valgo es como un reflejo tuyo; débil, opaco y empalidecido...

La misma violencia de su emoción detuvo un momento el torrente de su palabra.

—Mi único mérito está en saber amarte, mi hijo tan querido, –dijo Emilia. –Por eso has aprendido conmigo, maestra condescendiente y débil, lo que no habrías aprendido con los más sabios y los más rígidos. Recuerdo siempre, a propósito de nosotros dos, una máxima salida de un espíritu deslumbrante, al que no quiero. Voltaire [13] ha dicho: «Todos los razonamientos de los hombres, no valen lo que un sentimiento de mujer»... Pero vuelvo a mi preocupación... Los paseantes hacían comentarios alarmantes en alta voz que me llegaban; los sirvientes recogían noticias atemorizadoras de tumultos en las calles. ¿Dime, Pablo, pasó todo?

—No ha pasado nada, mamá, –respondiole riendo, –y nada pasará, te lo aseguro yo, que no te he mentido nunca. Fue mi salida precipitada lo que te alarmó, ¿no es cierto? Respondía a un llamado de Manuel, y no iba de combatiente: iba de pacificador.

—Me tomó tan de sorpresa...

—Perdónamelo. Debí habértelo advertido; te he dado ya la razón absurda de mi silencio. Y ahora siéntate, aquí cerca del fuego, y cómoda y tranquila escúchame; porque tú tienes el derecho, por ser como eres, a que se te hable como se habla a los hombres de seso, de corazón y de consejo.

Sentose; permaneció él de pie, y le dijo:

—¿No eres tú la creadora de mis ambiciones, la dueña de mis propósitos?

—Pero no de tus actos; de ellos, ni tú mismo! –interrumpió la madre con gran vehemencia. –Y no olvides Pablo, que los actos son lo irreparable.

—Ah! comprendo al fin. Tú también me has creído revolucionario, mamá. Cómo te engañas... Oye, lo que sólo han oído Marco y Manuel... No quiero una revolución que condeno; no vamos a ella. Los que escuchan mi

---

13   Francisco María Arouet Voltaire (1694-1778): escritor francés muy leído. Autor de obras dramáticas, sátiras, ensayos, cartas, historias, diccionarios y obras filosóficas. Su *Candide* (*Cándido o el optimismo*) de 1755 fue publicado en muchas traducciones al castellano a partir de 1838.

palabra la proclaman; yo lo he consentido hasta ahora porque era necesario creyeran que íbamos en esa dirección. Nuestra voluntad está enferma; la perseverancia falta a nuestro carácter. En nosotros sólo está la energía momentánea que se necesita para las violencias, por eso se prefieren las revoluciones. A ti tan inteligente puedo decir lo que a otros haría sonreir: somos revolucionarios por indolencia, pues, aunque parezca un absurdo, la revolución es lo más fácil. Queremos cambios, pero no sabemos hacerlos, ni sabemos esperarlos... Los mismos partidos organizados hacen política turca: espéranlo todo del sultán.

Durante unos minutos paseose en la habitación, callado, prosiguió después:

—No queremos ensangrentar a nuestro país, a nuestro país envejecido; queremos rejuvenecerlo, curarlo de su mansedumbre, enseñarle a enojarse alguna vez; intranquilizar las conciencias, desentumecerle el alma!...

—Con fe se mueven las montañas, —afirmó la madre, calmada por la aseveración del hijo.

—Para impulsar un movimiento no se requiere fuerza, si se la compara con la inmensa fuerza necesaria para detener o desviar una corriente popular que ha tomado ya su curso. Yo lo he conseguido hace una hora, y eso me ha dado la medida de mi influencia... Y si hubieras visto, mamá, qué mezcla heterogénea: el elemento obrero auxiliando al elemento puramente político.

—El permanente, el estable es el primero. El otro se dispersará más tarde o más temprano; por hoy, todos te escuchan y te siguen.

—Las multitudes sólo saben lo que se les dice, y si creen en mí es porque yo no miento. Están desilusionadas y cansadas de promesas y palabras; y si me siguen, es convencidas de que yo no tengo programas sino decisiones.

Volvió a guardar silencio por unos momentos y prosiguió:

—El elemento político se ha unido al obrero, ligados por nosotros que les hacemos ver intereses comunes, calmando las impaciencias de los unos con la apatía de los otros, estimulando otras veces la indiferencia de algunos grupos con la decisión de los demás... El triunfo de esta noche —que es haber triunfado del elemento disolvente, deslizándose entre ellos y nosotros como una sierpe— nos ha enorgullecido. Raro triunfo, para el que se ha precisado energía y habilidad... No soy, tú sabes, un apóstol a la manera antigua, ni un redentor... Soy un hombre de mi tiempo ambicioso y tenaz, que ama a su tierra.

—¡Pero decirte lo que soy, a ti, que eres yo mismo! —agregó riendo, con su risa franca y buena que le abría toda la boca y le iluminaba todo el semblante, acercándose a su madre para besarla. Un momento miró muy de cerca al querido rostro, y sintió que le dilataba el corazón una ternura piadosa; creyose capaz de «mover las montañas» como ella decía, para dar vida a sus pupilas muertas.

Sacudió su cabeza para espantar tristezas y en tono alegre invitola:

—Y ahora a comer. El manejo de los hombres es también un sport, y todo sport abre el apetito.

Mientras le servia, preguntole ella:

—¿Has visto a mi querida Esperanza?... Mi tan querida!...

Sí; la hablé a la salida del teatro, cuando iba a subir al carruaje; deliciosa, de una frescura de alma y de cuerpo que se expande como el aroma de una flor abierta al aire libre.

—Siempre fue así, —dijo la madre. —Nunca la he visto enojada; hasta sus caprichos de niña mimada son amables. Su alegría sin turbulencia se comunica a todos, y hace bien. Son los niños enfermizos los que lloran; ella, tan sana, nació sonriendo.

—Es el equilibrio perfecto entre su moral y su físico. El viaje la ha completado.

—¿Y Mechita?...

—¡Ah! ¡Mecha!... Mecha Iturbe comparte mi popularidad, —contestole Pablo, riendo de nuevo. —¡Y con razón se van hambrientos todos los ojos detrás de su figura armoniosa, nacarada y espumante! Ante ella se desploman los débiles, tambalean los fuertes. ¡Es una embriaguez universal!

La risa de la madre acompañó la suya, y dijo después:

—Qué linda era cuando tan niña se alejó de nosotros! ¡Qué linda será ahora ya mujer! Debe tener treinta y un años; es dos años mayor que tú.

—Te enamoraría, mamá, con todos los encantos de una espléndida madurez, mezclados a su gracia voluptuosa, turbadora e infantil.

—¡Cuidado! —díjole ella, moviendo maliciosa la cabeza.

—¡Oh! no. Para ciertos hombres que buscan otra cosa, Mecha deslumbra... y pasa, —contestó él, abriendo los ojos como si realmente viera pasar sin dejar rastros, la figura fulgurante de esa mujer.

—No diría eso Daniel... —dijo ella.

—Ni otros miles lo dirán tampoco.

—Me ha mandado decir que vendrá mañana. El día que estuvo en casa con Esperanza, el mismo de su llegada, había ido yo a la iglesia con Beatriz. ¡Cuánto desearía verla!

—¿Y por qué no? —dijo Pablo con pena, al percibir en el acento de su madre una tristeza. —Marco me previno anoche que desde la semana próxima empezarías el sistema tonificante y te pondrías en condiciones de soportar la operación sin el menor peligro.

—¿Y mi diabetis? —preguntó ella en tono de duda.

—Es justamente la gran noticia: el último análisis revela una ausencia total de azúcar. Marco cree que ha sido mal hecho el anterior.

—Dios lo quiera... ¡Verte, Pablo! ver a Mecha y a Esperanza, ver a Marco... ¡ver en fin a los que quiero!

—¡Vive Dios que los verás mamá! –prorrumpió Pablo. –Marco lo asegura. Y como médico, Marco es infalible.

—Es un gran médico, y un médico de talento, dos cosas bien distintas, –observó la enferma.

—Qué verdad dices, mamá. Se puede sobresalir en la cirujía simplemente por una gran habilidad manual, y se puede llegar a ser notable en medicina simplemente con el «ojo médico», especie de sexto sentido que pone en la huella del mal instintivamente; el mismo que pone al rastreador de los llanos de la Rioja en las huellas del perseguido, irrencontrables para otros, que tienen sin embargo igual o mayor vista, y han estudiado en el mismo texto de la naturaleza.

Quedáronse los dos callados, paseándose él, inmóvil ella, la cabeza baja, meditando.

—Marco está muy cerca de la perfección, –dijo ella de pronto, fijando sus ojos en el hijo como si pudieran verlo.

—Es lo mismo que estaba yo pensando, –respondió Pablo. –Hay algo, sin embargo, de enfermizo en sus sueños libertarios.

—Dejémoslo vivir su sueño, –dijo ella, sonriendo tierna y melancólica a una imagen invisible y lejana.

—A pesar de su saber, que ni sus enemigos se atreven a negar, por la misma celebridad que le dan su fascinante palabra y sus ideas atrevidas de igualdad y de justicia, muchos lo tienen por un *poseur* que exhibe excentricidades elegantes de hombre rico sin preocupaciones.

—No por eso deja de estar colocado por encima de todos, –afirmó ella. –Su fortuna le permite ejercer su profesión como un sacerdocio, lo que otros ambicionan sin poderlo realizar.

—¿Qué es Marco? pregúntome yo mismo alguna vez; –dijo Pablo siguiendo su propio pensamiento.

—Marco es una conciencia que ha permanecido fiel a si misma, –respondiole ella. –Su obra, su vida entera responden de esa unidad moral... Es la línea recta. Una individualidad sostenida desde el principio hasta el fin sin incertidumbre ni tropiezos, que marcha por su camino preocupada del interés dominante y único de su vida, al encuentro de lo que cree que viene: el reino de la equidad. –Un dulcísimo escepticismo rozó sus labios para decir: –Como él lo esperaron las generaciones pasadas; como él lo esperarán las generaciones futuras.

Pablo detúvose y contempló a su madre con ojos llenos de la admiración que le causaba. Acercosele, sentándose en el brazo de su sillón.

—Sí, es siempre el mismo, –dijo ella, dejando entrever un gran fervor, y mirando sin ver, siempre a lo lejos. –El Marco hombre que camina entre los hombres, que conoce penas y dolores, que vive ese sueño que aun a ti parece extraño, es el Marco niño que en alta mar abrió a tu madre, antes de que tu nacieras, Pablo, sus pequeños brazos misericordiosos.

—No obstante, yo soy más eficaz valiendo menos, –dijo el joven cuando se hubo disipado la leve nube de la emoción producida por aquel recuerdo. –Aunque más joven, sé más, porque he luchado brazo a brazo con la suerte; me he movido, he marchado con esos hombres que él quiere desde la altura redimir, y eso me ha salvado de ser también un visionario... Y aquí tienes, acabo de encontrar lo que Marco es: un visionario genial... Yo sé lo que quiero y adonde voy...

—Es que tú eres el hombre de acción antes que todo, mi hijo; tus mismos discursos son batallas, y has nacido conquistador, –díjole ella sonriente. –Naturaleza llena de ardor, necesitabas convertir en acción tu pensamiento, que al difundirse te ha librado de hacer de ese pensamiento un dolor, que es el mismo de que sufre Marco... El idealiza su Idea, tú la humanizas.

—El se ha alejado de las claridades del razonamiento y ha hecho de ella un misticismo. Yo me arrojé a tiempo en brazos de la consoladora, de la salvadora realidad. El les habla un divino lenguaje que no entienden; yo les hablo en su rudo idioma. Se pierde tiempo inyectando la utopía en el organismo, también enfermo, del proletariado. Beneficiarlos es decirles la verdad; enseñándoles a medir la distancia que hay entre lo que les es posible, y lo que les es imposible hacer.

Sirviole champaña; de la copa que él levantaba, caían precipitadas gotas de ámbar en la alfombra, tan trémula estaba su mano. No así su voz cuando le dijo:

—¡Salve Mater! [14] Salve dulce, soberana Madre.

—Salve, tú, buen hijo, –contestole sencillamente.

—Y ahora, ¡en honor de la mano que un día próximo abrirá nuevamente tus ojos a la luz!

La confianza altiva en si mismo y una fe inquebrantable en la omnipotencia de la voluntad, un espíritu de rebelión contra toda imposición y contra todo yugo; el ardiente amor a la verdad y el difícil coraje de una sinceridad absoluta; las más extraordinarias facultades para convencer y para dominar; para agrupar, organizar y dirigir, eran los rasgos característicos de Pablo Herrera, individualidad fuerte, poderosa y desbordante.

La fogosidad y la vehemencia, la irritabilidad y la impetuosidad intolerante, derivativos de estos mismos rasgos, atemperábanse en él por una gran facilidad a la emoción y una sensibilidad vibrante, herencia directa de la madre; y por el hábito de la reflexión, adquirido en el contacto diario de otro hombre superior: Marco Silas.

Pablo acababa de cumplir doce años cuando su padre vino, herido mortalmente, a refugiarse en el hogar. Allí, amarrado por la parálisis a un sillón de inválido, tardó tres años en morir.

Aquél, que solo alcanzara a conocer al individuo deslustrado por los ex-

---

14   *Salve Mater*: en latín, te saludo madre

cesos y la enfermedad, mal humorado y exigente, cobarde ante la muerte, no pudo concebir más tarde, cuando lo vencía el recuerdo, que su madre, ser exquisito y adorable, hubiera sido capaz de amor y sufrimiento por ese padre vicioso y pueril, que él, hijo y hombre, apenas conseguía perdonar. Si hubiera conocido a Lisandro Herrera antes de ser su padre, habríale sido más fácil comprenderlo. De antigua familia empobrecida y retirada de la circulación, apareció éste en el mundo porteño, aportando a la colectividad el decorativo e inútil contingente de una belleza varonil espléndida, realzada por maneras de gran señor, una elegancia impecable, una conversación deslumbrante. Se impuso pronto y sin trabajo a ese medio social que sigue a todo lo que brilla, llegando a ser en sus reuniones la nota del buen tono su presencia. Vivísimo, osado, insinuante, poseía el arte de adular guardando apariencias de altivez, y el don de seducción que conquista las voluntades. Fácilmente se atrajo la de algunos hombres de gobierno, llegando a ser el amigo confidente y preciso para quien se abren todos los favores.

De estos favores vivió varios años.

Este vividor que en el fondo era un egoísta feroz, de insaciables apetitos, sabía prestar tal calor a su voz y tal ternura a sus ojos que se le tenía por susceptible de las más delicadas emociones, y daba a todas las mujeres la ilusión de estar enamorado de ellas.

Volvía de uno de sus viajes a Europa –que para él se reducía al París galante y a Monte Carlo– asediado por grandes apremios de dinero, en vísperas de la inauguración de una estátua en Córdoba, a la que debían asistir dos ministros nacionales de los cuales iba a necesitar. Invitado, se unió a la comitiva y partió.

Entre las combinaciones que se hacían y deshacían en su cabeza durante los días de quiebra, figuraba el matrimonio: mujer rica, muy rica. Por lo demás: fea o bonita, sana o enferma, joven o vieja.

A las fiestas de la inauguración asistía una niña, Emilia Martínez, distinguida e interesante, con unos ojos citados por los más hermosos de la ciudad, y cuya conversación tenía un gran encanto. «Perdió a sus padres cuando era muy pequeña; la ha criado su tía; tiene diecisiete años y una buena fortuna, que administra el Dr. Ramos, su tutor». Esto oyó Lisandro que alguien decía cerca de él.

Preparó en el acto sus garras, a las que costó poco apresar la joven paloma sin malicia y sin hiel.

Tres meses más tarde estaban casados y en viaje a Europa.

Dos criaturas tan distintas, gozaron durante dos años, sin embargo, de una perfecta dicha.

Vivía él deslumbrado por la blancura luminosa del alma de la joven de provincia, que conservaba como marca de su origen el canto arrullador de su tonada cordobesa; un interés desconocido reteníalo cerca de su fresco candor apasionado, tierno y curioso.

El sabía que todo eso era sólo un hechizo fugaz, y apresurábase a amarla. Horas y horas escuchábala hablar; horas y horas mirábala dormir, como queriendo grabar en su memoria las únicas confesables y claras de su turbia existencia. Bien sabía sí, que el hechizo pronto se desvanecería, pues naturalezas groseras como la suya no permanecen largo tiempo en la altura; no están conformadas para respirar la atmósfera en que se mueven otras delicadas y puras.

Esos dos años los emplearon en viajar. Emilia recorriendo el mundo lo aprendía.

Volvieron a París y allí se instalaron. Lisandro, al encontrarse en su centro, naturalmente, sin intención ni resistencia dejose tomar en el engranaje de sus antiguos hábitos. La corrupción estancada pero latente, encontrando nueva salida, se desbordó. Muy rápido fue el descenso... Una noche llegó ebrio a su casa. En toda bondad real hay tolerancia; encontrola él ese día, y muchos otros, en la de su mujer. Mas, demasiado egoísta para tomarse el trabajo de engañarla, dejola pronto adivinar y saber hasta donde había él rodado. Y sobre la niña inexperta y desprevenida cayó de golpe la desilusión, como la sombra en medio del día.

No ignoraba ella que le jugaban su fortuna y callaba, pero, cuando comprendió que su marido había traspasado ese límite que separa al caballero vicioso del mal caballero, vendió sus carruajes y sus joyas, y sin más compañía que los desengaños, embarcose para América. Quería dar al hijo que iba a nacer su misma patria.

Los pasajeros del paquete en que efectuaba la travesía, interesábanse en esa joven señora melancólica, cubierta por una larga capa mal encubridora de su cuerpo deformado por la maternidad, que sola y silenciosa pasaba las horas del día recostada en su silla larga mirando al horizonte. Ninguno se atrevía a hablarle, tan evidente era su propósito de aislamiento.

Una tarde, sintiéndose cansada y débil, cerró los ojos y dejó caer sus brazos lacios a su costado. Así permaneció mucho rato, hasta que le pareció sentir en su mano izquierda un suave roce tibio varias veces repetido. Hizo un esfuerzo y entreabrió los párpados. Un niño mirábala fijamente, el que sin turbarse dio a sus ojos una expresión interrogadora, púsole su pequeña mano sobre la frente y le preguntó:

—¿Está enferma?

Emilia, conmovida por ese interés infantil que espontáneamente iba hacia ella, abrazó al niño y lo besó.

—Tiene usted los labios fríos como las manos y la frente. Con los ojos cerrados me parecía muerta, por eso la toqué.

Cada vez más sorprendida por el carácter que la actitud del niño revelaba, no atinó sino a preguntar su nombre.

—Me llamo Marco, y mi mamá Margarita... Es muy buena mi mamá; voy a llamarla.

Antes que Emilia hubiera pronunciado una palabra, el niño había desaparecido.

Desde ese día estableciose una amistad estrechísima entre la abandonada joven y la madre de Marco, Margarita Millares, viuda de Silas, excelente señora, comunicativa y servicial, de firmísimo carácter, poseedora de una gran fortuna y madre además de una hija mujer. Cuando pisaron el puerto, estos seres reunidos por el azar formaban una sola familia.

Emilia no conocía a nadie en Buenos Aires y aceptó por unos días el hospedaje que Margarita le rogaba aceptara indefinidamente en su espaciosa casa. Alquiló una casita vecina y en ella esperó a su única esperanza: su hijo. Las dos amigas, reunidas siempre, cosían y tejían, preparando las ropitas del niño que se acercaba.

Por fin sintió la joven el primer dolor consolador después de tantos otros desconsolados: el dolor anunciador de que Pablo llegaba a la vida. Llegó aportando la vitalidad exuberante que debía convertirse en su vigorosa, indómita, tenaz energía, y su primer vagido pareció ya desafiar.

Un cariño profundo había unido a la joven madre y al niño extraño que un día la más conmovedora piedad acercó a ella. «Quiero que nuestro hijo mayor sea el padrino», había dicho Emilia. Sesenta días después de su entrada al mundo, Emilia presentaba en el templo a su recién nacido, y Margarita, y Marco, que no llegaba al borde de piedra de la fuente bautismal, sostuvieron sobre ella al rollizo neófito, que se debatía entre sus brazos y a quien se dio el nombre del gran apóstol.

La primera alegría que regaló a su madre después de la de haber nacido, fue el día en que la convenció de que era feo. De esa fealdad hizo ella su triunfo. Veíalo libre de la belleza fatal del padre; del único hombre que hubiera entrado en su vida de mujer, y cuya lejana imagen le sugería la idea de un compañero seductor que después de haber recorrido con ella un corto trecho, en un recodo la hubiera tomado bruscamente por los hombros y puesto en otro camino, en una vía dolorosa, separándose ahí para no volver a reunirse jamás.

Las grandes crisis de la vida producen efectos diversos según el organismo moral de quien las sufre: pervierten, agrian, deprimen, o perfeccionan y levantan. Emilia, alma superior y grande, en vez de contaminarse en su consorcio con el alma pervertida de Lisandro Herrera, como ciertas plantas que aumentan su lozanía y su belleza gracias al abono infecto con que se cubren sus raíces, se irguió pura y altiva.

Las amarguras y las decepciones hicieron de esa mujer, que sin ellas habría tal vez sido tan sólo una mujer inteligente y bondadosa igual a muchas, una criatura superior y rara; un ser de élite. Durante ocho años estudió continuamente, pues sabiendo que no podría pagar más tarde maestros a su hijo, quería ella serlo; y trabajó de mil maneras para darle mayor bienestar. Esa niña, de alma tranquila, de carácter tímido, de limitados conocimientos, por el milagro del amor materno convirtiose en una mujer valiente y ardorosa, de carácter firme y resistente y supo nutrir su espíritu como el de un erudito. Su existencia en adelante, fue un esfuerzo continuo de perfeccionamiento y de edificación moral.

Pablo alcanzaba apenas a la cintura de un hombre y tenía ya personalidad. Luchaba con los más fuertes y no lloraba jamás cuando lo vencían. Siguió creciendo, y creciendo con él sus tendencias a encabezar los juegos, las reyertas, las reuniones.

A la madre alarmábanla sus pequeñas ideas tumultuosas, su indisciplina, sobre todo el abandono que hacía de sus estudios, creyendo ver en ellos una sujeción.

A los once años cursaba el tercer año de preparatorios y en los exámenes fue aplazado. Emilia no lo extrañó, comprendiendo que los años anteriores había pasado gracias a su inteligencia, rápida como el ala de un pájaro, a su aplomo imperturbable, y a los esfuerzos que había ella hecho para dejar en su memoria algún rastro de las lecciones repetidas día y noche durante los últimos quince días. Aunque no la sorprendiera, la apenó inmensamente; parecíale trunca ya la existencia moral de su hijo. Pablo, completamente indiferente por el resultado de los exámenes, no lo estaba por el dolor de su madre; protestó enmienda, le juró estudiar, y volvió a sus juegos.

Marco, serio, reflexivo, con un amor maniático por el estudio y tendencias a las meditaciones melancólicas, terminaba sus dieciocho años conjuntamente con su tercer año de medicina, y preparaba su partida a Europa, donde deseaba terminar su carrera. Este joven reconcentrado y soñador, ejercía una extraordinaria influencia sobre su ahijado, el niño turbulento. Una noche llevólo a su cuarto y le dijo:

—Pablo, me voy mañana y por mucho tiempo.

Sus palabras parecieron a Pablo solemnes y pesadas como una sentencia, y palideció. Pensó en ellas un momento; el pensamiento fue dándoles la extensión de los meses y de los años; de los meses y de los años que no lo vería, ni lo sentiría cerca de sí; que le faltaría su amigo, el ser que adoraba en el mundo junto con su madre, y por primera vez en la vida se sintió débil desfallecer. Toda la sangre subió a su rostro, parecíole que la pieza giraba alrededor de sí y tomose con las dos manos de la mesa... a ese momento de estupor, sucedió una explosión de dolor que lo arrojó, sollozando, en los brazos de Marco. Este lo recibió en ellos. Una vez calmado preguntó:

—¿A qué llamas mucho tiempo, Marco?

—A muchos años, Pablo; y si no fuera por Emilia, te llevaría conmigo, porque soy tu hermano... Ahora escúchame... Ninguna existencia humana es igual a otra existencia, querido Pablo. La fortuna que yo tengo, a ti te falta. Cuando sea yo un hombre dueño de mis acciones, me será posible hacer muchas cosas que para ti serían lo imposible. —Y cambiando de expresión y de tono hizo esta reflexión a media voz: —Cuántas cosas necesitaré hacer yo entonces para que se me perdonen, para perdonarme yo mismo tantas «posibilidades»...

Pablo mirolo sorprendido, él sonrió melancólicamente, le acarició los cabellos y repitió:

—Sí, Pablo; muchas cosas que a ti no te serían posible hacer. Y advierte que digo «serían», cuando me refiero al porvenir. Por ejemplo: en el presente todos los deseos y el amor inmenso; todos los sacrificios de tu madre, serían inútiles para conseguir que tú tomaras, como yo mañana, el camino del mar. Sin embargo, a la mía, salvo las lágrimas de la separación, nada le cuesta. Quiero que te des cuenta exacta de la existencia de esta verdad, y también de esta otra: en tu mano está que lleguen ellas a ser posibles también para ti.

Pablo fijó con creciente interés sus ojos en la cara de su amigo.

—Pero los caminos en que ahora vagas, no es el camino... No voy a sermonearte, sería aburrirte. Vamos a lo práctico: tú no estudias, no tienes maestros, faltas a clase continuamente; has dado, sin embargo, algunos exámenes ramplones, que te han permitido pasar en los primeros años.

Dime: ¿se te ha ocurrido preguntarte a quién debes hoy el saber leer? ¿A quién deberás después el poder decir, soy un mal bachiller?... el poder entrar a una facultad?... Se lo debes a tu madre a la que he visto sobre los libros durante muchos años, estudiando en previsión de lo que pasa hoy. Yo he estudiado con ella, ella ha estudiado conmigo, hemos repasado lecciones, parodiado exámenes... Comprendes ahora, ante tu indolencia, su inmensa decepción?

—Mamá... —murmuró Pablo, vencido por la emoción que le producía todo lo que se relacionaba con su madre.

—Mamá, sí, mamá; —prosiguió Marco... —Y dime más; ¿te has preguntado alguna vez de dónde sale el dinero que llena las necesidades de tu existencia? ¿Crees tú que su cofre de joyas no tiene fondo? ¿Crees tú que los cincuenta pesos, que mensualmente paga la señora que le alquila la sala, alcance a llenarlos?

Los ojos de Pablo, muy abiertos, interrogaban con autoridad. Marco les contestó:

—A las necesidades de tu casa las llena el trabajo de tu madre. No el que ves durante el día cuando juegas, el único que la santa criatura deja entrever. Vives, Pablo, del trabajo de sus noches, el que ejecuta mientras tú duermes. Vives, Pablo, de sus vigilias.

—¡Mamá! —exclamó nuevamente en un grito el niño; y vió, patente, ante sus ojos la figura endeble de su madre empalidecida por la anemia, agobiada por el peso de la heroica labor revelada por Marco. Temblando todo entero, bajó la cabeza como sorprendido por un terror sagrado. Un silencio siguió;

Marco dejábalo prolongarse, para que sus palabras, incrustándose en ese espíritu clarísimo removieran su corazón, despertaran su conciencia. Luego prosiguió:

—Nada más necesito decirte, hermano. Vas a cumplir doce años y tu madre todo lo espera de ti. Estudio en mí significa amor a la ciencia... —y agregó, en el mismo tono que había tomado ya una vez en el curso de la conversación para hacer otro aparte— Si hay en mí una chispa del espíritu de justicia podrá convertirse en beneficio de la humanidad más tarde... Estudio en mí, —repitió, —significa amor a la ciencia; en tí es una preparación a la lucha, que para defenderla y defenderte de la vida, tendrás que empeñar con la vida misma. Al estudiar, afilas tus armas... Te hablo así porque te conozco. Nos volveremos a encontrar hombres ya, Pablo; yo lo soy casi por los años. Nuestro cariño es de los inmutables...

No pudo continuar, sus ojos se nublaron, toda su firmeza se desplomó, y fue él quien cayó entonces en brazos de su amigo.

Como una sugestión divina obraron las revelaciones de Marco sobre el alma del niño. Arrojose al estudio con ardor excesivo, como era excesivo todo en esa opulenta naturaleza. Pocas veces desmayó; para retemplarse bastábale notar signos de tristeza o de fatiga en el semblante de su madre.

El estudio es un hábito; habituose a él, se apasionó, y sin esfuerzo, llegó.

No tenía veintiun años cuando salió de la facultad con un diploma de ingeniero, dejando en ella rastros de su paso, y muchos amigos sobre los que siguió ejerciendo el ascendiente a que estaba destinado.

Pablo no pertenecía a esa falange de hombres con título y sin trabajo. Inmediatamente de salir de la facultad entró a un taller en el cual practicó lo que había aprendido; observó y conoció al obrero en su medio y en sus necesidades; adquirió ciertos conocimientos que le serían indispensables más adelante, y ese espíritu práctico, sin el cual el hombre, dueño sólo de abstracciones, podrá auxiliar, pero nunca dirigir.

Careciendo de medios en su pobreza, pero optimista, sano de cuerpo y de alma, confiando en sí mismo, como se arroja al mar un nadador desnudo seguro de sus músculos, lanzose a la vida.

Uniose con Manuel Millares, otro amigo de infancia, naturaleza equilibrada, corazón viril e inteligencia abierta, y establecieron, a poca distancia de Buenos Aires, un taller mecánico. Pablo tomó a su cargo la dirección técnica. No obstante, con la blusa azul, trabajaba a la par de sus obreros, ganando así mayor autoridad y prestigio.

Marco, terminados sus estudios, permaneció en Europa, extendiendo sus conocimientos y observaciones, e ilustrando su nombre. En ese intervalo hizo varias visitas a su país, y alentó a su amigo en su labor. Quería dejarlo combatir solo, triunfar por si mismo en los comienzos, que son la prueba, antes de hacerse sentir prestándole su ayuda material.

Al cabo de un año, con el derecho de un hermano mayor sobre el menor, intervino en la empresa, dotando al establecimiento de una maquinaria tan completa que por el hecho de poseerla poníase adelante de todas las fábricas existentes en el país, y del capital necesario a su funcionamiento y a su desarrollo.

Con semejantes refuerzos y dos hombres como Pablo y Manuel a su frente, tomó enormes proporciones.

El ascendiente que ejerciera sobre sus condiscípulos, ejercíalo ahora sobre los obreros; y de allí, que insensiblemente, sin buscarlo, resultó por obra de sus virtudes eficaces, y de sus mismos defectos, que eran en él superabundancia de esas virtudes, el jefe de una agrupación que fue creciendo y desenvolviéndose hasta tomar la forma de un partido político perfectamente organizado.

El grupo dirigente —Manuel y algunos otros amigos— habían puesto también en él su fe. Y se propusieron combatir unidos, no a un hombre, no a algunos hombres, sino al estado de las cosas, del que eran culpables todos y ninguno.

El grito audazmente lanzado por Pablo Herrera, en una sala aristocrática una noche de fiesta cívica, había sido un acto perfectamente meditado, un sondaje que quiso realizar en la conciencia de las altas clases.

Y un año bastó para que el árbol plantado entonces retoñara.

Una nube había en su horizonte, y la más negra: la ceguera de su madre. Pero Marco había vuelto trayéndole la seguridad en el éxito de una operación fácil en si misma, después de someter la enferma a un régimen estricto de tonificación.

Y como lo había dicho, creía a Marco infalible.

IV

Como se enseña sobre el Mapa Mundi[15] las afluencias y confluencias de los ríos, enseñaba el Maestro sobre el cadáver las corrientes circulatorias del cuerpo humano. Sus manos largas y finas, que en contraposición a los rasgos fuertemente apasionados de su fisonomía, revelaban cosas muy suaves del alma, iban señalando a los discipulos, ávidos de su ciencia, el camino de las grandes y pequeñas arterias conductoras del jugo vital.

Marco Silas daba esa mañana una de sus lecciones libres, a las que acudían los estudiantes de la Facultad y muchos médicos inteligentes que se inclinaban ante una superioridad incontestable.

Veía él subir cada día un grado más el amor y la fe de sus discipulos, y poseyendo la alta facultad del propio examen, confesábase que si así no hubiese sido habría sufrido un gran dolor, porque lo hubiera juzgado ingratitud.

En todos los rostros estaba la expresión grave de una reconcentrada atención. El del muerto, hombre joven de líneas académicas, conservaba una placidez de sueño y recordaba, así desnudo sobre la mesa de mármol, a los Cristos de las Pietá italianas, con la sombra de sus pestañas, sus cabellos rizados, su barba cortada en punta.

La luz caía desde las claraboyas, yendo a golpear las paredes desnudas, pintadas a la cal del anfiteatro. Uno de sus rayos quebrábase sobre la alta figura de Marco, y acusaba profundas huellas amargas alrededor de la boca, cabellos blancos cerca de las sienes, lo que comunmente no se tiene a los treinta y seis años.

Habló un largo rato, explicó, analizó, demostró; luego abrió el pecho del cadáver.

El auditorio se había ido acercando a la mesa hasta tocarla, formando un semicírculo. Reinaba un silencio de sepulcro, en medio del cual sonaba más profunda la voz que allí enseñaba.

Un rumor de sedas, un perfume fresco de violetas hízose sentir. Algunos dieron vuelta: de pie en el centro del anfiteatro, adelantando el cuello para ver mejor en un gesto lleno de gracia, contemplaba la escena una mujer, que al verse descubierta tomó en el acto la actitud de una niña, que sorprendida en una travesura se sonroja y ríe.

---

15   *Mapa Mundi*: en latín, mapa del mundo

Su capa de chinchilla real resbalaba por su propio peso hasta sus hombros; un finísimo velo blanco guardaba su cara, apretando sobre su frente, como a negros racimos, sus cabellos; prendida en su toca de la misma piel, brillaba una rosa.

Semejante criatura en tal sitio mortuorio y sombrío, parecía una estrella caída en un pozo.

La lección continuaba no obstante la distracción de los oyentes, que casi todos habían ido volviendo la cabeza, quedándose suspendidos de la aparición. Los más cercanos hiciéronlo también, dejando al apartarse en descubierto al Maestro, a la mesa y al cadáver, con su pecho recién abierto, mostrando mustio e inmóvil el corazón.

Un grito arrojó al verlo la elegante intrusa, que avanzó dos pasos, e inconscientemente, obligada por un tirón nervioso, extendió los brazos, abrió grandes los ojos, y encogió los labios. Un artista habría dado la bella elocuencia de su actitud a Venus [16] espantada.

Marco al oirla levantó la cabeza, mirola friamente, y dijo en tono breve a la religiosa que la acompañaba:

—Hermana, tenga usted la bondad de conducir fuera a esa señora, pues no está aquí en su sitio.

La hermana creyó que la tocaba un reproche y explicó:

—Mientras acompañaba a esta señora en su visita al establecimiento, se me llamó para pedirme datos sobre un enfermo. Durante mi ausencia ocurriósele entrar aquí, ignorando donde entraba.

Una gran palidez se había ido extendiendo por el semblante de la joven señora, hasta igualar al color de su frente el de sus labios y el de sus mejillas, adivinándose que temblaba interiormente.

Marco al notarlo dulcificó su tono.

—Tenga cuidado, hermana; parece que su naturaleza es muy nerviosa, y está muy impresionada con la vista del cadáver.

Pestañeando muy ligero, tratando de parecer tranquila, dijo ella con voz que no conseguía afirmarse, y señalando nerviosamente el pecho del muerto.

—No es que el pobre me dé miedo... lo que me ha estremecido es la inmovilidad de su corazón.

—Sáquela pronto, hermana, al aire libre, —aconsejó en voz baja otro médico. –Si permanece un momento más en la sala va a desmayarse.

Tomándola del brazo suavemente, la religiosa condújola al jardín.

Los ojos de los que permanecían en el anfiteatro, siguieron sus pasos sinuosos y vacilantes... Viéronla detenerse, y siempre sostenida por la hermana respirar muy fuerte; viéronla perderse a lo lejos, arrastrando sobre el césped su manto de chinchilla real caído en los hombros, y cuya piel brillaba al sol como escamas de plata.

Un minuto más, y el semicírculo tornó a cerrarse. Al sombrío recinto, des-

16   *Venus*:nombre romano de la diosa llamada por los griegos Afrodita, diosa del amor.

tinado a estudiar la vida en la muerte y por donde acababa de pasar, furtiva, la gracia, volvió el silencio. Y otra vez dominó allí, sola y única, la voz del Maestro.

Lo que se llama «alto mundo» es muy reducido en Buenos Aires. Pequeño mundo, mezcla heterogénea sin subdivisiones, en el cual todos los que forman parte se conocen, casi todos se tratan, sin que en él existan, como en otras partes, círculos diversos netamente marcados.

Por esta igualdad que obliga a las familias a vivir excediéndose de sus recursos, falso orgullo que se pretende hacer considerar como una manifestación de dignidad, se vive en perpetuo desequilibrio doméstico.

Y ese orgullo, que es vanidad, causa más desgracias, hace más dolores que todas las quiebras y todos los naufragios financieros.

La familia de Millares ocupaba en ese mundo que da fiestas y sabe vestirse un puesto culminante.

El Dr. Manuel Millares, abogado de nota, ganaba en su estudio lo bastante para sostener su casa a una gran altura, de la que no se resignó su viuda a descender cuando él murió. Muchos sinsabores y desvelos pasó ella durante los seis años transcurridos desde entonces, para responder a los gastos y a las deudas que el mantenimiento de ese tren de vida le ocasionaba; y recién, gracias a sus hijos, —Manuel, que comenzaba a recoger el resultado de su trabajo, y Daniel, que habiendo elegido la misma carrera de su padre extendía su clientela,— le era dado respirar y dormir confiando en ellos.

Lucinda Carreras casó con el joven doctor Manuel Millares, —menor que ella y de distinguidísima familia,— después de haber soportado una oposición larga y tenaz por parte de ésta, a causa de su modesta cuna.

Lucinda, no obstante, una vez casada fue «reina y señora», apoyando su poder en una belleza que resistía toda crítica y todo análisis, y en la pasión de su marido, a quien dominó con su carácter vanidoso y arbitrario.

Esa belleza que la había impuesto como un ser superior a sus padres, impúsola a su marido, a sus hijos y a todos los que la rodeaban. Desde muy niña reconcentraba su voluntad altanera en un solo fin: el de brillar, el de ocupar «una banqueta de duquesa» en ese círculo que atrae y fascina a las mujeres sin claridades de inteligencia, cual una luz a un insecto.

Alta, de admirables formas, ojos oscuros —ojos americanos rasgados, de pestañas encrespadas por entre las cuales la mirada se desliza recatada y provocativa— cabellos negros sedosos, embellecidos aún por anchas ondas, boca muy roja, cutiz mate, nariz de estatua griega, atraía la admiración si no la simpatía. Friamente amable con su marido, dejábase adorar y rodear, con tranquilidad indiferente, del lujo para el cual creíase nacida.

Vinieron los hijos. Desarrollándose en la atmósfera que circundaba a la madre, se acostumbraron a considerarla también como una soberana a la que no cuadran los cuidados y ternuras que tienen las otras madres para sus hijos cuando, reinas o plebeyas, lo son realmente.

Después de Manuel y Daniel, Amalia, Sofía y Lucinda, bien disciplinados todos en el régimen autócrata materno, nació Esperanza, hermosa, sana, fuerte, que se impuso al amor, como su madre se había impuesto a la admiración. Fue primero la muñeca viviente con que jugaban sus hermanos, y luego la alegría de la casa, la insubordinada, la regalona, la traviesa.

«Mamá es muy linda, pero papá es muy bueno» había sido la primera manifestación de su razonamiento, expresado en el adorable lenguage de la infancia y sostenido por la preferencia que demostraba por su padre.

Lucinda sufría también el irresistible ascendiente de la niña. Esa vocecita de un alma salida de sí misma despertó un eco en la suya, tan tiesa y tan sin dulzuras, y por primera vez sintió las palpitaciones de esa bondad que su hija le indicaba. Poco a poco fue acercándose al padre de Esperanza, enfermo ya, y que debió, a su más pequeña, los cuidados que le prodigara su mujer en sus últimos años.

Y ella debiole a su hija verse descargada de mayores remordimientos, y llegar a querer alguna vez a otro ser, casi tanto como a si misma.

Nada sabía negar a su predilecta; cuando los mayores querían conseguir algo comisionaban a Esperanza cerca de ella.

Muy correcta en su porte, relaciones sociales, devociones y caridades, a pesar de su continua asistencia a las fiestas, sus trajes lujosísimos, su afan por brillar y eclipsar a las otras, y de las muestras de admiración que los hombres le prodigaban, su modo majestuoso y lento alejaba las interpretaciones; nunca se murmuró de ella y teníasele por mujer de virtud sólida y conducta intachable.

Cuando murió su marido guardó severísimo luto, hasta que volvió a frecuentar la sociedad para presentar sus hijas.

Recibía los viernes. Durante el día las visitas de señoras se sucedían; más tarde sentábanse a su mesa algunas personas respetables, que desde mucho tiempo atrás acostumbraban comer en su casa, cuatro o cinco amigas de sus hijas, y otros tantos amigos de los «muchachos». Después pasábase al salón, y allí se agrandaba la reunión con algunas otras visitas; se hacía música, y se charlaba hasta las doce o la una. Esperanza, siempre amable, era el alma de estas reuniones. No estando de novia, como sus hermanas, podía atender a sus amigos y hacer agradable su casa.

Era viernes.

—He visto una cosa muy rara, —dijo Mecha Iturbe a Daniel, al ir a sentarse a la mesa.

—¡Qué pálida estás! —exclamó él algo alarmado.

—He visto una cosa muy rara, —repitió ella recalcando sus palabras.

—¡Qué pálida estás! —repitió también Daniel en su mismo tono.

—Estoy pálida de lo que he visto... ¿No me lo preguntas?— Lo miró fijamente y le contó muy seria:—He sorprendido un corazón que no camina.

—Siempre en ejercicio tu imaginación. Ella sí que camina sin detenerse nunca, —contestole entre triste y sonriente creyendo en una de sus eternas bromas. –Un corazón... ¿Estás bien cierta que el tuyo camine ahí dentro?

—¡Ah! ¡si sintieras sus pasos precipitados cuando se acuerda del otro!– Y tratando de destruir una impresión que iba hundiéndose en su espíritu hasta hacerse torturante, creyó que para conseguirlo debía chancear. Poniéndose la mano sobre el seno continuó: –Mira, mira qué ligero va... Es como si quisiera apurarse para alcanzar al que después de tanto andar se ha detenido.

—¿Pero al fin qué viste?

—Un muerto desconocido, al que un profesor alto, pálido y antipático despedazaba tranquilamente ante un público que lo veía hacer con la boca abierta.

La joven sentía su pecho apretado y una necesidad de confiarse refiriendo la escena que tanto habíala impresionado, y posesionádose de su espíritu hasta convertirse en la idea fija. Sin embargo, apenas se atrevía a comunicárselo a Daniel mismo, en quien estaba segura de encontrar siempre indulgencia.

—Es singular, –dijo, –que muchas cosas no puedan contarse, muchas impresiones no puedan comunicarse en toda su intensidad –justamente por su intensidad– en el temor de que parezcan locuras a nuestros semejantes.

—¿Puede extrañar que se despedace a los muertos, quien despedaza a los vivos? –preguntole Daniel después de un breve silencio.

—Fuí al hospital,... –continuó ella, seria, sin recoger la alusión, jugando con la sarta de sus perlas y mirando la punta de su zapato de raso negro.

—¡Tú en el hospital! –exclamó él riendo.

—Yo en el hospital. He resuelto levantar un pabellón, un gran pabellón en el que puedan asilarse todos los enfermos desamparados.

—Ya tendrás que edificar, mi hijita. Pero, ¿concibes a Mercedes, a Mecha Iturbe, convertida en matrona filantrópica? –Daniel lo dijo con risa ligera, tiernamente burlona, y la llama en los ojos de una pasión profunda– Curar, amparar los cuerpos es banal: ampara tú más bien las almas que abandonas; cura las almas que enfermas...¿La tuya tiene memoria?– E insistió, ya de muy cerca, buscando sus ojos. –¿Tiene memoria la tuya?... ¿La tiene acaso para recordar el idilio de nuestros quince años?

Como si no lo oyera, repitió, sarcástica:

—Quiero levantar un pabellón para todos los enfermos desamparados, en el mismo sitio donde penó mi madre, cuando la tuya la mandó a curarse al hospital.

En su suave rostro apareció un desprecio desdeñoso, y el reflejo de un rencor latente. Daniel púsose blanco como el vestido de su hermana Esperanza, que en ese momento pasaba por su lado, sonriendo a los dos, para entrar al comedor. Caminaron hacia allí ellos también.

—¡Eres implacable! –díjole al entrar.

—Como lo fue tu madre, –contestole ella vivamente.

Daniel bajó los ojos, volvió a levantarlos, y fijándolos dolorosamente en las profundidades oscuras de los suyos, en los que veía reflejarse su imagen velada y lejana, exclamó:

—¿Por qué te falta la bondad?

—Mechita, aquí, –dijo en ese momento la madre de Daniel, indicándole un asiento entre dos convidados.

—Voy, –le contestó. Y con una risa irónica y mordiente concluyó en voz baja apartándose de Daniel para ir a ocupar su sitio: –Mi nueva amiga... ¿Por qué no le preguntas también a ella si recuerda nuestro idilio?

—¿Parece que el triunfo de la candidatura Herrera es un hecho? –preguntaba al mismo tiempo, desde el extremo opuesto, un diputado a Daniel, quien tuvo que responderle:

—Sí, y por suerte, pues no sólo es el triunfo de un hombre como Pablo, sino que ello representaría una indiscutible libertad en la elección, honrosísima para el gobierno.

Concluida la comida, dirigiéronse al salón y habiendo llegado otras personas, se estableció la reunión animadísima.

Recostada en el sofá esquinado de la salita contigua, apoyando su cabeza en los almohadones del respaldar, Mecha cerró los ojos y dejó a su cuerpo en un reposo dulce, sintiendo caer sobre ella la mirada de Daniel; calor perenne y triste.

Sentado a su lado mirábale en el rostro, con un interés salido desde el fondo del alma, las marcas de un malestar que lo cambiaba.

—¿Qué tienes? –preguntole simplemente, mucho rato después, con una suavidad conmovedora.

—No sé; –contestole, también muy suave, con gesto desmayado, como si el fuego de la escena anterior hubiese consumido su rencor y su energía.

Volvió a cerrar los ojos; siguió él mirándola, ahogándose en el amor de que tenía lleno el pecho, poseído del deseo intenso de robarla a si misma, llevándosela a donde vivieran la vida jurada en el pasado; adonde fuera una verdad el sueño perpetuo e inmutable.

—¡Si fuera cierto! –exclamó en voz alta, despertando.

Ella lo miró también, pensó lo que él pensaba, y sus dos memorias fijáronse en un tema; en la fuga maravillosa de su sinfonía juvenil.

Daniel, conmovido hasta sentirse apretada la garganta, tomó su mano que blanda y dócil quedose en la suya.

—¿No lo habías olvidado?... preguntole él con voz muy tímida por el miedo a la respuesta que vendría.

—Nó... –contestole con voz más tímida aun, insegura de lo que afirmaba.

Levantose Daniel, caminó alejándose unos pasos y acercose luego lentamente, pero con el semblante descompuesto por una fuerte agitación.

—Mercedes, –dijo en un tono más valiente y más firme, – ¿No sientes que podríamos volver a ser felices? ¿Vivir unidos para siempre? Mi existencia es toda tuya y tú lo sabes. De ella toda, te hago hoy todavía el ofrecimiento... Que vuelva, pues, al fin, tu corazón al mío por el camino recorrido ya una vez.

Ella calló; comparábase con alguien, que al ofrecérsele un tesoro se sintiera incapaz de valorarlo. Lo encontró absurdo: bien sabía lo que valía Daniel.

Con una gran ansiedad esperaba él la respuesta esquiva.

—¿Cuándo?... –preguntó de nuevo, con un gesto extraño que traicionaba una desconfianza.

—¿Cuándo...? –dijo ella riendo y mirando a otra parte, tratando de ocultar su turbación.

Arrepintiose él de su pregunta y en sus ojos apareció una expresión dolorosísima. Para disimular su cobardía, balbuceó:

—Eramos tan jóvenes.

—Eramos tan jóvenes... –balbuceó también ella, moviendo la cabeza en una prolongación de ese recuerdo.

El perfil distinguido de Daniel la enterneció, recordándoselo adolescente, esclavo ya de la ilusión que en él debía perpetuarse, y llevada a una caricia púsole su mano libre sobre la cabeza, que voluntaria se inclinó a su leve peso.

Había experimentado durante el día la nostálgica sensación de un gran vacío después de la siniestra visión de la mañana, y ahora admitía refugiarse en su idílico pasado, contenta de que se le recordara; sintiendo una fruición deliciosa en volver a vivir en el pensamiento cosas vividas. Pero al mismo tiempo deseaba, por razón arcana, que Daniel callara, prolongando entre ellos las horas indecisas. Y como el joven no insistiera, guardando el silencio de que estaba ella ávida, tuvo, agradecida para él, una mirada que le produjo un vértigo luminoso, una impresión de inmensa dicha, y al mismo tiempo la vaga intuición de que se engañaban.

—Eramos tan jóvenes... –volvía ella a decir en otro tono. En ese momento la dejó suspensa un arpegio que recorrió el teclado del gran Erard [17] en el salón vecino, y Esperanza, sin gran arte, pero con una voz que manaba fresca como el agua de una fuente, empezó a cantar.

—¡La Primavera! –exclamó Mecha, sintiéndose de súbito rejuvenecer. Levantose para encaminarse hacia la puerta, deseando oír más de cerca la canción de Mendelssohn [18] y desde allí contempló la figura dulce y serena de Esperanza, que alejaba toda idea de pasión agitada, de baja impureza; que aparecía difundiendo a su alrededor paz y armonía.

—¿Cuándo..? –dijo otra vez Daniel a su oído, apasionado y grave, en cuanto se hubo ella alejado de la puerta; y resuelto, venciendo su débil resistencia, circundola con sus brazos, apretola contra su corazón como para comprimirlo.

---

17   *Erard*: ERARD & CIE., S. & P. Paris, France, célebre fábrica de pianos fundada en 1780.

18   *Mendelssohn*: Felix (1809-1847), Compositor alemán, una de las principales figuras de comienzos del romanticismo europeo del siglo XIX. Autor de 5 sinfonías, conciertos para piano, violín, orquesta, ocho volúmenes de Romanzas para piano y múltiples sonatas, preludios y fugas para órgano, que constituyen el aporte más importante al repertorio de órgano desde Johann Sebastian Bach.

Ella sintió el latido agitado y la rozó de nuevo la visión del anfiteatro; pensamientos más dulces la absorbieron y descansó en ese seno habitado desde tantos años por su propia imagen.

Antes de darle tiempo de repetir la pregunta, que al contestarla la comprometería para siempre, cubriole la boca con su mano suave, ligera, perfumada como una flor, y al sentir nuevamente los sonidos del piano, esparciéndose en un vals, «quiero bailar», le dijo, y lo arrastró al salón, mezclándose a las parejas que allí valsaban.

A la una despidiéronse todos. La joven retirose dejando en Daniel dudas y esperanzas, llevándolas también consigo; ignorando de qué dudaba, y lo que esperaba.

V

Al entrar Mercedes a su casa sufrió un desvanecimiento, y hubiera caído al suelo sin el apoyo de Anita, muchacha criada a su lado, que había salido a recibirla. Asustada, quiso despertar la servidumbre; opúsose a ello su señora, quien reaccionó, y mientras la desvestía contole la conmoción enloquecedora recibida.

—No sé, conociéndose tan nerviosa, para qué va al hospital, –dijo Anita, reprendiéndola, autorizada por su fidelidad y su cariño. –Acuérdese, niña, lo enferma que estuvo, cuando murió en Madrid la marquesita del Río, por haber presenciado su agonía. No me olvido del susto sufrido por su cuñada, y don Jaime, en aquellos tres días de fiebre que tuvo usted entonces... Los médicos teníanle prohibido tales impresiones. ¿A qué las busca, pues?

—¡Pobre Gloria! –dijo Mecha. –Tan linda, tan buena y tan desgraciada. –Y a este recuerdo púsose a llorar. Quiso en vano contener su llanto. Las lágrimas, comprimidas tanto tiempo, saltaron gruesas una a una, hasta que brotó un pequeño torrente amargo de sus ojos, entre sollozos largos y violentos. Eran sus nervios vueltos a encresparse de los que perdía ya el dominio.

—Sus «mandingas» andan sueltos, –díjole Anita. –Vamos a ahogarlos en bromuro.

La joven tomó el calmante y dejose acostar.

La tibia frescura de su lecho donde se aflojaron esos nervios tendidos, vibrantes, trájole alivio y se durmió. Fue muy breve su sueño: un sobresalto la sentó en la cama. Sentía en el espíritu los efectos de las agitaciones del día, y como si su cuerpo hubiese recibido fuertes contusiones.

Acentuábase su morbosidad; comprendiéndolo se dijo: «Indudablemente, estoy enferma. No es natural tal persistencia... por más afinados y susceptibles que sean mis «mandingas.» Trató de reir por la ocurrencia de Anita, y su risa fue más bien una contracción convulsiva. Extendiose entonces de nuevo,

apretó los ojos y murmuró como si hablara a otra: «Hay que dormir para olvidar». La sobrexcitación no se lo permitió; sentía vibrar sus tendones y dolorido el cerebro, en el que germinaba una manía de persecución. Cerraba los
ojos, y aparecíasele el muerto; abríalos, y seguía viéndolo ahí. Viendo sus ojos,
cuyas ojeras hacíanlos inmensos y hundidos, la contracción de la boca que parecía sonreir, sus cabellos negros sobre el mármol blanco; el pecho abierto y
el corazón... Teníalo patente, frente a si, acostado rígido, y un segundo después
de pie, resuelto a seguirla siempre y a todas partes.

La casa dormía en el silencio y en la oscuridad. Brillaba única, velada por
su pantalla de gasa, la luz de una pequeña lámpara de plata, una joya, regalo
de Daniel, colocada sobre la mesa a cierta distancia de su cama. «Pobre
Daniel» díjose mirando la luz y pensando en su pasión por ella que se había
levantado más violenta al volverla a encontrar, preguntose lo que él le pre-
guntara:

«¿Cuándo?... Sí; ¿cuándo consentiría en hacerlo el compañero de su existencia?» Y súbitamente, a esa existencia, sintiola vacía. «¿Si me refugiara en
él, la sentiría menos?...» se interrogó vacilante. «Antes de la comida fui cruel,
injusta... ¿Tiene él la culpa de lo pasado?... Mi conducta más tarde fue un acto
de reparación, de desagravio... ¡Cuánto me quiere!... ¿Lo quiero yo?...» Esto
la condujo a examinarse. «¿Quiero a Daniel?... ¿Si no lo quisiera experi-
mentaría bienestar cerca de él; pasaría a su lado el largo rato que he pasado
esta noche, bajo su mirada palpitante; permitiría a mi cabeza asentarse en su
pecho, y a sus labios besarme como a su prometida?...» Dejábase convencer
por sus propias palabras y le salió al rostro una acariciadora expresión, la cual
cambiose al rato en otra ansiosa y doliente. «Siento miedo, frío, tristeza y soledad... ¿Si lo quiero por qué no estoy contenta?» exclamó en una voz muy
alta. Y de esta exclamación sacó la certeza de lo que sentía... y de lo que no
sentía. Un frío la invadió, como si la comprobación de ausencia de un sentimiento, que se esforzaba ella en poseer, le hubiera desnudado el alma. Hasta
esa noche no había conocido su soledad sino a través del celaje rosado de una
vida lujosa y festiva. Recién la descubría: abismo bajo flores... Tan sola se
sintió, que evocó a su madre para que le hiciera compañía, y su imaginación
sobrexcitada vio su sombra deslizarse, su perfil surgir como rejuvenecido, su
figura diafanizada inclinarse sobre ella maternal y tierna. Después, la trágica
memoria de su padre la estremeció; lanzó un ligero grito y se cubrió la cara.
Su esfuerzo, para descargarse de congojas y librarse de alucinaciones, sólo
consiguió que algunas visiones claras y rientes rozaran apenas la superficie de
su cerebro; en su fondo hervían las otras...

Fuera soplaba el viento adivinándose una noche fría; pareciole sentir ese
frío en su cuerpo y envolviose en su acolchado de brocato rosa.

Pronto se hizo la reacción. Sintiendo calor excesivo, arrojó con un movimiento gracioso de su pie su abrigo... La luz de la lámpara comenzó a ago-

tarse; bajose de la cama y el cambio de temperatura prodújole un escalofrío. La triste seguridad de estar enferma, que la alarmaba, le sugerió la idea de llamar al día siguiente un médico, y pareció sacarla de su estupor. «Mañana llamaré médico... mañana llamaré médico», repetía con persistencia, pues la consolaba escuchar su propia voz. «¿A cuál de los que conozco llamaré?... No será seguramente al antipático del hospital»... Con estas palabras huyó de nuevo de la vida real. Veía al médico, al muerto, a los discípulos; veíase a si misma en el instante de ser descubierta, tímida, sonrojada, y cuando la hermana se la llevó al jardín. El miedo volvió a ella, y como una niebla empezó a penetrar en su cerebro la ofuscación... Quedose parada al lado de la mesa, con los brazos caídos, mirando extinguirse lentamente la luz. La oscuridad agrandó su turbación; pero un instinto aconsejola llamar, y acercose al timbre. Su mano temblorosa apretó, en vez del timbre, la llave de la electricidad, y el cuarto se iluminó. Miró hacia todos lados, y le costó reconocer su habitación; parecíale todo ajeno, de algún dueño desconocido... De pronto vio a su frente la figura delicada de una niña, cubierta castamente desde el cuello por una túnica blanca, debajo de la cual aparecían sus pequeños pies descalzos... Al fin conoció su propio encanto reflejado en un espejo. Acercose a él, y al mirarse los cabellos arreglados para el sueño, en trenzas sostenidas por cintas sobre las sienes, encontrose parecida a una Infanta de Velázquez [19] y sonrió a la imagen.

Las cosas tienen también maldades. El reloj del hall dio las horas, llamando su sonido la atención de la joven, que siguió, después que enmudeció, escuchando el tic-tac incesante de su péndulo.

«Parece un pecho que suspirara sin tomar aliento... o mas bien un corazón que latiera sin respirar», pensó; y al entrever de nuevo las visiones, diose cuenta exacta de la perturbación de su cerebro, y preguntó en voz alta: «Estaré... estaré...» No se atrevió a pronunciar la terrible palabra; engañándose a si misma dijo fuerte: «¿Estaré enferma?»... Y como si envolviera ya su mente niebla espesa, perdió toda noción, y sólo vio y pensó lo que su ofuscación le consentía... Vio a la Soledad que la rodeaba tomar forma, una forma espantable y extraña, abrir su manto, y mostrarle entre sus pliegues un enorme corazón, del cual era latido el péndulo del hall... La Soledad creció ante sus ojos hasta tomar inmensas proporciones... Ella con la mirada fascinada, los dientes apretados, prendidas sus manos en la mesa mirábala crecer... La Soledad gigante extendió sus brazos en el gesto de arrojar sobre ella ese corazón cambiado en piedra... Quiso gritar y no pudo... Entonces, enloquecida, huyó de su dormitorio, atravesó las piezas, y huyendo siempre, conducida por el fatal tic-tac, como por el hilo conductor de un laberinto, llegó al hall.

Instintivamente había ido tocando las llaves de la luz de los cuartos al cruzarlos, las que se encendían a su paso; al hall lo iluminaron así las diez luces

---

19   *Velázquez*: Diego Rodríguez de Silva y Velázquez (1599 - 1660) pintor barroco español, nombrado Pintor del Rey Felipe IV en la Corte española realizó muchos retratos del rey y su familia como *Las Meninas* (1656) donde aparecen, entre otros personajes, María Agustina Sarmiento (una de las meninas) y la infanta Doña Margarita Isabel de Velasco (la otra menina).

de su araña central. Al verse allí, Mecha sintió un descanso y una relativa calma, tal cual si hubiera agotado algo de sí misma en el esfuerzo de llegar... Sentose sobre una de las altas banquetas, con las piernas colgantes, y púsose a morder las perlas de su collar...

Una punzada atravesó sus sienes, sintió igual dolor en la nuca, esa sensación la trajo nuevamente a la realidad de las cosas, y alcanzó a pensar de nuevo: «¿Por qué siento el abandono hoy más que ayer? ¿Tenía ayer algo que hoy no tenga... ¿Tengo algo hoy que no tuviera ayer?» Y desfilaron ante ella todos los halagos de su vida presente... Luego una voz interior le anunció cambios que amenazaban su existencia moral. ¿Cuáles? No supo responderse y su espíritu tornó a turbarse al querer conocer ese cambio futuro, que temía.

El sonido del péndulo hízosele insoportable y fue éste ya entonces su única preocupación. En la ausencia total de luz interna detúvose a mirarlo oscilar, con ojos espantados, a través del cristal. Era un reloj antiguo y monumental que ella miraba ahora como si no lo hubiera visto nunca... De repente, semejante al gato que caza una araña, dio un salto, subiose a una silla colocada debajo del viejo mueble, y con la expresión de malicia de un idiota abrió muy despacio, tratando de no hacer ruido, el cristal, e introdújole en las entrañas su pequeña mano, sobre cuya piel brillaban, cual en un estuche de raso, los anillos.

Con el gesto del niño que atrapa un pájaro enjaulado, sorprendió al péndulo al pasar, y cuando lo tuvo bien seguro entre sus manos, tiró, tímidamente primero, fuerte, más fuerte después de las cuerdas metálicas que lo suspendían, y lo obligó a ceder. «¡Ya está!» exclamó en una carcajada, que sonó límpida y musical, como hubiera sonado al quebrarse uno de los vasos de cristal, en los que vivían las rosas y las violetas... «Ya está», repitió, suspirando intensamente, y bajó de la silla abrazando amorosamente contra su pecho el corazón de bronce, ¡inmóvil al fin! Sentose en un hondo sillón, subió sus pies helados, cubriéndolos cuidadosamente con su larga camisa de dormir, y gozosa, y cómoda, y sonriente púsose a mecerlo...

El hall bañado por las luces aparecía más grande en todo su esplendor severo. Tampoco lo reconoció, ni a las cosas familiares que la circundaban. Para su dueña toda esa lujosa inutilidad era ahora inútil. Había perdido la percepción; para ella, ya las cosas no tenían alma.

Las horas pasaban y continuaba, en esa inmovilidad del ambiente, meciendo el péndulo... Las ruedas de un carro sonaron en la calle... oyose la voz de un obrero que iba a su fábrica... «La Nación», «La Prensa»[20] gritó un muchacho al pasar corriendo. La ciudad despertaba.

De pronto la llama de la araña pareció amarillenta, y una flecha de luz de la mañana atravesó los cristales de la ancha ventana que daba al jardín... Entonces, como si ese rayo de luz matinal, que afuera hacía revivir las plantas y bañaba el suelo, penetrando en esa mente hubiérala hecho revivir también,

---

20 *La Nación* y *La Prensa* son periódicos diarios de Buenos Aires.

sintió la joven un sobresalto, abrió inmensos sus admirables ojos, y en un último momento de lucidez tuvo conciencia de que su cerebro sucumbía. Llorando, débil, desarmada ante lo inevitable, en un grito de auxilio al perecer, en un espasmo de terror supremo, una vez más se refugió en su madre... «¡Mamá!» gritó, perdiéndose su voz en el vacío...

El que se ahoga vuelve a ver en ese instante lo que ha vivido; así abarcó su memoria en un segundo el panorama de toda su existencia, y ante sus ojos la vio pasar...

...Escenas risueñas de su niñez... a la misma, envuelta por oscuridades iguales a las de las sombras que aún la circundaban... y a su juventud iluminada inesperadamente por claridad radiante, como la del día que comenzaba... Recordaba a su padre como una gran sombra agitada y confusa desvanecida allá en los albores de su infancia. Igualmente confusas levantábanse en su memoria, vistas a través de una niebla gris, otras imágenes, entre las cuales destacábase distinta y clara, atravesando resignada la vida, su madre de rostro pálido y ojos desolados de Mater Dolorosa.

En esta confusión de sus primeros años, mezclábanse, como los colores en un mismo cuadro, las risas y las lágrimas, el lujo y la miseria... Y netamente definida, aparecía la primera impresión que recibiera sobre las cosas, producida por el cambio repentino notado en su madre una mañana al despertar en una casa extraña, cuando apenas tenía seis años. La mujer que vio entonces ocupada en lavar ropas de enfermo, llevaba un delantal, y sus lindos cabellos castaños parecían disminuidos por el peinado de bandos lisos y asentados. La alta torzada, los pequeños rizos caídos sobre la frente habían desaparecido, y con ellos el aspecto juvenil. Creyó verse robada en todo lo que adoraba en su madre; mas percibió una nueva dulzura caída sobre su gran dulzura, y una luz reciente que brotaba de su propia humildad.

Inconscientemente se había sentido en presencia de nuevas tristezas, y vibrándole el alma sentádose fría, en su cama, como en el umbral de una puerta cerrada, detrás de la cual habitaran el enigma y lo incierto.

Más tarde su misma madre había abierto para ella esa puerta, contándole el pasado; el tiempo encargábase de destruir la incertidumbre del futuro.

...Se sucedían las horas y ella continuaba mirando fijamente ese pasado en su interior... En él viose a si misma cruzar con todos sus dones de belleza y seducción, escoltada por sus penas, sus lágrimas, sus rencores de niña, sus ilusiones, sus esperanzas y su amor de joven; con todas las promesas cumplidas de su amable destino... Pareciéndole que el drama singular a que asistía no era el suyo; que no podía ser, no, el de su propia existencia.

Mecha abrió los ojos y encontró una mirada que descendía sobre ella... Hizo esfuerzos para recordar dónde había visto esos ojos tan claros, y ese rostro de hombre tan pálido, todo afeitado, lo que le daba el aspecto de un noble inglés que hubiera estado mucho tiempo en la India. Aunque se convenció que tenía ante si al médico del anfiteatro, su mirada era dulcísima y no tuvo miedo. Lo tuvo de que volvieran las sombras a su mente y se estremeció, pero tomó valor y lo miró fijamente. Adivinando lo que por ella pasaba, púsole él su mano sobre la cabeza y le dijo:

—Mecha; soy Marco, y acabo de asistirte en tu larga enfermedad.

Juntó ella sus ideas dispersas, sonrió debilmente, tomó con sus dos manos la mano de quien así la hablaba, y con una infinita confianza, como si lo hubiera dejado de ver la víspera, tuteándolo también, contestole:

—Marco... ¿He estado loca, o he estado enferma?

—Has estado gravemente enferma y hoy estás fuera de peligro... No quiero para tu cabecita, víctima de una conmoción que no pudo soportar, nuevas cavilaciones, y necesito para conseguirlo decirte la verdad: has tenido una fiebre cerebral que ha durado dos semanas, y de la que estás hoy completamente libre. Por ahora te baste; cuando estés más fuerte pedirás detalles. Inclinó más aun sobre ella su figura y sonriéndole, como sonreía a sus niños enfermos, agregó en voz baja. —El pobre muerto está enterrado y con él su corazón: dejémoslo dormir en paz. Aquí está Esperanza, —siguió en voz alta, —casi tan desvastada como tú, por la borrasca que ha pasado sobre todos los que te queremos, Mercedes. Mírala. Los desvelos la han extenuado y hace esfuerzos la pobrecita para no llorar de emoción y de alegría... ven mi hijita, llora sin pudor; al calor de tu ternura, al contacto de tu frescura, su visión se hará más clara, su mente revivirá.

—Sí, Marco; —dijo otra vez la enferma, en un tono de voluntaria sumisión para todo lo que él dispusiera. Después, cruzola un relámpago de su naturaleza tan vehemente, e hízola gritar al recibir en sus brazos a Esperanza sollozante: —¡Mi alma!

Cuando se desprendieron, estirose en la cama con la sensación de un bienestar, precursor de la convalescencia, pidiendo al mismo tiempo en un murmullo y con la expresión de un gran amor filial: «Quiero ver a Emilia».

—Sí, madrecita, vendrá Emilia, —contestole Esperanza; —nuestra querida Emilia, que ha sufrido tanto durante tu enfermedad. Pronto iremos a buscarla... Después te llevaremos, para fortalecerte, a Itahú. Mientras tanto no olvidemos cuán necesario te es el reposo; déjanos rodearte, pero sin hablar.

Marco salió de la habitación. Mecha permaneció tranquila, y sus ojos abiertos, habituados a la penumbra, descubrían encantados mil objetos familiares.

Sus ideas empezaban a renovarse, y a calmarse en ella toda agitación: el bálsamo que habían volcado sobre sus heridas las cicatrizaba.

El ruido de una puerta atrajo su mirada, y vio entrar por ella una mujer de estatura mediana, que al notarla despierta, inclinó la cabeza, le sonrió, y acercándose a una de las ventanas, resuelta, descorrió las cortinas y la abrió de par en par. Pasado el deslumbramiento de sus pupilas al recibir la luz violenta que inundó la habitación, pudo detallar la interesante figura, que caminaba ahora en dirección a su cama, llevando en sus manos una cuchara y un frasco.

No era bella esa figura; no poseía la forma plástica que acatan las reglas adoptadas de estética; pero la marca individual había puesto en su frente su signo indeleble; ese signo de las criaturas privilegiadas que no es la juventud ni la elegancia, ni la línea ni la gracia.

La enferma percibió todo eso en la que se aproximaba con aire natural y suave, expresión abierta, y un traje muy modesto.

—Es dulce, Mecha; –díjole sonriente, introduciendo en su boca la cuchara llena de un líquido espeso, con la misma autoridad sin brusquedades que tenía su gesto cuando abrió el balcón.

No le extrañó a Mecha verse tratada con tanta familiaridad por quien no había visto nunca. Su oído sintiose acariciado por la voz musical que dejaba adivinar las notas de contralto de su canto, y atraída toda por sus ojos grandes, inteligentes, en los que había poco blanco, ocupado casi todo por dos gotas de azul. Las pupilas muy dilatadas y muy transparentes, la reflejaron cuando la joven se inclinó para darle el remedio; y pareciéndole que ésta debía ser algún benéfico genio femenino, lo tragó dócilmente.

—Es Hellen, Mecha; es Hellen Buklerc, mi amiga íntima, de quien te he hablado, y que acaba de llegar del país de sus abuelos... Ella ha secundado a Marco en tu asistencia; recién anoche se fue a su casa a descansar... Cuando aquella mañana te encontraron en el hall, enferma delirando, Anita me llamó. En mi desconsuelo corrí a buscar a Marco y a Hellen; los dos te han salvado.

Esperanza empujó suavemente a la joven, inclinose ella también, y ahí, sobre las blancas almohadas de la enferma, confundiéronse en un abrazo esas tres criaturas, Mecha, Hellen y Esperanza, que fundaban así una amistad destinada a prolongarse en la vida; más allá de la vida.

VI

Doña Rosario Requena de Díaz, viuda, de familia antigua, encontrándose sin recursos resolvió alquilar las habitaciones del primer patio de su casa, reduciéndose ella y sus dos hijas, Rosario y Felicia, a ocupar las del segundo. Cuando murió, las hijas continuaron atendiendo sus huéspedes, personas de las provincias del interior y de las repúblicas vecinas, especialmente recomendadas.

Rosario, alta, gruesa, de modales bruscos y resueltos, tenía un corazón excelente, que dedicó todo a Felicia, después de la desaparición de la madre, de quien había sido ésta la mimada por su edad y su carácter. Bonita, suave, sumisa y tímida, incapaz de resolución o iniciativa, con un pequeño tinte romántico que sentaba a su tipo pálido de grandes ojos, presentaba el más completo contraste con su hermana mayor.

Entre los huéspedes se encontraba un caballero chileno, don Diego de Iturbe, de alcurnia, ideas, educación, hábitos y figura aristocráticas, quien desde mucho tiempo perseguía la realización de grandes empresas comerciales, tras de las cuales iba quedándose año tras año en Buenos Aires, y consumiendo los últimos despojos de su fortuna. Su alta figura, que no se inclinaba jamás sino muy ligeramente para saludar a sus iguales, parecía destinada a no envejecer, y ante su evidente complacencia de ser cual era, sentíanse como impuestos los demás.

A su semblante llegaba, como el resplandor de un incendio, el reflejo de un fuego interior que debía devorar su alma soberbia y ambiciosa, y a sus ojos la llama incandescente de su imaginación. Un tic de los labios, un movimiento continuo de los dedos, su frecuente exaltación acusaban un desequilibrio en su sistema nervioso, como revelaba una preocupación febriciente el movimiento con que sacudía los cabellos renegridos de su hermosísima cabeza.

Por lo demás, su manera característica de tratar a las gentes, el sonido simpático de su voz metálica, y el aire condescendientemente amable que le era peculiar, su estilo pintoresco de narrar, una instrucción que era más bien información, la elegancia de su porte, y ese no sé qué del hombre de alta estirpe, hacíanlo un tipo seductor e imponente a quien buscaban los hombres y sonreían las mujeres.

Había casado en Paris con una señorita peruana, que murió al dar a luz su primer hijo. Aunque sus relaciones con los suegros, gente millonaria, eran muy frías, dejose llevar por su corazón naturalmente bueno y les entregó al niño, heredero directo de los bienes de sus abuelos.

Desde que don Diego abandonara, cansado, los pésimos hoteles de Buenos Aires de aquella época, ocupaba en casa de las de Díaz la sala y tres habitaciones que él mismo amuebló a su gusto.

Las virtudes tímidas de Felicia, encargada de cuidar la ropa, hacer los dulces y vigilar el aseo de las piezas de los huéspedes, a quien él comparaba a una flor abierta en la sombra, inspiráronle una profunda simpatía, y deseando poseer un afecto en la tierra extraña, algún tiempo después se casó con ella. Su amor propio no habría tolerado una vida económica y modesta; estableció, pues, su hogar reciente, aunque sobre una base movediza e inestable, con brillantez y lujo.

Rosario, una vez casada su hermana, pudo satisfacer su vocación y tomó el hábito de las Carmelitas.

Los asuntos de Iturbe complicáronse con un pleito que amenazaba echar por tierra sus empresas o eternizarse. El doctor Millares, su abogado, le aconsejaba tranzar, mas él, siempre iluso, no aceptó el consejo y el pleito continuó.

Al año de casados dio a luz Felicia una niña, a la que pusieron el nombre de María de las Mercedes, en recuerdo de una hermana de don Diego, muerta en la flor de sus años. La niña creció en belleza y gracia; su padre la adoraba con pasión de idólatra, y aumentó su orgullo ante ese ser perfecto de él nacido. Todo lo que puede tener un niño lo tuvo su hija, que vivía entre encajes, sedas, caricias y juguetes raros.

Después de cierto tiempo, Felicia notó un cambio en su marido; la taciturnidad iba reemplazando sus vehemencias. Incapaz ella de preguntar o investigar, callaba, tratando de apaciguar la inquietud enfermiza de ese espíritu por todos los medios de que dispone una mujer discreta y buena.

La preocupación sombría de Iturbe hacíase para ella más visible cada día; sólo para ella, pues no la dejaba aparecer delante de los extraños, para quienes era siempre el hombre amable de conversación chispeante y trato ameno.

Este hombre, cada vez más extraviado en sus optimismos, marchaba sobre sus propias ruinas, fiado en el resultado final de sus empresas y particularmente de su pleito.

Entre las personas infaltables a las comidas de su casa encontrábanse el doctor Millares y Lucinda, su señora, quienes ocupaban también con frecuencia un asiento en su palco. Una noche, que asistían juntas al teatro, Lucinda contó bruscamente a Felicia que el pleito de su marido iba a fallarse, fallo temido por Millares.

—No será porque Manuel no se lo haya advertido, —agregó con un aire que empezaba a ser agrio. —Iturbe no ha querido seguir sus consejos, y ahora sufrirá tal vez las consecuencias... Usted bien sabe todo lo que representa este pleito para su marido.

No lo sabía, y no lo preguntó, pero comprendiendo los sufrimientos morales del esposo a quien quería, sufrió ella también en silencio y lloraba a escondidas.

Al poco tiempo de esta conversación, una noche, después de comer, Iturbe pidió que le trajesen su hija. Esta tenía cuatro años y dormía ya. Felicia la arrancó a su sueño, envolviola en su colcha de seda tejida, y la depositó en brazos de su padre, quien, con la autoridad de sus movimientos, arrojó lejos la colcha, puso la niña de pie casi desnuda sobre la mesa y la contempló con admiración. Mecha, niña, era un primor; su despejo era un milagro. Jugó con ella, la besó apasionadamente, y de pronto, mirándola en los ojos para fijarle en la memoria sus palabras, díjole:

—Nena; ¿sábes que tienes un hermanito?

—¡Un hermanito! —exclamó la niña, gorjeando como un pájaro y golpeando de contento sus manitos.

—Sí, mi hija, no lo olvides: tienes un hermanito.

Lleváronla al rato, nuevamente dormida, a su cama.

Al día siguiente él se pegaba un tiro.

Pasados los primeros momentos de estupor, Felicia conoció toda la verdad: sin transiciones, ella y su hija entraban en la miseria.

Miseria es aislamiento; hízose el vacío a su alrededor, y fueron los primeros en huir aquellos que comían en su mesa y sentábanse en su palco. La angelical criatura comenzó a internarse por esa vía dolorosa de la mujer decente y joven que busca medios de trabajo y encuentra la irrespetuosidad y la humillación, y a sentir el menosprecio de las Lucindas Millares, el día que se vio obligada a remendar ropas ajenas para vivir, a lavar la suya y la de su hija, a habitar un cuarto en lugar de su casa.

Consecuente consigo misma, puso su dignidad en su dulzura, que la mala suerte convertía en resignación; y resignada y suave, siguió penando.

Su bondad evitábale la amargura que envenena las noches y los días de otras en su misma situación. Sabiéndose incapaz de una de esas iniciativas que conciben las mujeres de carácter y de imaginación para salvarse, no lo intentó siquiera, conformándose de antemano con tener el pan negro cotidiano y el vestido que cubre la desnudez. Pasó así el primer tiempo de su triste viudez, hasta que las costuras no fueron suficientes, el mismo pan llegó a faltarle, y tuvo que desalojar la habitación clara y espaciosa que ocupaba. Meses más tarde no le fue posible pagar tampoco el alquiler del cuarto oscuro y estrecho que reemplazara al otro, y a pesar de sus ruegos y promesas se le dio una orden de desalojo que la arrojó a la calle. Llevando en los brazos a su hijita, que con sus pequeñas manos le acariciaba la cara, como queriendo demostrarle su adhesión cuando todo la abandonaba, salió, dejando sus muebles en pago de lo que debía, y fue a golpear las puertas del convento donde rogaba su hermana. Diósele allí hospitalidad y se convino en hacer hablar al doctor Millares, que podía encontrarle entre sus relaciones trabajo, o una colocación honorable.

Lucinda lo decidía todo; propuso llevarla a su casa, –donde tenía enfermo a su padre, muy anciano, y cuyo estado requería la asistencia continuada de una enfermera,– y que se hiciera cargo del enfermo, mientras se le conseguía algo mejor. El terror de verse obligada a separarse de su hijita, lo que tal vez exigirían otros, la llevó a aceptar agradecida una proposición que condenaba su juventud a soportar las impertinencias de un viejo gruñón, grosero y maniático.

Instaláronla con su hija, de seis años, en una pieza del tercer patio de la casa de Millares, amueblada con todos los muebles arrumbados que encontraron, y ocupó en ella ese puesto indeciso entre la criada, el ama de llaves y la señora pobre.

Lucinda, entregada a las fiestas, a las relaciones de tono y a cultivar su belleza, fue insensiblemente abandonándole el cuidado de sus hijos, la ropa de la casa, las llaves de la despensa, y alguna que otra vez el planchado de un vestido, el zurcido de un encaje... Al cabo de un tiempo el viejo murió, y Lucinda que había encontrado en esa mujer honrada, trabajadora y silenciosa el mirlo blanco [21], le pidió permaneciera con ellos indefinidamente, mediante una remuneración.

Baja y mezquina, no trepidó en ofrecer a la que había sido su amiga, en cuya mesa se había sentado, en cuyo palco había ostentado su hermosura, el mismo sueldo que a su portero.

Siempre el terror de no tener consigo a su hija, y a lo desconocido, impulsó a la dulce criatura a admitir lo que ella bien sabía era la esclavitud, la sumisión eterna al despotismo de una mujer como Lucinda. Sus deberes alargáronse más aun: llevaba los niños a la escuela y a paseo, esperaba a los dueños de casa para servirles el té, velaba cuando alguien se enfermaba, arreglaba las flores de la mesa...

Los niños descuidados por su madre se apegaron a su bondad condecendiente, y se hicieron inseparables de Mecha, la niña divina de cabellos de seda caídos sobre las espaldas y boca impertinente, deliciosa, que hacía ya a su edad volver la cabeza de los transeúntes.

Como puede parecerse a la estatua sacada de un block de mármol, la delicada estatueta de marfil que la reproduce, parecíase a su padre. El alma generosa e impulsiva, el blando corazón, la imaginación candente, los nervios

---

21   *Mirlo blanco*: expresión para designar algo extraordinario y que se aplica a personas dotadas de aptitudes y cualidades personales especiales. El mirlo (Tordo argentino) macho similar al Tordo (Curaeus curaeus) pero de menor tamaño es totalmente negro con tornasoles violáceos azulados, pico y patas negros. También se usa la expresión «mosca blanca».

afinados, tendidos e irritables, la altivez distinguida de su porte, y el fuerte latido de una conciencia segura del propio valer que había habido en él, había en ella, y el mismo orgullo e igual soberbia. De la madre tan sólo la dulzura de expresión, en las horas de calma, la gracia de los movimientos, una amabilidad natural encantadora, y un punto doloroso, allá, en el fondo de los ojos.

Mecha quería a sus compañeros de juego, los niños Millares, y otros asiduos visitantes de la casa, la cual se prolongaba en un gran espacio vacío donde envejecían abandonados uno que otro árbol de los que colgaban sus hamacas y trapecios. Su genio batallador se ejercitaba con Pablo, poco más o menos de su edad, quien diferente a los otros, que se le sometían incondicionalmente, no se dejaba dominar, le hacía frente, y sostenían los dos verdaderas luchas de puño, saliendo siempre ella llorosa y él triunfante. Aparte de esto, los mejores amigos del mundo. En cambio, Marco, el primo de los Millares, de doce años ya cumplidos, se le imponía suavemente obligándola a ceder por el convencimiento. Una especie de respeto muy tierno inspirábale también su hermana, Celia Silas, a la que veía llegar con alegría los domingos, del convento del Sagrado Corazón donde se educaba, con las medallas de sus premios y la cinta blanca de las Hijas de María.

Pero todo su amor y su alegría estaban en la recién nacida, en Esperanza, a la cual desde la primera semana llevó su madre a su habitación. Fue para ella algo extraordinario la llegada a la tierra de ese ser, y permanecía largos ratos inclinada sobre su cuna, los ojos clavados en la pequeña vida misteriosa. Una íntima dicha experimentó cuando, por primera vez, consintió Felicia en poner a la niña en sus faldas. «Un ratito primero, mucho rato después» contábalo radiante a sus amigos, sintiéndose crecer. La cargaba, la mecía, la envolvía, dábale su *biberón*, enseñole más tarde a hablar y a caminar; tenía ya entrañas de madre para su criatura. Esperanza la adoraba también, y desde que aprendió a hablar, llamola madrecita.

En esa alma de siete años vivía enjaulado, como una fiera, un odio. Uno de esos odios que van creciendo con quien los lleva dentro, para Lucinda, la mala mujer, que en cambio del pan humillaba a su madre. El carácter de la hija de Iturbe era demasiado abierto y orgulloso para disimularlo; lo demostraba de mil maneras y no podía verla venir sin hacerle desde lejos una mueca o un gesto despreciativo y burlón. Llegó a desearle la muerte, después de verla cometer su más negra acción. Un día Felicia había amanecido enferma; llamado el médico, declaró tratarse de una escarlatina con serias complicaciones, y Lucinda, en vez de aislar a los niños para librarlos del contagio, enviola muy recomendada al hospital. La hija no lo olvidó, ni lo perdonó jamás.

Daniel, tranquilo, de carácter dulce, inteligente sin vivacidad, era el más lindo de los hijos de Millares; vivía al servicio de los caprichos de Mecha, y sus juguetes todos eran un exponente de su carácter y de su alma devota: libros de cuentos, estampas religiosas, altares y nichos de santos.

Mecha y los chicos Millares hallaban sus delicias en el Circo; asistían los domingos, invitados por Marco, casi siempre. Los petizos, los perros sabios, los acróbatas, los payasos los enloquecían, pero la aparición de Cendrillón [22] los deslumbró. Al empezar la pantomima, Mecha, con su autoridad nativa se abrió camino hasta el primer asiento, colocó sus codos sobre la baranda del palco, y allí, silenciosa, inmóvil, permaneció contemplando un espectáculo que parecía inventado para ella.

A medida que aparecían los personajes iba nombrándolos en su interior; la imaginación hacía su propia encarnación en la protagonista. Su espíritu no estaba en ella ya, había pasado a aquella otra figura que soñaba en una cocina y despertaba en un palacio, donde después del triunfo perdía su zapatito de cristal... Indudablemente: era ella, ¡Cendrillón!... La vieja perversa tenía que ser Lucinda; se le asemejaba en su andar solemne, en la larga cola de su vestido, en el modo de llevar la cabeza sobre todo... La buena hada era su madre. Sí; era ella el hada dulce y buena. ¿No le había siempre dicho cuando se quejaba de no tener lo que los otros tenían, de sus vestidos tan pobres y sus botines tan raídos: «Si yo tuviera poder, todos los dones te los daría a ti, mi tesoro?...» Y Daniel, el joven príncipe pálido y delgado, de cara larga y ojos pensativos.

Tan convencida quedó, que al desvanecerse la gentil visión lanzó un suspiro y afirmó ya en voz alta, desafiando a negarlo a sus compañeros: «La vieja mala es Lucinda; el hada linda y buena es mamá; Daniel el príncipe real, y yo soy Cendrillón. Tendré vestidos de luz, grandes aros y prendedor; coche, caballos y un gran palacio también. Tendré corona de oro y zapatitos de cristal. ¡Soy Cendrillón!».

Ocho años tenía el príncipe real y ocho su princesa.

Frecuentaba la casa de Millares, un señor español perteneciente a la más alta nobleza, Don Carlos de Alcántara y Ramos, hijo segundo del finado duque del Riesgo. Asociado a su hermano mayor, dueño de título y mayorazgo, soltero y gran libertino, había implantado negocios con la Argentina, motivo por el cual estableciose en Buenos Aires. Cada tanto tiempo visitaba su tierra, de donde regresaba entonces acompañado por su señora, también de casa noble.

Ultimo vástago de una raza degenerada, vivía agobiada por las enfermedades, hasta el punto de verse reducida, a mitad de la vida, a una casi invalidez. La consunción la devoraba tan lentamente que su cuerpo se iba achicando sin perecer, y ella solía decir: «Esto no es vivir, es durar». Inteligentísima y dueña de un temple y de una resistencia que parecían no caber en su cuerpo pequeño y contrecho, soportaba con valentía indecible, frente al mundo, sus males, llevando bien ocultas sus debilidades por la repugnancia de su altivez y su buen gusto a inspirar lástima. Consiguió, a fuerza

---

22   *Cendrillón*: *La Cenicienta*, cuento infantil de Charles Perrault (1628-1703). Seguramente la autora se refiere a la versión del circo de Frank Brown —el clown inglés— en el antiguo teatro San Martín de la calle Esmeralda durante las matinées de los domingos (*Caras y Caretas*, n. 44 Agosto 5 - 1899; «Niños y Payasos», citado por Raúl Castagnino en *Centurias del Circo Criollo*, p. 52, ed Perrot, Buenos Aires 1959. http://www.cervantesvirtual.com/FichaObra.html?Ref=15006

de fingir alegría y buen humor, que los otros olvidaran sus miserias, y no fue compadecida.

A la instrucción frágil recibida en el convento, la solidificó y extendió ella misma más tarde, y durante las épocas de aislamiento a que la obligaban recrudecencias de su enfermedad, su sed insaciable de saber evitole la desgracia de sentír vacío. Sin embargo, Lola de Arco, que así se llamaba, no era una resignada; su alma era tormentosa y agitada; por ella cruzaban los relámpagos de la rebelion. Rebelábase contra la suerte roedora de su carne y de sus huesos, y que le abandonaba intacto, bullente, luminoso el espíritu, ardiente el alma.

Su salón de Madrid fue, no obstante, el sitio de reunión de todo lo que tenía algún valor en aquella vieja corte y de los extranjeros notables que llegaban. Era por demás curiosa la figurita encogida de esa criatura en quien se reconcentraba la atención de los que la frecuentaban, enterrada, muerta a medias en su sillón, cubierta por mantas y pieles, y levantándose allá, en la cúspide, como la flor retrasada de un árbol medio seco, su cabeza morena y fea, bañada de un interés irresistible, caldeada por dos ojos de fuego, de los cuales en la animación saltaban chispas.

Su conversación tenía el raro encanto de ser ligera sin superficialidad. Maestro esgrimista en la ironía, hería a flor de piel sin hacer sangre. Indulgente para los vicios elegantes de su medio, sabíasele implacable con las vilezas y la vulgaridad, y su mordacidad, tan temida, penetraba en carne viva entonces. Su clara visión de las cosas llevábala a disculpar los amoríos que fatalmente debían pulular en la existencia de su marido, desligado de ella por la enfermedad y la ausencia, quien sin embargo buscaba como los demás, su sociedad irremplazable.

Una amargura más amarga, una pena más punzante que las otras había en el corazón de esa mujer, que cubría con cenizas sus pasiones: la pérdida de su primer, de su único hijo al nacer. Después de haberlo perdido sintiose defraudada en todo lo que la vida le había prometido al insinuarse: la salud y la belleza, el amor y la maternidad.

Aprovechando un momento de tregua en sus sufrimientos físicos, acompañó a su marido a Buenos Aires, aconsejada por los médicos deseosos de probar sobre su organismo los efectos de la travesía. Aunque pareció algo fortalecida, extrañó mucho sus amistades y su círculo, y su espíritu se entristeció. La relación de Lucinda Millares, la primera en ir a saludarla, repitiendo sus visitas y sus demostraciones hasta la cargosidad, se recibió con tantas restricciones, que salidas de otra mujer menos culta y menos hábil habría parecido un rechazo. La naturaleza noble y elegante de Lola repudiaba lo que su sutil perspicacia adivinaba de pequeño y equívoco bajo la hermosura aparatosa y pudibunda de esa mujer.

Un golpe de aire prodújole una bronquitis, y empeoró su estado general, viéndose obligada a permanecer en cama. Habiendo manifestado su marido,

en casa de Millares, la necesidad de conseguir una señora modesta y educada
para acompañar la suya, y vigilar su asistencia mientras duraba su postración,
Lucinda, que sufría la superstición de los blasones, en su deseo de ser útil a
ese nido de nobles, propuso cederles durante un tiempo a Felicia. Aceptada
por una y otra parte la proposición, instalóse ésta a la cabecera de la enferma.

Felicia, temiendo las travesuras y bullicios de Mecha, le pidió, en el tono
de ruego que lo conseguía todo, permaneciera en las dos habitaciones grandes,
llenas de luz y bien amuebladas que les habían destinado en la casa. La niña
inteligente comprendiendo que estaba allí el bienestar, y podía perderse, obedeció, y quedábase solita todo el día entretenida en leer sus libros de cuentos,
vestir la muñeca regalada por Marco, pegar las calcomanías que había quitado
a Daniel. Una tarde sintió una gran tristeza y un deseo muy grande de llorar;
extrañaba a Esperanza. Pareciéndole que la angustia la ahogaba, salió fuera.
La curiosidad la distrajo, y como no viera a nadie, recorrió la ancha galería
de cristales cubierta de cuadros, mil objetos de arte y plantas de invernáculo.
Caminaba lentamente, deteniéndose delante de lo que llamaba su atención;
sin embargo, tenía siempre un peso sobre el corazón, una necesidad de movimiento y de aire, y una mayor de tener consigo a su madre; sus lágrimas volvieron a correr. Una sombra proyectándose en la puerta exterior atrajo sus
ojos, y percibió, parada en el umbral, la figura de un hombre que había visto
muchas veces en lo de Millares, que al verla y notar su llanto se le aproximó,
levantole la barba y la interrogó con voz simpática:

—¿Por qué lloras, chiquilla?

—Quiero ver a Esperanza, —contestó suspirando.

Alzó sus ojos, llenos de lágrimas y de confianza, y agregó sonriendo: —Yo
lo conozco a usted, lo he visto en casa de Millares muchas veces desde lejos.

Los ojos de Alcántara interrogaron, y ella, con toda su altivez infantil se
presentó: —Yo soy Mechita; Mechita Iturbe.— Y comprendiendo luego que su
nombre necesitaba serle explicado, agregó, poniéndole su manito sobre el
brazo: —Soy la hijita de Felicia...

—Ah! –hizo él, y murmurando: –Una delicia es lo que eres, – tomola de
la mano, llevósela al dormitorio de su mujer, cuyos cabellos trenzaba Felicia
en ese momento, y la depositó en su cama. La niña, sin turbarse, dejose besar,
y extendiendo sus bracitos dijo a su madre con aire triste.

—¿Mamá, ya no me quieres? No; no me quieres, porque me dejas.

El tono patético de su voz conmovió a Lola, quien la consultó, para con-
solarla:

—Puedo dar yo muchas cosas a las niñas lindas: ¿tú qué me pides?

—Que me traigas a Esperanza, —contestole sin vacilar, usando sin saber
por qué del tú para ella.

Felicia explicó a Lola el amor maternal de su hija por la niña de Millares,
y el amor filial de la niña de Millares por su hija. ¡Cuánto la enterneció!

De ahí, poco a poco, con su habilidad exquisita, obtuvo conocer algo de la historia del sufrimiento sereno y heróico de su dulce enfermera.

Todo lo demás, todos los tesoros escondidos en esa vida llena de belleza moral y de sacrificios ocultos –más valiosos por ser ocultos– los descubrió por si sola, la misma perspicacia que vio hasta el fondo del alma turbia de Lucinda.

La enferma reaccionó y dejó la cama, pero cuando se trató de la vuelta de Felicia a lo de Millares, declaró que jamás lo consentiría. «No estoy dispuesta a sufrir una separación que me produciría ya hoy un gran pesar, ni a permitir el sacrificio de dos vidas preciosas en provecho de tan villana mujer. Compóntelas tú como puedas con esa gente, hijo mío –continuó, abandonando su indignación por una sonrisa de amable malicia, mirando a su marido– pues por mi parte no consentiré, repito, que Felicia y Mechita salgan de mi casa.»

Desde entonces quedáronse allí de estables. Felicia tomó la dirección de la casa, y al fin se vio tratada de igual a igual por sus iguales. Mecha disipó las tristezas de una morada sin salud, sin juventud y sin niños. Lola, al poco tiempo no pudo pasarse ya sin ella. No permitió ni aun que fuera enviada a la escuela; ella misma la instruyó y ella misma la educó.

El corazón hambriento de la española encontraba en esa criatura, –que bien parecía haber recibido de un hada, como Cendrillón, todos los dones– donde saciarse. Soñábala salida de sí misma, tanta analogía había entre las dos, tanto orgullo de raza, tanto espíritu menospreciador por todo lo que no fuera de su medio y de su clase.

Como se inculca a un neófito los principios de una doctrina, los dogmas de una religión, iniciola en la suya: el culto a la alta nobleza de la cual había ella nacido, el respeto por las cosas de la inteligencia, el desprecio por los advenedizos, la repugnancia despiadada por todo lo que hay de feo y vil, de raído y pobre. La niña que llevaba el germen atávico del mismo culto, aprendió lo que se le enseñaba con la facilidad de una lección ya sabida.

Se entretenía en vestirla con sus trajes de corte y adornarla con sus joyas, las cuales llevaba Mecha con la soltura que un veterano su uniforme.

Lola habíale enseñado todo lo que ella sabía; su madre le enseñó a rezar. Pero nadie se compadeció de ella para recordarle su miseria y sus humillaciones tan recientes, lo que hubiera preservado a su alma de caer más tarde en el horrible pecado de la despreocupación; nadie se acordó de enseñarle a respetar su propia miseria en la miseria ajena.

Sin embargo, la adoración que sentía por su madre era mayor cada día. Parecíale hecha de una materia distinta a la de las demás mujeres esa criatura silenciosa, de una tristeza sonriente y consoladora. Toda la vehemencia de su naturaleza aparecía cuando la abrazaba; apretándola contra su pecho necesitaba gritar, «¡Mamá! ¡Mamá!» pues su amor por ella era casi un sufrimiento. Lo mismo crecía su amor por Esperanza, a quien veía diariamente.

Armada de todas armas, ya mujer resplandeciente, salió Mecha a los quince años de las manos de su maestra. Se hubiera podido creer que ésta esperaba tan sólo la maravillosa metamorfosis para apagarse. Su cuerpo fue disminuyendo hasta tomar el tamaño del de un niño, secándose como una hoja de invierno, su debilidad la postró, y después de tres meses de una lenta evaporación de sus últimas fuerzas, sucumbió. Su espíritu conservó hasta el fin la plenitud de su vigor y de su lucidez, viéndose morir sin desfallecer. Esta mujer extraordinaria soportó la muerte, con la entereza con que soportara la vida. Expiró en brazos de su esposo, a quien había reconocido siempre caballeresco y bueno, y cuyo dolor sabíalo sincero, estrechando la mano de Felicia, su única amiga de América, que besaba las suyas sollozando, fijos los ojos en su hija de elección, como queriendo llevar a la tumba la visión suprema de esa belleza terrenal.

Así murió, una tarde lluviosa del mes de agosto, Lola de Arco de Alcántara y Ramos.

El pesar del esposo recibió consuelo de las dos criaturas que lloraban con él la desaparición de quien las dejaba huérfanas, y se apegó más a la niña mimada; ella despejaba su propia tristeza para distraerlo. Llamado por su hermano volvió a España, llevando consigo los restos de su mujer para que descansaran en el panteón de los suyos, y se convino que Felicia permaneciera al cuidado de la casa durante su ausencia. No sin dolor se arrancó del lado de las que habían vivido reunidas con ellos tantos años.

Daniel había sentido dentro de sí la transformación de su cariño por Mecha en un amor exaltado, lleno de purísima melancolía, como son los sentimientos muy profundos. Conquistada por la primera palabra de amor que llegaba a su oído, aceptó el de su amigo de infancia y se comprometieron.

Daniel vivía para ese amor, que lo absorbia y alentaba. Lleno de ardor entró a la Facultad para estudiar derecho. Su madre, a medida que el romance de los jóvenes se hacía más intenso, combinaba los medios de separarlos. Trató primero de convencer al hijo de todas las desventajas encerradas en la niña altanera y caprichosa, cuyos primeros años los había pasado en el último patio de su casa; pero sus argumentos se estrellaron contra una muralla de resoluciones.

Empleó otro medio entonces: habló a la niña, manifestándole su irrevocable decisión de no consentir en la realización de ese compromiso. Ante el duro tono de sus palabras, y los motivos, no expuestos pero adivinados, Mecha contestó lo que habría Lola de Arco contestado: «Hace usted bien en sostener sus derechos. No conozco las razones de su oposición a que Daniel se case conmigo, pero sí estoy segura de las que papá hubiera tenido para oponerse a que yo me casara con Daniel: Diego de Iturbe jamás hubiera consentido en dar su hija al hijo de Lucinda Carreras».

A pesar de todo, los muchachos continuaron sus amores, hasta que un buen día Daniel desapareció: su madre lo embarcó en un buque escuela pronto a efectuar un viaje de instrucción.

Daniel sufrió un horrible dolor al verse separado de quien era más, para él, que su propia vida, y al sentirse impotente ante el obstáculo; pero, seguro de la irrevocabilidad de sus sentimientos se abandonó al estudio salvador. En el fondo místico de su naturaleza despertaron, frente al mar infinito y al cielo sin límites, las ideas religiosas, que aceptan la prueba como un triunfo y mantienen incólume la esperanza.

A Mecha pareció su amigo deprimido, achicado, y ya no pensó en él sino como en un muchacho a quien su madre maneja y castiga. Rabió, se enfureció sintiéndose herida en su orgullo, su odio por Lucinda hízose más grande; extrañó a Daniel, casi tanto como hubiera extrañado a Esperanza, llegado el caso de separarse de ella, nada más; toda ilusión de amor había desaparecido.

Tenía diecisiete años cuando don Carlos regresó. El contento que sintió al volverla a ver le dio la medida del cariño que lo ligaba a esa criatura, en quien encontraba, encarnada, el alma misma de su mujer, pero con más encantos. La niña soltó un llanto de emoción y de contento, y él comprendió por la manera de arrojarse en sus brazos, que buscaba en ellos un apoyo.

Su hermano mayor había muerto en París, devorado por el libertinaje, dejándolo heredero de su inmensa fortuna y del título de Duque del Riesgo, y venía a realizar sus asuntos de Buenos Aires para establecerse definitivamente en España. Una lucha trabose en su interior al tratarse de la separación definitiva, que le hubiera producido en el corazón uno de esos desgarramientos que a su edad ya no se curan. En la conciencia de ser un hombre distinguido, atrayente y elegante a pesar de los cabellos grises y arrugas en la frente de sus cuarenta y seis años, se decidió a proponer a la madre lo único posible: casarse con su hija. Consultada la niña, no vaciló en aceptar el amor de ese hombre, al que quería con cariño filial y agradecido. La alta posición, la fortuna, su título de grandeza, no la deslumbraron ni la conmovieron; tratándose de ella era lo lógico, pensó, era el cumplimiento de su destino.

Con el mismo aplomo entró a la casa de la familia Alcántara y penetró en la corte, después que casados y en Madrid, su marido la presentó en ellas. Pronto fue el orgullo de esa familia noble y caduca, a la que su juventud llevaba como un hálito de renovación y de frescura, y un astro en la corte. Su marido, hombre de mundo, incapaz de celos humillantes, dejábala brillar, gozar de la vida y gastar a manos llenas en ella y en los otros.

Aunque entregada a las diversiones y a las elegancias, no descuidó jamás un solo día el demostrarle que, para ella, era él siempre lo primero. Esto, su buen humor y su gracia, sus regalonerías y sus mimos lo inundaban de íntima felicidad. Hízola viajar; su presentación en las cortes de otras naciones sirvió para dejar sentada la fama de su belleza, que había llegado su completo desenvolvimiento. El sobrenombre con que se la llamaba en su país, se fue con ella; en Europa como en América conocíasele por Mecha Iturbe.

En medio de su vida triunfal y fastuosa conservaba dos pasiones: su madre, la cual ocupaba un departamento tan lujoso como el suyo en su casa de Madrid, y Esperanza, con quien mantenía una inagotable correspondencia. En lo de Millares llovían las encomiendas enviadas por la joven duquesa, desde Europa, a su hija.

Entre las personas que mimaban a la joven americana, hallábanse en primer término, una hermana mayor de Lola, apasionada ya antes de conocerla por las cartas de ésta, y don Jaime de Villapandos y Ramos, hermano de su marido por parte de madre, mayor que él muchos años, y a quien ella enloquecía con sus travesuras.

Una gran dicha fue para la joven, encontrar en Europa a su hermano; aquel «hermanito» de quien le habló su padre. Naturaleza simpática con las caballerosidades del padre, sin sus altanerías, bastóle ver a su hermana para reconocer su raza. Bondadoso, extendió su afecto hasta Felicia, que vivía en su lujo con la misma discreción que en la pobreza, rodeada del respeto y de la consideración de una nueva familia. Pancho –llamaban así todos a Francisco Iturbe– seguía la carrera diplomática y por el deseo de estar cerca de su hermana, pidió y obtuvo que su gobierno lo trasladara de Londres a Madrid, en su carácter de primer secretario de legación.

Al cabo de ocho años de esta vida sin nubes, cayó sobre Mecha la más grande de todas las desgracias: perdió a su madre. Un antiguo mal al corazón se la llevó; su muerte fue el suave pasaje de un sueño a otro sueño. Su hija conoció recién la desesperación, sus nervios se enfermaron, y fue necesario mucho tiempo antes de conseguir una reacción. Desde entonces su sistema nervioso quedó en un desequilibrio que aparecía siempre al recibir una fuerte impresión. Dos años más tarde murió su marido, al que sintió con toda su alma sincera y afectiva. En la familia Alcántara no había heredero y siguió ella dueña de título y fortuna.

Su amor por Esperanza doblegaba su rencor; las cartas que escribía a Lucinda, recientemente viuda también, eran un continuo ruego pidiendo a la niña.

Por fin aquella consintió en que partiera con Margarita Millares, la prima de don Manuel y madre de Marco, y pudo abrazarla, después de catorce años.

La madre exijió al año la vuelta de su favorita. Mecha sintió un hielo en su corazón al convencerse que Esperanza iba a dejarla…. Sintió también que no podría soportarlo, y partió con ella.

VII

Una pareja de nobles italianos arruinados, jóvenes, sanos, enamorados y artistas fueron en época lejana a establecerse a Inglaterra, donde el marido, llamado Angelo Niobe y hermoso como Apolo, abrió una academia de pintura. Su mujer, tipo encantador de gracia más que de belleza, poseedora de una voz admirable que sabía manejar con pasión y con arte, y una gran distinción natural, se abrió camino en la alta sociedad de Londres, en la cual su marido comenzó al poco tiempo a ser apreciado, en él y en sus obras, y a recibir encargos de retratos y cuadros.

Tuvieron varias hijas; una de ellas casó con Eduardo Buklerc, distinguido naturalista finlandés, completamente dedicado a su ciencia, y que encontraba en esa niña, de tipo meridional, educada a la manera inglesa, la perfecta compañera de su vida de estudio y de meditación.

Recién había nacido su primera hija, a la que se llamó Thira por la madre de Eduardo, cuando el joven naturalista recibió proposiciones del gobierno argentino para venir a dirigir un Museo de Historia Natural, que deseaba organizar. Las proposiciones fueron aceptadas, dejó su país y se estableció en Buenos Aires.

Sintiéndose cansado después de muchos años de labor, obtuvo una licencia, e hizo con su familia un viaje a Europa. Llevaba ya cuatro hijas: Thira, Hellen —nombre de su abuela materna, Helena— y dos mellizas: Maud y Dagmar.

La mayor parte del tiempo permanecieron en Inglaterra, pues Eduardo, de salud muy débil como su padre, no podía resistir el clima de su país. Al tratarse del regreso, ante el dolor de los abuelos, dejáronle a Hellen para consolarlos.

En la misma casa vivía una de sus tías, casada con un profesor de la Universidad, hombre estudioso, reservado y frío, que encontró agradable enseñar a la niña americana todo aquello que podía absorber su espíritu abierto y precoz.

Inteligentemente curiosa, pedía explicaciones sobre todo lo que veía y oía, y sin la menor sensación de esfuerzo fue penetrando en el conocimiento de las lenguas, de la historia, de las ciencias naturales... Insensiblemente llegó a saber todo lo necesario para obtener un diploma, seguro de vida para ella.

Al mismo tiempo sus dedos ágiles aprendían a tejer, a bordar, a hilar en la rueca –labor de antaño desenterrada por la reina Alejandra, Princesa de Gales 23 entonces, e imitada por todas las mujeres de su pueblo– a confeccionar platos deliciosos de cocina, todos los trabajos del hogar doméstico; y antes de cumplir diez años acompañaba en el piano a la abuela sus romanzas y sus cavatinas, que supo ella repetir más tarde.

Desde muy niña las manifestaciones del arte habían impresionado profundamente a Hellen. Deteníase en suspenso delante de una pintura y especialmente de una estatua, como si la piedra o el mármol tuvieran para ella elocuencias desconocidas. Pensamientos vagos, incoherentes, la asaltaban, cual si el alma latina de su raza materna trajera a la suya extrañas balbucencias de arte y de ideal.

Cuando sus estudios bien dirigidos abrieron su juicio a la comprensión de lo bello, sus inclinaciones se fijaron.

Dedicaba muchas horas al dibujo, y era feliz si sorprendía con sus líneas inseguras todavía la expresión de la vida. Sentía por su abuelo una admiración extática cuando lo veía trabajar en su taller cuyos secretos le eran familiares. En esa atmósfera sentíase respirar plenamente.

La necesidad de bañarse en las templanzas de su clima y ver su cielo, sus amores artísticos, llevaban a los abuelos alguna vez a su país de Italia. Esas excursiones hiciéronse más frecuentes a medida que ellos envejecían y la niña crecía, y las que ésta esperaba con mayor impaciencia cada vez. Y fue en el taller de un escultor, viéndolo modelar, que Hellen, tomando en sus manos un puñado de barro, irguió por primera vez una figura. Una figura defectuosa e incompleta, pero en la que el maestro reconoció la marca inconfundible del arte, ese movimiento, esa vida que no bastan a transmitir el trabajo ni el estudio, que sólo son capaces de dar escasos seres.

El aplauso de los maestros la estimuló, y alentada por ellos expresó su ardiente deseo: dedicarse a la escultura. La aprobación de los suyos la llenó de júbilo, y libremente entonces, con todo el apasionamiento de su naturaleza, se entregó a su arte y dejó ver abiertamente impulsos escondidos hasta esa hora en la reserva discreta de su carácter.

Eduardo Buklerc trajo a sus tareas en la Argentina la laboriosidad entusiasta, cándida y sostenida de su raza. Era uno de esos hombres que sabía lo que los otros ignoran e ignoraba lo que los otros saben, y hacía pensar en que no sólo los niños mueren sin haber vivido.

Razones de economía, de esas que sobrevienen en cada crisis, lo dejaron sin su puesto. Su ciencia no podía proporcionarle medios de vida. Comen-

---

23   *Alejandra*: la princesa Alejandra de Dinamarca (1844-1925), luego reina de Inglaterra junto a Eduardo VII.

zaron los padecimientos en su hogar poco armado para la lucha diaria, lleno de timideces y de honestidad, verdaderas trabas para circular con buen aire en una sociedad de tendencia utilitaria y mercantil.

El carácter de su mujer vino en su auxilio. Consiguió ella algunas lecciones y bordados. Esto, que era la vida material satisfecha, aniquilaba moralmente al esposo, al padre, y pasaba horas amargas ante el desconsuelo que lo invadía en la quiebra de su ciencia y la inútil consagración de su vida. Un pensamiento escéptico y cruel cruzó por vez primera su mente de hombre niño.

El amor a los suyos acentuó sus ternuras como si lo agobiara la certidumbre de que esos seres que él había formado eran próximas víctimas del dolor y la miseria. Su preocupación del porvenir hízose tímida, hízose angustiosa. Hubiera deseado corregir en un día lo que llamaba en sus horas de duda el error de toda su existencia.

Esta situación permanente de su ánimo, aniquiló su organismo pobre y debilitado. Antes de morir exigió de su compañera, firme y fiel, el juramento de que impondría a sus hijas una instrucción y una educación defensiva y práctica.

La amiga de la madre, el orgullo del padre, la adoración de las hermanas era la niña alejada de los suyos por un deber santo. El sentimiento que se tiene por algo muy conocido e invisible, teníanlo las hermanas por la hermana ausente, que sin embargo vivía entre ellas.

Cada vez que llegaban sus cartas contando día a día su existencia tan noble y tan pura, expresándoles su amor inefable, sus anhelos, su esperanza de reunírseles alguna vez, parecía a los suyos que un soplo de su alma amante y serena penetraba en el hogar tan abatido para reanimarlo; un soplo en el que había, además de todo eso y de la melancolía inevitable del recuerdo, el contento sin causa y sin motivo, que no es sino el resplandor de una juventud plena y sin desgastes.

Un clamor había salido de las hermanas cuando el padre cerró los ojos: «¡Hellen! ¡Que venga Hellen!» La madre, la mujer fuerte desgarrada por el dolor cayó vencida y exclamó también: «¡Mi Hellen!» Necesitaban todos de su joven vigor. Ella llegó así, llamada por los suyos.

Hellen era la segunda de las seis hijas de Eduardo Buklerc y tenía entonces dieciseis años.

La mayor, Thira, de dieciocho, poseía con la reconcentración y la tenacidad del pueblo finlandés una inteligencia algo espesa. A pesar de la oposición de sus padres mantenía su compromiso con un joven en el que no había una sola de las cualidades que hacen perdonar los defectos. Las continuas observaciones de la madre, la prohibición del padre a que visitara su novio en la casa, retrájola de ellos, y creó un cierto distanciamiento. La muerte de aquel acercola nuevamente, pero no desistió ni comprendió su error, en el que no creía.

Después de un tiempo, que necesitaban esos espíritus convulsionados para calmarse, aprestose la madre a cumplir su promesa. Reunió a sus hijas y les explicó las razones que había tenido el padre para exigirles el cumplimiento de un mandato, que parecía duro y era todo amor: el horror a que la vida las tomara desprovistas de los medios para luchar con ella.

Muchas veces habíales hablado aquél de los prejuicios que existen en este país respecto del ejercicio de una profesión en las mujeres, considerándolos como un rastro de la casa árabe en el hogar español transportado a América, que aún no tiene independencia moral bastante para destruírlo, así como no ha destruído todavía las rejas de sus ventanas originarias del encierro morisco.

La mujer de fortuna, dueña del dudoso privilegio de ser simplemente un adorno de la casa y de la sociedad, puede respetar la preocupación de que una profesión le quita encantos. En todas partes se puede ser mujer; y se la concibe muy noble a la cabecera de un enfermo, o distribuyendo sus conocimientos en centenares de niños a quienes inculca dulcemente sus delicadezas, y su manera suave y firme de apreciar la vida.

Un país en el que la mujer llevara su esfuerzo a la obra común, duplicaría su capacidad para el bienestar y el progreso. Darle por sola misión el casarse es un error. Puede no hacerlo, enviudar, tener por mil accidentes la responsabilidad de su suerte y la de los suyos, y para eso debe hallarse preparada. Además: el vacío moral y mental de una mujer hace su propia desgracia.

Las hijas de Eduardo estaban tan connaturalizadas con las ideas de su padre, que sin extrañeza ni protesta dejaron a su madre encarrilar sus tiernas existencias.

Un nuevo pesar cayó sobre esa mujer, al llegar el turno de pedir a su Hellen el sacrificio de su arte.

Nunca había pensado la joven que eso pudiera llegar a suceder. Al escuchar la voz conmovida que se lo pedía en nombre del desaparecido y de los que necesitaban de su inmolación, que a ella le pareció sacrílega, la sangre le inundó súbitamente el rostro y con igual rapidez desapareció, dejándolo blanco, con los labios desprendidos, los ojos apretados, los brazos caídos, como una figura de mármol que representara el desaliento. Grandes lágrimas, a saltos, brotaron de sus ojos, luego su respiración se apresuró; dio un paso hacia su madre, cruzó las manos y las extendió en un gesto apasionado de plegaria.

—Es preciso; es preciso; ¡mi hija! —exclamó la madre, con un acento nacido de sus entrañas.

La hija al sentirlo, y al ver el sufrimiento en ese rostro querido, hizo un movimiento como para recuperarse que la sacudió toda entera... Un instante... y en su espíritu el sacrificio estuvo hecho. ¡Nada, nadie; ninguna consideración tenía sin embargo bastante fuerza para impedirle que la vida le pareciera ya incolora y despreciable, para impedirle que fuera para ella el gran dolor!

Pero al lado de ese fanatismo encontró su alma otro: el del hogar que era la madre doliente, las hermanas y el hermano, el más pequeño y el más débil, desamparados todos, a quienes ella necesitaba orientar. La creencia en el valor de la vida volvió, y la penetró como una fe más ancha y más humana.

Poco tiempo le bastó para decidirse; no se le había enseñado a vacilar en el deber.

Días después dijo a su madre: «Mamá, he estudiado el cuerpo humano en la academia, lo estudiaré ahora en el hospital. Seré médico; curaré los niños y los ojos».

Ingresó a la Facultad. Y vieron los estudiantes desafiar sus miradas, sus bromas, sus alusiones, la secreta hostilidad de no vencidos prejuicios, a esa niña enlutada, afable y grave, de una gran distinción de tipo y de maneras, que respondía con seguridad sorprendente a las preguntas de sus profesores. Poco a poco fueron sus condiscípulos viendo en ella un ser especial lleno de talento y dignidad, y el nombre de Hellen Buklerc no se pronunció jamás entre ellos sino con respeto y simpatía.

De las otro cinco hermanas, durante los años transcurridos desde la muerte de Eduardo Buklerc, Thira se había casado con su antiguo novio; Maud y Dagmar, las mellizas, iguales como rosas de una misma planta, hermoso tipo castaño, frescas, inteligentes y alegres, cursaron los estudios para optar al profesorado, y a los dieciocho años salían victoriosas de la Escuela Normal.

En la misma estudió la quinta, Beatriz como su madre, niña suave y tímida, menuda y fina, donde terminó sus estudios un año después de Dagmar y Maud.

El padre, soñador como lo son los hombres de los paises septentrionales, quiso dar a la última de sus hijas mujeres, y que tenía apenas seis años cuando él murió, un nombre que representa blancura, pureza, inocencia, y recuerda la primera luz, el amanecer de un nuevo día: llamola Alba.

Eduardo, el único hijo varón, y el menor, era la esperanza de la casa; sobre su cabecita rubia caía un mundo de anhelos cariñosos, y por eso, entendiéndolo bien, soportaron la pena de alejarlo al cumplir los once años, para que la educación inglesa diera tenacidad a su carácter, juicio a su ilustración.

Restaba sólo dar una aplicación práctica a esos estudios, que alijerara un poco la pobreza de la casa. Desde los primeros tiempos en que Beatriz Niobe se vio obligada a dar lecciones, enseñaba idiomas a las hijas de Millares.

Después de perder a su marido, encontrándose enferma, no le fue posible salir, y entonces algunas de sus discípulas iban a tomar las lecciones a su casa. Entre ellas encontrábase Esperanza, quien se interesó inmensamente por esa familia caída en la adversidad que soportaba las necesidades con tanta dignidad y entereza.

Sintió por Hellen admiración profunda; sufrió la atracción que ejercía la noble criatura sobre los que le estaban cerca, y una amistad estrechísima unió a las dos jóvenes.

Hellen había ido sólo una vez a casa de su amiga; le bastó para darse cuenta de lo que eran Lucinda y sus hijas mayores. Entendió que se la trataba como «la hija de la maestra de francés que estudia para médica» y no volvió. Esperanza maduraba un propósito: encontrar trabajo para todos esos seres expuestos al gran dolor de separarse, pues no hallándolo en la gran ciudad necesitaban aceptar el que se les ofrecía fuera. Maud, la alegre, la fresca Maud iba a una estancia del sur de institutriz de los niños de una familia inglesa. Su otra mitad, Dagmar, a regentear un colegio en un pueblo vecino. Beatriz entraba de institutriz también a una casa de la ciudad.

Y salió triunfante, consiguiendo para cada una de ellas un puesto en Itahú, donde fue toda la familia a establecerse.

Hellen, a pedido de su madre, aprovechando las vacaciones y la compañía de una señora de su relación, hizo un nuevo viaje a Europa llevando a su hermano, y allí permaneció con sus viejos abuelos cerca de un año. Esperanza viajaba con Mecha al mismo tiempo, y pudo combinar, por medio de sus cartas, la vuelta de su amiga con la de Margarita Millares, que esperaba a su hijo Marco, entonces en Alemania, para emprender el regreso.

Durante la travesía esos dos espíritus hechos para comprenderse se compenetraron. Marco admiró en la joven la fortaleza de su alma erguida, resistente y flexible como un joven roble, la intensidad de inteligencia que había en ella, por la que él veía cruzar los meteoros luminosos de sus ideales artísticos. Ella se inclinó ante la ciencia severa, y la perpetua fluctuación del Maestro en la vaguedad ardorosa de sus visiones humanitarias, misticismo que nacía y moría en la tierra, lleno de fe y de ancha compasión doliente.

VIII

En uno de los costados del brazo de río que corta en dos el suelo, sobre una altura, se levanta, clara, la Ciudad Obrera de Itahú [24].

Diseminadas aquí y allá, o enlazadas unas a otras, aparecen, detrás de sus jardines pequeños, cuidados, florecidos de geranios y de rosas, las alegres casas de los trabajadores.

La avenida, ancha y adoquinada, prolóngase por varias cuadras entre dos hileras de árboles hasta que, roja, del rojo de sus ladrillos, vomitando el humo de sus calderas y de sus fraguas por las grandes chimeneas, aparece imponente y maciza la inmensa fábrica. Más adelante, a la izquierda, aislado de todo lo demás, un grupo de pabellones de formas y colores diferentes: la escuela, la biblioteca, el hospital, los asilos; y en el fondo de una vasta plaza, la iglesia aérea y esbelta, con sus altas ojivas y las agujas de sus torres góticas. Más lejos todavía asoma entre árboles la casa de Emilia, flanqueada por las de Margarita y de Manuel.

En el saloncito del departamento que ocupaba en la casa de Manuel Millares, en Itahú, Mecha, recién salida de la convalecencia, muy pálida y muy delgada, parecía disminuida en su edad, y tenía el aspecto de una jovencita anémica. Vestida con un largo batón suelto de encaje de Bruselas, tomados sus cabellos por grandes florones de piedras preciosas, y una vincha de oro, los dedos cubiertos de anillos, hacía a Marco, parado frente a ella cerca del balcón abierto sobre el parque, el efecto de ser un pequeño ídolo frágil y delicioso, de alguna religión muy moderna, muy refinada y muy sutil.

Había llegado el día anterior con Esperanza y Margarita, porque necesitaba fortalecerse en el campo y quería conocer el lugar que los tres amigos habían transformado.

—Veamos que hay hoy, –dijo el médico, apretándole con sus dedos la

---

24 *Itahú*: en guaraní, piedra grande.

muñeca. –No hay fiebre. Siéntese el latido de un montón de caprichos peligrosos, solamente.

—¿Por qué no eres del todo franco, y dices más bien que en Mecha está el microbio del capricho? –observó Pablo. –Y me despido, pues debo esperar a don Jaime que llega en el tren próximo.

Mecha, riendo, replicó:

—¡Pobre hermano Jaime! Va a vivir en esta villa obrera como un niño rabioso en el borde de un hormiguero. Mi viejo aristócrata, tan inteligente, caballeresco e ilustrado, pierde los estribos en cuanto se tocan sus tradiciones de raza o de religión... No sé bien en qué cree, pero ha nacido noble, papista y conservador y quiere morir conservador, noble y papista... Lola decía hablando sobre el igualitarismo, que no eran los hombres sino la naturaleza la aristocrática; él piensa como Lola.

—¡Qué tipo tan curioso! –dijo Pablo. –Iría a las cruzadas en nombre de Cristo, y condenaría a la horca a todo hombre mal nacido.

—No creas que son tan raros los hombres como él, –advirtiole Marco. –Por estos obtusos voluntarios se van conservando las cortes carcomidas de la Europa.

Mecha exclamó espontánea y vivamente, con su voz entera, olvidada de su tono y sus aires lánguidos de convaleciente:

—¿Hay nada más hermoso que la aristocracia? –Al mirar a Marco se ruborizó, bajando los ojos y tapándose la boca como para detener tardíamente la blasfemia ya libertada. Pablo al verla en actitud tan cómica soltó la risa, Marco lo imitó, y a ella también le iluminó el semblante.

—Prepárate para cuando queden solos, mi hijita, –agregó Pablo. –Me voy a traerte un refuerzo formidable: al señor de Villapandos.

Tomó su sombrero y bajó las escaleras corriendo. La joven miró nuevamente a Marco en una interrogación muda, tímida, llena de coquetería; él repitió moviendo la cabeza, y envolviéndola en la ternura de sus ojos grisáceos.

—¡Es muy hermosa la aristocracia! –Luego, tomando de sobre una silla una capa de paño rojo, fina y flexible como seda, se la echó sobre los hombros diciéndole: –Es el aire puro lo que te fortalecerá.

Aproximáronse los dos al balcón y desde ahí contemplaron el paisaje. Un gran espacio extendíase delante de sus ojos, opulento y pacífico, más allá de las casas, de la avenida, de la fábrica; y el canal del río brillaba al sol, como la hoja de acero de un conquistador arrojada sobre el tapiz de musgo.

—¿Qué son aquellos edificios que se ven en la otra margen? –preguntó Mecha.

—Son las propiedades y las fábricas de Lorenzo Lamparosa, un hombre fuerte e industrioso, muy apegado al dinero...

—He oído decir que vive bien, y he visto a sus hijas figurar; –observó aquella.

—Sí, gasta con prodigalidad en el fausto con que rodea su casa, y lo ahorra en los salarios, en los talleres y en los materiales de sus fábricas... Sin tradiciones de familia, sin delicadezas, tiene la moral del Código Penal, y pone todo su orgullo en hacer puntualmente sus pagos.

—¿A cuántos obreros dan trabajo ustedes? –preguntó ella un momento después.

—Acerca de cuatro mil, y además trabajan las mujeres en la otra fábrica: la de tejidos. Ya visitaremos todo eso.

—El puente; –dijo ella señalándolo con su mano blanca.

—El puente, –repitió él. –¡El orgullo de Itahú! Alto, esbelto, ligero, sólido, elegante: cada una de sus piezas ha sido objeto de un cuidado especial. Con verdadera audacia y enorme empeño emprendió Pablo su construcción. Los obreros lo secundaron con igual empeño; y el puente de Itahú, nuestro puente, fue para todos un símbolo, una prueba, una muestra, una victoria. Lo amamos como a una cosa animada y viviente. El puente es la fábrica misma. Bienestar y esperanzas se han forjado con sus piezas negras y fuertes.

—¡Qué original! –exclamó Mecha con los ojos fijos en él.

—Los que lo han construido lo ven con orgullo estremecerse sólido y firme al paso del pesado tren de carga que lo cruza, –continuó Marco. –Y los obreros suelen bajar al lecho del río para deducir de los ruidos con qué se queja el hierro, el triunfo de su durable solidez.

Callaron. Mecha permaneció detrás, y podía mirar a Marco de perfil, que contemplaba, embebido, todo lo que sus ojos abarcaban: las fábricas, la iglesia, los establecimientos benéficos; y a su derecha el río de la Plata, por el cual se deslizaban las barcas pescadoras que al anochecer entrarían al canal y se cobijarían bajo el puente. En la calma silenciosa que los rodeaba llegaban hasta ellos los ruidos de los talleres; su fatigosa respiración.

El conflicto anterior de su pensamiento había desaparecido. Estaba ahora segura de no querer a Daniel, de no haberlo querido nunca. Poco le había costado desprenderse de su imagen, a la que encontraba no obstante simpática y conmovedora, que flotaba en su interior sin hundirse desde tantos años, como una boya luminosa sobre las aguas.

Muy dulce había sido para ella el tiempo de la convalecencia, en la que Marco le conversaba tiernamente, leíale sus libros favoritos, o fijaba en ella su mirada intensa mientras la creía dormida. ¡Cuántas veces había acusado un malestar que no sentía, por el placer de ver en esa mirada una ansiedad!

Después, cuando sus fuerzas volvieron, nació en ella imperiosa la necesidad de conquistarlo, de retener a ese hombre grave, entusiasta y reconcentrado a la vez, de quien Hellen decía: «El Maestro es sereno, apasionado, reflexivo, ardiente, justo, implacable e indulgente»... También Emilia había hablado de él y había dicho: «Es una conciencia en reposo dentro de una vida rota». Entonces recordó haber oído vagamente contar un episodio que decíase trascendental en su vida; y los surcos de su rostro, que la luz delatora del pleno día acusaba, pareciéronle elocuentes y dramáticos.

El no permanecía indiferente a sus esfuerzos por atraerlo, bien lo veía, aunque una sola palabra de amor no hubiera salido de sus labios. Llena de fe en sí misma la esperaba. Si a todos los hombres los vencía involuntariamente su belleza tan sólo con mirarla; ¿podría resistir aquél a quien esa belleza tuviera la voluntad de vencer? Sabía que éste no era como los demás; que exigía otras cosas que los otros. Pero ella se sometería sumisa a la prueba de ser como él quisiera.

En su semblante apareció, sin embargo, la huella de una inquietud. ¿Habíase olvidado que ella estaba allí?... Y esa inquietud diole la evidencia del poder que tenía ya ese hombre de turbar su existencia.

Marco pensaba mientras tanto que para él también había sido un goce inefable vivir tan cerca de ella después de haber conseguido aplacar su espíritu inflamado y arrebatar a la muerte su cuerpo delicioso; pero estaba persuadido de que esa criatura de lujo y de egoísmo no podría nunca llegar a ver la vida bajo el aspecto que él la veía, ni se animaría a penetrar a las regiones donde querría conduciría.

Que si lo amara, sería con un amor en el que habría repulsiones para el dolor, la miseria y la muerte cuando él la obligara a abrirles las puertas de la mansión encantada de su vida, para los males que se perpetúan en los siglos y por los que él sufría. Mas, veíala entonces tan débil, tan suave, en su aplicación a entender lo que le predicaba, que dejó entrar en él la tentación... Sería tal vez capaz ella de ser algo más que el encanto de los ojos, más que linda y más que buena.

Quedaban bajo un dosel de flores formado por los gajos llenos de racimos de las glicinas y de las mosquetas; rosas amarillas y rosas blancas trepaban por la reja.

—El balcón de Julieta 25, –díjole ella, para atraer su atención y sus ojos, mirando a su alrededor. –¿Recuerdas cuando nos enseñabas a representar Shakespeare que apenas entendíamos? Tenía yo siete años, y ya te obedecía.

Ese ya lo hizo empalidecer, pareciéndole descubrir una respuesta a sus preocupaciones. Ella vio que la había entendido y enrojeció.

—¡Qué artista consumada y aclamada resultabas entonces!

—¡Ah, la gran artista!, –exclamó juntando las manos, y transportada a aquella edad. –¿A que no te acuerdas, Marco, del vestido de Julieta?

—Ya lo creo que me acuerdo: el vestido celeste de mi hermana Celia.

—Una gran carpeta, y las flores de papel dorado de los altares de Daniel, –prosiguió riendo infantilmente. Pero se interrumpió, porque veía endurecerse la expresión de Marco, asomar a sus ojos el reproche y la inquietud, y adivinando que todo eso habíalo provocado el nombre del joven, sintió de nuevo súbitas turbaciones... Bajó él hasta el fondo de esa turbación, la miró,

---

25   Romeo y Julieta, drama de William Shakespeare (1564-1616) Acto III Escena V - http://www.cervantesvirtual.com/servlet/SirveObras/01593074980144858540035/p000000 4.htm#I_9_

y su pensamiento se hizo más visible. Siguió ella adivinando: el cambio de expresión no respondía al sentimiento del enamorado que sufre despecho o celos, sino a una condenación para ella, y a una compasión para el olvidado.

Se miraron los dos y se entendieron.

—La reciprocidad en amor no es un deber; —dijo la joven, y apareció en el acto la expresión combativa que asomaba en ella a la menor contrariedad. A esto se agregó una hostilidad para la virtud superior que tenía al frente, a la que estaba segura de no vencer; y algo como una preparación a la resistencia ante la fascinación singular que un dolor secreto había puesto en el alma de esa fuerte personalidad, fundida en un metal que ella no conocía, y a la que empezaba a temer. Pero también pensó que todo eso no era sino Marco; que todas esas cosas, en las que se sentía incapaz de penetrar, no eran sino el material con que había sido construido el ser moral de su amigo de infancia, que le ayudaba ahora, dulce, paciente, como si bajara su elevada estatura para ayudar a un niño, a dar sus primeros pasos después de haberla arrancado al reino de las sombras. Pasose la mano por la frente, sus ojos se nublaron, sus labios temblaron al soplo de estas diversas sensaciones. Marco la vio empalidecer, percibió aquel punto doloroso en el fondo de los ojos y su emoción; de nuevo sintiose inundado por la ternura, esclavizado por la tentación, y dio un paso para acercársele.

«Al momento me adivina», —díjose ella entre alarmada y contenta. —»Ha descubierto mi conmoción; por eso se me acerca y hay tanto calor en sus ojos... ¿Sería capaz yo de descubrir en mil años la mitad de lo que hay en su vida?»

Quería él borrar el mal momento que se prolongaba, mortificándolos, y buscó el medio, sin encontrarlo. Sólo se le ocurrió repetirle sus mismas palabras, que fijaban fechas remotas: «El balcón de Julieta...» Contempló ella de nuevo el cuadro, sonrió, y como si los resplandores del día, la bóveda azul, el vuelo de los pájaros, los perfumes del jardin, el balcón florido, los recuerdos de la infancia hubieran despertado su fantasía, abrió por un instante el rinconcito romántico de la madre, en el que la hija solía penetrar de tarde en tarde alguna vez, y dejó hablar por su boca a la joven de Verona:

—«Los acentos que se oyen tan próximos son el canto de la alondra; es ella la que nos separa; ¡Oh! cómo he podido decir yo que su voz era dulce y su melodía encantadora... ¡Vete! ¡vete! ¡De minuto en minuto esclarece el día!»

Sorprendido por la transfiguración que se había hecho en su cara y en su voz, que se plegaba dócil y cálida a las sonoridades de la prosa, dejándose elevar sobre las ondas de la pasión, Marco sintiose bajo la influencia de un encantamiento. Los rastros de la enfermedad, las palideces de la convalecencia habían dejado su lugar a un resplandor de nueva vida, que él veía circular con su sangre bajo la piel que se sonrosaba, en sus ojos agrandados y brillantes, en sus labios palpitantes, húmedos y entreabiertos. Nunca la había visto así, en la plenitud de su belleza. Conocíala tan sólo enferma o niña. La encontró entonces divinamente linda, digna de un dios.

Ella, comprendiendo lo que en él pasaba, se sintió inundada por el inmenso gozo de haberlo conmovido; en un segundo su espíritu tan movidizo olvidó todo lo demás y quedose a la espera de lo que él iba a decirle.

En su rostro, en su figura toda había ahora la expresión de un llamado tierno y conmovedor; de toda ella emanaba una fuerza suave y ardiente.

Marco sentíase irresistiblemente atraído, y necesitó emplear su voluntad más fuerte para contenerse y no hablar, sabiendo que una palabra en su boca era un acto decisivo. Mecha que la espiaba, notó sus vacilaciones, y la dominaron nuevas inquietudes; mas, desechando su contrariedad, díjole suave:

—Hay en mi, después de la enfermedad, una alma que siente con más intensidad, por eso ves más de relieve mis impresiones. Es después de haberme tú salvado que comprendo todo el valor de la vida... De esa vida que amaba ya tanto, sin embargo... Todo me parece mejor. Cosas que me eran indiferentes me interesan ahora. ¡Cuántas que encontraba despreciables y feas las veo hoy grandes y hermosas!... Mira ese gorrión que cruza el aire, lanzando su chillido áspero y grosero ¿creerás que tiene mi simpatía y mis ojos siguen con admiración su vuelo? —Riendo con risa algo forzada, agregó— Yo admiro al gorrión ¿admiras tú a Julieta?

Quedose él cortado por lo imprevisto del ataque, y luego, reponiéndose, contestó:

—¿Quién no la admira...? ¿Hay otra que se le parezca?

—¡Oh! así no; así no... —Y sin darle tiempo a responder, preguntó—: ¿Me quieres prometer una cosa?

—Según, –contestole vivamente.

—¡Qué gracia! Debes prometerlo sin según. Es lo primero que te pido, Marco, desde que tenía ocho años... Se trata de una alma sin heroicidades, sin sublimidades, sin virtudes...

Marco rió, y dando un paso hacia ella le dijo, extendiendo su mano:

—Prometido sin según.

Clavó ella en él sus dos astros límpidos y lucientes, y adelantando el cuello para oírlo de más cerca, le dijo:

—Marco, tú que sabes tan bien lo que hay en ella y lo que le falta, explícame: ¿qué es Mecha Iturbe?

—Mecha Iturbe!... Ese adorable ser complejo y complicado tiene belleza, gracia, inteligencia, fortuna, pero estériles por ausencia de una disciplina y de un objetivo en la vida. Tiene virtudes, pero ineficaces; bondad, pero indolente; generosidad mal aplicada... Su espíritu refinado no le permitiría adaptarse a lo vulgar; pero sometida a un influjo combinado de arrogancia hereditaria y de una educación egoísta y superficial, si bien no descendería jamás a las zonas inferiores, tampoco lograría levantarse a las más altas, oscilando en la gris esfera moral de lo intermedio... Considérola con suficiente corazón para ser noble, pero no lo bastante para ser abnegada; sintiendo impulsos hacia lo mejor, pero viviendo encadenada a lo subalterno, sin aprovechar los dones de la naturaleza y del destino, ni para sí, ni para los otros. Por todo esto; por lo que tiene y por lo que le falta, Mecha Iturbe no es feliz ni desgraciada...

—Es simplemente inútil, –concluyó ella con una mezcla de tristeza, de despecho y de ironía.

—¿Y por qué no había de ser útil y feliz? –díjole ya directamente, en voz más baja, para crear mayor intimidad entre ellos. –Lo que te falta... ¡Quién tuvo más que tú los medios para adquirirlo!... Completa tu existencia con un fin que la ennoblezca. Nobleza positiva, que no está en tus vanos títulos de duquesa.

—Quisiera tenerlo... –murmuró ella, entornando sus ojos, lo que les daba una sombra misteriosa, y le devolvía toda su fuerza de seducción.

Marco sintiose nuevamente subyugado, y al ver aparecer en sus labios el triunfo de su sonrisa, tuvo miedo; dábase cuenta exacta de las perturbaciones y los peligros que el reinado fatalmente efímero de esa hechizadora debía traer a la vida de un hombre como él. Comparábala a una de esas flores que se van a buscar al borde de un precipicio, y que después de tenerlas a riesgo de la propia existencia, viven tan sólo un día.

Una campana dejose oír. Marco levantó la cabeza y le dijo:

—Son los niños ciegos, son las madres enfermas, son los hombres inválidos; es el sanatorium todo que nos habla desde lejos. «Quiero tenerlo» has dicho. Ahí tienes el llamado: acude.

—El sanatorium, –murmuró ella. Recordó que Daniel le había dicho burlándose «¡Mecha en el hospital!» e hizo un esfuerzo para contener su propia risa. Se repuso y preguntó: –¿Vas tú allí?

—Sí, –dijo; –es el día de consultorio... Antes debo pasar por la fábrica para hablar con Pablo.

—Llévame, –pidiole ella de pronto.

—Ven, –respondiole simplemente.

En ese instante tuvieron los dos un mismo pensamiento. Ella, hacerse toda voluntad para obedecerle y ser lo que él deseaba; él, volverse todo indulgencia para aproximarla a las austeridades de su vida. Y junto a ese instante de fe, la reflexión desconsolada de la imposibilidad de vencer sus propias naturalezas.

Sonriendo a tales pensamientos contradictorios, balanceando sus almas entre la ilusión y la realidad, tomaron juntos el camino de los talleres.

La aparición allí, entre las llamas de las fraguas, las zorras llenas de carbón, los obreros negros de hollín, las chispas y el estruendo de los metales al romperse, de la joven, con su larga bata de encaje, su capa roja, sus piedras preciosas y su vincha de oro, causó el asombro de los obreros que suspendían su labor para mirarla.

Pablo, que probaba una máquina, al divisarla levantando muy afanosa su vestido, debajo del cual aparecían sus tacones Luis XV [26], soltó una carcajada que se confundió al ruido del hierro y del acero.

—El Idolo, fuera de su nicho, –gritole desde la altura en que se encontraba. Dio un salto y se acercó para saludarla.

Visitaron el establecimiento. Lo que más interesó a Mecha en él, fue la cabeza rubia de una joven que vieron desde lejos, sola en una sala, inclinada sobre un gran cartón.

—Es Beatriz, la hermana de Hellen, –informola Manuel, que también iba con ellos. –Dibujante de primer orden, es la encargada de hacer todos los planos de las maquinarias. Además, los obreros encárganle los planos de sus casas.

—Aquí son todos propietarios, –díjole Pablo, viendo la sorpresa en sus ojos. –Compran sus casas por pequeñas cuotas. Thira, la hermana casada de Beatriz y Hellen, cuyo marido es un truán, un elemento de desorden, un vicioso a quien hemos despedido de los talleres tres veces y vuelto a tomar otras tantas, está empleada también con nosotros: es la cajera del establecimiento.

Antes de partir, al pasar cerca de los inmensos hornos de fundición, encendidos, rojos, llameantes como un volcán, dijo nuevamente Pablo a Mecha:

—Supongo que ahora continuarán ustedes la excursión dantesca. Ya conoces el infierno; réstate conocer el purgatorio y la gloria, regenteados por la familia Buklerc.

—Yo te llevaré después a visitar lo más curioso, –prometió Manuel. –Pronto conocerás el País de las Muñecas.

---

26   *Tacones Luis XV*: estilo de zapatos de tacones altos, también llamados «aguja» cuando son finos y exceden los 10 cm.

IX

Marco y Mecha, que proseguían su «excursión dantesca» descendieron la avenida deteniéndose frente a una gran construcción de forma cuadrada, con una profusión de anchas ventanas por las que debía entrar la luz a torrentes, edificada en medio de un parque rodeado de una reja, en cuyo fondo se divisaban trapecios, aparatos de gimnasia y cancha de tennis. Sobre la puerta Mecha leyó, en dos placas de bronce: «Escuela Elemental» «Escuela Profesional de Mujeres».

Penetraron a un vestíbulo, rodeado por perchas llenas de pequeños sombreros de paja y carteras de hule, pasando a un hall monumental de techo abovedado, y cerrado al fondo por una vidriera de colores, que representaba una mujer de blanco y rostro sereno alimentando un nido.

Marco descorrió la vidriera y apareció el paisaje: el fondo del parque, un pedazo de la barranca verde, y el gran estuario, muy plateado ese día.

—Es éste el refugio de los niños los días de lluvia, la sala de conferencias y de fiestas, –dijo Marco a su compañera, sorprendida. –Ahora ven, vamos a ver sin ser vistos cosas que te interesarán.

Condújola a una especie de pequeña antesala, contigua a un salón claro y espacioso. En éste, sentada cerca de una mesa, una joven, hermosa, alta, con tez blanquísima y el rosado en las mejillas de un vergel en flor, elegante en su vestido de piqué azulado, cuello blanco de hilo y corbata celeste pálido, paseaba sus ojos como por un parterre florido, sobre las cabezas de sus discípulos, niñas y niños de siete a catorce anos, que escuchaban sus lecciones con el interés de un cuento.

La vulgarizada expresión «Mens sana in corpore sano»[27] parecía haber sido inspirada por ella, en quien se vislumbraba el contento interior, la salud del alma, el dominio de los nervios; ese perfecto equilibrio que nos da el goce de vivir, que nos hace amar la vida.

---

27 *Mens sana in corpore sano*: el latín, mente sana en cuerpo sano.

Entre esos niños, encontrábanse muchos vestidos iguales, con delantales de tela cruda; señalándoselos, dijo Marco a Mecha en voz baja:

—Son los asilados, los internos. Niños huérfanos, hijos de nuestros obreros algunos, otros, que llegan de los cuatro vientos y aquí se acogen.

—¡Pobrecitos! –dijo ella con los ojos húmedos.

El tiernamente le sonrió.

—¡Qué encantadora maestra tienen! –volvió a decir.

—Es Dagmar, la otra hermana de Hellen.

Callaron porque ésta se paraba y empezaba a hablar. Tomando en su mano, de un estante colocado a su izquierda, una figurita de yeso coloreada la hizo hacer unos cuantos movimientos tan graciosos que provocó la risa de los niños, a quienes preguntó:

—¿Sáben ustedes quién es este caballero?... Fíjense en su peinado: es una trenza. ¿Han visto ustedes alguna vez un hombre con trenza, aquí?

Los niños rieron de nuevo.

—Es un hombre de la China; –dijo con aplomo uno de ellos, nada lindo pero con mucho carácter propio en la fisonomía inteligente.

—¡Bravo Coco! –exclamó Marco, siempre en voz baja, desde su escóndite.

—¡Qué ricura había sido el hijito de Manuel! –dijo Mecha. –Con razón están locos con él en la casa.

—Pues bien, –continuaba la maestra; –Coco nos acaba de decir que en el país de este señor, nacido en la China, los hombres usan trenza... Y resulta que no sólo se peinan como las mujeres... Ven ustedes, ven, –prosiguió, haciéndolo brincar en medio de la alegría de los niños; –lleva un vestido de seda amarillo, color de azafrán... Alba, fabricante de tan gran personaje, que usa trenza y polleras como todos los hombres nacidos en su país, la China, nos dirá porque lleva un vestido de seda color del azafrán.

Una admirable, extraña criatura se paró, caminó unos pasos y se detuvo al lado de la mesa. Llevaba los cabellos sueltos caídos en cascada de oro sobre las espaldas; su figura y su andar tenían la elasticidad, la soltura de las hijas de los bosques, y a pesar de esto aparecía suave, delicada y púdica; su tez, la blanca frescura de las ninféas nacidas en los estanques, y sus ojos, de ese azul raro del cielo de América, la expresión noble y pensativa de los de su hermana Hellen.

—¡Qué criatura ideal! –exclamó Mecha.

—Es Alba, –informola Marco; –la menor de las Buklerc, a la que llamamos la Pagana por su amor a la naturaleza. Es la Reina de los niños del lugar; la Soberana del País de las Muñecas. ¡Cómo veo crecer en tus ojos el asombro por todo lo que descubres en este raro paraje!... ¡Si pudiera amarrarte yo a él; amarrarte a sus alegrías y a sus dolores!

—Sí, Marco... Parece que el destino, al llevarte a mi cabecera, hubiera querido que me volvieras no sólo a la vida, sino a una nueva vida.

—¡Ah! ¡si así fuera!, —díjole él, profundamente conmovido, y con relámpagos en los ojos.

Alba tomó de la mesa un capullo de seda y explicó a sus compañeros, con aire tranquilo y una voz musical, todo el proceso desde la formación de ese capullo hasta el tejido del brocato. Por sus manos pasaron la oruga, las hojas de morera, seda no hilada, seda hilada ya...

Levantó después un puñado de polvo amarillo y dijo:

—El azafrán es un color anaranjado que se saca del estigma de la flor del azafrán. Estigma, —continuó mirando a su hermana, —es una parte del pistilo de la flor... El azafrán es una planta de Oriente.

—¿Dónde está la China, Antonia? —preguntó Dagmar a una chinita muy vivaracha sentada al lado de Coco.

—En Oriente, —contestó. Y Mecha sofocó su carcajada, al oír decir a un muchacho que se hallaba cerca de la puerta de la pieza desde donde ella dominaba la escena,

—Qué gracia, si Coco le ha «soplado».

Dagmar proseguía:

—El color de su vestido nos revela la categoría del personaje, nacido en la China, en Oriente, capital Pekin, donde todos los hombres usan trenza. Es, pues, un mandarín.

—Como las naranjas, —dijo un bobalicón.

—Y ahí tienen, las naranjas les harán recordar el nombre del príncipe de...

Mecha vio que en ese momento otra joven, que acababa de aparecer en el salón, interrumpía a la maestra, tocándola en el hombro y hablándole. En el primer momento creyó ver a la misma Dagmar reflejada en un espejo, pero recordó unas hermanas mellizas de Hellen, de las que había oído hablar y comprendió que tenía delante a Maud, idéntica, y vestida del mismo modo que su hermana Dagmar.

Las gemelas siguieron conversando muy animadas, y algo comunicaron a Alba, pues ésta manifestó igual contento.

—Maud anuncia a sus hermanas la buena nueva, —díjole Marco. —Esta tarde llega Hellen.

—¡Qué suerte! —exclamó Mecha. —No recuerdo otra mujer que me haya causado una impresión igual.

Dagmar mientras tanto decía unas palabras más a Maud y se retiraba, ocupando ésta su puesto.

Tomó el mismo muñeco, lo colocó en la palma de su mano, y dijo:

—Es un mandarín. Dagmar lo ha dicho, pero no lo ha explicado. Yo se los explicaré: este señor es un magistrado que en China desempeña un gran puesto: el gobierno de una ciudad, o la administración de la justicia... Y ahora me van a contestar ustedes futuros hombres: ¿qué es gobernar?

—¡Mandar! —respondieron, firmes, todos.

—No, queridos conciudadanos; gobernar es dirigir, conducir, vigilar, administrar; responder a la confianza de los otros... —Y en breves palabras, en el idioma simple que los niños entienden, como su hermana había explicado la situación geográfica y las costumbres del viejo Imperio Asiático, hízolo ella con la situación actual política y social de los pueblos, y los derechos del hombre. Adquirían así, sin darse cuenta, nociones de la ciencia social moderna.

Su lección iba a terminar con esta pregunta:

—Como el mandarín es también un juez, pido a ustedes una definición de lo que entienden por justicia.

Nadie contestó. Unos cuantos al rato murmuraron: «La policía», lo que hizo reír mucho a Alba, a Coco y a la maestra.

—No, mis niños. Justicia no es condenar; no es llevar presos a sus papás. Justicia es un sentimiento que nos hace considerar como iguales a todos nuestros semejantes. No iguales solamente ante la ley, sino también en nuestros corazones... «No hagas a otro lo que no quieras que a ti se te haga». Es esta la base de la equidad, que es, como soy yo de Dagmar, hermana gemela de esa justicia... Dagmar les enseñará en su próxima lección sobre la India, otro inmenso pueblo de la tierra, el cultivo de este pequeño grano blanco, llamado arroz. Les hará ver con sus pantanos, la miseria, la esclavitud. Y yo, de este granito de arroz sacaré ahora para ustedes una moral: que nuestros obreros a pesar del rudo trabajo de las fábricas que les ennegrece el rostro y les encorba las espaldas son felices, porque tienen el hogar, la escuela, la salud, los medios de trabajo, la libertad, cosas todas que faltan a los hombres del país que hemos recorrido y del que vamos a recorrer. ¡Bendigamos pues a Dios por tantos dones, de que se ven privados tantas otras criaturas que existen sin vivir!

Los niños se levantaron y se dispersaron en el jardín. Mecha, impresionada por aquella escena, presenciada a escondidas en complicidad con el hombre que había penetrado en su corazón, con la misma facilidad que en la imaginación de los niños los países que las hermanas describían, salió de la antesala, y mientras él le hacía conocer los talleres de costura, planchado, bordados, muchos otros, y la cocina, donde se formaban excelentes cocineras, saboreaba la dulzura de su palabra que tanto amaba. Un deseo inmenso de permanecer siempre con él la dominó; sentíase crecer en el alma el sentimiento nacido en su lecho de enferma, para aquel que le parecía ser único depositario de un noble ideal, el único hombre capaz de no mentir. Los ojos de Marco que la comprendieron, lanzáronle una mirada de apasionada aprobación.

Dagmar y Maud la saludaron como a una antigua amiga. ¡La conocían tanto por Hellen y Esperanza! Y como las clases habían terminado, encamináronse todos a esperar a Hellen y visitar los otros establecimientos.

En el camino encontraron a Esperanza que se les plegó. Un automóvil largo y cerrado los cruzó también; el conductor al ver a Marco se detuvo, y un joven que iba sentado a su lado le dijo:

—Vamos, doctor, a la fábrica de Lamparosa. Han llamado por teléfono, pues parece que una caldera ha reventado quemando a un muchacho y a dos hombres.

—Voy yo también, –contestó Marco. Y subió al automóvil, que cual una flecha partió.

Mecha recién al verlo desaparecer a lo lejos, del otro lado del puente, se dio bien cuenta de que Marco se iba en él.

Con menos curiosidad y más displicencia continuó caminando al lado de Esperanza y de las dos mellizas.

X

Al edificar Pablo su casa había tenido en cuenta antes que todo los gustos de su madre, y conociendo la pasión que la dominaba por las plantas y las flores, con cariño delineó, trazó, formó su parque, el cual al cabo de seis años de cuidados especiales resultó una maravilla.

Planteado sobre un terreno accidentado, prestábale éste sus suaves ondulaciones y lo llevaba, subiendo y bajando por un espacio de seis hectáreas, con aterciopeladas alfombras de césped, altas avenidas, arcos de rosas, macizos de flores hasta el río.

Emilia era la providencia del lugar, la buena madre de los obreros, y ellos le tenían devoción ferviente. Curaba los dolores, quebraba los odios, aplacaba las reyertas, disculpaba las faltas. «Su talento está hecho de bondad y su bondad de talento. Se diría que el destino queriendo simbolizar en ella la más hermosa de todas las virtudes mantiene sin luz sus ojos, para que por esto sea más perfecta aun su personificación, y la represente en toda su amplitud. Emilia es ciega; así debe serlo la bondad para ignorar en quien se difunde. A pesar de eso el espíritu de justicia está tan vivo en ella que muchas veces me ha sorprendido la sutileza con que descubre dónde debe aplicarse. Pero es muy suave en ella la justicia: está mezclada con amor. No condena jamás totalmente, ni se exalta con todo su entusiasmo sino por la excelencia de las cosas. Sabe que no siempre son confesables los móviles de las buenas acciones, y que se pueden confesar muchas veces los impulsos de los delitos». Así se la había pintado Marco a Hellen, durante la travesía, al hacerle la historia del cariño que los ligaba.

Una tarde templada y apacible, después de varios días de una lluvia que había aplacado el calor, aligerado el aire y reverdecido el césped, Emilia, sentada en un sillón de paja en una de las terrazas de su casa, conversaba con Marco, recostado en los peldaños de piedra de la escalinata que ligaba esa terraza al jardín. Era un domingo de diciembre y hacía ya dos meses que se habían instalado en Itahú.

—...Es esta una verdad, —decía Emilia continuando un tema comenzado.

—¡Y qué difícil! —interrumpió Marco.

—Siempre se la ponía ante los ojos a mi Pablo cuando lo formaba, repitiéndole que no sólo debe serse tolerante con los defectos, sino también con la superioridad de los otros.

—Sí; es una cualidad rara y apreciable el saber reconocer esa superioridad y someternos a ella. Si Guillermo II no hubiera soportado a Bismarck no habría hecho la Alemania.

—Es cierto, —asintió Emilia. —Y ha sido grande por haber comprendido y aceptado su propia inferioridad.

—La tolerancia...

—Tengo que sermonearte a propósito de ella, mi hijo... La experiencia nos haría insoportable la vida si no nos hiciera tolerantes. Tú lo eres mucho, pero imperfectamente, injustamente más bien. Sí, —agregó moviendo la cabeza; —será indispensable que te amoneste... Eres tolerante en las fábricas, en el hospital, en los lugares de perdición, donde se asfixian mezcladas en la abyección o el vicio almas ruines y almas buenas. Lo eres con el ebrio, con el degenerado, con la mujer extraviada, con el niño harapiento; lo eres con el embrutecimiento, el vicio, el crimen de los de abajo... Eres implacable para las miserias doradas de arriba, para las debilidades de los de tu clase.

—¡Es cierto! —exclamó Marco y como levantado por esa verdad púsose de pie.

—Marco; querido Marco, —volvió ella a decir, —nadie se ignora a sí mismo. Debes saber, pues, que eres una excepción. ¿Podrías pretender que los demás lo fuesen?

Él la miró queriendo penetrarla, y ella, sonriendo con su balsámica sonrisa, prosiguió:

—Aunque no pueda verte adivino que me miras; siento tus ojos fijos en mí, escudriñando mi pensamiento... Te quiero demasiado para no adivinarte...

Hizo él un movimiento con las manos como si quisiera atajar lo que ella iba a decir... Se detuvo, sacó un cigarro, lanzó dos bocanadas de humo paseándose debajo de la escalinata sobre el césped, tiró después lejos el cigarro, y subiendo de nuevo fue a besarla en los cabellos. Emilia levantó la mano y le acarició la frente.

—Marco, —le dijo, —tú estás inquieto y preocupado... de inquietudes y preocupaciones diferentes a las que tienes habitualmente... No te alarmes; sólo yo lo he percibido y aunque no tuviera el hábito de callar las cosas, algo inexplicable, muy parecido al temor, me habría sellado siempre los labios en este caso... No se trata únicamente de tí, sino también de nuestra Mecha.

—¡Nuestra Mecha!... murmuró él con desaliento desdeñoso.

—¿Qué hay en todo esto? —preguntole Emilia, con gran interés. —Tu pasión por ella...

—Mi pasión por ella... ¿Sé yo mismo si existe, si agoniza... si murió al nacer?

—Si la ahogaste al nacer, diría mejor... Mecha será la víctima de tu intolerancia... Exiges que ella estire su figura delicada para alcanzarte: ¿por qué no bajas tú algo la tuya? ¡Pretender ligar esta criatura, que hasta los treinta años sólo ha vivido para brillar, a la obra ruda de renovación social! No vacilo en disculparla y en condenarte... ¡Querer sumergir su alma, elegante y aprensiva como su cuerpo, en el antro oscuro del dolor humano; atarla a tu existencia de moderno apóstol; obligarla a entrar contigo en la histórica aventura del sufrimiento universal!... ¿No comprendes que su alma de esa inmersión sólo guardaría el espanto de lo que viera?

—Mecha saldría siempre ilesa de la prueba; su alma es de amianto.

—No es cierto; —protestó energicamente Emilia. —Su alma es sensible y buena, si no es grande. ¡Cuántas veces he llorado enternecida al sentir en una palabra, en un proyecto sus aleteos para alcanzar la tuya! Qué quieres Marco, sus alas delicadas no dan más; las quiebra el viento.

—«Mecha es simplemente inútil;» son sus propias palabras...

—Y yo protesto, —dijo ella interrumpiendo. —Protesto en nombre de todos los que amamos lo bello. No es inutilidad ser linda. No es inutilidad poseer la belleza que los antiguos tenían por un don de los dioses. No lo es difundir como ella la gracia y el encanto; hacerse amar... ¡Hermoso es tener por misión el dar a los hombres la evidencia de que tambíen esa belleza se perpetúa en la tierra!... Pide a cada ser tan sólo aquello que puede dar, querido Marco, y siempre algo dará. Pero no exijas de la rosa la leña que da un árbol... los dos pertenecen, sin embargo, al reino vegetal. Pide rosas a la rosa y te dará sus rosas... Mecha es eso: es un rosal. Recoje su admirable florescencia, sin exigir leña de la planta.

—Te revelaré después, cuando me examine yo mismo, lo que pasa en mi interior, pero antes debo afirmarte: una sola palabra de esas que ata a dos seres, una sola palabra de amor no se ha pronunciado entre nosotros...

—¿Dónde está mamá? —dijo una voz en ese instante, interrumpiéndolos.

—Es Pablo, —exclamó ella, todo iluminado el semblante.

—Allí viene, —dijo Marco... —Hola Pablo; estamos aquí.

—Mañana hablaremos nuevamente, Marco tan querido, de un asunto que tanto me interesa, y es en mí una obsesión desde hace muchos días... ¡Mi hijo! —prosiguió abrazando a Pablo que entraba. —El mes de ausencia me ha parecido un año.

—¿Cómo va aquello? —preguntó Marco, —¿Vienes contento?

—Mucho, —contestó Pablo. —Hay gran entusiasmo en los comités, y lo que es mejor, decisión... Teniendo como tenemos confianza en que el gobierno se limitará a hacer guardar el orden, es un placer luchar.

—¡Marco, Marco,–gritó en ese momento Coco desde lejos, entrando a la carrera por el lado opuesto,– el cieguito de Hellen ve! ¡el cieguito de Hellen ve!

—¡Ah! –exclamó el médico con gesto de curiosidad y contento.

—¡Sí, Marco, el cieguito de Hellen ve! –repitió el niño, dejándose caer en un banquito a los pies de Emilia, y acostando la cabeza en sus faldas.

—Estás cansado, mi alma, –díjole ella, –y todo acalorado; siento tu frentecita húmeda. Cuando descanses, nos contarás lo del cieguito.

—Yo te lo explicaré, –contestó Marco. –Hellen ha hecho su primera operación, sola, sin mi ayuda, en un niño de doce años ciego, demostrando una habilidad y una delicadeza sorprendentes... Pronto esa niña operará mejor que yo, porque tiene igual seguridad y mayor delicadeza en la mano.

—Yo fuí al Sanatorium, –dijo Coco ya repuesto, –y Celia me contó que esta mañana sacaron al cieguito la venda... El pobre se puso a gritar asustado al ver la luz...¿No sienten el ruido del carruaje de Mecha?... Sí, sí, es él, –gritó de repente prestando el oído... –Y ahí vienen! –concluyó, saliendo de nuevo corriendo a esperar en el porton a los paseantes que se acercaban.

Se oyó otra vez la corneta del *mail–coach*. Pablo y Marco siguieron a Coco hasta la portada de hierro, y divisaron, a lo lejos, el carruaje atravesando el puente, el cual al entrar minutos después en la avenida se precisó.

La caja negra y roja agrandábase ahora, corriendo a todo escape, con la rapidez de sus cuatro alazanes de pura sangre, entre la doble fila de los plátanos y de las casas en cuyas puertas se agolpaban las familias de los obreros a verlo pasar. Aparecía neto y movedizo, en el fondo azul, floreciendo la imperial, un gran ramo de mujeres en trajes claros, y detrás, tiesos como husos, degollados por sus cuellos altos, los lacayos ingleses con la librea verde, de vueltas blancas y galones de oro, de la casa Alcántara.

—¡Caramba! ¡Cómo maneja Mecha! –exclamó Coco abriendo sus ojos llenos de la admiración que le causaba la joven, sentada muy derecha en el pescante, vestida de piqué celeste turquesa muy desvanecido, paletó suelto de paño blanco y sombrero redondo de paja. Sus pequeñas manos, cubiertas por gruesos guantes, crispábanse sobre las riendas seguras y firmes. Al verlos los saludó muy alegre y Manuel, sentado a su lado, hízoles señas de dejarles paso libre. Ella intrépidamente hizo dar a su carruaje media vuelta y penetrar al parque, donde giró de nuevo, obligando a los caballos a detenerse delante de la terraza.

Los lacayos saltaron y preparáronse los ocupantes a bajar. Marco y Pablo se acercaron. Mecha dijo desde arriba:

—Por suerte has vuelto, Pablo. No nos conformamos con tus ausencias, y nuestro amor propio sufre, viéndonos postergadas por tu politiquería... Aunque la prefiramos a ciertos inhumanos humanitarismos... –añadió rozando de soslayo con su mirada traviesa a Marco, el cual disimuladamente sonrió.

—Creía que Dios te había dado sólo la facultad de manejar a las gentes, pero veo que lo haces igualmente bien con las bestias... ¡Qué mano para el cetro!

—La duquesa es una admirable *coach woman*, —dijo un joven buen mozo, paquete y vulgar. —El *four in hand* que ha querido ofrecernos es digno de príncipes.

La joven, ya en el suelo, hizo a Pablo otro gesto, de burla que sólo él podía notar, y presentó:

—El señor Pablo Herrera, el doctor Marco Silas; el señor Salvador de Lamparosa... Y voy a abrazar antes que todo a Emilia, —agregó, subiendo ligero la escalinata para reunirse a los demás que la saludaban ya, haciéndola feliz con esa inundación de ternuras juveniles.

—Mamá, voy a presentarte a nuestro vecino, el señor Lamparosa, —dijo en ese momento Pablo.

—¿Es usted hijo de don Carlos? —preguntole ésta amablemente.

—Sí señora, su hijo mayor. No me conocían ustedes porque acabo de llegar de Europa.

—¿Su mamá y sus hermanitas?...

—Bien señora, tantas gracias. Dentro de un momento tendrán el gusto de ver a usted, pues deben venir a jugar un partido de croquet con las señoritas de Millares y de Buklerc.

No tardó mucho en agrandarse la reunión del domingo, con el arribo de «los del otro lado», que así se nombraba a los Lamparosa en Itahú.

Al pasar por su casa Esperanza habíalos invitado a un partido de croquet, en el que tomarían parte los ocupantes del *mail-coach*: sus hermanos Amalia y Daniel, llegados esa mañana con Cristián y Carlos Velázquez; Beatriz, Maud y Dagmar; el novio de Dagmar, Roberto Duclos, hijo de francés, empleado en la fábrica, y el segundo director de esta, un ingeniero belga, Juan Hordies de treinta y cuatro años, alto, fino, cuidado como Daniel, pero con una expresión voluntariosa y concentrada en su fisonomía que lo diferenciaba totalmente; muy suave además en su trato, lleno de una amenidad en la cual se traslucía una sólida preparación. Era él quien reemplazaba a Pablo en la dirección técnica del establecimiento, y estaba ligado con este, Manuel y Marco por una amistad muy probada. Había asistido también al paseo María Marúl, esposa de Manuel, bonita y simpática joven, madre de Coco y Neneta, serafín de cuatro años delicioso y mal criado.

Bajaron todos al jardín, donde empezó pronto el juego. Los combatientes formaban un grupo bullicioso, destacándose como grandes flores brotadas del verde, las siluetas de Esperanza vestida de color lila, Dagmar y Maud de rosa pálido, Beatriz de celeste, y otras más de los colores frescos de las telas de verano. El ruido de sus voces tranquilas primero, sobrexitadas después por el ardor del juego, de entre las cuales salían a menudo estallidos de risas o gritos de protesta sofocados por una ronca carcajada masculina, corría como un rumor por el parque y llegaba hasta la terraza, en la cual permanecía Emilia rodeada por Beatriz Niobe, madre de las Buklerc, y varias otras señoras, esposas o madres de los empleados superiores de la fábrica.

Mecha, Marco, Pablo, Manuel, María y Hordies presenciaban de cerca el juego.

—¡Qué suerte que vienes, Nina! –gritaron las mellizas y Esperanza, a una joven que en ese momento entraba por la portada de hierro, acompañada por su marido y su hijita de cinco años, la Chacha, amiga de Neneta. Esta se deslizó de los brazos de su padre y corrió a recibir a su amiga.

—¡Qué suerte, señora! –repitió Cristián. –Nos encuentra usted en un momento de aprieto. Esperanza y las señoritas Buklerc pedían a todos los santos su llegada, pues la tienen a usted por una jugadora de fuerza.

—Aquí Nina; aquí... –dijo Maud. –Toma tú el color amarillo en lugar de Daniel Millares...

—Que les ha embarullado el partido, –dijo este último desde el lugar donde se encontraba.

—Vamos a ver, –contestó Nina, joven alta, muy delgada, muy flexible, de admirables cabellos oscuros ondeados, perfil agudo y ojos rasgados del color de los cabellos. –... Bueno; ahora cada uno en su sitio, y que nuestros enemigos se encomienden a Dios!

El juego recomenzó bajo su avezada dirección.

Un «¡bravo!» saludó la salida de la graciosa italiana, quien con empuje y brío hizo rodar, girar, pasar por entre los arcos la bola amarilla; y una carcajada estalló en el aire como un petardo, cuando «crocando» la blanca del campo enemigo, de un martillazo la arrojó lejos diciendo: «que vaya a teñirse de verde, bañándose allá lejos entre el pasto».

La voz de Coco, encargado de arreglar los arcos y otras comisiones de importancia, sobresalía aguda y distinta, unida a sus palmoteos.

Carlos Lamparosa, contrario, jugó a su vez, con igual suerte... El partido hacíase interesante. Tocole el turno a Esperanza, que dio un golpe tímido y perdió.

—¡Chambona![28] –exclamó Mecha con cariño.

—¡Chambona! –repitieron todos en tono de alegre burla.

—¡Chambona! –díjole en voz baja Cristián, mientras ella, sonrojada, riendo y medio aturdida por su derrota, alejábase unos pasos a esperar nuevamente su turno bajo las anchas hojas de una palma. Cristián se le acercó. Aunque la admiraba y la quería desde mucho tiempo le parecía esa tarde más codiciable y más querida. En su traje de fular color fila pálido, sombrero blanco con encajes caídos sobre su gran jopo castaño, y un ramo de rosas

---

28   *Chambona*: (fam.) femenino de *chambón*, persona torpe, de escasa habilidad.

medio marchitas ya al suave calor de su seno, encontrábala lindísima, de una belleza incorrecta, hecha de frescura, juventud, brillo. Parecíale una violeta viviente.

Ella, aunque miraba a su frente, sentía la mirada del joven, imploradora, que esperaba el momento de encontrarse con la suya y obligarla a responder.

Y, profundamente buena, sintió un frío recorrerla toda entera; sabía que la palabra llegaría, que los labios implorarían después de los ojos, y queriendo a Cristián, el amigo caballeresco y simpático de Daniel, sufría de antemano de la pena inevitable que se vería en pocos instantes obligada a causarle.

—Esperanza: ¿es siempre su nombre una esperanza?

—¡Ah! ya está... –díjose ella cuando lo oyó, sin mirarlo para no perder el valor.

—¿Esperanza es sólo un nombre? –repitió él, ansioso ante ese candor impenetrable.

—No olvide usted, Cristián, que no somos nosotros quienes elegimos nuestros propios nombres. ¡Cuántas de las esperanzas puestas en mí por mis padres al darme el mío, habrán quedado defraudadas! –contestó, sin saber bien lo que decía.

Su rostro se turbó cuando se vio forzada a mirarlo. Y Cristián vio en sus ojos una expresión también suplicante que no supo interpretar. Al rato preguntó ella, tratando de ganar tiempo, mientras se la llamaba a jugar, sin prever que precipitaba con su pregunta lo que deseaba evitar.

—¿Se quedará usted muchos días en Itahú?

—He venido por usted; por usted me quedaré... o me iré, –díjole el joven en un tono decidido que la hizo enmudecer. Ella sonrió sin motivo en una crispación de los labios, y se ruborizó, al ver en su rostro tanta pasión reveladora de lo necesaria que le era ella para su felicidad. Por una asociación de ideas miró a Daniel, que en ese momento bromeaba y reía con Mecha, Pablo, Manuel y Marco. La asustó su palidez y su flacura, que le daba el aspecto de un enfermo de consunción; se conmovió ante esa escena del eterno drama enmascarado de la vida, y más aun por la similitud de situaciones de los dos amigos. Hasta entonces inculpaba con amargura a Mecha los sufrimientos ocultos que despedazaban a su hermano; ahora que iba ella a causarlos iguales la absolvía y la compadecía.

El no podía sospechar teniéndola tan cerca, que cada una de sus palabras la alejaba de sí... Ella lo notó y se dijo:

«¿Dónde está la segunda vista de los enamorados?» Y contestole: –¿Irse por qué? Me da usted mucho gusto pasándolo entre nosotros, pues su amistad con Daniel nos hace muy amigos.

—¿Y sin Daniel?... ¿Quiere decir que usted, Esperanza, no ha pensado nunca en mí sin pensar antes en Daniel, mientras que para mí el mundo desaparecía para no pensar sino en usted?

Sintió ella su respiración anhelante, pensó que debía tener frías las manos, fría la frente, y le ardieron los párpados como pinchados por lágrimas que se esforzaran por salir. Hizo un movimiento levantando la cabeza y cerrando los ojos para serenarse; y al fin vencida su piadosa indecisión por su natural y exuberante sinceridad cesó la lucha. Abrió sobre él sus ojos muy francos y muy límpidos y díjole lealmente:

—Cristián; no puede ser.

La respuesta fue tan súbita y tan abierta que el joven trataba todavía de penetrarla en todo su alcance cuando Coco se la llevaba del brazo hacia el círculo de jugadores que la llamaba, pues había llegado su turno.

El juego animóse aún más y ya no se oyó sino el ruido de las bolas de madera al chocar, los gritos de mando de los directores, y ese murmullo de voces sin sentido que se levanta siempre de una reunión de gentes en expectativa.

—¡A ver, Maud; con cuidado Maud! —exclamaron con ansiedad sus compañeros al cabo de un rato porque de su golpe dependía el triunfo o la derrota. La niña, muy rosada por la agitación pero tranquila, se adelantó, puso su pie elegante calzado de piel clara sobre la bola de madera, y con un golpe firme la echó a rodar. Esta, brillante, roja, obedeciendo a quien tan bien sabía mandarla pasó dócil por los arcos, y rodando siempre se detuvo lejos, en el límite que era necesario alcanzar para vencer. Un ¡hurra! de vencedores y vencidos saludó la victoria de la encantadora Maud, que fue llevada en triunfo ante la soberana del torneo, Emilia, muy interesada en ese instante en hablar con las otras señoras, sobre los cieguitos y huérfanos de los asilos.

—Vamos a beber una copa de champagne, por el gentil campeón de vestido color de rosa, —dijo Pablo, ofreciéndole el brazo y llevándola al comedor adonde los siguieron los demás.

Los brindis, las bromas, la alegría se cruzaban... En un lado, algo apartada de las otras, Dagmar conversaba con su novio. Mecha arrojaba sobre Pablo todo su espíritu, en el que había rastros de la ironía finísima de Lola de Arco, pero dedicado todo a Marco, quien lanzaba también de cuando en cuando una flecha del suyo, que daba infaliblemente en el centro del blanco.

Todos los esfuerzos de Mecha para desvanecer la desarmonía surgida entre ella y Marco fueron infructuosos. Desarmonía sin palabras, impalpable pero latente, cuyas causas permanecían para ella ocultas, como le estaban las que la obligaban a sufrir la dominación de ese carácter, germinada ya en la infancia. A pesar de su inteligencia, de sus lecturas y de su mundo, no las alcanzaba. En su alma honesta y fina, cuya fuerza toda desperdiciábase en la satisfacción de sus fantasías, existía una repugnancia natural por todo aquello que se pareciese a austeridad, que para ella se traducía en aburrimiento y privaciones, y ahora venía a encontrarla justamente en la única figura de hombre que hubiera puesto en esa alma su sello.

La impresión sufrida al encontrarlo por primera vez, —él ya hombre, mujer ella– tan fuerte había sido que él tomó posesión súbita, sin ni aún conquistarlo, de su ser moral, y sólo pudo calcular su profundidad, más tarde, en sus efectos.

Desde entonces un sentimiento fervoroso había invadido su corazón, celoso por el convencimiento de que esa alma no sería nunca enteramente suya, pues comprendía que no estaba hecha para el amor de una sola; que en él sería siempre la más fuerte la facultad pensante; que tenía por rivales las altas cosas humanas. Habíalo contemplado después ya de muy cerca en su gran obra de propaganda humana y social, en su valor para arrostrar el dolor ajeno, en la soberbia ilusión de su utopía, y lo admiraba encontrándolo absurdo. No le parecía raro que les diera su fortuna, mas era inmenso su asombro al verlo derrochar su amor en los extraños, en los miserables, en los desconocidos, trabajar por ellos y para ellos. Y le asombraba también el que los otros, la madre, la hermana, Pablo, Emilia, Esperanza, lo encontraran comprensible y natural.

Los primeros tiempos sintiose arrollada por su palabra llena de pasión concentrada, deslumbrada por ese foco activo de una fe nueva y poderosa, y quiso seguirlo. Pero después la copa pareciole amarga y la misma violencia de su esfuerzo para apurarla trájole más rápidamente el agotamiento de sus ilusiones en esa nueva fe, levantándose en cambio en su corazón su amor muy alto.

Una herida comenzaba a hacerla sufrir desde el momento en que notó esa desarmonía entre sus dos naturalezas: en sus creencias, en su manera de ver y de juzgar la vida, de ser, de pensar y de sentir. Su altivez impúsole ocultar las proporciones de su sentimiento, disfrazando desconfianzas y aprensiones, y esperó con curiosa impaciencia la resolución del problema que le concernía, conservando, a pesar de síntomas alarmantes, la confianza en el vigor irresistible de su propio encanto... ¿Pero por qué no hablaba Marco?

Marco adivinaba que ella tenía sus ideales por la manía tenaz de un iluso, y también su resistencia instintiva a las virtudes serias y eficaces que él necesitaba encontrar o inculcar en la compañera de su existencia de combatiente. Si ella daba su dinero espontáneamente y con placer, pensaba, debíase a que era generosa, pero estaba cierto que si no lo hubiera sido, no habría hecho esfuerzo alguno para donar, como no la hacía para vencer nada de aquello que le repugnara. ¡Quería él ser su fuente de dirección de amor y no quería beber en ella!

Atribuimos muchas cosas al carácter que son sólo efecto de la educación. Marco, caído en este error, quedó convencido que el alma de la joven era tibia, caprichosa y negligente, y pareciole lógico que la impresión producida por él fuese también ligera, pasando sin provocar esos choques que dejan en el recuerdo, como profundas cicatrices, sus rencores. Comparaba esa impresión a un sobresalto en un letargo. Equivocábase tomando el hondo drama de esa existencia por un breve y pasajero episodio de su vida de mujer. Conservando

para la Encantadora, a la que era imposible no amar, la indestructible ternura
de siempre y por siempre, sentía al soplo de su pensamiento avasallador y
potente, desvanecerse en su mente la ideal imagen de la compañera ideal por
él soñada, cual una maravillosa figura de nieve a los rayos del sol.

Protegidos por un genio previsor habían podido ocultar a los demás en
absoluto lo que pasaba entre ellos. Unicamente la clarividencia extraordinaria
de Emilia llegó a penetrarlo, su amante justicia a juzgarlo.

A Mecha también faltábale el valor, como a Esperanza, para herir a quien
la amaba tanto. Pero sus ambigüedades, muy diferentes de la conducta abierta
y de la palabra franca de la niña, aunque mantenidas por las más plausible
de las intenciones, producían un mal idéntico al de una coquetería alentadora.
Al percibir en Daniel una expresión de desconsuelo y ansia y el temor de conocer la verdad toda entera, faltábale el coraje de revelársela; y la natural
gracia acariciadora de sus movimientos, miradas y sonrisas, que enloquecían
a los hombres, confundíanse en el criterio de muchos con la más fina de las
provocaciones.

Daniel sostenido por la educación cumplía sus deberes sociales, bromeaba,
reía, atendía a las amigas de sus hermanas, aunque llevando en el corazón
las siete espadas. A medida que el tiempo pasaba hacíase para ella más os-
tensible un sufrimiento que no le era posible remediar. Desde su enfermedad
no habían vuelto a cambiar una palabra a solas, y después, gracias al alejamiento de Buenos Aires pudo evitar encuentros que los hubieran llevado ine-
ludiblemente una explicación.

Ese día tocole ser compañero de juego de Lucía Lamparosa y viose
obligado a permanecer la mayor parte del tiempo a su lado, con gran contento
de la muchacha.

—Algo tienes, Esperanza, –dijo Marco, cuando salieron a la terraza de
nuevo.

—La misma observación acabo de hacerle a Dagmar, –añadió el novio de
esta.

—En mí, pasa igual cosa, –concluyó Maud. –He aquí el motivo: extrañamos todas a Hellen.

—Ya lo creo que la extrañamos, –dijo Mecha. –Si vieran ustedes con qué
gracia y destreza juega ella al tennis y al croquet.

—Cómo rema y qué amazona intrépida es también mi amiga, –prorrumpió Esperanza, llena de entusiasmo.

—¿Y por qué no ha venido? –preguntó una de las de Lamparosa.

—Porque está muy atareada, –respondió Maud, –preparando su tésis. Ha
tomado además la dirección del Sanatorium y está muy preocupada.

—No venir es una privación para ella, tan sociable y tan amiga de divertirse, –agregó Dagmar.

—Se privará de algunas fiestas, –dijo Marco, –pero nos dará, y muy pronto en sí misma un nuevo médico que hará honor a nuestra Facultad... Hellen Buklerc será una notabilidad.

Las visitas se despidieron, invitando antes los Lamparosa a todos los presentes a reunirse en su casa el treinta y uno para saludar el año nuevo.

—¡Buena moza, es Blanca! –dijo Pablo, subiendo la escalinata, después de acompañarlos.

—Y bien se lo has probado, –repuso Mecha. –La prima tenía envidia... pues según voces que corren en «aquel lado» se hacen proyectos de refundición de las dos fábricas...

—Pero la prima –supongo que es a Lucía a quien aludes– piensa que Daniel bien vale Pablo, –dijo Manuel.

—Y cómo olvidaron el «de» flamante de los Lamparosa, –agregó Mecha evitando el tema. –Yo lo subrayaba y ustedes lo suprimían.

—¡Qué suerte que tenemos fiesta! –exclamó Maud, golpeando las manos... –Como yo no conozco a ninguno de los caballeros que deben asistir, desde ya me resigno a planchar, lo cual puede ser divertido tomándolo por el buen lado... Me desquitaré en el cotillón invitando a bailar a muchos a la vez.

—No le sentaría la resignación, Maud, a usted jamás, –dijo Pablo, –y vamos desde hoy a llenar su programa. Apúnteme su primer vals, su cuarto intermedio... otros dos valses del cotillón... y todos los que en caso de plancha quiera concederme.

—¿Querría usted, señorita Maud, hacerme el honor de apuntar también mi nombre en su programa? –preguntole Hordies.

—Vaya, vaya, que mi broma tiene consecuencias, –dijo la niña riendo.

—Hellen asistirá, seguramente, –decía en ese momento la madre, contestando a una pregunta de Esperanza.

—¡Y qué contenta se va a poner! –Esta esclamación de Beatriz fue interrumpida por la llegada de Coco, quien, parado en medio del salón, empezaba a hablar con gran aplomo y seriedad:

—Hemos resuelto dar nosotros también una gran fiesta en honor de la Reina, –dijo el niño... –No hay Santa Alba, y su cumpleaños es en invierno, queremos por eso hacerla el día de los Reyes... Tenemos muchos gastos y vengo a pedir a Mecha cincuenta pesos.

Aprobose la idea, y la joven preguntó para oír lo que respondía el niño.

—¿Y por qué me eliges habiendo tantos otros?

—¿Por qué te elijo?... Porque eres la rica... Esperanza, Beatriz y las mellizas son unas pobretes. Papá nos prometió las masitas, los dulces y el chocolate...

—¿Y Pablo?

—Emilia da la ropa nueva para los asilados... ¿Sabes: los viejitos y los chicos?... Pero es Pablo quien lo paga... Entonces, pues, no nos queda sino Mecha...

—¿Y a Marco nada le pides?...

El niño lo miró, alzó los hombros, estiró el labio inferior y con un gesto muy expresivo replicó:

—¡Marco!... Otro pobrete como Esperanza y las Buklerc... –Aquél y los demás soltaron la más espontánea carcajada.

—No, mi alma, –díjole Emilia; –Marco es muy rico.

—¿Marco es muy rico? –repitió el niño con incredulidad.

—Sí, mi hijo, –explicóle su madre. Marco es mucho más rico que tu papá y Pablo juntos; más que los Lamparosa; y algo más, también, que Mecha.

Coco recorrió a todos con los ojos, y los fijó en el médico. Pasados unos minutos soltó él también la risa y señalándolo con el dedo dijo:

—¿Aquel?... ¿Rico aquel?... ¿Más rico que papá y Pablo?... ¿Más que Mecha?... ¡Mentira! ¿Para qué trabaja entonces?

—Lo mismo me pregunto yo, –concluyó Mecha fijando como el niño en él sus ojos.

XI

Los hombres volvieron a entrar al comedor, donde habían permanecido don Jaime y Manuel, y ahí, entre los aperitivos y el humo del cigarro, se entablaron charlas aisladas que fueron enredándose entre sí, hasta resultar una conversación general brillante en la cual las voces esforzábanse por sobresalir.

Las anchas ventanas abiertas dejaban penetrar el suave aliento de la tarde y todos los aromas de la extraordinaria floración del jardín.

Marco, parado al lado de una de aquellas, afirmando el pie derecho en el umbral, leía con interés las observaciones escritas por Hellen, que en ese momento se le entregaban, sobre la marcha de dos enfermedades raras, en un niño y en una mujer recién entrados al hospital, operados la víspera por él.

La conversación habíase generalizado cuando se oyó decir a Pablo:

—Otros países se esfuerzan por conservar su personalidad; nosotros necesitamos crearnos una.

—Empezando por asimilar amor al deber y perder indiferencia, –dijo Carlos Velázquez, interviniendo.

Y acentuó Manuel:

—Al estado de las cosas lo prolonga la fuerza de la inercia... Debemos preparar una nueva generación...

— ¿Y por qué una nueva, –prorrumpió Cristián con gran viveza: –¿acaso somos decrépitos?

Todos callaron para oír explicaciones dadas por Pablo en voz alta al señor de Villapandos:

—El elemento extranjero, que es la mayoría en Buenos Aires, impone su indiferencia en las cuestiones políticas. Las capitales de provincia la hacen local, única que les interesa. Las campañas no dan contingente de opinión, pues sus hombres, absorbidos por el trabajo e ignorantes, no tienen idea de derechos ni deberes... Contra este estado de cosas venimos luchando con resultados halagüeños. Si se pudiera sintetizar en una frase el programa necesario a nuestra vida, diría: hay que formar una conciencia nacional.

—También se da aquí, señor, muy poca importancia a las leyes y demasiada a los hombres, –añadió Manuel.

—Es natural, –replicó Pablo, –desde que son los hombres, más que las leyes quienes se hacen obedecer.

—La política de un país es siempre la que corresponde a sus necesidades naturales que son influencias fijas –observó Hordies, acercándose a la mesa para dejar su copa vacía y hablando por primera vez– o a sus modalidades, que sólo varían con el tiempo.

—Es esto tal verdad, que aun renovando los jefes quedarían inmóviles las causas y volverían sus efectos... Hay que inyectar civismo y modificar el medio ambiente.

La expresión habitualmente alegre de Pablo y su tono ligero habían desaparecido desde que empezara a hablar, dejando su lugar a la expresión y al tono graves comunes en él siempre que se tocaban las serias cuestiones que lo preocupaban.

—Con los mismos hombres se hace virtud o vicio: cuestión de circunstancias; –volvió a decir Hordies, con su aire suave y sus maneras correctas.

—Cuestión de clase, –prorrumpió don Jaime. –Sólo los hombres con tradiciones tienen virtudes positivas.

Hordies miró a la cara al soberbio interruptor y frunció las cejas. Manuel lo notó y apresurose a decir:

—Debe establecerse una protesta permanente contra lo malo, contra los abusos también, pero abierta, franca, al aire libre con la propaganda y la acción incesantes.

—Sí; como dice Pablo, –agregó Cristián, –hay que curar primero y evitar después las recaídas en el excepticismo y la apatía. Hay cobardía en el ambiente...

—Todos los gremios, en cambio, se despedazan en los corrillos íntimos, –objetó Manuel, –y esto es debido a que no existe solidaridad en los grupos... Pero veamos, Pablo, lo que hemos adelantado en este tiempo.

—Mucho y muy poco según se le considere. Mucho, cuando pienso que se ha incorporado al programa de nuestra agrupación las exigencias razonables del obrero, que de esta manera no será una fuerza perturbadora ni perdida para las necesidades de la política, necesidades patrióticas al fin... Poco, si consideramos que el espíritu público cae en su indiferencia inmediatamente que se le deja entregado a sí mismo... Hasta ahora los hombres dirigentes no han tenido fe en la opinión, y la opinión no creía en ellos. Como fuerzas se han anulado recíprocamente con esa desconfianza... Casi todo el mal está ahí. El remedio en la constancia... Pasado mañana debo volver a

Buenos Aires para presidir la asamblea de los comités reunidos, y me llevaré a Carlos y a Cristián. Al día siguiente volveremos los tres.

—Convenido, —asintieron los jóvenes.

—¡Qué gran auxilio sería el de Marco para nuestro propósito si fuera un hombre de acción en el sentido común de la palabra! –dijo Manuel en un tono en que había pena y reproche. –Su valor, su energía, su desinterés puestos al servicio de causas bien definidas lo señalarían como un gran jefe.

—Marco se hace ineficaz curando miserias individuales y propagando abstracciones hermosas. –Esto lo pronunció Pablo en voz muy alta, acentuando sus palabras y dirigiéndose al médico para obligarlo a hablar.

Este sonrió, y levantando la cabeza del papel que leía dejó caer estas palabras:

—Hacer que se practiquen los derechos como si fueran deberes: he ahí la obra necesaria.

—¿Y por qué no ayudas tú a realizarla?

Marco guardó sus papeles, se acercó, y respondió con su voz plena y viril:

—Porque mi política no es la tuya... Lo que ustedes realizan es bueno, pero le falta amplitud. Padecen la enfermedad de la época: miopía moral.

Pablo saltó:

—Esa será según tus ideas paradojales. No podemos desde un rincón del mundo, siendo unos cuantos apenas en nuestro país, abrigar pretenciones de regeneración universal... Tus teorías...

—Espera, espera... –dijo Marco caminando unos pasos y poniéndole su mano en el hombro. –Déjame decir... ya que tú me has provocado a decir... Yo sería ineficaz en los comités, porque allí continuaría involuntariamente lo que tú llamas «mi predicación evangélica»... Pero permítanme asegurar que en los que van con ustedes como en los que vienen conmigo, el mal está en la falta de fe, de confianza, de sinceridad; en la falta de ideales. Es éste un mal universal, que se exagera como una moda hasta la excentricidad –Marco hablaba así muy pocas veces. Queriendo aprovechar el raro momento, permanecían todos silenciosos, escuchándolo con avidez –Europa exporta sus excesos en ideas, en hombres, en manufacturas, que nosotros acogemos sin análisis y sin adaptarlas. El progreso moral se retarda. Se animan todos por un descubrimiento científico o industrial, como si la felicidad consistiera en alumbrarse mejor, o en trasladarse más rapidamente de un punto a otro... Cada generación piensa sólo en sí misma; es la embriaguez del egoísmo.

—¡La gran verdad! —exclamaron los otros, con los ojos iluminados y la voz caliente.

—Comprendo que las ideas humanitarias, —continuó Marco, —no han encontrado aún el camino práctico; por eso parece nuestro trabajo ineficaz a quien no coopera en él... Muchos esfuerzos se pierden, convengo, en disquisiciones y en teorías que chocan con la rutina tan difícil de arrancar, y a veces con la naturaleza misma, de la que nada puede desviarse si se quiere ser duradero y eficaz... Nuestro camino es muy lento. Los que se apresuran retardan el movimiento de la marcha. Ven la injusticia en detalle, y se indignan sin alcanzar que la justicia para el conjunto es una serie de pequeñas arbitrariedades. Las evoluciones trascendentales duran siglos para verificarse.

Las voces eleváronse después de callar Marco, mezclándose ideas y palabras en una discusión acalorada. De pronto se aquietaron para dejar decir a Hordies, que mantenía la suya en su suave diapasón.

—El socialismo doctrinario que persigue la transformación evolutiva del estado social dominante es más perjudicial a la revolución que la resistencia de la masa conservadora. El socialismo doctrinario contribuye a afianzar lo mismo que pretende combatir, o por lo menos, retarda la hora de la reivindicación, neutralizando una gran parte de las fuerzas que unidas en una acción decisiva precipitarían la caída del régimen actual.

—Estamos en presencia por lo que veo de un anarquista furibundo, –dijo Carlos Velázquez, risueño, pero asombrado por esa figura fina, aristocrática, de gestos suaves y lentos, voz acariciadora y manos patricias, casi femeninas.

—¿Entonces los atentados que se repiten en Europa no lo indignan a usted? –interrogó el viejo noble indignadísimo él, en cambio, con las blasfemias del joven ingeniero, parándose muy erguido, rojo el semblante.

—No, señor; como no puedo indignarme con el rayo o el huracán, aunque lamente sus devastaciones. Como ellos, hoy el anarquismo es una fuerza ciega.

—Hay que edificar, –dijo Cristián interviniendo, – pero no sobre ruinas sino aprovechando los materiales existentes...

Carlos Velázquez agregó:

—Pero hay antes que convenir en que si el socialismo, tal como se predica triunfara, el mundo volvería a la barbarie.

Hordies, mordiendo una almendra aconfitada, murmuró:

—Para ascender con nuevo rumbo.

—¿En qué te has quedado pensando? –preguntó Marco en ese momento a Pablo, que miraba abstraido hacia el jardín... Diose éste vuelta y respondió:

—En que los movimientos de la humanidad desde su origen no han sido ni hacia la civilización ni hacia la barbarie, sino cambios de rumbo hacia lo desconocido.

—Todo lo que existe... –empezó a decir don Jaime.

Hordies lanzó una ojeada a los demás en la que había mucha travesura, y mirándolo fijamente lo interrumpió en la misma forma que aquél lo había hecho con él un momento antes:

—Créame usted, señor de Villapandos, nada existe ni deja de existir; nacer y morir son transformaciones... La vida realiza una circunferencia de distinto diámetro. Volvemos siempre al punto de partida.

Don Jaime, indeciso, demoró su respuesta no sabiendo si el joven hablaba

en serio o chanceaba. Manuel, conociendo su intemperancia, desvió nuevamente su atención para evitar que continuaran en un tema que traería discusiones agrias.

—Lo malo de las discusiones es que nos salimos siempre del punto capital... Todo lo que se hable y lo que se diga, no podrá convencerme que no
sea la educación, la escuela sabiamente difundidas el único camino para me-
jorar, para tranquilizar el mundo. Por él las cosas vendrán solas, por evolución
natural y lógica.

—No la escuela sin Dios, –dijo don Jaime.

—Siempre habrá Dios. El hombre necesitará siempre tener ante sus ojos
algo que adorar más grande que sí mismo.

—No por amor sino por miedo, que es el sentimiento más difundido en la
especie, –dijo el anarquista. –Habría un medio de hacer olvidar las religiones:
el que cada oración costara dinero. El miedo de gastar es el más difundido.

—Nada asegura que esa sociedad nueva fuera mejor que la actual, –se
oyó decir a Cristián, quien hacía un momento hablaba con Marco, mientras
discutían los demás... –Pero en resumen: ¿cuál es según *ustedes* el estado
actual?

Algo tardó Marco en contestar.

—La bomba anarquista voltea poderosos; el capital oprime al desvalido;
los gobiernos subyugan como si fueran a caer; los paises avanzan cañones para
crear derechos; el dolor es el dueño de la vida. Su intensidad y su experiencia
se hacen con el dolor. Éste es su estado, en *nuestra* creencia, mis amigos... Durante las horas de desaliento en que se duda de la posibilidad de constituir esa
sociedad nueva, dan ganas de pensar que no se camina hacia el progreso sino
a la degeneración; que la humanidad como la naturaleza van hacia lo más pequeño y lo más ruín.

—Y no sería extraño, –dijo Hordies, –que un día la ciencia nos sorprenda
diciéndonos que en vez de un mono tenemos por abuelo a un ser más completo y más perfecto que el hombre actual.

—¡Se han hundido tantas civilizaciones desconocidas! –exclamó Pablo.

—Sí; oscilamos entre el mono y el super-hombre, a tal punto que bien se
puede dudar si se desciende de éste o de aquél, –volvió a decir Hordies mirando al humo de su cigarro con una expresión de burlona ironía, como si
viera envuelto en él lo que decía.

—¡Hombre! –dijo Villapandos interviniendo resueltamente en la conversación. –Ya que la ciencia se empeña en darnos cualquier origen, menos
el revelado por Dios, prefiero el de un ser superior... Y esto me parece menos
disparatado. La naturaleza no progresa, se empequeñece, degenera, se enfría.
A los inmensos bosques han sucedido los pequeños árboles; a los gigantescos
animales los que ahora conocemos; a las civilizaciones que nos asombran con
los restos mutilados de sus obras colosales, o con su arte no igualado, nuestra

cultura de detalle... Puede, pues, pensarse que a lo largo de los siglos el hombre degenera y no procede del mono: va hacia él.

La tirada de don Jaime provocó risas, comentarios y bromas, que suspendió la seriedad por largo rato.

—Hemos salido de la cuestión, –dijo Pablo. –Se trataba de convencer a Marco de que, semejante al de todos los apóstoles, su reino no es de este mundo.

Don Jaime se adelantó a decir con su aire de gran señor, que se imponía haciéndose perdonar.

—Me gustan los apóstoles de cosas concretas: la independencia de su país; la libertad de los esclavos; una religión, no los vagos disertadores sobre una igualdad imposible entre seres que son desiguales, los predicadores de una dicha, o siquiera bienestar colectivos, más imposibles aún. Esos me parecen ciegos errantes en un paisaje, y tropezando lo mismo en las piedras que en las flores.

—Sin embargo el mundo espera nuevos apóstoles, –dijo Marco... –El sufrimiento está ahí como la perpetuación de la injusticia. Y con él se hará la sociedad futura, porque sólo se atrae al dolor. Los que están satisfechos no se mueven. Será, tengan por cierto, con las multitudes angustiadas que se hará la transformación...

La atención concentrada de los otros lo estimuló a continuar.

—Nada hay más dañoso que los pensamientos escépticos, mis queridos amigos; descorazonan y abaten como todas las tristezas. Debemos creer que «el mundo marcha» y creyéndolo lo haremos marchar. Los males son agentes del bien. Lo que lamentamos ahora nos prepara la vida futura. En su política tienen el ejemplo; a la indiferencia de los otros se debe el ardor patriótico, la hermosa gallardía de Pablo que arrastra consigo a ustedes. ¡Adelante!... El mundo mejora... Para el que sabe observar, ese mundo se espiritualiza... Se niega menos, porque se tiene más conciencia de la propia ignorancia.

El obstinado don Jaime volvió a la carga diciendo despreciativamente:

—Tomen ustedes la humanidad en sus 1500 millones: la mitad es mucho menos inteligente que esos monos de los que algunos se vanaglorian de descender.

Un coro de risas femeninas y una explosión de aplausos cortó la discusión. Volviéronse todos los que estaban en el comedor y vieron muchas lindas cabezas agrupadas, espiándolos por una de las ventanas abiertas.

—Vamos a ver qué piensan las curiosas de nuestros horrores, oídos a traición, –preguntó Pablo...

Rieron ellas más fuerte. Un suave empujón de Mecha colocó en el centro a Maud, y a la orden de «¡Up! ¡arriba!» dada por Nina, las otras levantaron a la niña que vino a quedar parada sobre el umbral muy alto de la ventana como en un púlpito.

Una luz rosada la bañaba toda entera.

—Vamos a ver ¿qué piensan las curiosas de los horrores que han sorprendido aquí? —repitió el joven.

Maud, con una gracia inimitable, les dijo:

—Cuentan que un viajero se apiadó de un gallego que hacía su camino a pie, y lo subió a su coche. Enseguida de instalarse en él preguntó a su benefactor: ¿Cuánto voy ganando por ir aquí?... Así digo yo: ¿Cuánto vamos ganando las mujeres porque ustedes nos lleven en ese vehículo, en el cual piensan hacer el transporte de la humanidad hacia esos cambios que han decretado?

—¡Ah, sí! —agregó Dagmar en medio de la algazara levantada por el cuento de su hermana; —mucho temo que nos asignen un papel que nos desnaturalice.

—Las defiende la naturaleza, —contestole Pablo. —Siempre serían madres... lo mejor que tiene la vida.

Se acercó luego a la ventana, las ayudó a saltar, y fueron penetrando en la habitación como una bandada de pájaros cantores. Maud se dirigió al español y muy seria le preguntó:

—Dígame señor don Jaime ¿se discute aún si las mujeres tenemos alma, como en aquel Concilio de marras?...

—¡Uff! qué cosas tan fastidiosas dicen ustedes, y con la pretensión de muy profundas, —exclamó Mecha desde el otro extremo. —Hagan el mundo como quieran con tal de que no les resulte aburrido ¡Sería un castigo atroz!... Me estremezco por mis hermanas, las futuras mujeres, condenadas a una vida científica, con método, tareas, estudios y presupuesto.

La hilaridad y el bullicio subió hasta el punto de merecer repetidos «chist» de las señoras de la terraza.

—¿Me permiten ustedes, señores? —dijo un sirviente entrando al comedor; es hora de tender la mesa.

Dirigiéronse hacia donde aquellas se encontraban, y trataron de repetirles, todas a la vez, la discusión habida.

En ese momento, envueltas en la luz crepuscular, aparecieron a la entrada del parque dos siluetas: una grande, negra, espesa; otra ligera, blanca y delicada.

—Hellen y el señor cura, —anunció Beatriz.

—¡Ave María!, —pronunció desde allí una voz masculina ronca y bondadosa.

—Buenas noches, —dijo al mismo tiempo otra de mujer. Y su sonido armonioso recordó las palabras de Mecha: «Yo le llamo la voz santa que cura sólo con vibrar.»

—Nos encuentran en pleno comité revolucionario —gritoles Dagmar.

—Vamos a ver, señor cura, —dijo Mecha; —¿qué piensa usted del socialismo?

El anciano rió de la pregunta que parecía salir de la boca de un niño; sin embargo no quiso excusarse ante los otros y contestó ya de muy cerca mirando abiertamente en la cara a los hombres que tenía a su frente.

—Que marcha en las tinieblas.

—Y usted, Hellen: ¿cree en su verdad? —ocurriósele a Marco preguntarle.

Acostumbrada a responder a las preguntas de su maestro, no vaciló ni se cortó. Natural y sencilla contestó, deteniéndose un momento en la corta escalera de piedra:

—No creo que el socialismo sea la verdad... pero sí que puede ser el rumbo para encontrarla.

—¿Y qué es esa verdad? preguntaremos ahora, —dijo Pablo desde cierta distancia, deseando provocar la respuesta, más que por ella misma, por oír sonar la voz una vez más.

Ella lo saludó con una ligera inclinación de cabeza y contestó:

—¿Saben que esto se parece mucho a un exámen de filosofía y ciencias sociales? Lo consultaré en lugar de responderle, señor Herrera. ¿No le parece a usted que esa verdad bien puede ser lo que los hombres convienen en considerar como tal durante más o menos tiempo? —Y aproximándose a Emilia y a su madre las besó diciendo: —He tardado, mamá, porque esperaba al señor cura, quien se había ofrecido a acompañarme, habiéndome encontrado en el hospital, y sucedió, que lo llamaron para bautizar a un pobre chiquitito de la Maternidad que se moría.

—Hellen, estamos de baile, —anunciáronle sus hermanas.

—¡Qué suerte! —exclamó, llena de contento. —Tengo muchos deseos de divertirme.

—Bien ganado lo tienes, mi hija, —díjole la madre.

—Estrenaré el vestido, regalo de abuelita... ¡Esperanza!... Pero ¿qué tienes, di? —preguntó a su amiga viéndola aparecer en una de las puertas con el semblante descompuesto y rastros en él de haber llorado.

—¿De dónde vienes, querida? —interrogó Mecha, también alarmada.

—De asistir a Daniel, —refirió la niña con voz entrecortada en medio del silencio de los demás. —Yo noté su ausencia de entre nosotros y lo busqué... Lo encontré muy descompuesto en su cuarto... Blanco como el papel, frío, desencajado, tembloroso y en una horrible agitación... después le vino un gran caimiento... Creí entonces que se me iba a morir... Me exigió no llamar, y bajo esa condición aceptó mis remedios y cuidados... Felizmente ha reaccionado ya...

—¡Pobre joven! —dijo el sacerdote, cuya cara simpática aparecía ahora en plena luz y en la cual se reflejaba una emoción... —Es, entre todos los que conozco, mi predilecto por su bondad, su inteligencia mayor de lo que se descubre, sus creencias tan valientemente confesadas en esta época de impiedad... Vamos, Esperanza, a verlo un momentito antes de comer.

—¡Pobre Daniel! –murmuraron varias voces confundidas, cuando el sacerdote se alejaba conducido por la hermana.

Empujados por la misma idea todos los ojos volviéronse hacia Mecha, muda y empalidecida, sentada al lado de Emilia. Esta que no veía, pero sí sentía lo que estaba pasando a su alrededor, en un gesto de protesta protectora alzó su mano y se la pasó en una caricia por los cabellos. La joven no queria ver tampoco... Como la ciega, tan sólo sentía la mirada de injusto reproche de los ojos de Marco, clavarse en su frente como un dardo.

XII

El treinta y uno de diciembre sentíase una agitación alegre en Itahú. Sus habitantes preparábanse a festejar con entusiasmo el año nuevo.

La fábrica acababa de dar un gran dividendo, llenando de satisfacción a sus directores y a la población, pues cada uno de los empleados y obreros tenía participación en las utilidades según su categoría y el tiempo de su estadía en el establecimiento.

Todos eran propietarios de las casas que habitaban, compradas por pequeñas cuotas a la Sociedad, la cual las edificaba consultando sus necesidades y sus gustos.

El fondo de reserva en previsión de años malos, atendía también necesidades improductivas, pero que hermoseaban la villa o contribuían al bienestar de sus pobladores, contándose en primer término las pensiones por vejez o accidentes del trabajo, casos claramente establecidos en una juiciosa reglamentación.

Marco se preocupó desde los primeros tiempos de dotar a la pequeña comuna de establecimientos que garantizaran asilo a los niños huérfanos, refugio a los obreros inutilizados para el trabajo, asistencia a los enfermos en un gran sanatorium con su sala de primeros auxilios; y en escuelas propias, instrucción y educación gratuitas.

Fueron puestas estas últimas bajo la dirección de Maud y Dagmar, quienes dándose cuenta inmediatamente de su misión, que era la de formar niños hijos de obreros, para obreros, les enseñaban las ventajas del esfuerzo, de la voluntad, de la temperancia y acostumbraban su espíritu a someterse a su destino.

Un día Marco había oído una pregunta de Maud a sus discípulos: «¿Cuál de los obreros de Itahú les parece el más feliz?» No obteniendo respuesta ella misma se las dio. «¿Sáben ustedes cuál es? Aquél que no aspira a ser patrón».

Y el propagandista de una doctrina justa pero inquietante, meditó en la sabia filosofía sencilla de esa niña, con la cual tal vez ella haría más dichosos, que él con todo lo que daba.

La señora Buklerc tenía a su cargo los asilos, y las religiosas de Nuestra señora de la Paz, orden a la que pertenecía Celia Silas, el hospital, cuya dirección técnica había puesto Marco en manos de Hellen.

Estos establecimientos que se fundaran en provecho de los habitantes de la localidad, fueron bien pronto extendiendo sus beneficios; y ahora acudían los necesitados y los enfermos por todos los caminos para detenerse en ese rincón de humanidad.

El amor vigilante de Emilia por los niños huérfanos, los viejos solitarios y vencidos, y por todos los que sufrían, cerníase como dos grandes alas protectoras sobre los techos que los cobijaban.

Así, el socialismo práctico de Pablo en una combinación feliz con el humanitarismo de Marco, formando un perfecto acorde, daba por resultado el bienestar individual y colectivo, y la compensación a los rudos trabajos, a las largas fatigas de la vida.

En Itahú todos trabajaban: los hombres y las mujeres, los grandes y los chicos, los ricos y los pobres.

Como recorre una escala el teclado, desde los graves a los agudos, ese trabajo recorría desde Marco, asistiendo enfermos y operando ciegos, y Pablo armando una máquina e inventando una pieza en los talleres, hasta la hermana Angélica que sacaba las muelas sin dolor y el viejo octogenario que cuidaba del jardín en su refugio.

Pablo había presentado la villa a don Jaime con sencilla palabra elocuente que la explicaba: «Es esta una colmena en actividad; un enjambre de almas útiles».

Otro pequeño genio protector tenía también Itahú: Esperanza. Era éste su preocupación y muchas veces, durante el invierno en medio de una fiesta, la asaltaba el recuerdo y sentíase entristecida por encontrarse lejos. Esperanza era una prolongación de Hellen, como lo era Dagmar, como lo era Beatriz, como lo era Maud.

Acompañábala en sus visitas a los enfermos de los alrededores que no se asistían en el hospital. Y era conmovedor esas dos jovenes encantadoras, sencillamente elegantes, ir animadas y contentas al encuentro de males repugnantes que curar, de dolores que calmar. Muy lejos iban ellas: a los ranchos aislados habitados por pobres gentes ignorantes y supersticiosos quienes al nombre de hospital se santiguaban y a los cuales tenían que engañar para curar.

Con la tranquilidad en el alma veían pues los propietarios de Itahú morir el año, sabiendo que dejaba por herencia el bienestar en los hogares, techo seguro para sus viejos compañeros, y a los hijos de los desaparecidos el pan blanco, los vestidos, la instrucción que daban ellos a sus propios hijos.

Como en la vida el soberbio puente, con sus cien metros de largo, unía el pasado y el futuro representado en las dos fábricas vecinas.

Los Lamparosa a igual de sus colegas los enriquecidos en el trabajo sin pensamiento, deducían sus convicciones de sus conveniencias inmediatas, y observaban con sonrisas irónicas los esfuerzos de Marco y de Pablo en favor del bienestar y la felicidad de sus operarios.

Con una especie de rencor oculto oponían su sistema a las prácticas innovadoras de sus vecinos. Como ellos habíanles edificado casas, pero en vez de otorgárselas en propiedad se las alquilaban a buen precio, deducido del salario. De esto se encargaba el hijo segundo del propietario, un avaro, de esos que profesan la instintiva teoría de vivir pobres para morir ricos, prolongando su ciego espíritu de conservación más allá de la tumba. Era él también quien les mantenía un gran almacén donde los obligaba a hacer sus compras en contraposición al que, en forma cooperativa, manteníase en Itahú.

La malevolencia con que los Lamparosa miraban la filantropía de sus vecinos no les impedía utilizarla en forma indirecta; los hijos de sus obreros acudían a las escuelas y los enfermos a su hospital.

Las hijas poseídas por la obsesión de las distinciones superficiales y la figuración, enviaban a Emilia, sobre todo desde que la «duquesa» se hallaba en sus dominios, vestidos y auxilios para sus protegidos.

Hellen y Esperanza recorrían el lugar. Algunas nubes navegaban arriba, en un mar de azur, empujadas por el aire excepcionalmente fresco para esa estación; nubes ligeras, veladoras de los rayos del sol sin conseguir ensombrecer la tarde.

Los talleres no funcionaban aquel día para que los obreros pudieran preparar la víspera su fiesta.

En ellos triunfaban por pocas horas la quietud y el silencio, apagados sus hornos, los motores inmovilizados paralizando con la suya la vida de las otras máquinas. Todo permanecería en letargo, hasta que vinieran a despertarlo, a obligarlo a andar, a imponerle el bullicio y la agitación los miles de hombres que necesitaban para la existencia de su movimiento, de sus estruendos, del fuego fecundo de sus entrañas.

Las dos jóvenes tomaron la avenida, desenvuelta ante ellas como una larga cinta blanca, y cuando hubieron pasado el puente, desde una altura, dejaron reposar sus ojos sobre la villa de casitas blancas entrelazadas por las guirnaldas de flores de sus jardines, sintiendo ellas la misma tranquilidad alegre, la misma paz vivificante que la caracterizaba.

A la vista de las torres de la iglesia que recibía a sus niños en su seno, unía a sus enamorados, despedía a sus muertos con sus oraciones, y de las mansiones de sus fundadores, asentadas sobre las tres colinas como un fuerte protegiendo una ciudad, ese sentimiento se transformó en otro de gratitud y amor, igual al que nutrían para ellos sus habitantes. Como una frescura les llegaba desde más lejos, de los senderos ya más ondulosos, de la mayor espesura de los árboles que se juntaban y se confundían abriéndose de cuando en cuando en perspectivas de cultivos, de un verde muy tierno, o del amarillo suave del trigal.

Con la expresión de un semblante desconsolado y cerrado a las esperanzas, el color cetrino de un enfermo crónico, el agobiamiento de un cuerpo desalentado por una marcha fatigosa e incesante, cuyo punto de partida y cuyo punto de llegada fueran la oscuridad, presentoseles «la otra orilla»... Habitaciones uniformes, sin una planta ni una flor, sin una mata de verdura, sobre las cuales dejaban caer sus sombras los inmensos galpones de las dos fábricas de Lamparosa. Por sus puertas entraban y salían continuamente los vagones cargados con los millares de bolsas de harina molida en el molino, las cajas de pastas, las galletas, y los cajones y barricas de cerveza fabricadas allí...

Exhalaban como su propia transpiración el olor fuerte y picante de la cebada que se fermentaba dentro.

Las correas trasmisoras cruzaban lisas el espacio, sin que una rama viniera a interrumpirlas, dividiendo la fuerza motriz.

En Itahú el trabajo parecía cumplirse bajo una ley benéfica y previsora, por voluntades fuertes obedeciendo a una sabia dirección, en la cual se hubiera abdicado la responsabilidad del bien común. Aquí sentíase la presión de fuertes voluntades sobre espíritus acobardados y timoratos, latiendo en una resistencia rencorosa e impotente.

Una campana sonó y las sirenas arrojaron sus silbidos... Por la puerta principal aparecieron montones de hombres con blusas azules, quienes caminaron uno detrás de otro en dirección a sus habitaciones. Un momento después otra más pequeña arrojó una oleada de mujeres que inundó la calle, tomando igual dirección... Hellen y Esperanza alcanzaban a verlos caminar con la cabeza baja, sin detenerse, sin hablar, absorbidos por una preocupación única: que no les faltara el tiempo de tragar su sopa y su pan... Y comparaban estas bestias de carga con sus obreros —fuertes y alegres ellos, frescas y parlanchinas ellas— los cuales acababan de saludarlos sonrientes al pasar por sus casas, que barrían y adornaban para la fiesta.

Iban a alejarse. Antes alcanzaron a divisar, muy a la distancia, el pequeño cementerio del lugar, de cuya muralla únicamente sobresalían la copa de sus árboles y el panteón de los obreros de Itahú. Esperanza lo indicó con su mano pequeña, amoldada en el guante de hilo crudo, y dijo conmovida:

—También allí hay diferencias. Las hay aun entre los pobres... y hasta en la muerte... Mira su panteón; estos otros no lo tienen... los arrojarán al osario ciertamente... ¡Ah! ¡los Lamparosa! —añadió en un gesto de anatema, estremeciéndose por los horrores que imaginaba y mirando siempre el Campo Santo... —Hellen, Hellen: ¿dónde se encuentra la igualdad entre los hombres?

—Sólo allí, –le respondió señalándole la cruz; la gran cruz que coronaba el blanco panteón de los obreros.

Tomáronse después de la mano, se hamacaron suavemente y con ligero impulso descendieron corriendo del barranco.

En el bajo no eran ya ellas quienes dominaban la villa: era la villa quien las dominaba ahora desde su altura. De pronto, en el más alto de los mástiles de hierro apareció una bandera, luego otra, luego otra más; los obreros empavesaban su puente.

—¡Hurra! ¡hurra! –exclamó Esperanza con alegría, sacudiendo su pañuelo.

Y Hellen, sin saber cómo y por qué, se puso a decir unos versos de Ruskin que su abuela le enseñara en la infancia:

> Velar porque germine el grano
> o crezcan las flores, respirar trabajosamente
> sobre el arado; leer, pensar,
> amar, rogar; he ahí las cosas que
> hacen felices a los hombres. [29]

Vagaban hacia rato, corriendo, caminando, mareadas por el aire puro y el olor oleoso que exhalaba el bosque de eucaliptos cuando al dar vuelta el angosto sendero vieron, detenido a la distancia, a Coco caballero en su burrito, Chuchumeco, tan popular como su mismo dueño. El niño al verlas tuvo una exclamación de contento, y pegando a su montura, con sus pequeños pies blindados por gruesas botas defensoras de espinas y abrojales, en un segundo estuvo a su lado.

—Al fin las encuentro –les dijo. –¡Caramba que se habían venido lejos!... Largarse aquí cuando aquello está tan divertido... Están embanderando y adornando todo el pueblo... ¡Va a ser una cosa magnífica!... Mecha anda en la calle paseando con las Buklerc y me mandó a buscarlas... Nadie trabaja hoy... ¡Qué buena es Mecha! Me ha dado doscientos pesos en lugar de los cincuenta que le pedí... Es una gran tiradora de plata esa muchacha.

Moreno, flaco desgarbado, de boca muy grande y tan expresiva como sus ojos llenos de cándida malicia, chispeantes de inteligencia, en blusa marinera que dejaba desnudo su cuello, y el sombrero de paja en la nuca, era un tipo riquísimo que divertía a las dos amigas con su charla, manejada a empujones como su burro. Echaron a andar muy despacio manteniendo viva la conversación.

—¿Y qué vas hacer tú con tanta plata?

---

[29]   *Ruskin*: John (1819 - 1900) Teórico, escritor y profesor de arte y arquitectura inglés –junto a William Morris (1834-1896) y Augustus Welby Pugin (1812-1852)– propuso una reacción antimaquinista frente a la industrialización. Publicó *Modern Painters* (6 volúmenes entre 1843 y 1860) y *The Seven Lamps of Architecture* (1849) donde expone las claves para considerar a la arquitectura como arte. http://www.victorianweb.org/authors/ruskin/ruskinov.html. Esta cita viene de *Modern Painters* (vol. 3, parte IV, Ch. Xvii): «...all true happiness and nobleness are near us, and yet neglected by us; and till we have learned how to be happy and noble we have not much to tell... To watch the corn grow, and blossoms set: to draw hard breath over plough-share or spade; to read, to think, to love, to hope, to pray, - these are the things that make men happy».

—¿Creen ustedes que sea para mi? No; es para todos... No pensamos gastar en la fiesta ni un centavo. Marco nos pagará todo y guardaremos lo de Mecha para la Sociedad.

—¿La Sociedad? –preguntole su tía.

—Sí, sí; la Sociedad. Hemos resuelto fundar nosotros también una... Ya verán... El tesorero es Juan Hunt, el mejor alumno de la clase... Tenían razón Emilia y mamá: Marco es muy rico.

—¿Y por qué lo crees ahora así?

—Primero, porque nos ha prometido muchas cosas que cuestan mucha plata y Marco nunca ofrece sin cumplir, – agregó después de una pausa, en tono de una profunda convicción; y en el mismo aseguró: –Segundo, porque Pablo me lo ha afirmado y Pablo no miente nunca.

Un corto silencio siguió como si los tres necesitaran reflexión sobre estas afirmaciones, hasta ser interrumpido por Esperanza, para preguntar:

—¿La fiesta es siempre el ocho?

—Sí, –contestó Coco. –Estamos ensayando la comedia que Hellen nos escribió... Maud nos ha hecho la promesa de dirigir los últimos ensayos... ¡Aquello será espléndido!... Digan: ¿Mecha es muy linda, no es verdad? –consultó de pronto.

—¡Madrecita es divina! –exclamó vivamente Esperanza.

—Sí, mi hijo; –dijo Hellen viendo al niño esperar también su juicio, pareciéndole que debía ser más imparcial que el de su tía. –Mecha es lo que piensa Esperanza: divinamente linda.

—Asi lo dicen aquí, –repuso Coco. –Todos salen a verla pasar... Si supieran como la quieren en el pueblo... Me parece que la quieren más que a Marco... Después de Emilia a quien llaman la Madre, y de Pablo a quien adoran y tienen miedo... nadie es tan querida como ella... Aunque a ustedes dos las quieren mucho también.

Las niñas pusiéronse a reír, por tal advertencia, destinada a evitar resentimientos con la colectividad.

—¿Entonces quieren más a Mecha que a Marco? –preguntáronle, temiendo que decayera su conversación.

—¡Mucho más!... Dicen que Marco es medio raro... a Mecha la llaman «la señora duquesa». ¡Y le tienen un respeto!... El otro día Tomás Rival, el francés tornero, le explicaba a Pietro, el carpintero: «una duquesa es casi una reina». Lo oyeron los demás y desde entonces se cortan, se bajan cuando Mecha los mira; se hacen chiquitos...

Al decirlo fue él quien soltó su risa, chillona y graciosa como todo lo suyo, y las jóvenes hicieron otro tanto. En la de Hellen había una ligera pena lastimosa para la profunda ironía de las cosas, contadas por el niño con tanta ingenuidad; y no pudo dejar de pensar: «Ahora comprendo tristezas del Maestro... Las del sembrador que arroja la semilla sabiendo de antemano que no ha de recoger para él un solo grano.» Miró al niño que marchaba a su lado, silbando distraído o hablando a saltos con su tía: «Coco no la cosechará tampoco... quizá lo alcancen los hijos de los hijos de sus hijos... ¿Qué sentirá, querría yo saber, nuestro noble paladín de la dicha futura, ante el respeto instintivo de estos señores comunistas por un título de grandeza demarcadora y excluyente?... Mucho ha de costar borrar sus ademanes reverentes, que son como la fisonomía de la miseria humana... Quieren más a Mecha que a él... ¡Pobre Maestro!...

Coco interrumpió su pensamiento:

—Che, Hellen; Rita Lapuente está muy enferma.

—¡Pobre muchacha! —exclamó Esperanza.

—Espera... espera, —dijo Hellen... —Sí; me acuerdo muy bien haberle recetado alguna vez un tónico y aplicaciones de yodo en la espalda. Tenía la pobrecita el pulmón congestionado, una afección al corazón y una gran debilidad... La creía sana ya, pues no volvió a verme más.

—Porque es muy pobre y tenía que trabajar, —dijo el niño, infalible en sus informaciones. —Era la sirvienta de los Lamparosa... ¡Tipos más malos! — Y al decir esto frunció las cejas, sus ojos brillaron, en su carita apareció el reflejo de un rencor y cerrando su puño estiró el brazo. Era el mismo gesto que Esperanza había hecho un momento antes. —En Itahú están furiosos por su brutalidad con los obreros... Fíjate, Esperanza, hasta los días de fiesta los hacen trabajar; les pagan sueldos mensuales y al que rezonga lo echan.

—¿Y por qué no se van todos? —preguntó la niña.

—¡Qué zonza!... Porque no tienen que comer... Si se salen nada les importa; hay mucha gente sin trabajo y en el acto toman otros más baratos.

—Y agregó, mirando a todos lados y en voz más baja— No lo vayan a contar; es una huelga lo que piensan hacer ellos.

Continuó narrando en su estilo bizarro y ellas escuchando ese eco del mundo obrero. De pronto, como vencido por una preocupación, cortó sus cuentos, y mirando muy serio a Hellen repitió:

—Está muy grave Rita Lapuente; creen que se va a morir.

—Vamos a verla, —dijo la joven resueltamente, apresurando el paso, seguida por Esperanza.

—¡Esperen! —gritoles Coco cruzándoseles en el camino para impedirles continuar. —La vieja Petrona no quiere por nada dejarla ver por Marco ni por vos... Tienen fe ciega en la médica Benicia, más mala y más fea que el mismo diablo.

—¿Petrona es la madre?

—No; la pobre Rita no tiene mamá, —respondió el niño a cuya voz nubló una gran tristeza... — La vieja Petrona es la madrina.

Hellen reflexionó un momento, luego dijo:

—No importa, vamos. Tú, Coco, guíanos.

Silenciosas marcharon muy de prisa por los altos y bajos del terreno muy quebrado, hasta que el niño, desde un suave promontorio verde, les señaló un rancho viejo sosteniéndose sobre el pedazo menos bajo de un bañado, con dos sauces raquíticos y descoloridos al frente devorados por los gusanos de cesto.

—Anda Coco muy ligero hasta el sanatorium, y pide a la hermana Angélica mi caja de curaciones... La más chica –tuvo apenas tiempo de gritarle, pues alejábase ya al galope.

Sentadas sobre el pasto, impacientes, lo esperaban... Esperanza preguntó:

—¿Y si nos echan?

—Ya tengo mi plan... Me ayudarás tú a engañar a los sanos para aliviar a la enferma, como lo hemos hecho tantas veces, –contestó Hellen levantándose para ir al encuentro de Coco que volvía a escape con la pequeña caja de níquel en su funda negra. Tomola en sus manos y encamináronse hacia la habitación de las pobres mujeres.

Coco, silencioso, la cabeza baja, dándose cuenta de la seriedad del momento, seguía detrás al paso lento de su burrito. Este, como queriendo imitarlo, bajaba sus orejas.

Al llegar a la puerta de la enferma vacilaron; después Hellen se adelantó, entrando resueltamente.

Coco se apeó, dejó a su asno entretenido en morder las escasas matas descoloridas del suelo estéril en ese sitio, y entró también.

No obstante estar familiarizadas con afligentes escenas, sintiéronse vencidas por la tristeza sombría que se cernía allí. La humedad fría, el olor malsano y repugnante de las habitaciones sin ventilación las penetró, y como por una niebla sintiéronse envueltas en el humo de la leña ardiendo en el fogón vecino... De una mirada abarcaron el desorden reinante, delator de hábitos arraigados de pereza y desaseo.

Sus oídos sintiéronse también heridos. Desde un rincón de la pieza les llegaban los quejidos del ser que se asfixiaba... Era casi el estertor del que ha entrado en agonía... Antes de verle el rostro percibieron el movimiento de las ropas de la cama, bajo las cuales el pecho anhelante se desgarraba en sus esfuerzos por vivir.

Tuvieron que luchar con la madrina, opuesta a todo lo que no recetara «Benicia» y necesitaron comprar su condescendencia. Bajo sus manifestaciones de dolor las jóvenes descubrían su indiferencia de mujer estéril, acobardada por los trabajos, acostumbrada a las largas agonías angustiosas de los pobres que mueren sin el auxilio consolador de la ciencia... Al cabo de un rato de lamentaciones se fue a su conchavo dejándolas dueñas del campo.

Hellen se acercó a la cama y contempló a la moribunda, estirada, hundiendo la cabeza en una almohada baja, cuyo forro sucio dejaba escapar por sus roturas la estopa apelmasada. Los cabellos sin peinar desde mucho tiempo desparramábanse muy negros, y algunos de sus mechones se pegaban a la frente, en la cual brotaban –frío rocío de la muerte– pequeñas gotas de sudor. La cara muy roja, los labios violetas, la nariz dilatada explicaban por sí mismos que ese corazón había perdido su vigor, desequilibrando el organismo. Sólo los ojos vivían, hablaban, decían con una elocuencia aterradora; contaban ya cosas de la eterna noche que habían empezado a penetrar.

El silbido que lanzaban los pulmones para conseguir absorber un trago de aire, estremecía a Esperanza y al niño, paralizándolos a la distancia. Hellen a la cabecera de la doliente no fue ya sino el médico, y se preparó a llenar la bendita misión, la última cerca de los enfermos sin esperanza: aliviarlos de dolores dándoles la serenidad en la muerte. Los sufrimientos presenciados, observados, estudiados diariamente desde hacía seis años, no la habían insensibilizado para el dolor, y no obstante su mente viril como la de un hombre fuerte ante ellos sentíase el corazón contraído por la piedad.

Con palabras de compasión y aliento sacó al niño y a Esperanza de su estupor; sacudidos por esa voz reaccionaron, acercáronse ellos también, y en el completo olvido de sí mismos –el grado más alto de la verdadera caridad– preparáronse a incorporar a la enferma.

El niño pálido, con los ojos muy abiertos, esperaba.

—Nosotros vamos a enderezarla; tú, Coco, levantarás la almohada... Sea hombre, pues, como le dice Pablo... ¿No ves, querido, que la infeliz se está ahogando porque no tiene quien la ayude a respirar?... ¡Vamos mi valiente!... Pasó ella sus brazos cubiertos de la muselina clara de su vestido por debajo de ese cuerpo inerte; Esperanza la imitó. La cabeza de la moribunda se doblegó como una flor sombría, y cayó sobre el pecho de Hellen que la recibió.

—Pobrecita, –dijo con los ojos húmedos, –apenas tendrá nuestra edad.

Sabía bien que no había posibilidad de reacción, que de un momento a otro empezaría la agonía, y quiso que muriera tranquila sin sufrir.

En pocas horas el cuarto sufrió una completa transformación. Por la pequeña ventana abierta entraban la luz y el aire puro y embalsamado de los campos; el polvo y el humo habían desaparecido; un cajón que servía de mesa, cubierto por una de las toallas blancas traídas con muchas otras cosas del hospital, sostenía los frascos, tazas y cajas de medicamentos. La enferma lavada y peinada reposaba su cabeza en una pila de almohadas; las fundas, las sábanas, la ropa que ahora la cubrían eran de una blancura de nieve. Las pulverizaciones habían aromatizado el aire. Algunas inyecciones e inhalaciones de oxígeno dábanle el descanso y la quietud, aplacaban sus agitaciones.

Recién muy tarde pudieron irse las dos amigas, dejándola al cuidado de la hermana Angélica.

—Hace dos horas que llamado por nosotros vino el señor cura, y le administró la Extremaunción; –contó Esperanza a la hermana.

—Y debemos tener la seguridad, –dijo Hellen, –que el Señor, justo y bueno, pondrá para ella doble peso a su indulgencia, pues su pecado, el pecado de esta pobre gente, es uno sólo: el de la ignorancia... La madrina debe volver dentro de poco; es un corazón empedernido por las privaciones, por los trabajos, por el egoísmo ajeno... La enferma no amanecerá...

Desde la puerta echó una última mirada a la joven adormecida, dijo mentalmente en una despedida, «Duerme en paz, pobre criatura»; y sintiendo en su interior un descanso también ella, el de haber cumplido sus deberes de médico, de mujer y de cristiana, se alejó seguida de Esperanza que lloraba.

XIII

El parque de los Lamparosa aparecía fulgurante. Prendidas en los árboles, como grandes frutas luminosas, mecíanse al aire esferas de luz. Ampollas pequeñas formando guirnalda corrían por los bordes de las pelusas, y otras minúsculas se multiplicaban dentro de las flores. Enormes estrellas sostenidas por blancos mástiles muy altos, giraban incesantes. Más luces todavía iluminaban el lago hasta su fondo y los juegos de agua de las fuentes.

Frente al peristilo de mármol blanco, con finas columnas y altos relieves, formado por un enrejado de oro salpicado de rosas, levantábase arco de triunfo, en cuya cima resplandecía un sol. De su centro pendía la campana de bronce, sonora, que horas más tarde anunciaría la llegada del nuevo año.

Orquestas invisibles ocultas entre bosquecillos dejaban oír sus voces, aisladas por la distancia, y en la escalera que conducía al peristilo, formados en doble fila, esperaban los lacayos de calzón corto y librea roja.

Poco antes de la diez se reunieron en el hall desierto todas las personas de la casa, preparándose a recibir a sus invitados.

La familia Lamparosa había conseguido, gracias a la frecuencia y al lujo de sus fiestas, figurar en los altos círculos porteños. La hermosura de las hijas, sus trajes lujosos, las vinculaciones de los hijos educados en Europa, hacíanles perdonar la humildad de su origen, que por otra parte, ellos trataban de ocultar fabricándose una genealogía que los aliaba con casas nombradas de Italia.

La señora de Lamparosa, mujer gruesa y linfática, vivía para el brillo de sus hijos, acariciando deseos de uniones aristocráticas que dieran firmeza a la posición social de la familia.

Acompañaba a su marido en las economías invisibles, en las utilidades usurarias, y lo impulsaba a los gastos ruidosos que, según ella, favorecían directamente sus planes de conquista.

Las muchachas sólo se ocupaban de gastar, acudiendo a todas las reuniones posibles, ofreciendo palcos y paseos a sus amigas, y siendo las primeras en contribuir rumbosamente a todas las fiestas de beneficencia.

Uno de los puntos de mira de la señora de Lamparosa, y de todos los suyos, ambiciosos como ella, era Pablo, a quien lo adjudicaban en sus deseos, a Blanca, la segunda de sus hijas, hermosa, trivial, de una bondad desgonzada e inactiva, difícil de conducir, y presuntuosa.

Más que la situación pecuniaria del joven seducíalos su renombre, su alta figuración política, que lo señalaba a las atenciones y a la amistad de los personajes conspícuos, que veían en él un jefe de agrupación poderoso y resuelto, capaz de influir en la solución de las cuestiones que preocupan siempre en formas diversas, y un futuro «leader» en el Congreso.

En sus espíritus había penetrado la creencia de que no era virtud sino ambición lo que lo llevaba por el camino de las concesiones y desprendimientos con los obreros y con el pueblo. Admirábanlo en ese sentido, poseídos por la idea de la profunda habilidad solapada de Pablo, de quien se expresaban siempre en la intimidad, diciendo en tono profético: irá lejos ese hombre con su protección a los que llaman débiles y oprimidos.

A Pablo no habían escapado los manejos de sus vecinos para atraerlo, y como la muchacha era linda, las fiestas espléndidas, la sociedad amable, sin ocurrírsele tomar en serio tales proyectos, comía en la casa con frecuencia, enviaba flores de lujo y flirteaba con ella.

«Seguir a Pablo Herrera» estaba de moda; los jóvenes Lamparosa, que tenían por precepto obedecerla en todas sus manifestaciones, apresuráronse a formar parte de su agrupación, y a contribuir con grandes sumas de dinero.

A las diez en punto el largo tren expreso detúvose en la estación. En pocos minutos se llenó el andén de las señoras, cubiertas con largas capas claras y mantillas de encaje bajo las cuales brillaban sus diamantes, y de los caballeros que llegaban en gran número a la fiesta.

Ocuparon los carruajes y automóviles parados a cierta distancia, y pronto invadían los salones verdaderamente suntuosos de la nueva casa de los Lamparosa. Podía decirse que toda la buena sociedad de Buenos Aires se congregaba allí por unas cuantas horas.

El baile comenzó con una animación embriagante y contagiosa en una atmósfera de sobrexitación y alegría.

—Señorita, reclamo para mí el vals de Pablo. Por su criminal tardanza merecería ser suplantado también en los demás; –dijo Juan Hordies, siempre correcto y distinguido, a Maud que entraba con su madre, Dagmar y Beatriz.

—Me dice Thira, –contestó, –que han trabajado hasta muy tarde hoy en el escritorio. Ahí tiene usted la razón del abandono de Pablo, –respondió la niña aceptando el brazo de su compañero.

—Yo he salido al mismo tiempo que él, y estoy aquí... Me he propuesto ponerlos mal a ustedes dos.

—No lo conseguirá. Nadie sería hoy capaz de enojarse con él; nadie que cruzara esta noche la plaza de Itahú donde los obreros se divierten también; donde reina una alegría que él ha creado, –dijo Maud, poniéndole su mano en el hombro, deslizando su pie, girando ligera al ritmo del vals.

—¿Y los demás?

—Mecha y Esperanza salían cuando pasábamos nosotros por la casa... Me intriga la tardanza de Hellen.

—¿No ha venido con ustedes?

—No. El marido de Nina ha ido a Buenos Aires por asuntos de la fábrica y debe volver en el último tren. Se convino en que la acompañara una de nosotras, y que él vendría a buscarla... Hellen quedó esperándola... No me explico, repito, por qué tardan.

—¿No es verdad, señorita Maud, que bailo muy mal? –preguntó Hordies al cabo de un rato.

—No tanto... Baila usted mejor que Pablo.

—No es un elogio. Pablo lo hace detestablemente.

—Voy a contarle sus maldades, –concluyó la niña, examinando el salón por encima del hombro de su compañero y haciendo comentarios y observaciones. El la miraba, encontrándola muy bonita en su traje celeste con cardos de plata, y su conversación llena de una originalidad y gracia que lo entretenían. No necesitaba mirarla mucho, la tenía duplicada al frente, muy rosada y los labios muy rojos en su vestido celeste con cardos de plata.

—¿Se parecen ustedes tanto por dentro, como por fuera? –le preguntó indicando a su hermana.

—Sí; moralmente somos también gemelas.

—Ella quiere mucho a su novio...

—También lo querré yo cuando lo tenga, –contestó vivamente.

—¡Cuántos habrá tenido usted ya!

—Ninguno... o inaceptables, –replicó ella riendo.

—O inaceptados... Sea franca: ¿le gustaría estar de novia como Dagmar?

—Sí, –contestó mirándolo abiertamente. –Al verla tan feliz me digo que debe ser muy hermoso amar... ¿A qué no sabe quien entra? –dijo de pronto.

—Pablo.

—¿Quién se lo ha contado a sus ojos tan miopes como son?

—Alguien que tengo cerca: los ojos de Blanca y más, el contento de la mamá.

—¡Qué perspicacia! ¿Cree usted en eso?

—No... Ni lo cree usted tampoco.

—¿Y por qué piensa usted así?

—Porque ninguno de los que conocemos a Pablo podemos tomar en serio lo que no es ni puede ser otra cosa que un flirt de parte de él.

—Sin embargo, es una buena moza.

—Lo mismo dice Pablo... pero no dice más.

—Es usted temible.

—Según...

—Veo a alguien más... –advirtió Maud cambiando la conversación.

—Yo también... ¡Qué hombre extraordinario es Marco!... Y observe la expresión que toman todas las fisonomías al acercársele.

—¡Ya están! –volvió a anunciar la niña. –Descubro a Amalia saliendo del *toilette* con Raúl Lamparosa. Quiere decir que Mecha y Esperanza han llegado también.

—Esta Amalia... otra buena moza. ¡Qué distinta de Esperanza!... Ahí tiene usted dos hermanas que no se parecen ciertamente por dentro ni por fuera.

En ese momento se produjo en la concurrencia esa paralización, ese silencio fugaces que anuncian siempre en una fiesta la llegada de una persona notoria.

Lamparosa se precipitó al encuentro de la «Señora de Alcántara y Ramos, duquesa del Riesgo» la cual, sonrientemente amable y admirablemente linda, lo saludó, aceptando el brazo de Pablo que se lo ofrecía al mismo tiempo.

Fue la suya la entrada triunfal que se repetía desde que penetrara a los quince años en un salón. Todos rendían homenaje a sus encantos, que no habrían necesitado, para irradiar, de una diadema.

Ella se paseaba contenta porque iba con Pablo, casi su hermano, porque se apoyaba en su brazo potente, al que ella sabía tan capaz de vencer las multitudes con su ademán, como de tostarse al calor de las fraguas de su taller.

El sentíase orgulloso de llevar consigo a ese otro ser conquistador, prestigioso, seductor como él; que conseguía iguales victorias por medios tan distintos. En él triunfaba la fuerza, en ella la más divina fragilidad.

A pesar de la expresión de plácido contento, los ojos de Mecha buscaban a Marco con inquietud. Era una impresión mezclada de terror la que en esa alma endeble Marco producía. El sentimiento que le inspiraba hacíale el efecto de algo demasiado grande, que no cupiera en ella; y ese terror nacía justamente de sentirlo crecer; de sentirlo hundirse, hundirse en su blandura. Ignoraba ella, sin embargo, todavía, toda la amplitud de su propio sentimiento, toda la fuerza de esa influencia personal, tan poderosa, que no había, a pesar de eso, conseguido subyugar sus resistencias y sus dudas sobre las verdades y beneficios de sus creencias, ni amordazar sus labios, en los que aparecían para ella, a cada instante, ligeras ironías, juicios espiritualmente malévolos, miradas y sonrisas de una benignidad absolutoria. Cuando menos lo esperaba lo encontraron cerca de una ancha mampara del fondo, que dejaba ver los árboles del parque, cuyas formas y colores se precisaban por la luz. Las gentes más importantes de la reunión hacíanle círculo, y otros apresurábanse a aproximarse. Le pareció de lejos su semblante más pálido y su cabeza más orgullosa...

En su espíritu vacilaban distintas opiniones sobre Marco, a quien no acababa de definir; sentía una impaciente curiosidad por anotar la idea que los demás tenían de ese ser, a su juicio extraño y divergente. No le hubiera asombrado la indiferencia de todos por él, pero la temía como una desilusión, pues aunque no lo comprendiera le parecía en el fondo grande y admirable, y ejercía sobre ella una fascinación.

En sus percepciones instintivas de mujer inteligente e impresionable algo le garantizaba el respeto de que debería estar rodeado un hombre para quien las cosas de la vida significaban tanto y tan poco al mismo tiempo. Y fue con verdadera complacencia, con la misma altanera sensación del propio triunfo que vio la alta figura del sabio altruista acompañada por las consideraciones de los hombres y la curiosidad admirativa de las mujeres.

Visiblemente era distinto el aprecio que se tenía por Marco y Pablo. El respeto y atención que envolvían al uno, se cambiaba en cariño, confianza, y apego para el otro. Los que se inclinaban ante Marco se adelantaban a estrechar las manos de Pablo.

«Sienten como yo, –se dijo Mecha, al fin descansando de su preocupación, –estiman esa altura que los atrae y los despide. Es una cima que se admira y a la que no se llega». Y algo como una aspiración candorosa de llegar ella le dilató el pecho.

Marco distinguió también a la joven envuelta en el sutil incienso de la adoración de los hombres que se la disputaban ansiosamente, y le produjo el deslumbramiento enternecido de otras veces.

Un sentimiento, extraño en él, de desgano por la vida, lo invadió después. Cruzole el pensamiento de que era un inadaptable que apenas se hacía perdonar su excentridad con su amor al bien, el cual era eficaz por su fortuna, nacido como único lazo de unión con un mundo que le era indiferente.

En seguida su naturaleza sana desechó ese pensamiento enfermizo, encontró que era injusto.

Mecha atraía sin coqueterías, sin deseos de seducción, sin darse el trabajo de conquistar. En el alma fundamentalmente honesta irradiaban sus cualidades amables y atrayentes, como la flor exhala el perfume que está en su naturaleza, avivadas en el ambiente voluptuoso de las fiestas, de las que era reina por el derecho propio de su belleza, graciosa, fascinante, embriagadora, como la de una hechicera; serena, pura como una obra helénica al mismo tiempo. Obra exquisita creada para la indulgencia y el amor.

Se imponía al amor; al amor con síntomas de locura, de esa locura que se arrodilla y se queja viviendo del aliento que le otorga, como una merced, el ser que se adora. Y era esto lo que rechazaba el severo rigor de su espíritu, que tenía certidumbres de discordia entre la vida inútil, sibarítica, artificial, puramente mundana, y su existencia apegada a las pocas verdades que había recogido en su paso por la ciencia, y en sus horas de reflexion. En vez del refugio o simplemente el descanso, entreveía a su lado el disgusto del tiempo mal gastado, el remordimiento que vendría al desviarse de su programa fuerte, y constituirse en uno de tantos seres que no desalojan espacio en la existencia.

Eran pues, dos conformaciones irremediablemente diferentes, opuestas, a las que sólo la irreflexión podía unir, o una de esas pasiones que no son ya un error, porque constituyen la existencia misma. Y de esas pasiones lo alejaban su temperamento y sus tendencias.

En presencia de la joven había llegado a comprenderlas; el ala de una de ellas lo había rozado. Eso le bastó para medir su empuje y para excusarlas.

Llegole el recuerdo de Daniel, que recibió con una compasión que se agrandaba al darse cuenta del poder avasallador, terrible, excluyente y soberano de ese ser adorable que cruzaba sonriente la vida arrasando como un ciclón las almas débiles.

Esto pensaba y sentía mientras la miraba avanzar apoyada en Pablo, hablando, sonriendo, contestando, aceptando como reina amable los homenajes, pero con el alma fija en él. El alma blanca palpitante, invisible, impalpable para los otros, y que él veía clara, llamándolo, convenciéndolo, rogándolo, ahí, asomada al borde de sus ojos.

Por primera vez se encontraban reunidos en una fiesta. De pie, hablaba él con los que lo rodeaban, entre los cuales hallábanse Cristián, Hordies y Villapandos. Al verlos acercarse interrumpió la conversación, estrechando la mano que ella le estiraba. Su sonrisa le pareció más joven, y los dientes blancos e iguales como los suyos, dentro de su boca apenas rosada. Pareciole también más alto y más esbelto en su frac severo; los ojos más grandes y más transparentes; más noble el perfil de viejo camafeo, dibujándose puro en su cara afeitada.

«¡Cómo voy perdiendo el dominio de mi misma!... ¡Y cómo va apoderándose de todo mi ser! Basta su presencia para conmoverme... ¿Pasará igual cosa en él?... No es necesario pensar del mismo modo para quererse...» Decíase esto mientras cambiaba saludos con los otros.

Detuviéronse allí, desde donde se dominaba la enorme concurrencia: los jóvenes entregados a los placeres del vals y del flirt; las madres sentadas conversando unas con otras, centinelas de las hijas; los caballeros en retiro jugando en otras salas o fumando, bebiendo, charlando en las terrazas.

—Habrás contemplado nuestra entrada triunfal; –dijo Pablo a Marco, indicando con los ojos a su compañera... –¡Descuido imperdonable de los Lamparosa! No se ha tocado la marcha real.

—¡Pablo, la suegra! –advirtiéronle antes que concluyera de hablar los jóvenes que se tenían cerca de él, viendo venir a la dueña de casa soportando un vestido de tul negro bordado de lentejuelas, elegido por las hijas, y que a ella le parecía «un relumbrón»; un jopo postizo más claro que sus cabellos y una estrella de brillantes casi tan grande como las de su parque. Aparte de los prestigios que la posición y el nombre daban a Mecha Iturbe, sentía por ella una gran simpatía; la joven había hecho su conquista durante el tiempo de su permanencia en Itahú donde se veían con frecuencia, con motivo de las caridades de Emilia. Se adelantaba balanceándose, muy gruesa, con su cara fresca, redonda y muy risueña, y una expresión bonachona a pesar de la malicia avarienta de sus pequeños ojos.

—¿Cómo va, Merceditas? —dijo. —¿Nos divertimos un poco, eh, *carina*?

Un coro de alabanzas para la fiesta brotó del grupo, unidas a las de la joven que miraba suplicante a Carlos Velázquez, cuyas travesuras conocía, en el temor de una broma hiriente para la afectuosa mujer.

—Qué bonitas están sus niñas, —dijo Mecha... —Aquí viene una de ellas.

—Sí, Blanquita; —interrumpió la madre, ancha como un pavo real... —Es la preferida de los hermanos y del papá... Yo mimo más a la cojita, la pobre Josefina... Las madres preferimos siempre a los hijos desgraciados... Aquí está esta hermosota, —prosiguió cuando Blanca se acercó, arreglándole los tules del vestido un poco marchitados por el baile, y mirando de soslayo a Pablo para conocer el efecto que la niña producía en él.

Con un traje amarillo de cola muy larga, una berta de encajes y su collar de perlas, estaba hermosísima, y tenía un gran aire de orgullo y de aplomo la pequeña advenediza. Muy suelta sin vulgaridades, inteligente, sabía conversar y sabía conducirse. Adivinábase que manejaría el *flirt* con mano maestra y aunque todos conocían su pasión por Pablo, comprendíase al verla que su amor propio no le permitiría jamás adelantarse a hacer demostraciones, y que debía enfurecerse con las de los suyos. Cortés con él, era más amable con cualquiera de los otros; y esto picaba a Pablo tan vehemente y altanero, a quien esa muchacha inquietante no dejaba de marear. Encontrábala espléndida esa noche; había fuego en su mirada que se iba hacia ella, y fuego en su voz cuando la hablaba, Mecha misma quedábase asombrada por su desenvoltura, el gusto de su vestido y su manera de expresarse.

—Su cara me dice que no se aburre usted, señora; —díjole con una amabilidad muy diferente de la de su madre, la cual se había ya alejado. —Es esto una prueba del éxito de nuestra reunión, pues si se encuentra bien en ella quien ha asistido a tantas y a tan suntuosas, seguramente no se aburrirán los demás.

—Su fiesta no sólo sirve para demostrarme una vez más la altura a que ha llegado la sociedad de mi país, sino para admirar en usted, Blanca, a mis compatriotas... Aquí tiene su gran partidario, —dijo Mecha, indicando a don Jaime.

—Sus cabellos y sus ojos me recuerdan los grandes tipos femeninos de nuestra tierra, –dijo el viejo noble... –¿Qué te hace recordar, María de las Mercedes, esa cabeza, ese cuello y ese porte?

—Es cierto... a algo... ¿Pero a qué?...

—A la figura de Isabel la Católica, en el cuadro de Pradilla.[30]

—»La Rendición de Granada»... replicó traviesamente Hordies al mismo tiempo que Pablo con gran interés solicitaba de Blanca la cena.

«Cuidado, cuidado» pasó diciendo un joven que parecía profesor de baile, arrollándolo todo como un huracán, y arrastrando en su torbellino a Maud, envuelta en el tul celeste de su vestido.

Amalia Millares, buena moza, con algo que recordaba los esplendores de la madre, pasó también, caminando lentamente del brazo del tercero de los Lamparosa... Blanca miró a Mecha, y por uno de esos ligeros gestos que tienen entre sí las mujeres para entenderse, le dio a comprender el compromiso de ambos. Mecha alzó las cejas sorprendida y tuvo una sonrisa aprobatoria. ¡Le parecía tan natural que una mujer pobre aspirara a la fortuna!

«¡Qué bien baila usted señorita! ¡qué bien baila usted!» cruzó de nuevo exclamando el bailarín, a quien Maud mareada suplicó se detuviera. En sus últimas piruetas pisó un vestido de tul rosado, lo que hizo lanzar a su dueña un pequeño grito de lástima. Maud diose vuelta, encontró que era Esperanza y pusiéronse a reír. Velázquez la acompañaba.

—Y Hellen que no viene... –dijo la niña.

—Iba a pedir a mi compañero que nos aproximáramos al doctor Silas, para que él tratara de mandar alguien a averiguar el motivo de su tardanza.

—No me alarmo mucho yo, –dijo Esperanza, –porque me lo figuro. La Chacha, ese diablito, se habrá despertado, y a Nina le será imposible desprenderse de ella... ¿Sabes la noticia?...Amalia y Raúl... ¿Qué te parece? –preguntole en voz muy baja.

—¿Y a tí?

—¿A mi?... Mamá es quien se pondrá muy contenta.

—Señorita Maud, ahí viene usted, –díjole Velázquez indicando a Dagmar que se acercaba.

—¡Qué temporada! –exclamó Esperanza al verla llegar, acompañada siempre por su novio. –Todo el mundo se sorprende de una cosa tan rara.

—Dagmar está inquieta por la tardanza de Hellen, –explicó su prometido.

—Y mamá lo está mucho más, –expuso ella.

—Vamos a hablar con el doctor, –concluyó Maud adelantándose hacia donde aquél se hallaba, seguida por las otras parejas.

—¡Admiren ustedes a mi hija! ¿Hay nada que se le parezca bajo el sol? –exclamó Mecha con su exageración habitual, tomando la mano de Esperanza.

—Al lado del sol, más bien madrecita, –contestó la niña, mirándo con

---

30   *Pradilla*: Francisco (1848-1921) pintor español de estilo ecléctico, su obra *Juana la Loca* obtuvo la Medalla de Honora en la Exposición Nacional (España) de 1878, lo que motivó al Senado a encargarle un cuadro sobre la rendición de Granada http://www.ltconline.net/barclay/courses/moros_202/padilla.htm.

cariño su esplendor... –Marco, te venimos a hacer una consulta: es muy tarde y Hellen no llega.

—Mamá está alarmadísima... Si se pudiese mandar averiguar, –consultó tímidamente Maud.

Marco frunció las cejas, pensando, y Mecha dijo a Blanca que ofrecía un sirviente.

—Aceptado, pues nosotros despachamos los carruajes para que nuestras gentes pudieran ir al baile de Itahú.

—¿Y Hellen con quién y en qué debía venir? –preguntó Marco preocupado.

—Con Nina Caimi y en el automóvil chico de Pablo, –explicó Esperanza.

—Usted, doctor, teme un accidente, –dijo alarmada también Maud.

—El chauffeur de Pablo suele beber, –murmuró aquel. Mecha atenta a los cambios de su fisonomía, notó que esta se abría de repente y lo oyó murmurar sonriente: «Ahí está»... Lo vio salir después de entre ellos, dirigirse hacia el hall y al cabo de un momento entrar de nuevo al salón, conduciendo a Hellen. «Sería posible que Hellen, Hellen mi amiga, mi hermana de elección, pudiera causarme tal dolor?» díjose, sintiendo que se le crispaba el corazón y entraba en él un frío. La aparición de la joven estudiante despertaba en ella algo que siempre había despreciado en las otras mujeres como un vicio: sintió celos.

Todas las persona que Marco encontraba a su paso, inclinábanse ante él deferentes y ante la joven desconocida que apoyada en su brazo, caminaba a su lado tan serena.

Hellen causó a Mecha una profunda impresión, un gran asombro. No fue a ella sóla. Pablo, Cristián, Hordies, los pocos que la conocían, y muy poco, la habían visto únicamente con su vestido oscuro o con la blusa de hilo de practicante del hospital. La impresión fue tan viva que creyeron todos verla por primera vez. Nunca imaginaron así a la niña estudiosa, dedicada a sus operaciones y a escribir su tesis.

Parecía más alta y más mujer; sus cabellos, de ese tono que unas veces parece castaño y otras rubio, levantado en la frente y en la nuca, formábale diadema, y le daba mayor esbeltez desnudándole el cuello, liso, torneado como una torrecilla de marfil, de igual color al de los hombros y de los brazos bellísimos.

Su cutis pálido era tan fresco que no necesitaba colores para brillar... En ella había tal irradiación de juventud y de vida que parecía difundirla, darla a los otros como un don; y en su vestido de tul –el regalo de la abuela– salpicado de cuentas pequeñísimas de cristal, que movía al caminar, recordaba las rosas blancas que amanecen cubiertas de rocío. Pero lo que llamaba en ella la atención, lo que atraía y retenía eran sus ojos, azules como los de Alba, verdosos al mismo tiempo como los de Marco, y la expresión, la elocuencia de su fisonomía, «la gran expresión de amor y de bondad» que Pablo sólo había visto en su madre. La gracia exquisita de su cuerpo armónico, la sonrisa coqueta, casi infantil de su boca grande, nido de frescura, sus movimientos vivaces, sus manos y sus pies largos y finos, todo eso que la hacía tan femenina, sustituyéndose a la expresión seria, casi severa, a la mirada casi viril por la fuerza de la inteligencia de los días de estudio, de las horas en que debía pensar, era para ellos lo inesperado: realidades presentes que los confundían.

Hellen les refería la causa de su demora, una descompostura del motor del automóvil que las había obligado a hacer el trayecto de muchas cuadras a pie; fue interrumpida por el reloj del vestíbulo advirtiendo que el viejo año había entrado en agonía. Faltaba un cuarto de hora, nada más, para la medianoche. La animación creció, se habló más fuerte y más de prisa, se caminó más ligero, el dueño de casa ofreció el brazo a la esposa del más encumbrado personaje de la reunión, la mayor parte de los caballeros hicieron lo mismo con otras señoras, y la concurrencia se precipitó al peristilo, frente al cual permanecía ardiendo el sol que coronaba el arco de oro.

Encamináronse hacia allí también Marco y Hellen; Mecha y Velázquez; Blanca y Pablo; Maud y Hordies; Dagmar y Duclos. Cristián conservando aún ilusiones, acompañaba a Esperanza a quien decía viéndola radiante en sus telas rosadas: «¿Sabe usted cómo la llamaba lord Palmer? Rosa de primavera».

A la entrada del vestíbulo encontraron a Beatriz acompañada por un joven médico que la distinguía, a Amalia y Raúl, y más adelante se les plegó Nina, quien los esperaba con su marido para reunírseles, pues así lo habían convenido de antemano. Bajaron al parque claro como el día, y allí esperaron la hora del *reveillon*.

Un silencio, una quietud habían sucedido al bullicio... El reloj volvió a hablar, y al anuncio de la media noche la gran campana de bronce se movió y repicó alegremente.

Renació el contento, todos levantaron sus copas, y un deseo, un anhelo, un voto de dicha unió a toda esa gente indiferente, durante un breve y único momento de sinceridad.

La campana calló dejando oír el sonido de otra lejana, que seguía cantando con ardor su himno a la alegría, a la renovación, a la confraternidad entre los hombres. Oíase un silbido al mismo tiempo muy claro y muy agudo, y un largo canto... Los del grupo de Itahú escucharon con el semblante iluminado, recogidos y atentos: era la campana de su iglesia, las sirenas de su fábrica, el canto de sus obreros saludando desde lejos ellos también el año nuevo... Una impresión triste prolongó un segundo su silencio; una impresión que se comunicaron con los ojos... Del lado de afuera de la reja del parque de Lamparosa, algunos obreros conservando aún sus blusas del trabajo del día, cargaban a sus hijos para que pudieran ver las iluminaciones y la fiesta.

El surco de la frente de Marco hízose por un instante más profundo; luego dijo, con la voz conmovida, invitando a los otros a beber:

—Por el corazón de Itahú: por nuestra Emilia.

«Por Emilia, por la Madre; por la Madre, por Emilia» iban repitiendo los otros al beber.

—¡Qué recupere cuanto antes la vista!, –exclamó Esperanza; y Pablo agregó, levantando también su copa:

—El 9 de julio, casi a esta hora, le dije a ella lo que repito ahora: ¡bebamos en honor de la mano, que un día próximo, abrirá nuevamente tus ojos a la luz!

Todas las miradas fijáronse en Marco.

Subieron a la terraza, ocuparon una de las mesas preparadas y desde ahí admiraron el gran comedor, cuyas portadas abríanse sobre el hall, amueblado de maderas claras y profusión de espejos. Sobre la mesa cubierta por el mantel de punto de Venecia transparentando otro de raso blanco, por entre la vajilla de oro y las jarras de cristal tallado como el diamante, perseguíanse finas ninfas de Sevres, unidas entre si por guirnaldas de la pequeña y alba flor del espino. En el centro otra soberbia pieza de la misma pasta, representando un grupo de aquellas, que levantaban en sus manos una cesta de oro; y en ésta, irguiéndose con toda la altanería de su raza aristocrática, tres orquídeas blancas, enormes, de una clase rara, y unas pocas rosas pálidas, imponderables, cortando la uniformidad de tantas blancuras.

Un *maître d'hôtel* con aspecto de chambelán, manejaba con los ojos a un ejército de criados que hacían sus evoluciones ligeros y silenciosos como sombras.

—Hellen; ¿qué te has quedado pensando y mirando? –preguntole Esperanza.

—Pensaba que el lujo es codiciable cuando llega a ser un arte. Miraba aquellas telas del comedor. ¿No son de Hans Makart[31], señorita? –preguntole a Blanca.

—Sí, –respondió. –Mi hermano Carlos las compró en Europa, a la sucesión de un coleccionista.

—Son de las más lindas que conozco del gran artista.

—Son espléndidas, efectivamente –dijo Marco, fijándose en ellas. Miró luego a su discípula, al cuadro otra vez, y añadió: –La figura principal del que tenemos al frente se parece a Hellen.

Sus compañeros hicieron lo mismo y exclamaron «¡Es cierto!»

—Diríase su retrato, –dijo Esperanza.

—Se parece hasta en su pie, –agregó Beatriz.

—Eso... apenas lo sospechamos, –dijo Velázquez, en medio de las risas provocadas por la ingenuidad de la niña, el rubor de su hermana, el dicho del joven, y su ademán al señalar el pie desnudo de la imagen.

---

31   *Makart*: Hans pintor austríaco (1840-1884) llamado «Príncipe de los pintores» completó su formación en el taller del pintor alemán Karl Theodor von Piloty (1826-1886), especialista en temática histórica. Sus cuadros *La peste en Florencia* y *Amorcillos modernos* tuvieron mucho éxito y le obtuvieron contratos para trabajar en numerosas obras encargadas por la nobleza y la alta burguesía de Viena. Su estudio era el centro artístico de la ciudad, donde se dedicaba al diseño de interiores de palacios y a retratar a los miembros de la alta sociedad.

La pintura representaba a Hebe llenando la copa de Júpiter en un banquete de dioses.

Velázquez volvió a decir:

—Júpiter se parece a Pablo.

—Justamente, –dijo Hordies muy serio, indicando al joven sentado entre Blanca y Hellen. –Allí tiene usted, señor don Jaime, un motivo para otro gran cuadro: Júpiter entre Hebe e Isabel la Católica.

—Más bien Vulcano[32], que como yo, vivía entre las fraguas, –replicó Pablo, prolongando la broma... –Marco se parece a Orfeo[33]; fíjense ustedes bien.

—A Morfeo[34]... a Morfeo, el dios de los ensueños... –dijo Mecha entrecerrando los ojos y dando a su cabeza la actitud del que mira una obra de arte en un museo. En el fondo de su suave voz había, sin embargo, algo que recordaba la ligera aspereza de ciertas frutas muy dulces.

—De un gran ensueño, –corrigió Hellen, en quien se adivinaba la intención de defender al Maestro de la burla que adivinaba en las palabras de la otra, para sus tentativas de reforma.

Las dos se miraron. Mecha vio en las pupilas de su amiga la mirada inteligente y bondadosa que les pertenecía, y Hellen en las suyas una ajena, extraña, que ellas usurpaban, la cual se esforzaba por vencer tanta dulzura y ser hostil, parecida al brillo frío de uno de esos puñales de arte, remedo de los otros sólo en su forma, pues no están hechos para herir.

El, entendiendo la respuesta de Hellen, sonriole y dijo:

—Marco tiene algo de los dos: es sombrío y aburrido como Morfeo, y tal vez será despedazado como el otro.

—Odio la mitología, –afirmó Esperanza.

—¿Por qué? –se apresuró a preguntarle Cristián.

—Por su ferocidad. Todo se ensalza en ella, todo triunfa, menos la bondad.

—Y debes estar cierta que se te arrojaría del Olimpo, mi hija, –díjole Marco... –¡Eres tan admirablemente buena!

—¿Cómo lo sabes tú? –preguntole la niña. –Tienes demasiadas cosas serias en el pensamiento para ocuparte de mí... No conoces lo que hago ni lo que dejo de hacer; mal puedes, pues, saber si soy yo buena.

—No necesito aspirar la flor que llevas en el pecho para saber que su perfume es exquisito.

Ella, naturalmente, desprendió esa flor, y se la ofreció desde el otro extremo diciéndole:

—En premio de la primera galantería que el doctor Silas dedica a Espe-

32 *Vulcano*: nombre latino del dios romano del fuego, correspondiente al griego Hefaistos.
33 *Orfeo*: músico maravilloso, en mitología romana, que atraía a las fieras a sus pies despojadas de su ferocidad; bajó a los infiernos en busca de su esposa Eurídice muerta a consecuencia de una picadura de víbora la noche misma de su boda; allí conmovió con su música a las divinidades infernales y le fue concedido rescatar a Eurídice a condición de no mirar atrás hasta haber salido de los infiernos; transgredió la prohibición para mirar a Eurídice y fue fulminado por Zeus o, según otras versiones, destrozado por las bacantes.
34 *Morfeo*: dios de los sueños en la mitología griega; después dios del sueño, tanto en ésta como en la romana.

ranza... ¡Ojalá pudiera ser en vez de una galantería una verdad!... Y, señores, no se escandalizen de mi acto, el cual sería sin duda una inconveniencia tratándose de ustedes, pero Marco me ha cargado, me ha curado; es un poco mi papá.

—Tiene razón Esperanza, —dijo Hordies que se encontraba entre ella y Maud. —En la mitología hay amor, pero no se ama.

—Y si se desea vivir es porque se ama... o se espera amar, —acentuó Cristián con voz velada mirando a la niña.

—¿Qué piensa esta noche, el Maestro, del amor? —Y al rostro de Mecha asomó para decirlo su expresión más seductora.

—Amar es una inmensa dicha, porque es el cumplimiento de una misión... Ya ves que el Maestro cumple la suya hablando en sentencias... El Maestro... Hasta Mecha me llama así.

—Protesto por el hasta, —díjole ella en voz baja, para dar intimidad a la conversación.

La sintió él irresistible. Vencido una vez más, le respondió mirándola con esa mirada, sonriéndole con esa sonrisa que ella amaba tanto:

—¡Tonta!... ¿No comprendes, que en ese hasta, está tal vez tu encanto?

La estremeció la esperanza de afianzar su dominio sobre lo que restaba del amor de ese hombre —amor nacido tan robusto y que no pudo crecer— y de reconquistar lo perdido, lo disperso.

La sacudida fue tan fuerte que le removió el alma hasta los cimientos, y como una llamarada le salió a la cara. Después, su extraordinaria impresionabilidad, permitiéndole ya olvidar todo lo que no fuera ese instante, le reprochó el mal sentimiento de celos, para con Hellen Buklerc.

Mientras lo pensaba, Nina decía:

—¡Qué horrores estará diciendo Hellen a Hordies, para que se ruborice!

—¡Hordies pudoroso! —exclamó Cristián.

—Quería convencerlo, —dijo Hellen, —de las ventajas del remordimiento, el cual nos impide recaídas y nos vigila... No lo he conseguido... Y quien dice horrores es él... Crea, usted, señor Hordies: un remordimiento es un centinela para la conciencia.

A pesar del tono ligero de broma dado por Hellen a sus palabras, Mecha bajó los ojos como si se le respondiera y se le reprocharan sus anteriores pensamientos.

Se pasaba el pavo trufado, al que hicieron los honores todos aquellos jóvenes apetitos, y la charla decayó. Luego, al servirse los postres y beberse el champagne, revivió con mayor brío.

—Señorita Blanca, —díjole el ingeniero; —¿piensa usted como Cristián Rivera?

—¿Cristián Rivera qué piensa?

—»Se desea vivir porque se ama... o se espera amar».

La muchacha sintió castigado su amor propio por la malicia del rostro de Hordies, aludiendo claramente a Pablo; y con su aire orgulloso dejó caer:

—Yo pienso que se puede también desear vivir... para hacerse amar.

—El amor... El amor es impaciente, —exclamó Pablo casi impetuosamente.

—Porque está siempre amenazado de extinguirse.

Mecha pronunció estas palabras con aire de candor que no engañó a Marco, quien comprendió todo su alcance, y que era un flechazo dirigido a su pecho. Observó Esperanza:

—Madrecita en este momento parece una niña.

—Una niña, que como Marco, te ha cargado, te ha curado; es un poco tu mamá.

—*L'enfante terrible*[35], —díjole cariñosamente don Jaime.

Marco la envolvió en una mirada ardiente, y murmuró para ella sóla:

—Sí; eres una niña... ¡Una niña terrible!

Blanca se levantó y Pablo le ofreció el brazo para internarse en la fiesta. Antes de alejarse dijo:

—Nadie acierta lo que es Mecha. Ni los que ha devorado, ni los que devora, ni los que devorará... Mecha es un monstruo *manqué*[36]. — Y después de comprometer a Hellen a pasear cuando hubiera dejado a Blanca, se alejó con esta, en medio de la bulla que había despertado su broma a propósito de la joven señora.

Dagmar se alejó también y se alejó Nina... En momentos en que Hordies iba a hacerlo con Hellen, que Cristián ofrecía su brazo a Maud, y Velázquez el suyo a Esperanza, hizo su aparición un ser extraño y misterioso, el cual con un aplomo singular y una voz de un timbre raro habló así a Marco:

—Doctor, he venido tan sólo para desear a usted un feliz año.

Era una niña contrahecha, que más que lástima inspiraba una gran curiosidad. Del tamaño de un chico de diez años caminaba arrastrando su pierna derecha. En su cara pálida, de pómulos salientes y muy larga, boca grande y ancha frente, brillaba la mirada como un sol. Llevaba un vestido blanco, liso y suelto como un hábito monacal.

Contempláronla todos asombrados.

—¿Es usted la señorita Josefina Lamparosa, no es verdad? —preguntó Marco a la rara aparición, poniéndose de pie.

—Sí; soy la cojita, la preferida de mamá, —respondió... —Yo estaba detrás de la cortina cuando ella se lo dijo a usted...

—¿Señorita, —contestole, inclinándose muy bajo y sin poder desprender de ella sus ojos, —¿qué puede darme derecho a merecer el espontáneo don de su simpatía?

—El bien que usted hace... He deseado cerciorarme si era tal como lo imaginaba el gran amigo de los desgraciados. Yo no lo soy —agregó, mirando a los

---

35   *l'enfant terrible*: en francés, el niño indisciplinado, rebelde, revoltoso.
36   *Manqué*: (fr.) que no se ha desarrollado como debía.

demás en quienes se pintaba la piedad— no sufro dolores en mi cuerpo y tengo el alma sana. Sería desgraciada si igual a tantos otros, que el destino ha formado como yo, me sintiera avergonzada de una deformidad de que no soy culpable... Soy pues dichosa y muy dichosa... aunque eso sea difícil de creer teniéndome por delante, ¿no es verdad? —Sonrió. E inmediatamente su semblante se iluminó, como un alabastro transparentando una luz.

—Estoy ya convencido de que es usted muy feliz, —díjole Marco en el tono de la convicción, y con una admiración que tenía ternura.

—Leo sus obras... y otras obras que usted lee... Leo, leo, leo... Es mi placer. —Súbitamente cambió su expresión e hízose sombría su mirada y angustiosa.

Sacudió violentamente la cabeza, y señaló con su mano, demasiado larga, aquella reja por la cual aparecía aún uno que otro obrero sucio y fatigado. Con tono desolado prosiguió:

—Son los náufragos... Yo soy también su amiga. No así los mios... Me creen medio loca... Papá no quiere oír por mi boca la verdad... Es cierto que una hora de verdad dejaría al mundo desnudo... No quiere pensar, —continuó en un tono de exaltación creciente, —que en una vida larga la última mitad regenera la anterior... Es de sentirse que no pueda rehacerla... ¡Podría él hacer y hacerse tanto bien! —agregó con pena. Nadie se atrevía a interrumpirla como si temiesen, que ese ser todo espíritu, se desvaneciera.

—El trabajo, el trabajo... los que más lo ensalzan son los que viven del que realizan los otros... Casi todos los que suben no lo hacen por su fuerza sino por la debilidad de los otros... Papá no advierte tampoco que los abusos de los poderosos, más que la influencia de las nuevas ideas, precipitarán su caída.

—Les llegaban los sonidos mezclados de las orquestas escondidas en el jardín, donde se paseaban jóvenes parejas, y de la que tocaba en el salón, y el murmullo de las conversaciones, y el bullicio y la alegría, viéndose cruzar figuras diáfanas y claras, negras siluetas en el torbellino del vals. La fiesta estaba en todo su esplendor. La niña señaló el salón y continuó con ardor profético. —No creen que se están extremando los placeres del rico. Y que al fin de un baile hay siempre mayor animación... No me escuchan; me creen loca... Allí viene mi hermano Raúl... — Como se apaciguan las aguas de un lago después de haber pasado por ellas un vendaval, su cara larga volvió a serenarse y apareció en su boca la sonrisa que embellecía su deformidad. Con su más dulce voz concluyó. —Adiós... Feliz año; feliz año, doctor.

Antes de que hubiera éste podido contestarle desapareció detrás de un pilar.

Hellen pasose la mano por los ojos y miró al médico. «¿Ha sido una realidad?... ¿Ha sido una visión?» quería decir esa mirada; igual cosa pensaban los demás.

—Dicen que es demente, —expresó Dagmar al cabo de un silencio.

—Más bien parece una iluminada, –agregó Maud. –¿Qué edad tendrá?

—Es Josefina, ahora me acuerdo, –explicó Esperanza. –Tiene veinte años. Coco me contó la adoración que sienten los obreros por ella, a los cuales visita, ayuda y regala... Aquí en la casa la creen, sí, medio loca, y le dejan hacer su santa voluntad... Coco suele encontrarla sentada al pie de un árbol, o acostada en el pasto leyendo, y llorando a veces sobre lo que lee.

—Si la locura, en algunos casos, es un perfeccionamiento parcial del cerebro, esa niña es loca, –exclamó resueltamente Hordies. –De otro modo no concibo lo que ha dicho a Marco.

—Sus libros la envenenan lentamente, –concluyó Hellen.

Llegaban Raúl con Amalia y Delfina, la hija mayor de Lamparosa a quien acompañaba otro joven, a invitarlos para el cotillón; la conversación se cortó, y la juventud entregose otra vez a la fiesta; se fue lejos, lejos de la vida real, lanzada en el vértigo de la danza, de las palabras; de las mentiras agradables de los labios y de los ojos.

Mecha quedábase sola con Marco; recostó su brazo desnudo sobre la baranda y permaneció un rato silenciosa contemplando el parque.

—¿No encuentras encanto en hacerle paréntesis como éste a la vida? –preguntó despues de un rato a su compañero, sentado cerca de ella.

—Sí; cuando son un accidente fugitivo... Valen por eso. ¿Los concibes tú durables?

—Los concibo muy frecuentes.

Una sonrisa de anticipada indulgencia abrió los labios de Marco.

—¿Es por lo que te diviertes o por lo que se te admira?...

—Por las dos cosas, –contestó la joven; y agregó como una explicación o una disculpa: –Todo el mundo siente orgullo al exhibir un cuadro o un caballo que le ha costado dinero ¿por qué no podría sentirse también por cosas más personales?

—Todo puede perdonar un hombre de gusto menos el exhibicionismo... Siempre aquello: «saca tu reloj para mirar la hora y no para mostrar que lo tienes».

—Eso hago yo; pero miro la hora muy seguido... Tengo la impaciencia del mañana. Quisiera vivir siempre en el día siguiente. Es un anhelo entrado en mí después de la enfermedad que casi me separó de los que quiero.

Y miró con dulce reconocimiento al que llamaba su salvador; acaso detuvo demasiado tiempo en él sus ojos aterciopelados.

Al sentirse arrastrado nuevamente por su dulzura omnipotente, sonaron en sus oídos las palabras de reconvención de Emilia, y pensó, como se piensa en la tentación de ser convencido. «No seré yo el extraviado? No estaré pasando al lado de la dicha sin recogerla?». Con la perspicacia de los seres muy sensibles, adivinaba ella que el alma de Marco se le aproximaba, e iba a ensayar acercarla más en un arranque irreflexivo y apasionado, cuando se oyó la voz de Maud, diciendo en la sala vecina, durante un intervalo del cotillón: «Juega muy mal al croquet pero se desquita en el baile. Le aseguro a usted que valsa admirablemente mi amigo Daniel Millares... Es lástima que se haya ido a Buenos Aires».

Marco creyó verlo cruzar; ver cruzar su figura pálida y doliente, y se retrajo como en presencia de desventuras visibles.

Mecha comprendiéndolo tuvo un fugaz pensamiento de odio contra el que así se interponía, con la blandura de su pena, entre su amor y la generosidad nativa del Maestro.

Las voces de la sala contigua se multiplicaban; un grupo de amigos formábase allí, mientras se organizaba la última figura.

—Tengo ya dado el vals a Velázquez, –decía Esperanza.

—¡Se lo pido con tanto fervor! –respondió Cristián.

—Crea, que tendría mucho gusto... pero sería descortés.

—Esperanza: yo, Carlos Velázquez, hago el sacrificio en favor del amigo Cristián.

Sabía el joven que hacía feliz a su amigo. Ante esa declaración Esperanza contrariada y amable aceptó el brazo de su pretendiente.

Marco y Mecha conocían la situación de los dos jóvenes. «¿Por qué se excusaba en la niña una falta de correspondencia que no se perdonaba en Mecha?» Fue éste el pensamiento, que al escucharlos, hirió a los dos.

Esperanza habíase ilusionado un tiempo también respecto de sus propios sentimientos. Después, la ausencia, los viajes, la convencieron de su engaño, pero el corazón dilatado de Cristián transformaba en estímulo de su pasión las amabilidades, las miradas, los sonrojos pasados de la niña; todo aquello tan cándido e infantil de sus tiempos de error. Parecíale imposible que la resistencia, que el rechazo pudieran ser tan suaves... y aún confundía y esperaba.

¿Por qué aquello, que en Esperanza era bondad, parecía crueldad en Mecha?... Porque en Mecha era cruel lo externo, lo visible. Eran crueldades de su cuerpo, en el cual cada movimiento, cada gesto, cada paso resultaba un llamamiento, una imposición a hacerse amar. Ese cuerpo de gracia y de encanto era la tentación, una mentira viviente encubriendo el alma blanca, benigna, amable, bien intencionada y amante. Pero nadie, salvo Emilia, se preocupaba de esa alma, dedicados a admirar el maravilloso cofre que la encerraba. Y si Marco lo hacía, era para desconocerla y abandonarla. De esa despreocupación nacía la universal indulgencia tenida con sus caprichos de niña mimada, a los cuales nadie se había opuesto jamás.

Marco, después de mucho cavilar, en ese flujo y reflujo de una pasión brotada y florecida sin raíces, cual la planta del funián, quedó convencido que la joven era respecto a él lo que él respecto a los otros; una inadaptable.

Ella, ahora, miraba el parque, recibiendo los sonidos de la música incesante, suave, triste que le enviaba como sofocada por su vegetación casi tropical, entrechocándose con la del interior arrebatadora, estridente bajo el ritmo endiablado de sus cantos.

Ante la realidad de un silencio más elocuente que todos los discursos su ser estalló en una angustia de incertidumbre; sus nervios gritaron de ansiedad. Y en medio de la fiesta de la cual era reina, al lado del hombre que con una palabra hubiera llenado su existencia, sintió aquella misma soledad enloquecedora de su casa de Buenos Aires, e igual vacío.

«¿Estará escrito que no deba yo conocer el amor sentido y compartido, que ilumina la corta existencia de los hombres?» Este pensamiento cruzó su mente.

Como para libertarla de sí misma apareció en la puerta una legión de figuras luminosas: se formaba una farándola para finalizar el cotillón.

Los directores repartían coronas de rosas a las niñas, las cuales colocábanlas en sus cabellos, y farolillos de luces de colores a los jóvenes que los mantenían encendidos en sus manos. A la orden de: «al parque, al parque» cruzaron la terraza. Pablo no bailaba, e iba a seguir con los otros espectadores la alegre comparsa, pero al encontrar a Mecha, de pie, mirando tibiamente a los que pasaban, se le acercó y usando su familiaridad autorizada tomole la mano, colocóla en su brazo y la arrastró con él.

Sintió ella un descanso, el mismo que sentía cada vez que se apoyaba en el hijo de Emilia, y muy hondo su cariño tan lleno de fraternidad. ¡Hubiérase refugiado con tanto placer en su corazón de hombre fuerte y luchador que conocía el sufrimiento! E instintivamente reprochó a la suerte el no haberla inclinado hacia Pablo más bien; ya que su juicio era menos severo, y le costaba menos perdonar; ya que era más defectuoso y menos exigente.

La farándola se desenvolvía y se alargaba entre el follaje amanerado de aquel parque, tan soberbiamente artificial, al son de marcha de las orquestas. En una de las vueltas, separándose de sus caballeros a indicación de Hellen, las niñas se desplegaron en una figura llena de gracia y rodearon a Mecha. «Las estrellas rodeando al sol» exclamó Carlos Lamparosa, encantado del cuadro casi tanto como de su frase, y contemplando a la joven que parecía una reina de apoteósis.

Quiso olvidar su tristeza, y como para deshecharla de sí abrió su vestido en un gesto semejante al de una figura de minuet, el cual, al extenderse resplandeció y despidió chispas. Pablo, que presenciaba la escena parado al lado de Marco y de Villapandos, señaló a la joven y a su traje, diciendo: «Allí tiene usted, señor don Jaime, otro enjambre de almas útiles». Ella se contempló refulgente, y soltó también la fresca risa. Su vestido estaba hecho de una sola pieza de encaje a la aguja, figurando su dibujo grandes rosas de relieve, y estremeciéndose a cada paso que ella daba, ligeras, como impacientes por volar, prendíanse en esas flores multitud de pequeñas mariposas de zafiros, esmeraldas, rubíes y brillantes. Amoldándole el seno extendía sus alas otra enorme resplandeciente, y de sus cabellos, formadas por hilos de brillantes y dos soberbios rubíes, brotaban movedizas las antenas.

La fiesta había terminado; los invitados dirigiéronse a la estación para tomar el tren de regreso a Buenos Aires. Los dueños de casa y algunas niñas y jóvenes que se quedaban de huéspedes acompañáronlos hasta la puerta del parque.

La noche estaba serena, hermosísima; la luna en todo su esplendor brillaba en el cielo.

—¡Una idea feliz! –dijo Carlos Lamparosa. –Escoltemos a nuestros vecinos hasta el puente... *Une marche aux flambleaux* [37]...

Aceptada la idea con entusiasmo formose la procesión. Marco entendió el ruego de los ojos de Esperanza, e hizo con ella lo que Pablo un momento antes con Mecha: tomó con familiaridad su mano y la colocó en su brazo. Cristián, resignado, buscó a su amiga Maud.

Pablo acercose a Blanca y la invitó; esta lo miró un instante, dio a su sonrisa una ironía que desafiaba, y con una amabilidad hiriente se excusó, aceptando la compañía de un joven Valdimonte. Castigábalo así, de no haber tomado parte en el cotillón que ella dirigiera. Mordiose él los labios, y devolviéronle sus ojos las mudas amenazas... Ya los otros se iban corriendo y cantando, haciendo brillar los farolillos, cuyas luces de colores multiplicábanse a la distancia... Pablo viose solo, parado en el camino, malhumorado, arañado por el despecho y los celos de su amor propio de hombre siempre vencedor. Pensaba en lo que sería menos ridículo, si quedarse atrás o reunírseles sin compañera, cuando sintió muy cerca una voz femenina, de un contralto igual y pleno, cantando la misma marcha coreada por los que se alejaban. Y distinguió al mismo tiempo una figura vaporosa, cuyo vestido blanco rutilaba suavemente y coronada de flores, la cual salía del jardín y se detenía mirando a lo lejos. De pronto viola tomar también corriendo, el medio del sendero.

—Señorita Hellen... señorita Hellen... –gritole al reconocerla. Ella se detuvo nuevamente, y él en un segundo la alcanzó.

Había presenciado la escena entre Pablo y Blanca, y quedádose rezagada a causa de una rotura de su pollera que le impedía, sin antes componerla, caminar.

—Señor Herrera, –dijo a Pablo sonriendo, –cuentan que el gran reparador es el azar... Agradézcale pues, usted, el haber hecho tan frágil el tul de mi vestido; ofrézcale el sacrificio de su humor trágico.

Pablo rió, pero sintiendo nuevamente alarmada su susceptibilidad por la sutileza de esta fina advertencia, que no necesitaba para hacerse sentir ni miradas, ni gestos, ni cambios de voz. Tomó ella la larga cola de su vestido, y ligera, graciosa y diáfana como una náyade corrió a su lado hasta reunirse a la alegre comitiva. Esta tomaba un camino ancho, limpio, trazado a traves del bosque. Parecía irreal, quimérica la admirable decoración en que se movían

---

37   *Une marche aux flambeaux*: en francés, una procesión con antorchas.

aquellas treinta mujeres jóvenes y lindas, vestidas de colores pálidos, coronadas de flores, apenas cubiertas sus espaldas desnudas por tenues encajes.

Sentíanse los olores sanos de las plantas aromáticas; esencias suaves; perfumes picantes de otras hierbas. El verano en su plenitud como la luna daba a la tierra su abundancia. Aquella se reflejaba con las estrellas en el río que parecía mecerse dulcemente.

Muy cerca ya del puente, vieron destacarse como una sombra espesa sobre la planicie, el rancho donde algunas horas antes habían auxiliado a la joven moribunda. Sin comunicárselo, movidas por el mismo impulso, Hellen y Esperanza se adelantaron arrastrando a sus compañeros. Y a la interrogación de éstos, respondieron brevemente «Vamos a verla».

Un instante después empujaron temerosas la puerta entreabierta. Los demás, en el tren de feliz indiferencia que sigue a una fiesta, caminaban detrás sin preocuparse de la variación del sendero y se aglomeraron ante esa puerta, curiosos de conocer el interés que atraía a las dos amigas. Hellen entró, y Pablo, incapaz de aceptar incertidumbres o misterios, entró al mismo tiempo. Esperanza, Marco, los demás los imitaron. En un instante el cuarto quedó invadido.

Una exclamación contenida de asombro y conmiseración brotó de aquellos labios que durante muchas horas no habían hecho sino reír, sucediéndole un gran silencio. En una cama vieja, recostada en almohadas blanquísimas parecía dormir una criatura que cruzaba sus manos sobre el pecho. Un cirio dábale su resplandor.

Impreciso, gastado ya por la lucha con la miseria de una corta vida penosa, dibujábase el cuerpo grácil de la muerta bajo la sábana, la cual parecía levantarse al soplo de ese pecho que ya no respiraba. Su semblante plácido, sus labios como inmovilizados en una sonrisa decían la tranquilidad de su agonía, y sus ojos, proyectando sobre las mejillas las sombras de sus pestañas, revelaban la mano piadosa que acababa de cerrarlos; la misma sin duda que pusiera en su pecho la imagen de María.

Por la pequeña ventana, entraban los rayos de la luna.

Su luz plateada dábale la semejanza de una figura de alabastro que decorara la tumba de una joven.

Hellen se acercó al lecho y la contempló con una emoción grave y silenciosa. Marco y Pablo se descubrieron, guardando ese recogimiento que es la oración de los hombres ante la muerte. Los demás hicieron otro tanto, y Esperanza aproximose también.

La niña había rendido su último aliento tres horas después de haberse ellas alejado, sin despertar del sueño producido por la inyección. La hermana Angélica recién se retiraba, y la madrina encaminábase en esos momentos a buscar vecinos para el velorio.

Después de un rato, Hellen estiró su mano y la puso en los cabellos de la muerta, cuya serenidad parecía haber penetrado a los demás... Miró por última vez a tanta juventud que iba a desaparecer de los ojos de los hombres, para la cual sólo había habido las lágrimas de Esperanza; y obedeciendo a uno de esos movimientos que su hermosa alma tenía, sacó de su cabeza la corona de rosas y se la colocó en la frente como una ofrenda. Esperanza, a cuyo rostro mojaba el llanto, depositó sobre las manos pálidas la suya. Conducidas por tan noble ejemplo, sus compañeras, con sus trajes de baile y sus joyas, fueron desfilando una a una por delante de ese lecho, y descoronándose para dejar sus flores sobre esa otra joven, que dejaba la tierra sin haber conocido lo que por serlo fuérale debido: la alegría.

Pablo, Marco, todos aquellos hombres sentían sus gargantas apretadas por la más profunda conmoción... Siguieron con los ojos la blanca figura de Hellen, que pasaba dejando en ese rancho miserable una traza difusa de belleza y de poesía; y en ellos la impresión de su alta dignidad mental.

Salieron así todos. Cuando desde lejos volvieron la cabeza, vieron todavía a la joven dormida entre las rosas, que parecía sonreír a los rayos de la luna.

XIV

Llegaba la hora en que las muchachas debían venir a buscarla para asistir a los ensayos de la fiesta de Coco, y Mecha se acercó al balcón; «el balcón de Julieta». Nadie cruzaba aún la calle, bañada por el sol muriente. Al breve rato de estar allí, abriéronse los portones de las fábricas, y los obreros, con sus sacos al hombro y las camisas desprendidas en el cuello, el paso tardo y pesado, aparecieron en dirección a sus casas seguidos a poca distancia por las mujeres empleadas en el taller próximo. Gritos, carreras y risas de niños llenaron también de su alegría el paisaje; los hijos de los obreros salían de la escuela, y colgados sus libros a la espalda, corrían hasta alcanzar a sus padres.

Esa hora constituía la alegría de Itahú; Mecha que otras veces la sintiera rechazábala entonces. En aquel momento sus pensamientos eran penosos y amargos, y el descontento que había en sí misma lo puso en todo cuanto la rodeaba.

Los obreros, a los cuales Marco le enseñaba a estimar, le parecieron sucios y despreciables; los niños un montón de futuros viciosos destinados al hollín, a la taberna y a las cárceles. Las afirmaciones de Lola de Arco y Villapandos, borradas continuamente por la influencia persuasiva del Maestro, afluyeron a su mente con rara energía; y él mismo le ocurrió un ser de excepción, desorientado y ridículo en su afán de ciencia y regeneración, cuando el mundo con todo lo que tiene de vivo y encantador le abría sus puertas.

Ella comprendía los sacrificios que puede imponer la existencia en su lucha por la existencia misma, pero concretos y tangibles. Su alma se exaltaba ante una acción heroica o grande; su admiración era entusiasta, sincera, efusiva para la dominación o el triunfo. Mas, las calidades, el esfuerzo perdidos en la tarea anónima y diaria con resultados dudosos e invisibles parecíale una extravagancia digna de espíritus debilitados o caracteres morbosos, que diluían su acción en la inmensidad sin playas del dolor humano, impotentes, aturdidos por ideas generosas, las cuales dejaban de serlo por su ineficacia.

Sin embargo: ¡qué hermoso sería conquistar a Marco para el amor y para la vida!

Los seis días que sucedieron al baile no la habían alentado. Como olvidado de sus tentaciones, de sus palabras mismas, en que había flotado la esperanza como la luz incierta de un fuego fatuo, Marco se entregó a sus ocupaciones voluntarias y premiosas. Ella pudo esperar que así no fuera. Su orgullo de mujer, de mujer linda y triunfante, habló también, proponiendo sustituir con la altivez el rendimiento con que se ofrecía.

Y con la sospecha de engañarse, pensó que bien podía desechar su pasión, y curarse del sufrimiento que el desengaño le imponía.

—Venimos a buscarte, —dijo Esperanza entrando en la salita e interrumpiendo sus pensamientos con sus palabras y sus besos.

—Y hay que apurarse, pues Coco me ha mandado buscar varias veces para que ensayemos, —entró diciendo, también, Maud.

Hellen, que las seguía, sentose en un pequeño sofá, y exclamó:

—Estoy cansada; se ha trabajado mucho hoy... El Maestro ha operado toda la mañana y lo he ayudado yo... No se sabe de dónde salen tantos enfermos, tantos sordos, tantos ciegos...

—¿Y por qué no cuentas los que has operado tú? –díjole Esperanza.

—Ya lo creo que los cuento... Mi preocupación, después de hacerlo, multiplica su número en mi recuerdo... ¿Y no sabe Mecha las proporciones que va tomando el programa de Coco?

—Si vieras, madrecita; ese diablo ha convidado a todo el vecindario, y como los Lamparosa están llenos de huéspedes va a ser aquello un verdadero festival.

—Blanca asistirá con toda su arrogancia y toda su corte, –dijo Maud, caminando a imitación de la joven, e inflando sus carrillos. –Yo vuelvo loco a Pablo diciéndole que todo el mundo se ocupa de los desaires de su deidad...

—Mira que a Amalia no le hacen mucha gracia tus bromas, Maud, sobre su futura cuñada, –advirtiole Hellen.

—También lo embromo yo mucho, –agregó Mecha, –pues me gusta verlo enrojecer... ¡Ha sido siempre tan violento!

—Hay exceso de amor propio en él, –observó Hellen, –y es susceptible; lo he notado desde el día en que lo conocí.

—Pero tiene un carácter encantador y sus rabietas son relámpagos, –dijo Maud. –Somos muy buenos amigos... ¡Y cómo adora a su madre!

Esperanza preguntó de pronto:

—¿Hellen, crees tú que Emilia recuperará la vista?

—Estoy segura, —contestó muy ligero y en tono de convicción... –Sin una gran confianza, el Maestro jamás operaría a quien tanto venera en la tierra.

A pesar de sus resoluciones, Mecha no conseguía deshacerse de sus preocupaciones sentimentales, y le chocaba, sin querer confesarlo, el modo de expresarse Hellen cada vez que se refería a Marco, demostrando conocerlo y tener su confianza. Y más aun la manera de él tratarla, en la cual había la consideración que podría haber tenido para un compañero cuya ciencia respetara; una admiración contenida; y una especie de ternura paternal a fuerza de ser protectora. Adivinábasele velando por ella, y los celos que todo eso le inspiraba eran más bien la envidia de calidades que no poseía; que se sentía incapaz de poseer. No codiciaba su saber —había conocido tantas mujeres instruidas, dueñas de títulos universitarios, artistas, miembros de academias, profesoras— sino la manera de difundirlo; el tacto de no mostrarlo sino para aplicarlo; y el encanto secreto que emanaba de ella, como brotando de una fuente invisible de pureza y de serenidad.

Distinguía bien su perspicacia todo lo diverso que era el humanitarismo inconsolable del Maestro y el amor al bien de su discípula.

Ambos curaban, socorrían, educaban; pero él parecía un condenado a realizar una tarea sin término, y la otra gozaba con su deber cumplido, adjudicando a cada día su pena. El uno ponía amargura, angustia, protesta continua y rencorosa en su obra; la otra llenábala de fe, acaso por una visión más corta, menos amplia, pero más sana y práctica de su misión. Es verdad que Marco había cuidado de apartar de su mente lo que él mismo reconocía dolor incurable en la suya, evitándole el atraer a sí las desventuras, enseñándole simplemente a aliviarlas. Hellen respetaba esa especie de santidad con que absorbía él el sufrimiento ajeno, y sin atreverse a decírselo, pensaba que aquello era un fanatismo enfermo.

En el espíritu de Mecha entraban y salían tumultuosos sus sentimientos. En medio de pasiones pequeñas encontradas y variables dominaban los grandes afectos de su vida. Eran los dioses lares de su alma ingénitamente buena, salvaguardándola de rencores, discordias, y venganzas. En ella resplandecerían siempre, triunfando de todo, su amor por Emilia y Esperanza, su largo afecto fraternal por Marco y Pablo; su afecto nuevo y fuerte por Hellen.

Impulsada por la generosidad, victoriosa siempre en esas luchas ocultas, se aproximó a ésta, inclinose y la besó en la frente. Al contacto de sus labios frescos de un salto se levantó, tomola por la cintura, giró con ella y le dijo:

—A ponerse el sombrero pronto, pronto doña Mecha. Recordemos al pobre Coco muriendo de impaciencia allá en su pueblo... Y además debemos salvar mi gran obra, dramático fantástica, que van a representar.

—Y será una gran sorpresa. La directora de escena ha hecho todo lo que está en su mano, para mayor gloria vuestra, señora autora, —dijo Maud haciendo la reverencia delante de su hermana.

—Apúrate, pues, madrecita, —rogole Esperanza. —No sospechas la monada que es aquello.

—Voy, voy; pero antes quiero mostrarles una cosa, —díjoles, tomando de una mesa un gran sobre del cual sacó un cartón que sacudió en el aire. Era su retrato. Con exclamaciones se lo arrebataron y amontonáronse para admirarlo. En esa estampa, la joven de pie y en traje de corte miraba con sus espléndidos ojos, fijamente, a quien la miraba; su boca de un puro dibujo, cuyo labio inferior avanzaba un poco, tenía una expresión de dulce desdén coqueto, al mismo tiempo que la corona ducal de su noble casa ciñendo su bellísima cabeza, prestaba a toda su figura soberana altivez.

Esperanza alcanzó a ver a Marco, a través de la reja del balcón, caminando en dirección a los talleres y lo chistó. Éste se volvió y subió a la salita donde se encontraban.

—Mírala qué linda, —exclamó la niña corriendo a su encuentro con el retrato en la mano... —¡Yo, que la he visto así en Londres y en Madrid!

Marco permaneció contemplándolo, e hizo grandes elogios del modelo, con palabras encantadoras y voz alegre, pues estaba ese día de muy buen humor. Mecha se alejaba entre tanto para poner su sombrero; al volver, desde la puerta notó a aquel inclinado sobre la fotografía, y pasando sobre ella, ligero, la punta de su lápiz. Ya a su lado se convenció que borraba muy hábilmente su corona. Con impaciencia arrancó la estampa de sus manos, pero no lo bastante pronto: su diadema había desaparecido toda entera.

—¿Te incomoda tanto ese distintivo que me aparta de tus protegidos? —preguntole en un arranque de cólera mal contenida, y de mordiente ironía.

—No destruyo el adorno que te embellece, sino la superstición que representa, —contestó Marco sonriente siempre.

—De superstición a superstición, prefiero la mía.

Hellen corrió, hizo el ademán dramático de interponerse entre ellos y dijo:

—A pesar de todo será el Maestro el único capaz de convencerte, linda madrecita, por aquella máxima nuestra: *Contraria, contrarius curantur*... ¿Existen dos seres más opuestos que él y tú?

—¡Jamás! —exclamó la joven. —Nada aburre más que una instrucción inútil... Y es una abnegación mayor que mis fuerzas la de fastidiarse... Y la verdad, Marco, —añadió dando a su rostro, al que también era imposible mantenerse ceñudo, su deliciosa blandura, y una expresión traviesa— te lo digo por tu bien, cargas un poco tu paleta de colores sombríos y tus telas de personajes subalternos...

—Vamos, pues, —pidió Esperanza, impaciente.

—No me animo a ir hasta allá, —observó Mecha... —Prefiero, por otra parte, recibir mañana la impresión fresca de la representación... Quiero pasar la tarde con Emilia... El reposo me hará bien, pues me duele la cabeza.

—El peso de la corona... —díjole Marco, despidiéndose lleno de cordialidad.

—Emilia: ¿no piensas que la vida cerca de Marco sería un sufrimiento?

Quien lo acompañara en el viaje se vería condenado a una tensión continua y desesperada... Debe ser muy pesado compartir la existencia con la perfección, –decía Mecha una hora más tarde. Sentada frente a ella, Emilia la escuchaba con esa expresión de tierna condescendencia que tomaban todos ante la joven; aun los que no la veían.

—No, querida; no pienso así.

—Ninguna mujer podría darle la dicha, –aseguró aquella convencida y levantándose para apoyarse en la baranda de la balconada.

—Es de una mujer, sin embargo, que recibirá él la dicha, –afirmó Emilia, con su tono de dulce autoridad.

—Tus ojos espirituales ven mejor que nuestros ojos de carne... Explícame pues, madre, lo que ven tus ojos, –dijo la joven, volviendo de nuevo a su asiento y fijando en la ciega su mirada ardiendo de interés y de curiosidad.

—Si en vez de temer los efectos en esa perfección, que hiere como un reproche, buscaras las causas, encontrarías los medios de curarla... Porque pudiera muy bien suceder que esa perfección fuese una enfermedad.

—¿Cuál?... –exclamó la joven en cuyo rostro se difundió la palidez de las grandes impaciencias... –¿Cuál? –repitió casi sin respirar.

—Y tal vez también un castigo voluntario, –continuó Emilia sin responderle.

—En la vida de Marco hay una aventura amorosa, he oído decir, –observó Mecha con viveza para provocar más pronto la confidencia.

—En la vida de Marco hay una aventura trágica, –respondió, con los labios algo trémulos, como si sobre ellos pasara el soplo de lo que evocaban.

—Amores desgraciados, contrariados, con gente de las bajas clases; es lo que he oído.

—Muchas cosas se cuentan respecto de quien va sembrando el bien sin cosechar amigos... ¡Es de una raza tan diferente!... –Emilia calló un momento, hasta que levantando la cabeza y en tono distinto, dijo: –En la vida de Marco podrá haber errores, pero jamás ruindades... Y no me admira que se le calumnie, sino que quienes lo conocen puedan dar cabida a la maledicencia. Hellen Buklerc me era ya simpática antes de tratarla, nada más que por una respuesta suya llegada a mí antes que ella. Se la dio a un médico, que repetía lo que tú estás pensando... Y ese médico era un profesor, y un profesor que debía examinarla... Margarita me la trasmitió; desde entonces siente también ella un cariño grato por la joven que no negó a su Maestro.

Un rubor reemplazó la palidez en el semblante de Mecha; un relámpago le cruzó los ojos. Sentíase humillada por haber dudado; y al mismo tiempo indignada de que Hellen no lo hubiera hecho. «Siempre ella,» díjose casi colérica.

Emilia abrió sus manos, la joven puso en ellas la suya, dejándola encerrada en esa arca suave.

—Mi hija, –díjole, –quiero contarte su historia. Tú eres de los nuestros y debes conocerla.

Mecha acercose más aún, y preparó su espíritu.

—Cuando Marco, –dijo Emilia, –obtuvo a los veintidos años su título de médico, se propuso viajar, y llevado por las tendencias naturales de su espíritu hizo del mundo otra escuela. A pesar de su amor a lo bello y sus conocimientos artísticos, le interesaba de ese mundo tan sólo el hombre. Tú que mezclaste tu infancia a la suya conoces sus ideas precoces sobre la equidad; su piedad instintiva por los que nacen a la sombra... Educado más tarde en Alemania, ligado con jóvenes estudiantes afiliados a las grandes asociaciones socialistas, y aun nihilistas, crecieron las ideas de igualdad que germinaban en él por generación espontánea, y como su fortuna le daba lo que la hace codiciable, la independencia, pudo hacer prácticas algunas, curando, dotando y protegiendo.

Desde entonces permaneció extraño al medio en que había nacido, frecuentando en cambio ese otro que no conoce sino la vida colectiva, por agrupaciones; el cual entre el humo del tabaco y la espuma de la cerveza, discute en la casa la cuestión social.

Mecha oía con todos sus oídos, esperando ansiosa la primera escena del drama cuyo prólogo terminaba Emilia.

—Estas exploraciones de su alma por la vida, lo llevaron a Bélgica, y allí penetró en la existencia del obrero que lee, y piensa por lo que lee; que vive en el frenesí de libertad, justicia, reivindicaciones... Y lo frecuentó en sus hogares de una pobreza limpia y ordenada... Un día un obrero muy inteligente, pintor-decorador, afiliado de consideración en una de esas logias, cayó desde una altura mientras decoraba la cornisa de un palacio de Bruselas. Conducido a su casa muy herido, pidió se llamara a Marco quien llegó en el acto. Aquel vivía con su padre, hombre fuerte todavía, ebanista, dos hermanos chicos, y una hermana que fue quien lo recibió al acudir al llamado.

Interrumpiose un momento. Se oían los gritos de los niños jugando en la plaza, y el chillido de los gorriones que se querellaban entre los árboles de un verde vivo, bajo un cielo azul sin una nube. Sobre la mesa de mimbre brillaba el cristal de un florero lleno de rosas inmensas, cada una de las cuales esparcía su perfume, que Emilia aspiraba con delicia. Mecha tomó una de ellas, la estrujó entre sus dedos y mordió nerviosa su tallo delgado.

—La joven, pequeña, flaca, nerviosa, de un moreno ardiente como signo ancestral, con el traje de lustrina negra de su empleo –lectora y bibliotecaria de una casa rica– turbó a Marco por el poder de su mirada. En esa niña débil había una energía indómita, una exaltación febriciente hostil al rico, al poderoso, al aristócrata; un apetito desordenado de revolución y de anarquía... Acaso el desdén con que la trataban en la casa de que dependía, lo inmerecido de las riquezas que en ella veía, las necesidades apremiantes de los hogares amigos, exacerbaron en su mente las ideas que lecturas y conferencias le inculcaban. La nueva forma de belleza artística que saben dar los neo-comunistas a sus obras anárquicas, en que se tratan viejas cuestiones, seduce a las almas ardientes y rebeldes. La influencia que ejercía en su padre y hermanos, y en los amigos que los frecuentaban era enorme; su palabra una especie de predicación... Marco empezó por estudiar en ella un caso de rebelión no difícil de encontrar entre las jóvenes de su clase, en centros como aquellos, y lo abrasó el resplandor de esa alma de fuego... ¡No se sabe toda la exaltación, rayana en delirio, a que esas almas extraviadas llegan, templadas en las narraciones revolucionarias, probando como no es ajeno a la naturaleza humana el sacrificio por lo que creen el bien!

Emilia detúvose un instante. Cuando volvió a hablar su voz que se había elevado, tornó a tomar su nivel.

—Una «amistad amorosa» que los mantenía en un mundo aparte de impresiones fuertes y pensamientos comunes los unió. El espíritu superior de Marco se impuso a la admiración de la niña, que veía en él a otro rebelde; pero en quien la rebeldía, la propaganda, la protesta se elevaban para ella hasta la sublimidad, porque un hombre nacido en los peldaños más altos de la escala social, poseyendo la fortuna, el saber, sólo necesitaba trabajar y luchar por los otros.

Aunque en Marco no hubiera una pasión, mucho le costó separarse de ella, al ser llamado a París por sus exigencias. Parecióle que cerraban una comunicación abierta entre los dos, por donde pasaba a su espíritu todo el calor, la exaltación, todo el vigor premioso de ese ser apresurado por vivir... Pero la distancia, privándolo de la sugestión de presencia que poseen los fanáticos, influyó en el olvido que lo envolvió, y se entregó a su ciencia... El recuerdo que conservaba de la joven, se parecía al de aquél que después de mucho tiempo cierra los ojos y ve todavía el volcán en erupción que ha contemplado... Aunque no hubieran cambiado promesas creíalo ella ligado para siempre; considerábalo el esposo espiritual de una unión indisoluble... Estas uniones nos parecen inverosímiles, y son tan frecuentes en las sociedades del Norte... Mucho influyó en Marco su madre, y también instintivamente, involuntariamente el medio, la clase humilde a que pertenecía su amiga.

Los ojos de Mecha parecían en ese momento sin expresión, tan fijos estaban en los labios de Emilia. Esta quedose pensando en lo que había dicho, como si olvidara a la otra, allí, escuchando, esperando; como olvidada también de que estaba obligada a proseguir.

—El hermano, aquel obrero inteligente, conservaba un gran afecto y un gran respeto por el joven médico... Un día, mientras éste almorzaba con su madre, su hermana Celia y otros convidados en el primer hotel de París, llególe un telegrama llamándolo: la niña había muerto... Marco tomó el tren y a las pocas horas estuvo en Bruselas. Bajó en la casa situada en barrios apartados, y entró derecho, sin hallar a nadie a su paso, hasta donde la muerta se encontraba. El padre, los hermanos, algunos obreros amigos que la acompañaban salieron de la pieza... Una vez solo con ella levantó la tapa de su féretro... Un grito de horror lanzó su pecho... La virgen flamenca, embellecida por la muerte, reposaba tranquila por primera vez, envuelta en su sudario blanco; pero en la sien derecha aparecía como una flor rojiza la pequeña herida por donde, al fin, su alma inquieta se había libertado.

Emilia detúvose de nuevo y suspiró. Su interlocutora con angustia mirábale al rostro afilado, que traducía el trabajo de su pensamiento al precisarse en palabras, que exponían cosas dolorosas de la vida de un ser tan querido.

—Como un rayo lo hirió la verdad: la joven se había dado muerte; era un suicidio más, de mujer, por abandono... Apenas comenzaba a darse cuenta de la amarga realidad se le entregó una carta. En el sobre reconoció la letra fina, desigual, nerviosa de su amiga, y el papel que encerraba no decía más que estas palabras escritas en flamenco: «Me llevo tu dicha»... ¡Qué bien lo conocía!... En ese mismo instante sintió caer a plomo sus ilusiones sobre la vida, en el presente y en el futuro; y creyó ver en esas palabras, que le llegaban de un ser ya fuera de ella, una profecía y un mandato... «No es condenándose que usted desagraviará a mi hermana, sino difundiendo sus ideas, que con el tiempo impondrán la igualdad única capaz de impedir que hechos como éste se repitan». Era el hermano mayor mostrándole una senda... Francisco de Borja[38], del féretro de una mujer sacó las ideas de misticismo y austeridad que dieron rumbos y objeto a su vida, llenándola de predicaciones y severidades, de virtudes ásperas hasta hacerlo santo. Horas iguales de amargo dolor intenso en Marco, dejaron huella perdurable en su carácter y en su acción. Y ha sido así un efecto, pues muchas de las sombras de su alma se explican en ese episodio lamentable; mucho de su aversión a los prejuicios de clase están en la pena y el remordimiento que le causó esa desventura.

La tarde caía; las sombras de los árboles se alargaban... Las voces de los niños y las de los gorriones habíanse acallado; llamados aquellos para la comida sencilla y substanciosa de sus casas, cobijándose estos en sus nidos antes de la noche.

—Los dolores, –prosiguió Emilia, –los grandes accidentes que marcan

---

38   *Francisco de Borja*: (1510-1572) miembro de la familia española Borja o Borgia, era nieto del Papa Alejandro VI por parte del padre, nieto del rey Fernando de Aragón por parte de la madre, primo del emperador Carlos Quinto e hijo del Duque de Gandía. Casado con Leonor de Castro, una joven de la corte del emperador, tuvo seis hijos. Nombrado por el emperador Carlos V virrey de Cataluña (con capital Barcelona) región que estaba en gran desorden, demostró tener grandes cualidades para gobernar al ponerla en orden prontamente. Al morir en plena juventud la Emperatriz Isabel, reina de España, una mujer especialmente hermosa, fue encargado de acompañar su cadáver hasta la ciudad donde iba a ser sepultada. El viaje duró varios días, y al llegar a destino el ataúd fue abierto para corroborar que se trataba del cadáver de la reina. El rostro de la difunta apareció tan descompuesto y maloliente por la putrefacción que Francisco, conmovido, se propuso «nunca más servir a jefes que se me van a morir». En adelante se propone dedicarse a servir únicamente a Cristo. En 1546 murió su esposa, y Francisco escribió a San Ignacio de Loyola pidiéndole ser admitido como jesuita. San Ignacio le respondió que lo admitiría luego de que terminara la educación de sus hijos y de que asistiera a la universidad para obtener el grado en teología. Llegó a ser Superior General de la Orden. Falleció en 1572. http://www.corazones.org/santos/francisco_borja.htm

una etapa en la existencia influyen, como es natural, de distinta manera según los temperamentos. Creo más, los accidentes son para las personas y no éstos para aquéllas. Los hombres superiores, los que constituyen un tipo atraen o influyen en hechos de un género determinado que les corresponde. Se encuentra siempre analogía entre·el suceso y quien lo provoca; analogía aparentemente extraña, invisible, pero no menos real porque desconozcamos los lazos de unión determinantes y establecidos... Así, a mi hijo Pablo, no le hubiera eso acontecido. Y si, traído verdaderamente por el azar le hubiese sucedido, la influencia en su vida habría sido diferente. No sé si me explico claramente... Esto lo creo tanto, que hasta me parece, que aun los hechos ajenos a toda intervención del sujeto, como un descarrilamiento o un derrumbe, tienen predestinados.

Emilia extendió sus brazos en el gesto de atraerla y Mecha corrió a recostarse en su seno.

—Madre... –murmuró cobijándose en ella.

—Mi hija... –le susurró con verdadera voz de madre, sintiéndose serlo para la joven sin vínculos de sangre casi ya en la tierra. Y como se da un consejo alentador, pasando y repasando sus manos por sus sienes, levantando de ellas sus cabellos, concluyó:

—Vuelvo a decir. Es una mujer la que podrá curarlo de la enfermedad moral que sufre; la cual podrá sin contrariarlo y sólo desviándolo suavemente, hacer de él en la sociedad lo que la naturaleza lo hizo entre los seres: una excepción, un ejemplo de belleza y elevación de alma, de esos que pasan por la vida como ráfaga de aire purísimo por la superficie de un pantano.

XV

A corta distancia de la plaza de Itahú, sobre una planicie verde, crece, se alarga, se levanta un pueblo, con sus calles, sus casas, sus establecimientos públicos, sus plazas y su campanario. Un país con su constitución y sus leyes.

Límites: al norte y al oeste el bosque siempre verde; al este terrenos de Itahú; al sur el canal y un viejo molino silencioso.

Extensión: tres hectáreas.

Es el País de las Muñecas.

Un día Coco había encontrado a Neneta inconsolable; acababa de rompérsele su muñeca. Y su hermano le dijo: «Está muerta. ¿No ves que ya no llora, ni puede decir mamá?... Vamos a enterrarla». Reunidos a los muchachos del lugar, y a la pequeña Buklerc, en solemne procesión condujeron el juguete. Llegados a un sitio solitario, procedieron ceremoniosamente a la inhumación. Alba exclamó: «Hay que hacerle un monumento» y juntando con sus propias manos un montón de barro, le dio la forma vacilante de un ángel extendiendo sus alas.

Encantados con la diversión, los chicos buscaron al día siguiente a su capitán; querían enterrar un pajarito, muerto por ellos mismos con ese objeto. Desde que le permitieran andar solo, Coco había reunido a su alrededor a todos los chicos del lugar, los mandaba, los acaudillaba, dirigiéndolos en sus juegos y en sus travesuras. Por sus naturales calidades, instintivamente, habíase constituido en el jefe indiscutido de los hijos de los obreros que lo habían visto nacer y paseado en sus brazos. Su aspiración era parecerse a Pablo, cuyas proezas infantiles conocía por Emilia. Los compañeros veían en él al más resuelto, al más inteligente, al que disponía de más medios de diversión, al favorito del viejo contramaestre, y al hijo de uno de los patrones.

Aquel día, Alba vagaba como siempre entre los árboles y se les reunió.

Llegados al sitio procedieron a enterrar al pajarito. Había sido un ser animado, con una alma con alas sin duda, también, como su cuerpo mortal y le correspondía una cruz. Ayudada por los otros, formola del tronco de un árbol joven y la clavó en la fosa, con sus brazos muy abiertos. En uno de ellos, en la actitud de volar, colocó otro pajarito que levantaba hacia el cielo su cabeza.

Alba como su hermana había nacido artista. Hellen la conoció apenas salida del limbo de su primera infancia, en aquellos días de prueba para la casa Buklerc. Esa pequeña cosa adorable, llena de caricias, risas y puerilidades, tuvo gran influencia en el hogar, levantando por el solo milagro de su presencia los espíritus abatidos de los suyos, que vieron en su alegría y en su nombre clarear el porvenir. Hellen, con su comprensión clara de la vida y su altura moral inspiraba tal confianza a la madre, que ésta la dejó apoderarse de la niña, para que la formara a su imagen y semejanza. Educándola bajo sus ojos, pudo sorprender sus primeras ideas, ver abrirse realmente su espíritu a la vida, como una flor. A ese espíritu en formación nada entró que no fuera elegido por su hermana, quien le enseñó jugando, interesándola más tarde en las verdades morales tan arraigadas en ella.

La pequeña alma fervorosa siguió a esa otra alma noble, aristocrática que contraloreaba todas sus acciones.

Hellen no quiso modificar esa criatura de selección, no permitió se le despojara de su encanto y dejándola semejante a sí misma, consintiole vivir y respirar al aire libre.

Alba había pasado toda su corta existencia en el campo. En los alrededores de Buenos Aires mientras vivió su padre; más tarde en Itahú. Era lo único que del mundo conocía.

Su amor ardiente y amplio por la naturaleza le había dado un nombre, la Pagana, el cual repetían los otros, y hasta el capellán, quien sabía que esa enamorada de la tierra con sus árboles, sus flores y sus frutos; del aire que se dejaba atravesar por las pequeñas criaturas aladas, el río con sus habitantes invisibles, el firmamento con sus astros; del sol, el gran sol vivificante con sus rayos de oro, rendía culto ferviente al Ser Infinito que lo había creado.

Cazaba mariposas por el placer de libertarlas; sorprendía hogares de pájaros para protegerlos; dibujaba en las cáscaras de los árboles, o esculpía imágenes en los troncos.

El amor a la creación, que hizo de su padre un sabio virtuoso, estaba en ella, inocente y puro, sin afanes de ciencia. Había aprendido, también, jugando con él en su niñez, los nombres de los pequeños seres. Como instintivamente, sin que pareciera obedecer aún las suaves lecciones de la infancia, sin precisar la memoria de su padre era todo eso lo que sus predilecciones recordaban.

En los intermedios de sus estudios severos, Hellen modelaba. Alba la imitaba, e hizo de un arte sus juegos. Nunca se le compraron muñecas; su hermana enseñábala a fabricarlas, y así, poco a poco, la sala de estudio fue poblándose de figuritas extrañas, grotescas, que ponían en ella una nota original y rara. Hellen gustaba adornar su belleza; la peinaba despeinándola, soltando sus cabellos blondos que se sacudían brillantes sobre sus espaldas al correr. Vestíala siempre de blanco y para los días de frío hízole una capa punzó, que encapuchonaba su cabeza, escondía sus cabellos y daba a su rostro puro un ligero resplandor.

Ese pueblo laborioso que veía en la niña de ojos de dulce asombro como los de las gacelas, que corría, jugaba, cantaba mezclada a sus hijos, se sentaba en sus hogares y arrullaba a sus recién nacidos, algo indefinido que la diferenciaba y la señalaba, la tuvo como un pequeño genio protector del lugar, y se hubiera temido su ausencia como un mal presagio.

Otra vez se sepultó en el mismo sitio, cerca de la muñeca y del animalito, una flor, y la niña imitó una planta florecida, de la misma clase, para que adornara su sepulcro. Los obreros cocieron las tres obras de la niña en los hornos de los talleres, asegurando así su duración; mientras los chicos repetían los entierros de juguetes, flores, animalitos, sobre los cuales imponía ella una de sus figuras. Aquello fue pronto conocido por el Cementerio de las Muñecas. Como tal reclamaba una iglesia. A levantarla se dedicaron todos con el mayor ahinco. Se formó después, para ella, un jardín.

Los obreros encariñados con esa distracción sana y absorbente de sus hijos, que los retenía evitándoles juegos peligrosos, los estimulaban, ocupando sus horas libres y sus días de fiesta en ayudarles en su obra singular.

Terminada la iglesia, le siguió una escuela y un taller. Hubo después que voltear las primeras construcciones para agrandarlas. Aquello tomaba proporciones... Y con entusiasmo creciente añadían los muchachos, cada día, un adelanto a la obra común... La iglesia tuvo campanas, y silbatos el taller. El Cementerio pasó a ser el Barrio de las Muñecas. Se formó un parque, se edificaron casas; cada niño tenía su oficio y su deber.

Todo era para el Estado y éste para todos. Se reverenciaba una Reina de belleza y de bondad. Como era Alba la soberana por elección indiscutida, era Coco el representante de su autoridad, que dictaminaba, a veces un poco dictatorialmente, en los asuntos. El trabajo se distribuía en común, y eran para todos los beneficios que producía.

Una vez ese pueblo así constituido, llamose ya definitivamente el País de las Muñecas.

El festival daba comienzo. Dos palabras dichas por Marco a Maud un tiempo atrás, «tienen carta blanca», permitía a sus organizadores darle grandes proyecciones. Maud, directora general, ayudada por sus hermanas, Nina, Esperanza y Hordies, para la parte artística y decorativa, y por los obreros, habíase responsabilizado de su éxito ante el Gran Consejo. Desde entonces sucediéronse los ensayos; se confeccionaron trajes, probáronse los cambios escénicos, más difíciles en este caso por tratarse de un teatro al aire libre.

Hellen concibió la pieza para su hermana, dando al personaje que debía ella representar sus mismos rasgos; y la abandonó a Maud para que por medio de sus actores la interpretase.

Los asientos destinados a los directores de la fábrica y sus invitados, el personal superior, y los ancianos de la ciudad están ya ocupados. La demás concurrencia permanece de pie o sentada sobre el césped. Los niños de los asilos y los viejos de la Casa de Reposo, con los trajes nuevos regalados por Emilia, son los últimos en llegar de dos en dos, saludados cariñosamente al pasar.

Una expectativa vibra en esas miles de almas curiosas; ansian ver aparecer a sus hijos, a los amigos de sus hijos, a Alba, sobre todo, en la escena cuya decoración serán los árboles, la hierba florecida, el agua del canal, y un pedazo de cielo. Todos ellos conversan, ríen; aplauden a Coco que cruza muy afanado seguido de sus ayudantes, y a quien tareas más serias no le permiten tomar parte en la representación. No hay nadie triste en esa multitud. La tarde hermosísima favorece la alegría. Súbitamente cesan las risas, cesan las palabras; todos enmudecen y abren su atención. Una cortina que cubre un espacio, al frente, acaba de caer, y aparecen, un poco hacia a la izquierda, en la planicie, alargándose en perspectiva, innumerables troncos de árboles cortados a raíz de tierra, como si el bosque hubiera sido arrasado en una gran extensión. La hierba diríase quemada por el sol de estío, faltándole la protección de los árboles. Reinan el silencio, la inmovilidad, una tristeza infinita... Los ojos de los espectadores descubren a lo lejos sentada sobre uno de los despojos, sombría, tétrica, a la Desolación... Aparece un momento después en la escena una niña de seis años, cubierta apenas por un vestido andrajoso y descalzos sus pequeños pies... «Es la Chacha» exclaman todos al reconocer a la hijita de Nina, y en el acto una lástima llena de ternura entra en el corazón ingénuo de esa gente, cuya escasez de impresiones duplica la presente, les hace creer en una realidad, y como tal compadecer su desventura... Ella, posesionada también de su situación, que le ha sido inculcada lentamente, mira a todos lados bajo la sensación de un temor que se adivina permanente; al no ver a nadie suspira muy fuerte, corre en dirección opuesta, y con el pie pega a uno de tantos restos de tronco; éste sale de su sitio y rueda lejos. No era sino un pedazo de corteza, que al alejarse descubre una planta en flor, un rosal lleno de grandes rosas amarillas. La niña lo contempla; cuenta sus flores, cuenta sus capullos; lo despoja de sus hojas caducas, y con un cuchillo viejo que trae en la mano aligera la tierra que pesa sobre sus entrañas. Sale corriendo; regresa luego con las manos llenas de agua clara y con amor la riega. Besa sus flores, abraza su fino tallo; siéntase sobre el pasto extasiada, y le canta una canción sin palabras. La niña no sabe hablar, nadie le ha hablado nunca.

La Chacha ejecuta su rol con tal perfección, que aun aquellos acostumbrados a las representaciones teatrales siéntense poseídos por la admiración y conmovidos por la historia todavía desconocida de la pequeña abandonada del bosque...

De pronto una nube negra empieza a bajar; un tul espeso se interpone entre el cielo y la tierra y todo se oscurece; algunos pájaros negros cruzan el espacio; se oye un ruido que crece y se acerca: es el huracán... La niña sorprendida y aterrada se levanta, quiere huir y echa a correr, pero recuerda su planta más débil que ella todavía, pues amarrada a la tierra no podrá correr, y deshaciendo camino, en un impulso de inmensa piedad, se vuelve valientemente, tambaleándose, cayendo y alzando, castigada por el viento, y la cubre con gran trabajo con su corteza. Auxiliada por el cuchillo roto, da sepultura también a las pobres hojas muertas. Una expresión de infinito descanso aparece en su rostro. ¡Oh! cómo sabe bien expresar el pensamiento, que Maud le ha traducido así: «El viento no quebrará ya sus ramas; no deshojará sus flores; no dispersará sus hojas desprendidas, que también fueron jóvenes, verdes y lozanas».

Un aplauso unánime saluda aquel prodigio.

Pero el huracán arrecia; se ven cruzar, de derecha a izquierda, ramas de árboles que vienen desde parajes remotos, remolinos de hojas, nidos de pájaros, como arrojados por las manos invisibles del viento.

La niña remolinea como las hojas, se desorienta, y enloquecida no sabe huir... Algo llega rodando y tropezando y se detiene a sus pies... Lanza un grito de dolor: es el techo de paja de su choza, arrancado también por el ciclón... Está ya sin amparo; no encuentra más escudo para defenderse de las inclemencias que su llanto... Al poco rato siente que no sólo sus lágrimas mojan sus mejillas; gotas pesadas caen del cielo ceñudo y sombrío, al que no consuela ya mirar. Esas gotas se congelan en el aire y lo que cae sobre ella no es agua, ya, que moja, sino duras piedras que lastiman... El trueno retumba en el monte vecino, los relámpagos iluminan el paisaje, en el cual se destaca siempre a lo lejos, inmóvil y tétrica la figura de la Desolación... La niña cae de rodillas y cruza sus manitos. Es un instinto en ella; nadie le ha enseñado a rogar. Y en esa posición, la Chacha llora, llora, porque así debía llorar en su agonía aquella niñita solitaria... Se oye entonces, más fuerte que el trueno y los rugidos del viento, una sorda lamentación, un sordo llanto brotando de la tierra. Son las raíces de los árboles mutilados que lloran con ella su abandono y lamentan su impotencia, al no poderla cobijar... Las raíces callan, meditando sin duda sobre la inutilidad de su llanto... En ese instante, la niña oye que la llaman... Se estremece, no sabe si de contento o de un nuevo temor... el llamado se repite... se vuelve... mira... y distingue a su planta despojada de su cascarón. Grita y se acerca; entonces el público que asiste a las congojas de esa pequeña alma indefensa ve con asombro crecer la planta y a sus ramas extenderse... La niña se aproxima radiante; la planta sigue creciendo, sus ramas extendiéndose cada vez más y la van cubriendo, cubriendo hasta hacerla desaparecer.

Los espectadores respiran, la niña ya no perecerá. Hasta los de la primera fila tienen nublados los ojos.

Ha pasado el ciclón; el viento se calma; el velo negro se desvanece y se abre el cielo muy azul. La planta desprende sus ramas, y los ojos acarician a la niña dormida sobre la hierba, a sus pies... Debe soñar sueños muy dulces, porque sonríe... Vuelven a escucharse voces subterráneas: las raíces de los árboles murmuran para ella una *«berceuse»*[39].

Aquel público estalla; bravos y aplausos, voces de cariño dedícanse a la niña, la cual extraña a todo, parece de veras dormir.

Cae la tarde; un velo violáceo se interpone otra vez, cambiando el cielo; es que se aleja el día...

Un murmullo de admiración abre ahora todos los labios. Tienen delante de sus ojos un ángel de luto, extendiendo sus alas muy abiertas... Apenas pueden creerlo: es la señorita Beatríz, la cuarta de las Buklerc, la dibujante del taller. ¡Qué linda está con sus cabellos rubios, adornados de anémonas y estrellas! Todos escuchan, porque el Angel de la Noche y del Sueño les va a hablar. Qué voz dulcísima tiene para decir en tono reposado y cantante:

«Vengo de dar el descanso a la otra mitad del mundo. Mis sombras no son de duelo ni de temor; son de reposo. Hago posible la vida. El ansia y las angustias, el dolor continuados extinguirían todos los seres... Todo se calma en mi presencia. Soy la enviada del Sueño Bienhechor, de la Noche Benéfica. Si yo desapareciera la humanidad enloquecida tendría que rehacerme o perecer».

La ovación prolongada obliga al Angel a permanecer un largo rato en la actitud que ha tomado después de pronunciadas sus palabras: asienta sus pies ligeros calzados de sandalias en uno de los troncos del bosque mutilado, y con sus alas siempre abiertas extiende también sus manos como imponiendo al mundo el reposo.

No obstante la admiración que produce, el público todavía se contiene, esperando cosas más prodigiosas... Se comenta ya a media voz el talento de quien las ha inventado; de la joven que se divisa, sentada entre Marco y Manuel, en la segunda fila, vestida de muselina blanca y cinturón celeste, y que ríe de los aplausos que Pablo, Mecha y Velázquez le prodigan, acercando mucho a ella sus manos entusiastas.

Se conversa fuerte, pero nadie se mueve para no perder su sitio... Suena la campana anunciando que el segundo cuadro va a empezar y fíjanse las miradas en otra cortina, la cual les oculta un sitio contiguo al anterior... Por fin, también, esta cae... Un murmullo de placer brota de la multitud porque los

---

39 *Berceuse*: en francés, canción de cuna.

árboles han retoñado, el bosque ha revivido, la hierba ha reverdecido; lianas, plantas trepadoras se abrazan voluptuosas a los troncos llenos de vigor, y la Planta, el Rosal de la niña permanece, ahí, a la derecha y vive. ¡Vive más frondoso y más florido!... Todo esto lo descubren los ojos a la media luz de una noche muy clara... Y se abren grandes de sorpresa cuando perciben sombras ligeras que aparecen y desaparecen, vagando, entre los árboles, y a otras deslizándose sobre el césped, para ir a mirarse al lago y a la fuente... Luego ven que se reúnen, que unidas de las manos forman una ronda y danzan cantando lánguidas y tristes... Llevan sueltos los cabellos y coronados de adelfas; visten túnica de plata... Una música invisible acompaña su canto que se prolonga repitiendo la misma estrofa. En aquella monotonía melan-cólica y cadenciosa está su encanto. Son los rayos de la luna... Pero una luz rosada, que anuncia la aurora las espanta y huyen... Vuelve a reinar el silencio en el bosque y los obreros cierran los ojos, para conservar un tiempo más esa visión, para continuar viendo todavía a sus hijas, y a Carmen, y a Adela, y a María; y a Sara, y a Teresa y a tantas otras muchachas del lugar bailando co-ronadas de adelfas en sus túnicas de plata... Un mundo nuevo comienza a abrir, para ellos, la varita mágica de la joven Buklerc, un mundo de arte y de poesía que ellos no saben explicar, mas cuyo esplendor presienten. Esta reve-lación pone en alerta sus pobres espíritus sin cultura, y les da por primera vez el deseo vivo de penetrar en el conocimiento de la belleza.

Clarea el día. En medio del silencio canta un pájaro en la copa de un árbol... otro le responde... otro más, hasta que se puebla de trinos el bosque... Una flecha del sol se clava en la Planta, la cual al ser herida se estremece, abre sus ramas y descubre a sus pies, sobre el trébol verde, a Alba dormida... Un grito de amor lanzan esos pechos ante la suave criatura, la dulce reina de los niños, el buen genio de la villa, y ella sin abrir los ojos les sonríe como si fuera en sueños que oyera sus voces amigas... Todos callan temiendo despertarla...

Llega como eco lejano un canto de niños muy suave; a sus voces se unen voces femeninas que van subiendo, voces viriles agréganse a ellas, y el coro invisible se ensancha, se exalta, se esparce en ondas sonoras, ardientes, vi-brantes como el aire... Es la hierba, son las flores, las plantas, los árboles, el lago y la fuente; son las voces de la selva que cantan un himno al sol.

Aquellos hombres simples sienten levantar sus almas por esa música, por esa sensación de «presencia» de seres invisibles moviéndose, respirando, exis-tiendo ahí entre ese bosque, bajo ese cielo, en esa fuente, que es su bosque, su fuente y su cielo... Y en vez de admirar los coros tan bien ensayados, la di-rección admirable de Maud, de Esperanza y de Hordies, la inteligente obe-diencia de sus propios hijos, su instinto los lleva a admirar a la que lo ha con-cebido, a la que imaginó los cuadros y escribió las palabras, sin la cual no hubiera podido existir tanto esplendor.

Todo calla y se sosiega... Un murmullo... y se presenta una mujer hermosísima, alta, majestuosa, vestida de verde; lleva una diadema dorada de sus mismas trenzas.

«¡Qué espléndida!» exclaman los de afuera y se hacen apuestas sobre si será Dagmar o será Maud...

La dama verde se acerca a la niña dormida, se inclina y la besa en la frente: esta se mueve, extiende sus brazos, se incorpora y se arroja en su seno. Alba paréceles más grande en su túnica larga, pero es Alba siempre, cuya belleza no necesita adornos. No lleva otro este día que las hojas de la almohada de trébol, adheridas a sus cabellos. Sus ojos tienen hoy más que nunca su dulce asombro... Y comprenden de repente, recién, que ella representa la niña descalza que cobijó el Rosal, ya ahora adolescente... ¿Quién la ha vestido?... ¿Quién le ha enseñado a hablar?... Porque es ella la que habla; ha dicho «Madre» nombrando así a quien la despertó... ¿Será esa gran señora la madre de la pobrecita?... Ella misma nos lo va a decir:

La niña ignora su propio nombre, y ha perdido la memoria. La dama verde le cuenta en lindas palabras su corta historia. Alba es huérfana, y su padrastro, un mal hombre vicioso, misántropo y cruel, vivía con ella aislado en un rincón de la selva; no hablaba nunca y la castigaba sin razón. La niña creció sin conocer ni amar más que a los árboles, a las flores, y a las plantas; ignorando que el mundo se extendiera más allá del bosque en que vivía. El mal hombre, en sus accesos de ebriedad, destruíalo todo a su alrededor. Era leñador y eso le era un pretexto para derribar los árboles, todos, sin compasión, hasta que llegó el momento de no quedar uno solo en pie... La niña pudo esconder de los terribles ojos una plantita de rosal. Cuando los árboles desaparecieron, solo ella le quedó; era su amiga, su juguete, su amor, su preocupación; el único interés en su vida de seis años... El mal hombre recibió el castigo, pues al golpear el ciclón su choza desamparada, esta se desplomó, porque las ramas en las cuales el viento se enredaba antes de llegar, no protegiéndola ya, cayó aquel sobre ella impetuoso, terrible y justiciero. El, arrastrado, arrollado, aplastado pereció. La Planta agradecida llamándola a sí y cubriéndola, la salvó de suerte igual... Habían pasado quince años; los árboles sin enemigos habían vuelto a crecer, y con ellos su amiga, que en su largo sueño aprendió a hablar, a cantar y a pensar, olvidando el sufrimiento, es decir, su propia existencia... «Me has llamado Madre; sí, soy tu Madre y es para ti mi amor y mi regazo. Recompenso tu cariño... Soy amable, soy amorosa y soy fecunda. Soy la vida y la verdad. Soy también el esfuerzo; el esfuerzo de todo lo creado para corresponder a su destino. Yo soy, Alba, la Naturaleza...

Un diálogo admirable se establece entre hija y madre, que levanta el público, el cual prorrumpe en una estruendosa manifestación. Los compañeros de Hellen la miran; ya no rien. Ella está sonrojada por el asombro que le causa su triunfo, y en sus ojos brilla un placer generoso ante el placer que ha podido dar a pobres gentes. La impresión de sus compañeros se sintetiza en estas palabras de Marco: «Hellen ha creido inventar un juguete y ha inventado una obra de arte»... Coco que ha permanecido entre los obreros, sin hacer ruido se le acerca y muy serio le dice «¡Caramba, que es linda tu comedia!» Le basta: Coco le trae la impresión de los niños.

La pieza termina con la aparición sucesiva de los habitantes del bosque que vienen a saludar a la niña abandonada. Un grupo de hermosas jóvenes fuertes y fieras con túnicas cortas y largas flechas salen del bosque, y parecen deslumbradas por la luz. La más hermosa se adelanta y le ofrece en lindas palabras una corza. «Somos, dice, las compañeras de Diana, casta y feroz».

Otro de driadas se acerca; grupo triste, sosteniendo a una de sus compañeras expirante. Cuentan su vida de esclavitud. Su compañera, amarrada a un árbol secular, al cual le falta savia, va a perecer con él... Esta nota apena un minuto a la concurrencia... Reanímanla las elásticas Oreadas que han bajado de sus montañas. Visten de lila azulado, y llevan en la cabeza copos de nieve; ofrecen pálidas flores de las que sólo abren en las cimas... Rojas Salamandras, Silfos aéreos las siguen, y van todos alineándose en guirnaldas elegantes en el inmenso claro... Marco observa que aquello produce el efecto de una sucesión de antiguos frescos. Y un aplauso general, un bravo a Hordies, demuestra que ven en ello el gusto artístico del anarquista, quien resulta un soñador y un poeta... El buen público estalla ahora en alegría, porque llegan, al son de tamboril, los pequeños genios traviesos, cantando, gesticulando, brincando; se multiplican, brotan de todas partes, nadie sabe de donde salen; los hay hasta trepados en las ramas de los árboles. La alegría y el bullicio aumentan al oírlos hablar, pero los ven aquietarse, mirar a un mismo punto e inclinarse reverentes: Titania llega... Reconocen a Nina con sus ojos de almendra y sus cabellos ondulados... Como reina de las hadas profetiza el porvenir de Alba y de su pueblo. Ella será feliz porque tiene la bondad, la cual como el sol en el mundo físico, esparce calor y luz sobre todos los seres. Y por esa bondad hará feliz a su pueblo, que se desarrollará grande y poderoso sobre la tierra... Un coro de jóvenes vestidas de un verde muy claro coronadas de ninfeas, que en rueda cantan, se separa y aparece entonces como brotada de la hierba una figura ideal, purísima. Una tela brillante fórmale túnica cristalina, de sus cabellos sueltos, castaños, caen humedecidas y frescas largas ramas y flores de agua... Y habla, y cuenta los secretos de su reino; y revela que ella es la Fuente. Júzgasele la página más hermosa de la obra; tan hermosa, que ahora son los de la primera fila quienes se ponen de pie y aplauden con locura aquellas admirables palabras, aquella admirable figura, aquella admirable interpretación; olvidados de que es Hellen quien la ha escrito y Esperanza quien la representa.

Alba señala al fondo, sonríe y llama; ha descubierto a lo lejos, como esparcidas, tímidas sombras amarillentas. Temblorosas éstas, se reunen y se acercan: son las hojas dispersas por el viento, que al creerse ya inútiles se entristecen. La niña les dice que nada hay inútil en el Reino de su Madre, y las abraza... Esto conmueve mucho a los espectadores... Mucho también otras figuritas humildes, llevando en las manos unos largos husos. Ellas son quienes han tejido su vestido con hilos del aire, informan muy tímidas.

La Naturaleza hace un gesto, y un joven heraldo se adelanta y proclama a Alba Soberana del País de las Muñecas. Entonces la Naturaleza sentencia que no siéndole bastante a su hija un vano título hay que imponerle una misión. Se delibera, y el heraldo, entre la curiosidad creciente, comunica que Alba, Soberana, tendrá por única misión conservar el amor entre los hombres... Un carro triunfal, hecho con ramas de encina, se aproxima; la niña sube en él, y el coro entona un himno victorioso... El carro tirado por pequeños genios va a echar a andar, cuando surge por encantamiento, en medio del claro, una mujer armoniosa y serena... Se acerca, lo empuja y lo escolta diciendo simplemente por la voz vibrante de Maud: «Soy la Paz»... El coro sube, se agranda, se ensancha, repercute, se difunde como en un templo... Pero el carro retrocede, se vuelve, y la reina adolescente desciende de él, intérnase ligera entre los árboles, y vuelve trayendo en los brazos una niña que llora y sostiene en sus manitos una orza de manteca. La niñita, que es Neneta, mira a todos lados; la sorpresa interrumpe su llanto y abrocha sus brazos al cuello de Alba. Esta sube de nuevo a su carro que desaparece en el confín con la Caperucita Roja perdida en el bosque.

Las ovaciones se repiten y obligan a salir a los actores. Por sobre todas sobresale la voz de Pablo sonora como un clarín que grita: «Qué salga el autor». Los obreros como un eco de su jefe repiten el llamado... La Fuente, Titania, La Madre Naturaleza, La Paz, El Sueño, riendo, salen de la escena y arrastran a Hellen, la cual se resiste, y a la que empujan Mecha, Amalia y Blanca. Ya allí acepta su papel, e imitando a un autor tímido, hace un saludo desairado y zurdo. «¡Hordies, Hordies!» gritan los jóvenes de las sillas. Entre ellos se encuentra Daniel... Nina y Dagmar desaparecen y pronto vuelven, trayendo de la mano al joven que se conduce con su buen gusto habitual y acepta la explosión de risas de sus amigos.

Los obreros, embriagados con el espectáculo, se desparramaron, por aquel pueblo en miniatura, visitando sus monumentos, sus plazas, la escuela, el taller, los jardines cuidados y floridos.

Marco, rejuvencido y alegre, retuvo a los músicos que se retiraban y un baile campestre se improvisó. Los patrones de Itahú y los de la «otra orilla» acercáronse a una mesa sobre la cual brillaba, blanca, cubierta por sus grageas argentadas, la gran torta de Reyes. Maud explicó que en ella había encerrado el destino: un anillo, una haba y un dedal, símbolos de amor, de poder y de labor. Y algunos opinaron que era necesario contar con la incorruptibilidad de quien debía partirla.

—Sobre todo deberá estar bien lejos de Mecha, –aconsejó Pablo.

—Mecha no sería, seguramente, reina de la naturaleza, –dijo Marco, mirándola con cariño.

—Preferiría serlo en una corte, –contestole vivamente, con el aire de contento que tenía ella también ese día. –El bosque se ha hecho para los pájaros. –Y añadió, mirándolo a su vez con expresión de amable desafío: –Tú amas la humanidad y yo la sociedad; al fin y al cabo una misma cosa... Es también lo justo puesto que mi amor no puede ser tan amplio como el tuyo... Quedamos pues de acuerdo. Hellen, ven a defender a tu maestro. –Y rió con toda su gracia.

—Sí, –dijo Marco, –ayúdeme usted, Hellen, a seguir esta mariposa.

—Tan brillante como las que adornaban su vestido de baile, –exclamó Carlos Lamparosa, siempre rondando.

—¡Oh! si pudiera dar yo a Mecha un rol, por ella sóla sería lindo mi juguete, –dijo Hellen.

—¿Y cuál hubiese sido mi papel? –preguntó aquella.

—Representarías la Atracción, –contestole con expresión de afecto admirativo.

—Yo le daría otro, –dijo Velázquez, deslizando sus ojos sobre Daniel, que conversaba con una de las huéspedes de Lamparosa. –El Ensueño, la Ilusión, dejando caer su velo de oro sobre los otros...

Hordies replicó:

—No; más bien la Dicha.

Mecha le sonrió, y observó mirando a Marco:

—Rol difícil de interpretar... Cada uno la concibe a su manera.

—Pero al que se la dan la toma en la forma que le llega, –dijo Cristián.

—Pienso, –agregó Pablo, –que Mecha sería una dicha excesiva, y como tal peligrosa, pues atraería enseguida el castigo. –Y con gravedad cómica prosiguió: –Existe una ley de las compensaciones.

—Si fuera eso verdad, yo estoy anticipando, tal vez, la pena, –pensó Daniel, y dijo en voz alta: –Por sólo serlo, la dicha es un exceso en la vida.

—Sería curiosa la definición que hiciera de la felicidad una misma persona en distintas épocas de su vida, –observó Hordies... –¿Usted, señorita Blanca, como la definiría ahora?

—Ahora y siempre: la satisfacción de lo que se anhela, –respondió la joven arreglando los encajes de la manga de su vestido de fular.

—Absolutamente como pienso yo, –aseguró Pablo, con un aire falsamente natural. Aproximose más a ella, y clavando en su perfíl aquilino sus ojos verdosos, dijo para ella sóla: –¿Qué es lo que anhela?

—Vivir, –contestó mirándolo a la cara.

—No es bastante, –prorrumpió Pablo, cuyo rostro perdía su sana palidez.

—En este momento sí, –contestó la joven ya turbada.

—La felicidad consiste, tal vez, Blanca, en no pensar, –concluyó él en voz más baja aun.

Al mismo tiempo Daniel decía a Mecha:

—¡Si se pudiera vivir siempre en un mundo irreal!

—En el que pudieramos –contestole la joven dulcemente, tratando con su tono de arrullar la pena que ella misma le causaba– hacer el don de nuestros sentimientos, como esas criaturas evocadas por Hellen han dado a Alba el don de difundir el amor...

—La voluntad crea ese amor, –respondió Daniel interrumpiéndola. Y su voz pareció dura, tanto era su ardor por inculcarle esa convicción.

—Falso, –afirmó ella. –Amamos a pesar nuestro... y a pesar nuestro dejamos de amar.

Quiso él protestar, y Mecha insistió violenta casi:

—Sí. sí... Tú mismo eres ejemplo.

—¿Qué te impide quererme?

—¿Qué hace que tú me quieras?

—Mi consagración y mi pena triunfarán, –afirmó el joven, iluminado el rostro por la fe de un creyente.

—No de mí, sino de ti mismo.

El joven, como siempre, no se atrevió a proseguir... El diálogo podía llevarlos a las frases decisivas, y no tenía el valor necesario para perder toda esperanza. Y ella, incapaz de ver sufrir, tuvo un movimiento semejante al de esa caridad que tira monedas en las manos de un mendigo, más por no oirlo pedir que por compasión, y le arrojó una mirada de dulce amistad, que en sus ojos tomaba expresión tan elocuente.

Se agregó al grupo el señor de Villapandos.

—Ha sido éste el triunfo del teatro al aire libre, de la escena del porvenir, –exclamó.

—Pero ha faltado a su cuadro una gran figura, señorita Hellen, –observó Hordies.

—¿Cuál?

—La Democracia, –contestó, gozando en contrariar al viejo aristócrata.

Este señaló a una obrera maciza y desgarbada, que pasaba mirando embobada al grupo elegante, y dijo:

—¿La Democracia?... Ahí la tiene usted. Y crean, –continuó, –es ésta una palabra que dentro de algún tiempo no tendrá sentido; lo espero así de la sensatez del mundo... Habrá siempre clases dominantes. Al hierro y al oro les sucederá la inteligencia. Y lo peor es, que cuando el talento haya oprimido demasiado, volverá el hierro.

—Es pretender leer en un porvenir muy lejano, –observó Cristián.

Mecha, alzando su voz en la alegre conversación que sostenía con los demás, decía:

—Sí, insisto; Pablo y yo nos parecemos, somos de una raza inquieta... Perseguimos lo que nos atormenta; –y miró a Blanca de soslayo.

—Haces bien de emprenderla conmigo, mi hija, —contestole el joven, que conducía del brazo a la hija de Lamparosa, reconciliados ya. —Es tiempo que abandones a Marco y a Daniel. Tus dientes necesitan algo más duro para morder.

—¡Pero son tan suaves sus ojos! —dijo Blanca, sobre quien la joven ejercía su natural seducción.

—Sí; Mecha envenena las almas mirándolas dulcemente, —insinuó Marco en un tono cariñoso, y en el cual habría ella deseado sentir algo más.

Una exclamación de curiosidad lanzaron en ese momento Esperanza, Maud, Beatriz, Nina y María, Amalia y su novio, al ver partirse la torta en dos, bajo el cuchillo manejado por el incorruptible Manuel, de mano maestra. Los otros esperaban con impaciencia la distribución y con una igual exploraron la tajada que les había tocado. De pronto, Hordies levanta la mano derecha y muestra entre sus dedos un objeto que imita muy mal un haba, de un verde furioso.

—¡El poder en mis manos, señor de Villapandos! —dijo en voz muy alta, a la cual cubrieron sin embargo las risas de los otros.

El español, riendo con ellos, le contestó galantemente:

—¿No he dicho a ustedes que pronto empezaría el dominio de los inteligentes?

Entre broma y charla comían la torta y bebían el champagne sentados en sillas sembradas sobre el trébol verde.

—¡Ah! —exclamó Mecha, repentinamente, muy rosada y pudiendo apenas contener la risa. Abrió los labios y dejó ver, apretada por sus dientes, una cabecita de plata.

—¡Previsión de la suerte! —prorrumpió Hellen. —El dedal en manos de Mecha responde a una necesidad sentida, aquí en el País de las Muñecas.

Pasada la impresión producida por esta travesura del destino continuaron los sondajes, pues el anillo no parecía. En cierto momento, reunidas en conciliábulo Hellen, Mecha, Esperanza, Maud y Nina, convinieron ocultar que esta última acababa de encontrarlo, y jugar a Marco una broma.

Comisionose a Esperanza para realizarla y la niña, que aún conservaba su vestido cristalino, se deslizó ligera y aproximose llevando en las manos una bandeja con varios pedazos de la masa, en uno de los cuales habían enterrado nuevamente el anillo. Llegose al grupo de hombres, ofreció a varios las primeras, dejando la última para Marco, quien la aceptó. Rompiéndola, extrajo del fondo de sus blandas profundidades el objeto, tomolo en sus dos dedos y lo mostró en el aire, diciendo, para demostrar que no se le había engañado:

—Quedan ahora condenadas las usurpadoras del destino a tirar a la suerte la obligación de usarlo en el dedo cuarto de la mano izquierda. De esta manera todo pretendiente se espantará.

Se hicieron cédulas y tocole a Hellen cumplir el castigo. La joven, sonriente, estiró su dedo, y el Maestro, sonriéndole también, puso en él el aro de oro. Mecha había tomado parte en la farsa sin darle más importancia que a un juego, pero cuando vio cumplirse ante sus ojos la indicación de la suerte, fue herida tan de improviso que apenas tuvo tiempo de hacer el esfuerzo necesario para recuperar ese dominio de sí misma, ocultador de penosas impresiones, que, como el instinto de conservación en la naturaleza, en la gente educada es lo último en perderse. No obstante empalideció, y sus ojos tomaron la expresión de doliente azoro de una gama perseguida, y necesitó inclinarse más bajo que las otras, delante de su amiga, para disimularlo.

Pablo preguntó desde lejos:

—¿Cree usted en los presagios, señorita Hellen?

Mecha dilató su oído para no perder un matiz de la entonación que la joven iba a dar a su respuesta.

—Sí y no; —contestó moviendo la cabeza para marcar lo indeciso.

—¿Es usted, entonces, superticiosa?

—Contestaría a usted del mismo modo... Creo que existen presagios, pero no sabemos leer en ellos... ¡Es tan presuntuoso el negar cuando lo más que podemos decir es: «ignoramos»!...

A Mecha se le cerró aún más el corazón. La respuesta de Hellen, quien no podía ignorar a lo que Pablo se refería, pareciole artificiosa, pues ni aceptaba ni rechazaba la posibilidad del presagio ni de la alusión. Anochecía. Los obreros juntaban sus hijos dispersos, y los patrones al retirarse pasaron entre ellos, cambiándose cordiales «buenas noches». En gran animación llegaron ellos al pequeño Cementerio plantado cerca del canal. La luna apareció, y como en la leyenda de Hellen, sus rayos bajaron a mirarse en las aguas. Del césped brotaban las tumbas minúsculas, blancas, ligeras, de las cuales los ángeles de Alba parecían lanzarse al espacio. Detuviéronse a contemplarlo, y una tristeza leve y clara cual una niebla de verano los envolvió. A pesar de saber que era un juguete, una compasión enternecida sintieron todos, como si ahí, bajo sus pies, durmieran seres de una raza de hombres diminutos los cuales hubieran poseído durante la existencia las mismas facultades pensantes y afectivas, las mismas actividades que los demás hombres.

Mecha lo sintió más que los otros. La melancolía de esa hora y de ese instante agrandaba la desesperanza que la embargaba desde que abrazara el dedo de Hellen el anillo nupcial. Obedeció a un impulso inexplicable y dio unos pasos. Una vez en el centro de un espacio vacío, verde, estrellado de botones de oro entre el sepulcro de un jilguero y el de una flor asentó fuerte el pie, y declamó sonriente pero con un voz que no conseguía alegrar:

—¡Aquí se levantará mi tumba!

Una exclamación de angustia dejose oír, y Esperanza que la había arrojado, sugestionada también ella por el momento, saltó a su lado, y le tomó las manos.

—¡Morir, tú madrecita, que eres la vida misma!

Pablo, tan inteligentemente sensible, quiso desviar de entre ellos la idea siempre triste de las tristezas de la muerte.

—Sí; Mecha debe descansar... donde no se descanse.

—Y Alba le haría un monumento, –dijo Esperanza; –una mariposa batiendo alegremente sus alas.

—Con las que jamás podría remontarse, –añadió la joven con lánguido movimiento.

—Pero que simboliza cuánto tiene de amable, bello, dulce, brillante y suave la naturaleza; cuánto hace amar la vida.

Marco dejó caer estas palabras, dulcemente, presintiendo que ellas llegarían a esa alma débil, como a la garganta sedienta de un pájaro, la gota fresca de un manantial.

XVI

Marco y Pablo habían sido el alma de la iniciativa de que se celebrara en Buenos Aires un Congreso Científico Universal, exponiendo las ventajas que nos resultan de exhibirnos ante hombres de valer, que llevan en seguida a todos los ámbitos, con verdadera autoridad, el conocimiento de nuestros progresos.

Acogido con patriótico interés el proyecto por los hombres de gobierno, se le destinaron recursos, se respondió al llamado, y del mundo entero llegaron hombres de positiva importancia en todas las manifestaciones del saber humano.

El auxilio de toda la prensa del país, el prestigio político de Pablo, la notoriedad de los concurrentes hicieron que la opinión pública dejara su indiferencia habitual para estas fiestas de la inteligencia, y se interesara vivamente en su éxito, dando a los extranjeros la favorable impresión de un pueblo que en medio de los adelantos materiales, tiene el alto concepto que merecen las cosas del espíritu.

En una gran expectativa, abrió a mediados de mayo sus sesiones el Congreso. Y haciéndose honor al país, a la ciencia y distinción de Marco fue elegido Presidente. Se designaron las distintas comisiones, y empezaron las tareas con verdadero entusiasmo en una atmósfera de seriedad y simpatía.

El discurso inaugural de Marco hizo visible la justicia de su designación. El buen decir y la ciencia se aliaron en una pieza oratoria que enorgulleció a todos. Su éxito fue impresionante hasta obligar a esconderse las envidias; y el aplauso unánime salió del recinto, lo desparramaron los diarios, y creció en la calle llevando a todos los hogares la satisfacción caliente de una victoria nacional.

Hubiérase creído que Buenos Aires se intelectualizaba. Se habló menos, y sólo en sus horas, del precio de las tierras y de las lanas, como si, súbitamente, se hubiera comprendido que la vida y la grandeza de un país la dan sus hombres y no sus cosas.

Hubo especulador que hizo el parangón entre Atenas, Roma y Cartago, diciendo que de ésta se sabe apenas el lugar en que existió, mientras que las otras llenan aún el mundo con su arte, sus leyes y su sabiduría.

Era la resurrección del espíritu, según la expresión de Pablo; pero del espíritu impregnado de saber, de humanismo y de virtud.

En las exageraciones meridionales de Buenos Aires, se llegaba a decir que el Congreso era un acontecimiento tan importante y trascendental como la emancipación, puesto que probaba que la habíamos merecido, y anunciaba al mundo nuestra verdadera incorporación a su marcha de progreso en su faz más alta, noble y fecunda.

Pablo había presentado un notable trabajo de ingeniería, el cual influyó mucho en el ánimo de sus colegas de la Cámara, a la que se había incorporado, después de una elección verdaderamente popular. Para todos fue entonces algo más que el hombre querido de la muchedumbre, por las calidades esforzadas de su carácter. Señalaba un hombre público completo, que resuelve problemas y desenlaza situaciones; el hombre que ata con sus brazos a quienes lo siguen, y dirige la marcha seguro de sí mismo y de la rectitud de sus móviles.

Entre los otros trabajos, que llamaron la atención, figuraba el de un sacerdote argentino sobre el orígen del hombre de América. Este religioso había hecho doblemente fecunda su misión y daba una prueba evidente de que la iglesia no es atraso. La iglesia evoluciona; acepta y actúa en el presente incierto, mientras llega el porvenir mejor.

Las palabras del ilustre obispo Ireland, pronunciadas en la catedral católica de Baltimore compendia su pensamiento: «Un siglo acaba y otro comienza; este siglo será lo que de él hagamos; será nuestro, como fruto de nuestro trabajo. ¡Obispos, sacerdotes y laicos, hermanos mios, en qué términos os diré cuanta responsabilidad pesa sobre nosotros!... No olvido que la gracia de Dios es indispensable para el cumplimiento de nuestra misión; pero Dios hará seguramente lo que le corresponde, y nosotros haremos lo que podamos, aunque con demasiada frecuencia parece que se desea que el Señor se encargue también de hacerlo todo. Hay católicos, más numerosos en Europa que en América, para los cuales el presente no será conocido hasta largo tiempo después de convertirse en pasado. El mundo acaba de entrar en una faz del todo nueva; el pasado no volverá; la reacción es el sueño de los hombres que no ven ni oyen, que están sentados a las puertas de los cementerios, y orando sobre tumbas que no se abrirán ya más y por las cuales olvidan el mundo viviente.»

Desde abril estaba Mecha de regreso en Buenos Aires, y con ella Esperanza y su hermana Amalia, cuyo ajuar habíale sido encargado a Europa por la generosa madrecita de su hermana. Se le esperaba para realizar su matrimonio con el joven Lamparosa. Emilia, a causa de un ataque de influenza, retardó su fortalecimiento, permaneciendo en Itahú con Manuel, María su señora, y la madre de Marco, quien concluía por establecerse en la Villa, para permanecer más cerca de su hija Celia, la hermana Angélica.

La figura de Marco crecida ante la opinión se había agrandado inmensamente con esta consagración tan llena de prestigios en el concepto de Mecha, que se aplaudió en secreto al haber sospechado toda la importancia real de ese hombre severo. Y en su espíritu, sobre el que tanto influía el juicio de los otros, creció el deseo de poseer para ella sóla ese hombre que en su difusión parecía pertenecer a todos.

Hellen había presentado su tesis, y descansaba. Frecuentaba las fiestas con Mecha y Esperanza llevando a todas partes el encanto de su tipo exclusivo, su elegancia, y la suavidad de su distinción nativa.

Mecha la observaba procurando sorprender en ella la naturaleza de los impulsos con que se ligaba a Marco. Una frase, una actitud poníanla sobre la pista de un afecto fraternal, consolador; pero otra frase y nueva actitud volvíanla a sus dudas y cavilaciones, a la evidencia de sus temores. Sí, seguramente, se mezclaba el amor en esa amistad efusiva, amor sin palabras todavía, tal vez no descubierto, pero que aparecería omnipotente en esa alma delicada y fuerte al mismo tiempo.

Sin comunicárselo, todos los que veían ese mútuo afecto admirativo creían también que se destinaban el uno para el otro, y se aproximaba el momento en que ambos comprendieran que se completaban. A nadie se le ocurrió que en la vida de los afectos no se completan siempre los seres asemejantes.

Pablo, absorbido por las preocupaciones de sus trabajos para el Congreso Científico, su elección, y sus atenciones múltiples personales y políticas, descuidó su amorosa intención para con Blanca, poco intereresado, en el fondo, por la joven cuyo carácter se le presentaba áspero y duro, sin las virtudes de dulzura y abnegación, que faltando a una mujer déjanla trunca. Podía aquello traerle también compromisos de honor que deseaba evitar.

Ella, incapaz de soportar el desvío, acostumbrada a los rendimientos que le atraía su fortuna, y a pesar de lo que sentía por el joven, creyendo por otra parte en la eficacia de aquello del «desdén con desdén se paga» apresurose a demostrárselo aceptando festejos de otros adoradores.

Esta actitud aguzó el interés en Pablo un corto tiempo; después le fue más bien un descanso, conviniendo consigo mismo en que las tardes de Itahú lo habían predispuesto excesivamente a la galantería.

Cristián realizaba el viaje a Europa tantas veces anunciado. Las distracciones de un medio nuevo y opulento en placeres, quiso el joven oponer a las penas de su cariño no correspondido.

Antes de partir, como una tentativa más de esa persistencia de los grandes amores, habló con Esperanza.

El diálogo fue breve, como son las conversaciones decisivas.

—Desesperanza –habíale dicho el joven, pues así la llamaba desde hacía algún tiempo– ¿sábe que estoy pensando en irme a Europa?...

—Feliz usted. Sólo viajando se puede comprender el placer de viajar, el bien que ello procura.

—Eso equivale a un consejo.

—Si yo pudiera dárselo, sí.

—¿Y si yo se lo exigiera?

—Se lo daría afirmativo, aunque con el pesar de ver alejarse un amigo tan digno de serlo como usted, Cristián.

Se separaron. Esperanza lo vio partir con ese pesar que se siente en presencia de una desgracia, a la cual no se puede socorrer, y a que se reune la amargura de conocer que el afligido piensa que en nuestras manos está su salvación.

La joven había crecido en belleza; el viaje y la vida en común con un espíritu selecto como el de Hellen desarrollaron su inteligencia tan clara ya de sí; dieron más amplitud a sus ideas sobre las cosas y sobre la vida. Esperanza no era de las niñas que calculan, pero sí de las niñas que razonan, y aunque no sufría de sentimentalismo ni sensiblería, era sensible y sentimental. Tenía el don inapreciable de saber comunicar la alegría, y convencer por ella que es hermoso vivir; de disipar los aires taciturnos, demostrando en sí misma las ventajas del humor igual, del trato amable. En un teatro, en un baile, en un paseo encontrábase muy bien, sentíase halagada por los murmullos que su belleza fresca provocaba, conversando con placer con los que saben conversar, soportando afable a los insignificantes aburridos. Prefería su música y sus libros, y era absolutamente feliz en Itahú, visitando a sus protegidos, montando a caballo, vagando con Alba, ayudando a Hellen, acompañando a Emilia, su pasión. ¡Cuántas veces la adorable ciega asentaba su mano sobre la cabeza de la niña, y permanecía un momento como meditando! Pensaba en Pablo. Su madre, en las proximidades de la vejez apegábase más cada vez a quien fue siempre su favorita; aumentaba en ella el deseo de tenerla cerca, de sentir su voz y su contento, y por ella conoció los celos; los que le inspiraba esa otra madre linda, joven, atrayente, idólatra también de su hija.

No obstante el brillo, nunca mayor, de Mecha en las fiestas sucesivas celebradas en honor de los delegados al Congreso, un observador hubiera descubierto en su voz mórbida, en sus gestos melodiosos, en los movimientos de su alma sobre todo, indicios de cansancio. No estaba ella conformada para luchar y había luchado mucho. ¡Demasiado tiempo estuvieron en pugna con las ideas de Marco sus propias ideas! Y ahora que empezaba a comprenderlas y a considerarlas grandes y justas, y había entrado en el conocimiento de la causa terrible de su extensión; cuando quería someterse y abdicar y seguirlo hasta las superioridades de su vida moral, era él quien se acobardaba, quien se desanimaba y retrocedía, haciendo de ella una abandonada como la obrera.

Otra lucha había en Mecha: deberes y afectos llamábanla a Europa. Su hermano Pancho, que vivía en Madrid como primer secretario de legación, la afligía por la situación en que lo colocaba, una pasión, en la cual había todo —dolor, miedo, amargura, amor, temores, lágrimas— menos ventura.

Casi al mismo tiempo que Mecha en Buenos Aires, casábase en Madrid una joven francesa bellísima, Silvia Duparc, hija de un diplomático acreditado en aquella capital, con un compatriota de gran familia, agregado a la misma legación. Ligó pronto a las dos una mútua simpatía, y al poco tiempo penetró con pena, la joven porteña, en las peripecias del matrimonio, en los disturbios del hogar de su amiga, cuyo marido resultaba un brutal y un desequilibrado, del cual conoció las proezas, en lances y agresiones, por díceres [40], en su visita a Paris.

La vida de Silvia hízose intolerable, viéndose obligada a separarse y buscar refugio en casa de su padre con sus dos hijitos.

Pancho Iturbe la conoció en lo de su hermana; su belleza lo embelezó, compadeció sus desgracias y concluyó por enamorarse locamente y ser correspondido. Al cabo de algunos años de cavilaciones, y luchas con su madre y consigo mismo, triunfando su pasión, decidióse la desgraciada mujer a gestionar su divorcio. Se establecía con esto, entre los dos enamorados, un compromiso tácito de unirse una vez declarada la disolución del matrimonio.

El marido enamorado de la belleza de su mujer, y más después de la ruptura, atemorizábala con amenazas de escándalo y de muerte, y trataba de hacer recaer sospechas sobre su conducta de mujer honesta a fin de ser él quien manejara un juicio que le convenía anular en la esperanza de volvérsele, por ese medio, a reunir.

Esos amores no contaminados por ninguna perversión y en los cuales no había traidor ni traicionado, tenían sin embargo algo de irregular que preocupaba a Mecha, preocupándole también la posibilidad de un choque entre las violencias del esposo y el valor hidalgo de su hermano, salido del medio caballeresco y altivo de la alta sociedad de Santiago de Chile. Pero más que todo apenábala el ver planteado en su casa, y por quien quería tanto, el problema del divorcio que su conciencia, profundamente católica, rechazaba, negaba y condenaba. Todo su prestigio, su influencia toda habíala puesto en juego para arrancar a su hermano del dominio de su pasión fatal, pero el joven le respondía con la vehemencia de sus impulsos, y la impetuosidad que toman las pasiones cuando fuerzas iguales tratan de sofrenarlas. Uno de los argumentos puestos por Mecha cerca de Silvia, partía de las pesadumbres que agobiaban a su pobre madre en la vejez, la cual, religiosa como Mecha, veía en la indisolubilidad del matrimonio un dogma de fe y a su hija, por desconocerlo, marchando a la perdición.

Una carta de Pancho informadora de las esperanzas de obtener ese di-

---

40   *Díceres*: murmuraciones, rumores..

vorcio, la alarmó, pues temía que el marido prefiriera cualquier cosa por violenta que fuese, a perder toda esperanza de recuperar a su mujer. Creía ella conocer bien todos los caracteres en juego, e imaginaba una serie de conflictos y de escándalos.

Emilia procuraba calmarla, pero no conseguía evitar su inquietud constante.

Fue en una de esas grandes recepciones donde halló Mecha Iturbe, impregnada ya de cavilosidades, la casi confirmación de sus sospechas, y la primera decepción sobre sí misma. Aquella noche al entrar al salón su alma de tonos cambiantes saltó feliz, viendo adelantarse a Marco para ofrecerle su brazo y conducirla cerca del círculo de hombres eminentes. Al mismo tiempo que desplegaba ante ellos todas las ventajas de su trato exquisito de mujer de mundo, percibía la mirada de su amigo de infancia fija en ella con el amor del artista ante la obra maestra, y sintiose satisfecha de poderle demostrar una vez más el efecto perturbador que producía en los otros.

Se pasaba con ella revista a las personas que asistían a la recepción, señalándose a la atención de los caballeros extranjeros los más notables: ministros, congresales, periodistas, artistas, políticos, bellezas, hombres ricos... Un caballero anciano, erguido, llevando el sello indeleble de su distinción nativa, y en su semblante la expresión de una gran serenidad, pasó delante del grupo, saludando a Marco y a Pablo con amable cortesía, acompañado por un personaje altamente colocado. Pablo dijo:

—Ese caballero es el Doctor Bernardo de Irigoyen [41], el político de ideas más amplias, más justas y más altas. Un primer ministro de Inglaterra caído en nuestro medio con cincuenta años de anticipación.

—Y además orador habilísimo, –agregó Marco; –cuya palabra es ciencia, conciencia y experiencia; diplomático sagaz; carácter suavísimo y firme, tan incapaz de una condescendencia injusta como de una violencia arbitraria. La más perfecta moralidad en su vida pública y privada; el mayor ejemplo de cultura en esta sociedad.

Un momento después oyó Mecha decir a Pablo otra vez:

—Aquella señorita de blanco, atendida en este momento por el doctor Ruidar, es Hellen Buklerc.

—¡Interesantísima! –exclamaron varios; y la viva curiosidad pintada en los demás diole a entender, que en el grupo se habían ocupado anteriormente de la joven, la cual, ajena a lo que de ella se decía, conversaba y paseaba con su compañero.

Sin poder contenerse, levantó la cabeza y miró a Marco. Éste seguía con los ojos a su discípula; en ellos estaba la expresión húmeda y calurosa que ella se esforzaba de continuo en provocar. En eso, dijo un profesor:

—Esa niña será un notable clínico y un notable operador.

—Y algo más raro todavía, –observó Villapandos; –la mujer indepen-

---

41   *Bernardo de Irigoyen* (1822-1906), político argentino. A partir de 1850 ejerció gran influencia en su país y ocupó puestos de importancia, entre ellos Ministro de Hacienda y de Relaciones Exteriores, gobernador de la provincia de Buenos Aires y presidente del Senado en 1905. En 1886 fue candidato a la presidencia, y en 1899 representó a la Argentina en la resolución de límites con Chile. Publicó muchos libros sobre estos asuntos.

diente sin ideas de emancipación; la profesional de talento que permanece
hija sumisa; la mujer preparada para ser, en caso necesario, no la rival, pero
sí la auxiliar, del hombre que la haga suya, y en cuyos brazos moriría él tranquilo sabiendo que deja a sus hijos un verdadero apoyo, padre y madre al
mismo tiempo; siempre la alegría, el embellecimiento, la elegancia del hogar.

—La mujer del porvenir... Ya del presente en algunas otras sociedades
precursoras, –dijo un sociólogo de los paises de la niebla.

—La Eva futura, –concluyó Marco, con un gesto involuntario, que indicaba su vestido blanco moviéndose a la distancia, próximo a la gran portada
del fondo del salón.

Mecha no necesitó escuchar más para comprender la seducción ejercida
por Hellen sobre esos hombres superiores, quienes la observaban, y la estudiarían como uno de los mejores exponentes de la cultura fundamental de una
sociedad. La fórmula de Marco al presentarla tuvo una elocuencia luminosa.
Semejante a esas claves de los dramas que desatan una situación fue la frase.

Y con hondo despecho ella pensó: «Daniel se muere de amor por mí; cien
más, débiles, mediocres o presuntuosos, aquí o donde vaya, me persiguen con
su amor, que no puede ser mucho a pesar de ser todo... Marco, Pablo, esos
otros de su raza en quienes provoco galanterías, miradas, alabanzas, no han
tenido para mi un pensamiento serio, y toda mi belleza, mi fortuna, mi título
son simplemente adornos que los atraen en los cortos intermedios de su grave
existencia; que no fijan, que no retienen para siempre.»

Otra vez sintió el escozor de la envidia por calidades reconocidas en
Hellen, convencida que aun sin reflexionar, los hombres superiores, los que
valían por sí mismos hacían diferencias profundas entre sus gracias, su virtud
misma, y las gracias y la virtud de Hellen, como si en esta procedieran de naturaleza y causas distintas.

Nunca la había sorprendido una reflexión que la disminuyera ante sus
propios ojos; siempre tuvo motivos de satisfacción de sí misma. Ahora en esas
fiestas que daban amabilidad a las cosas importantes de la vida, en las cuales
ella no se había cuidado de pensar con detenimiento jamás, encontrábase
frágil, empequeñecida, y sus triunfos de mujer hermosa no la contentaban.

«Pablo diría de mí, si fuese malo, que parezco un libro del cual sólo se
elogia la encuadernación». Y por esta idea estrafalaria la irritaron los aplausos
y las obsequiosidades.

Cuando se retiraba, inclináronse todos con admiración y respeto. Un
joven norteamericano observó:

—Está visto; por más demócratas que ustedes aparezcan, se inclinan tanto
ante una hermosura... como ante una corona.

—Sí, –repuso Velázquez, –eso pasa en todas partes. No existirían ya algunos de esos orgullosos blasones, si no los hubiera restaurado el oro perfectamente democrático de la gran hermana del norte.

Mecha tornó a su casa y meditó largas horas. Al amanecer, dueña de la dolorosa certeza de que su situación no sufriría ningún cambio, que el día siguiente la arrojaría de nuevo en la lucha complicada para retener el amor escurridizo de Marco; contentar las exigencias de su orgullo; disfrazar sus impresiones; sufrir la tortura de la presencia entristecida de Daniel; combatir sus celos nacientes que la llevaban a detestar en ciertos momentos a una criatura a quien quería tanto; con un gran desaliento resolvió alejarse, no combatir las cosas que no podría nunca vencer.

Por otra parte tenía en la patria de su marido mil pequeños deberes a los que no había faltado nunca, y el gran deber de salvar a su hermano y apuntalar los esfuerzos de la pobre madre de Silvia.

Llamó a sí, entonces, toda su soberbia femenina, y la sintió grande hasta creerla capaz de aplastar su amor por Marco. Y allá en el fondo, brilló también un segundo esta ilusión: «Marco me quiere tal vez; Marco se ha desalentado por la diferencia de nuestros caracteres, ha tratado de destruir su amor recién nacido; ¿lo ha conseguido del todo? Hellen... ¿tengo alguna prueba que me obligue a sostener una cosa de que no estoy segura?...

Mas no quiso detenerse en esta ilusión, y se esforzó en convencerse que todo lazo estaba roto, y debía emplear toda su energía en escapar al sufrimiento, a la humillación, y al remordimiento.

La violencia de ese esfuerzo la dejó vacía. Cuando al día siguiente despertó sintió hueco el sitio que ocupaba en su alma Marco. Casi contenta se preparó a partir y sonrió a los seres que en el viejo mundo la esperaban. Y sonrió con amor a España: «La patria es el suelo donde uno se siente feliz, y allí, lo he sido tanto! Buenos Aires no me ha ofrecido sino penas de niña y de mujer. Quiero huir de él, pues, como de un mundo tétrico.

Mientras la peinaba, díjole Anita:

«La que sufrirá con su partida será la niña Esperanza».

Mecha se estremeció. Toda la noche habíase rehusado pensar en ella... ¿Podría vivir ahora sin Esperanza, por quien daría todos sus afectos; sin el único ser por quien cambiaría su suerte? Y ya no tuvo otra idea que llevársela consigo. Viajaría, sí, con ella... y olvidaría. Y como temiera una resistencia en la niña para dejar otra vez a Lucinda, haría el sacrificio mayor de rogarla que fuera ella también; de soportar por la hija a la madre aborrecida.

A principios de junio Mecha Iturbe, recostada en la baranda del trasatlántico que la conducía a Europa, miraba el océano. Cubierta por su abrigo de *loutre* [42] no sentía el frío picante. Sus ojos veían dibujarse en las olas las últimas escenas de la despedida. La voz del mar íbale narrando la historia del año vivido en el país natal... Sus lágrimas corrían por sus mejillas cuando llegó al fin. Lloraba por Pablo, abrazándola presa de una profunda conmoción; por las mellizas, confundidas al besarlas, trayéndole el adiós de todo Itahú...

---

42   *Loutre*: (fr.) nutria, *Lutra lutra*, mamífero carnívoro de pelo lustroso, espeso e impermeable, color pardo oscuro.

¡Tenía tan presente también la cara de Hordies a la cual cambiaba en ese instante la ausencia de ironía!... ¡Oía tan clara aún la respuesta del viejo Villapandos, estrechando las manos que el joven le tendía al darle emocionado su última broma: «Ya verá usted, mi querido contrincante, en el primer disturbio, quien tenía la razón... a todos sus comunistas le daría yo un país para que practicaran sus propósitos. Antes de un año habrían caído en la anarquía». ¿Y sus palabras de despedida a la tierra que dejaba, nobles y sentidas, dirigiéndose al grupo amigo? «Para amar vuestro país, para apreciarlo en lo que vale deberíais recorrer los otros. En ninguno la gente es más franca, más abierta, el auxilio más fácil y eficáz, la amistad más pronta, la vida más libre y menos trabajosa. Los defectos que veis y lamentais proceden de sus calidades y de la educación defectuosa e incompleta... No olvideis que es un adolescente. Y que ningún otro tiene mayores aptitudes para la prosperidad y la grandeza»... Las lágrimas de la viajera corrieron más copiosas sobre Hellen a la que tenía todavía ahí, ¡y tan clara! con su trajecito escocés y su pequeño sombrero, sollozante, trémula, desfigurada por la pena. ¡Hellen, a quien quería tanto, y por quien había conocido el sufrimiento de sentirse capaz de un sentimiento ruin!.. Pero lo que veía dibujado en las ondas más patente y con los mismos colores de la realidad, era la escena desgarradora en que Pablo con los ojos empañados desabrochó de su cuello los brazos de Esperanza, y el gesto desolado de la niña desde tierra, cuando el barco arrancó... Y de pronto, una idea alegre la cruzó; la misma que se detenía en Emilia tantas veces: el que pudiera un día ocurrírsele al destino unir a esos dos jóvenes... ¿Y Marco? ¿No recordaba acaso la nobleza viril de su rostro demudado por la emoción; el timbre conmovedor de su palabra; sus ojos admirables fijos en ella como para grabarse su belleza ideal? No, no quería pensar... ¡Aunque sintiera aún la sensación dolorosa del esfuerzo que tuviera que hacer para salvar su orgullo arrancándole hasta las raíces toda presunción de que en ella pudieran existir aún rastros del amor interrumpido!... No, no quería escuchar más; no quería pensarlo.

Y continuó mirando el mar, sintiendo dentro los estertores de su gran esperanza agonizante.

XVII

Al dolor de la separación de tan querida criatura se agregó otra inquietud. A la mañana siguiente de partir la joven, recibiéronse tres despachos alarmantes de Itahú. Uno dirigido por Manuel a Marco, concebido así: «María dio a luz un niño. Su estado grave reclama tus cuidados. Avisa mamá». Otro del mismo a Pablo: «Estado grave de María me obliga desatender fábrica sobrecargada de trabajos urgentes. Hordies ausente. Es necesaria tu presencia en ella». El tercero venía destinado a Hellen y firmado por su madre: «María muy grave. Vente a asistirla».

Horas más tardes bajaban en casa de Manuel, Marco y Pablo, Esperanza, su madre y Hellen.

Pasado unos días María reaccionó, y el médico tuvo que ausentarse a Buenos Aires, reclamado por sus tareas de presidente del Congreso Científico, próximo a clausurarse, dejando la enferma al cuidado de Hellen, quien volvía a tomar la dirección del hospital.

Esperanza y Hellen sentían tristezas, y como trunca su trinidad amistosa. En todas sus conversaciones brillaba, como un diamante en un anillo de alianza, el nombre de la ausente. A todas sus esperanzas enlazaban la del regreso prometido. Porque Mecha y Esperanza habíanse juramentado: aquélla volvería antes del año para inaugurar el hospital de crónicos, dedicado a la memoria de su madre, cuya construcción resolviera la víspera de su partida, y la niña se iría con ella a viajar por Europa y por América. Ya Amalia estaría casada y Lucinda lo consentiría entonces.

Habían transcurrido varios días desde la llegada de la familia de Manuel.

Itahú calentábase al sol del lindo domingo de junio y las campanas de su iglesia despedían a los fieles, quienes después de oír misa desparramábanse por la plaza, en la cual mujeres y muchachos vendían aves, legumbres, golosinas y baratijas.

Emilia ocupábase mientras tanto en su casa con Margarita Silas, de hacer la lista de pobres de los alrededores, en quienes debían distribuirse las ropas de invierno que en grandes pilas ocupaban la pieza.

María en la suya, pálida, débil y quebrantada, recostaba su cabeza en el hombro de su marido, y tomaba la leche que le servía su suegra.

Hellen y la hermana Angélica pasaban revista a las salas del hospital, repletas como nunca; Beatriz, paseaba por la plaza el pequeño ejército de asilados; y Esperanza galopaba por el campo acompañada por Coco, caballero en su burrito.

Sobre la Ciudad Obrera parecían planear inmutables el bienestar, la unión y la tranquilidad.

A la misma hora cantidad de operarios en sus trajes de domingo, por grupos o separados iban llegando a un punto dado: un claro abierto por ellos mismos en el bosque. Era allí donde desde tiempo atrás celebraba sus reuniones la Sociedad de Mutuo Socorro, formada por obreros de las dos orillas, la cual Gunther, el contramaestre, presidía. Esa sociedad encubría una logia, cuyos móviles, desenvolvimiento y tendencias Pablo conocía.

Hordies fomentaba y auxiliaba a la asociación, y prestaba su consejo inteligente a sus directores. Y Hellen, conociendo su participación y el sitio, bajo los grandes árboles, elegido para sus asambleas, en las continuas guerrillas que ambos sostenían púsoles «los druidas».

La broma cundió, y en adelante se conoció la logia bajo ese nombre.

No pueden ocultarse a los obreros los secretos comerciales de algunas fábricas entre los que están las mistificaciones y engaños con los cuales se agrandan las utilidades, consagrados por las costumbres como cosas corrientes, en la que no interviene la moral. Esto tiene influencia en el desprestigio del capital, y en el poco respeto que inspira; influencias que aprovechan los agitadores para presentarlo con caracteres odiosos.

En el establecimiento de Lamparosa había descontento, se agitaba sordamente el espíritu de inquina, y validos de la amistad con los obreros de Pablo los inducían a ayudarlos en sus exigencias, invocándolos en nombre de la solidaridad tan seductora y atrayente para las almas simples.

Estos amaban a sus directores y estaban contentos con su suerte, pero esa misma desigualdad de existencia ponía de manifiesto el fondo de justicia que existía en las quejas con que los estimulaba al auxilio y a la confraternidad que les pedían. Poco a poco fue venciendo la prédica, amparada en el derecho de obtener el mayor bienestar posible, y los obreros de Itahú tímidamente al principio, francamente después, fueron abrazando la causa de sus hermanos, como se llamaban en el lenguaje aparatoso de sus reuniones.

El rechazo de una comisión que iba a hablar a Lamparosa de sus necesidades hizo nacer la lucha abierta. El fabricante procuró sustituir operarios, y esta actitud diole resultados negativos.

Los nuevos obreros hacíanse en el acto tan exigentes como los otros.

Pablo, obligado a imponerse de los movimientos de la villa, aplacaba los ánimos, mostrándoles lo atendible y lo inatendible de sus demandas, bajo el punto de vista del vecino. Mas, estos apaciguamientos duraban poco tiempo.

Un accidente cualquiera, una discusión con los superiores volvía los ánimos al estado de exaltación. Entonces buscaban el auxilio de los «hermanos» y sus reuniones tomaban carácter subversivo.

Los días festivos hacían oír sus acaloradas discusiones frente al río soberbio, el cual parecía contarles su inquietud eterna como las angustias del hombre.

Con la ausencia de Pablo, obligado por la política y el Congreso, faltó allí la única influencia capaz de dominar por el respeto y el cariño. Y fue durante esa ausencia que comenzó la lucha enconada y furiosa, de la cual Gunther era el alma indomable.

Guillermo Gunther era finlandés y había recibido una educación superior a las exigencias de su oficio. A la mitad de la vida, cansado de luchar inútilmente para procurar el bienestar a su madre y a su mujer y prepararse un descanso en la vejez, decidió dejar su país y venirse a América, donde en medio de variadas tentativas lo sorprendió el fallecimiento de su mujer primero, luego el de su anciana madre, solas, lejos, sin el consuelo de volverlo a ver.

Estas desgracias quebráronle el ánimo, abandonó sus ambiciones de fortuna y se ubicó como director de uno de los talleres de Lamparosa.

Su carácter habíase hecho sombrío y taciturno; vivía hosco y solitario en una especie de choza, en las inmediaciones del canal, donde en las horas de descanso divisábasele con un libro sobre las rodillas y una botella de whisky al alcance de la mano.

Los obreros respetaban su mutismo y tenían por él esa consideración instintiva que se guarda por aquellos en quienes se sospecha una historia que se ignora; a quienes se supone actores en dramas desconocidos. Por lo demás era puntual en sus obligaciones y habilísimo en su desempeño.

Cuando los operarios iniciaron exigencias, fijáronse en él para presidirlos. Habiéndole oído frases de amargura y guiados por ellas acudieron al auxilio moral de la energía que le suponían.

Gunther no era propiamente un anarquista ni un socialista, pero sí un apesadumbrado que atribuía su desgracia a la necesidad que lo arrojara lejos de su país. «¿Es justo que mientras unos pocos usufructúan de la tierra, otros de sus mismos hijos tengan que dejarla, para venir a penar a la tierra extraña?». Este pensamiento amargamente nostálgico, sus lecturas, su aislamiento y el alcohol lo llevaron insensiblemente a una melancolía áspera y agresiva, con impulsos de odio y rencor para las sociedades.

Un buen día abandonó el taller de Lamparosa y se colocó en un puesto inferior en el de Pablo. Para ello tuvo un motivo que él sólo conocía: Alba.

Una tarde en que había sobrevenido una lluvia repentina, la niña vagaba en los alrededores de su choza y con la confianza que le daban sus hábitos se refugió en ella. Al verla entrar con sus cabellos de oro y su capa roja creyó en una alucinación, y con cierto asombro viola abrir los labios para explicarse, cargar el gato, único compañero de su soledad, sentarse en el banquito sucio que éste ocupaba, ponerlo sobre sus rodillas y esperar tranquila la cesación del chubasco. Desde entonces fue esa criatura su preocupación silenciosa, algo como un sol moral en su vida sin sol. Y por verla con más frecuencia, por hacerse de su amistad infantil cambió de ocupación sin trastornar sus hábitos. Era él quien le cocía sus figuras de barro, le coleccionaba insectos, le contaba leyendas, le prevenía placeres. Había hecho de esa niña que le recordaba su país por su padre y sus costumbres, un ser de adoración, el único lazo que lo unía a sus semejantes. Por Alba envolvía en un sentimiento melancólico cuanto la rodeaba, y pensaba con amargura en que el tiempo haría de ella una mujer, y se la apartaría de su trato.

Como todos los envenenados por la vida sus energías eran despechadas, y eso lo aliaba de hecho con los que luchaban por mejorarla, aunque fuera por los medios utópicos y airados de la destrucción y el desorden.

Sucedió que Lamparosa despidió, con razón esta vez, dos capataces que habían descuidado sus deberes. Ante las exigencias de volverlos a tomar se hizo fuerte en su derecho, y en la necesidad de hacer respetable la disciplina en su establecimiento. Uno de aquellos era el marido de Thira, expulsado anteriormente dos veces ya de Itahú, agriado, separado de su mujer, la cual lloraba con lágrimas de sangre el no haber oído los consejos de su madre.

Falseando los hechos, pintándolos con colores de su paleta se presentaron ese domingo los cabecillas, acompañados por tres de sus operarios, a pedir a Pablo su apoyo, quien estudió el asunto y se negó después terminantemente a ayudarlos. Entonces nació la desconfianza, las murmuraciones, el descontento.

Se dijo que la fortuna de Pablo lo hacía burgués; que desertaba de su causa y los abandonaba en los esplendores de su vida industrial y política a que ellos contribuían. Llegose a señalar como una causa principal sus amores con Blanca, la hija del enemigo, cuyo rompimiento con Pablo se ignoraba.

Y se habló de igualdad, fraternidad, solidaridad sobre todo.

No dejaban de influir en el ánimo de Pablo, por cierto, para negarse a toda intervención en el asunto ese rompimiento. Conocía las mezquindades de sus vecinos, quienes a la menor participación que le notaran en favor de las reclamaciones lo tomarían como un acto de venganza nacida del despecho que en la casa se le suponía. Y Pablo era demasiado hombre para no tener debilidades.

Hordies, espíritu aristocrático, criado en una atmósfera en que fermentaban ideas avanzadas, llevado por su naturaleza a destacarse, fue de ellas un propagandista revolucionario en lo cual ponía tanta convicción como amor propio. A los obreros seducíalos la adherencia de este elegante, cuya existencia juzgaban fácil y sibarítica. Cuando se impuso de las intenciones hostiles de los obreros de Lamparosa, a quienes en el fondo aplaudía, y comprendió que ellos arrastrarían a los de Pablo, vaciló entre sus convicciones y su amistad y deberes para con éste, de cuya situación moral se daba cuenta exacta. No quiso o no pudo afrontar una actitud definida, y encontró un motivo para alejarse durante algunos días.

La negativa de Pablo no desvió a sus obreros de lo que creían sus compromisos, y si tuvo influencia sobre los otros fue más bien contraria a la moderación, pues se sintieron indignados como en presencia de un abandono inesperado.

A la mañana siguiente la fábrica de Lamparosa no abrió sus puertas; la huelga estaba declarada. Durante varios días viéronse vagando por Itahú, o parados sobre el puente tomando el sol, con los largos toscanos o las pipas en la boca, grupos de obreros, en quienes se pintaba ese estado de inconsciencia ilusoria del huelguista flamante que espera tranquilo que los hermanos alimentarán la huelga durante mucho tiempo, su actitud será decisiva en la resolución de los patrones, y el abandono del trabajo un castigo ejemplar para el capitalista.

El martes notaron que la policía del lugar se reforzaba, y tuvieron noticias del próximo arribo de nuevos operarios contratados por Lamparosa para reemplazarlos. Al mismo tiempo recibían orden de desalojar las casas que habitaban de propiedad de los mismos. Estos alquilábanselas previo contrato, en el que se establecía el derecho de desalojo sin más trámite que la decisión del propietario.

Pablo trabajaba y ordenaba el trabajo, manteniéndose ajeno y fingiendo ignorar lo que pasaba. Sus talleres funcionaban incesantes; en la lista de asistentes no faltaba un solo obrero.

La mañana de San Juan amaneció nublada; el calor pesado de su veranito hacíase sentir. En la plaza, en la avenida, sobre el puente huelguistas y obreros de Itahú, mezclados, discutían acaloradamente, ceñudos, exteriorizándose en unos la sospecha de que perdían la partida, y en los otros la protesta.

Caras extrañas, figuras desconocidas de mujeres y niños veíanse también de pie en las puertas de calle, o sentados en los umbrales con expresión ansiosa. Eran las familias arrojadas de sus casas por los Lamparosa, venidas a refugiarse en las de los vecinos.

El paraje preferido de Alba siempre había sido el molino abandonado, situado a la orilla del agua y separado de todo lo demás por la muralla verde de los sauces y los álamos. Aunque ya jubilado, seguía obedeciendo todavía al viento el pobre viejo, y movía sus aspas. Esa mañana la niña, queriendo aprovechar el calor transitorio, se dirigió hacia allí costeando el canal. Volvíase ya, y se detuvo para oír lo que decía su amigo el contramaestre, cuya voz sentía del otro lado del follaje, tan espeso que impedía a la mirada a atravesarlo. Hablaba con varias personas, y en otra de aquellas voces le fue fácil reconocer la de su cuñado el mal marido de su hermana Thira. Al poco rato de escucharlos el asombro y el espanto se pintó en su rostro, y sus ojos parecieron errar lentamente a su alrededor... Así permaneció hasta que las voces se alejaron, y las hojas secas crujieron bajo los pesados pies de Guillermo Gunther y sus compañeros... Seguía ansiosa los pasos que se perdían. Hubiera deseado detenerlos sabiendo que iba a encontrarse, una vez sola, faz a faz con un grave problema... Horrores, blasfemias, amenazas habían salido de la boca del contramaestre, a la cual hasta entonces sólo había visto abrirse para contarle las suaves leyendas de Finlandia. Amenazaba también y empujaba a los otros a la destrucción. Y la dulce criatura estremecida comprendió que oculta ahí, acababa de asistir a la escena inicial de un drama sangriento. Guillermo Gunther con otros cabecillas, representantes de los demás obreros del otro lado, preparaban en ese lugar tranquilo las represalias en contra de los que habían arrojado a sus mujeres y a sus hijos de sus hogares. La casualidad llevábala a conocer los detalles del complot... «Y que se prenda fuego a ese nido de canallas alguna vez».

Estas palabras de su cuñado resumían para ella todo el plan... Su primer ímpetu la impulsó a correr a contarlo a Pablo, impidiendo así tal atentado. Pero se detuvo; eso sería delatar. Su carácter noble, alto, reflejo del de su hermana, se resistía, se resistiría siempre. Entonces, un áspero conflicto nació en esa alma cándida sorprendida por tan tremenda revelación: su primer caso de conciencia. «Y que se prenda al fin fuego a ese nido de canallas» resonaba más y más en su corazón como un redoble... Y meditaba: si no hablaba llevarían ellos a cabo sus amenazas; si lo hacía, perdería a su amigo el viejo Guillermo, bueno y terrible. En su ignorancia de las cosas de la vida, creía que el castigo debía igualar siempre al delito. Y sólo la intención de lo que meditaban era uno horrendo... ¿Mas cómo podría ella jamás perderlo para siempre? La pobre atribulada permaneció un tiempo de pie, desgarrada por su primera duda y su primer dolor. Luego temor mayor la penetró: el que tal vez pudiera estar también amenazado: Pablo, el protector de los suyos, el hijo de Emilia, el amigo de Esperanza, el dueño de Itahú. La lucha ansiosa que sostenía la derrumbaba; tuvo que recostarse en un árbol para no caer.

Cubrió su cara con su capuchón y dejó nacer su llanto. ¡Oh! ¡la terrible angustia de esa alma inocente! Estaba postrada hasta hacerle imposible pensar. Después de un largo rato, una idea sencilla la animó. Sonrió como burlándose de que no se le hubiera ocurrido eso antes, y dejando caer en un movimiento de su cabeza la capucha roja echó a correr, veloz. Iba en busca de su hermana. Porque Hellen era la única a quien podía confiarse y contarle lo que había sorprendido. Y a la sola idea de que se le aproximaba, su influencia en ella se hacía ya sentir.

Pablo contestaba su correspondencia en el escritorio de la fábrica; sintiendo que alguien entraba volvió la cabeza, y vio sorprendido, parada en medio, de la pieza, a Hellen Buklerc en la cual notaba cierta agitación. Su primera idea al verla allí y en esa actitud fue que algo podía haber sucedido a su madre, y el temor lo amarró a su asiento. La joven se dio cuenta en el acto de la causa de esa paralización en un hombre impulsivo, y le dijo:

—Su mamá escucha tranquila, en su casa, la lectura que le hace la mía... Pero pasan cosas graves, Pablo, a su alrededor. Alba ha sorprendido al lobo en su guarida. Guillermo Gunther y otros huelguistas organizan un complot, en el cual están comprometidos sus propios obreros. Se trata de atravesar el puente e ir a impedir que los recién contratados los reemplacen en los talleres. Intentan agredir antes de que se pidan más fuerzas.

Pablo habíase puesto de pie; escuchó atento, se paseó un momento y dijo:

—Lo que sucede a Lamparosa le sucederá siempre. Su sistema se hace ya odioso, sobre todo teniendo, nuestros talleres al frente que evidencian, en cada instante, diferencias implacables. –No dijo nada más, ni demostró la intención siquiera de mezclarse en nada.

—Me preocupan los resultados, y buscaba su intervención, –contestó ella, a quien él no permitió concluir interrumpiéndola vivamente:

—No quiero dárselas.

A Hellen le chocaron la brusquedad de su tono y el egoísmo entrevisto en su negativa. Levantó la cabeza, lo miró e iba a responderle, pero no le dio tiempo y prosiguió:

—No quiero dárselas, como un castigo. Mis obreros no tienen derecho a dudar de que la verdad está en lo que yo afirmo... Socialismo... socialismo, se repite. El socialismo no sería una fuerza si no lo fundara una idea de justicia... Y créame, Hellen, es en lo que menos piensan los que hoy pretenden arrastrarlos a perderse.

—¿Y las desgracias que pueden resultar? –díjole la joven calurosamente, clavando en él sus ojos claros.

El gesto de duda con que le respondió pareciole aún más frío y más indiferente. Nunca creyera verlo así en los momentos de prueba y se arriesgó a pensar que bien podrían todos haberse equivocado, y tener ese hombre el alma insensible, inmóvil, y sólo violenta la sangre. Que bien podría ser un gran usurpador de confianza y de fe.

—Porque he creído un deber de humanidad el venir a usted, único que tiene en sus manos evitar desgracias irreparables, estoy aquí, –díjole secamente. –Deber idéntico al que condujo cerca de mí a mi hermana desfalleciente. –Inclinó la cabeza en un saludo y dio unos pasos para salir, murmurando: –Si estuviera el Maestro.

Pablo se dirigió a ella desde donde se encontraba y estirando la mano, observó:

—Marco, como yo, no haría nada en este caso. No es el egoísmo lo que me hace proceder así, sino la experiencia... No se deben juzgar las acciones de los hombres, Hellen, sino después de conocer sus móviles.

Un ligero encarnado subió a la cara de la joven al verse adivinada, pero no bajó sus ojos. Insistiendo dijo:

—¿De modo que dejará usted las cosas como están?

—Por ahora sí. Mi intervención sería contraproducente. Se desconocería mi autoridad, perdería mi prestigio para siempre; forzaría los resortes de mi acción... Debo resistir a mil voluntades que como la suya me llaman, y a mis propios impulsos. Y crea Hellen, se necesita más energía para resistir que para obrar.

–Por otra parte, pierda usted el miedo y la aprensión. Los obreros amenazan siempre... Ya terminará esto de algún modo.

—¿De qué modo? –preguntó ella, como preguntándoselo a sí misma.

—De un modo muy diferente al que usted teme a través de la hermosura de su sentimiento altruista. –Y en tono más vivo y más cortante, llevado por un inconsciente despecho agregó: –¿Por qué no se lo pregunta al Maestro?

—Porque el Maestro no está, –contestole naturalmente, trasluciéndose la evidencia de que así lo hubiera hecho de estar Marco en la villa.

La respuesta le dio la tentación de investigar los sentimientos de la joven hacia su amigo y le preguntó:

—¿Cree usted que Marco vuelva pronto?

—No lo sé, mas lo supongo. Vigila de muy cerca a su mamá cuya operación se aproxima.

El recuerdo de algo que lo preocupaba antes que todo y por sobre todo traído por Hellen, borró de su memoria lo que no fuera ello. Con un inmenso interés le dijo:

—¡Cómo lo deseo y cómo tiemblo! Me haría tan desgraciado la pérdida de la esperanza de que mi madre volviera a ver la luz...

El tono tan emocionado del joven al pronunciar esas palabras conmovió a Hellen, en quien vibraba siempre la ternura. Y fue calurosamente que respondió:

—El estado general de la enferma la complica únicamente; y ese estado es mejor cada día.

—¡Tengo tanta confianza en Marco! –exclamó el hijo en un arranque de fe.

—Toda la que merece, que es toda, debe usted tener, Pablo. ¡Posée él en tan alto grado la rarísima conciencia profesional! Es el único médico a quién he oído decir no sé.

—Como es de los pocos hombres a quienes he oído exclamar, esa es mi falta.

—La carencia casi absoluta de egoísmo lo dispersa demasiado. No vive para los otros: vive con los otros, –dijo Hellen.

—Tiene eso en la sangre. Es el mismo sentimiento, en el fondo, que ha hecho de su hermana la Madre Angélica... Marco formará un hogar que tal vez lo cure de esa perfección de que habla mamá y de que todos nos quejamos.

Pablo echó ese sondaje clavando en la joven, sin poderlo remediar, sus ojos muy abiertos.

—Tal vez, —contestó ella, —¡Pero necesitaría una mujer que le perteneciera tan completamente!

—Sí; cuyo mundo fuera él sólo.

A pesar de las miradas escrutadoras de Pablo las ideas de la joven no se turbaron, y de su alma sin dobleces salió lo que sentía:

—Es que el Maestro vale un mundo, —dijo. —Antes de dar tiempo a que Pablo respondiera prosiguió: —Siempre he creído que es el temperamento quién determina la clase de virtudes que se poseen...

—¿Y hoy ha concluído usted por convencerse de ello, no es verdad, señorita Buklerc? —preguntole sonriente Pablo... —No me guarde rencor por mi egoísmo, y dígase que necesito responder ante mí mismo de la autoridad que ejerzo sobre los otros.

La joven calló, y él permaneció también en silencio un breve instante.

—¿En qué piensa? —preguntole escudriñando sus ojos.

—En Alba, —le respondió.

—Es decirme que piensa usted en lo mismo... Pierda todo temor, y piense que sucede casi siempre lo imprevisto. Hágase como yo un poco fatalista y dígase: el destino empuja el mundo.

Durante este tiempo amotinábanse frente a los talleres de Lamparosa los huelguistas lanzando gritos injuriosos. Esta actitud habíanla provocado nuevos desalojos, y la noticia de que al otro día serían provistos los puestos abandonados por ellos con nuevos operarios.

Los gritos aumentaron, excitáronse con la propia algarabía y la irritación se hizo furiosa al tomar carácter colectivo.

La policía del lugar procuró imponerles orden sin resultado ninguno. La exaltación aumentaba, la cólera rebalsaba, hasta que se arrojaron algunas piedras al escritorio de la fábrica, lo cual motivó la orden de disolverse dada por la policía, siendo recibida con injurias, rechiflas y pedradas. Los agentes, viéndose agredidos, prepararon sus armas, y esta actitud provocó mayores iras y vociferaciones. Entretanto algunos obreros desprendiéndose de los grupos, y favorecidos por la falta de vigilancia de los alrededores del tumulto, cortaron los hilos del telégrafo y del teléfono para impedir que se pidiera refuerzo para combatirlos.

Se preparaba una verdadera lucha. Lamparosa, sus hijos y empleados no se atrevían a mostrarse a la multitud enconada de sus operarios, pero enviaron un mensajero a los agentes estimulándolos a proceder, quienes repitieron la intimación de disolverse.

Se les contestó con pedradas nuevamente, a este reto respondió una descarga al aire, y a ella la actitud de acometer en los del grupo enardecido. Una de las piedras hirió a un agente; los otros volvieron a tender sus armas, y entonces se vieron caer, girando sobre sí mismos, a algunos de los del tumulto, en el que se verificó una dispersión que no era una fuga.

Mujeres y niños, aterrorizados, corriendo cruzaron el puente para llevar a la otra orilla la noticia inflamada del terrible suceso.

Las detonaciones habían hecho saltar a Pablo, en su sillón de trabajo, solo nuevamente en su escritorio después de la visita de Hellen. Púsose de pie rápidamente, recordó las palabras desatendidas de la joven y salió a imponerse de lo sucedido. Vio a sus obreros que se dirigían hacia el puente como en socorro de sus «hermanos» y los contuvo. Ayudole para ello el que los otros en confusión, y aún agresiva dispersión, venían a encontrarlos gesticulando y gritando, vaciando así el otro lado.

Al sonido de una campana que se acercaba, y las voces repetidas de «cuidado, cuidado», la multitud abrió paso, y Pablo distinguió en el pescante, de pie, abrazando con su brazo izquierdo uno de los barrotes, pálida y tranquila a Hellen, cubierta por su blusa blanca del hospital. Iba a recoger los heridos de la «otra orilla».

Sus ojos la siguieron, y su corazón estremecido temió por ella; la sensación de un tierno pavor lo paralizó un instante. Una exclamación de admiración y pena salida del alma popular atribulada saludó a la joven.

Pablo tuvo un arranque y los arengó entonces, incitándolos a la moderación, ofreciéndoles su mediación siempre que le obedecieran. Su palabra fue escuchada, y se alejaba con cierta confianza para tomar medidas que calmaran los ánimos, cuando apareció nuevamente la ambulancia seguida por los últimos grupos que habían quedado en el otro lado después de la descarga. Hellen le sonrió tristemente al pasar, indicándole que llevaba cinco heridos. El apresuró el paso y entró corriendo al taller.

No bien lo había hecho, comenzaron los agitadores y los parientes de las víctimas a incitar a los otros a un ataque decisivo. No tardó la excitación en apoderarse del espíritu de la muchedumbre, que llegó al delirio al oír los alaridos de desesperación y de venganza de una mujer, anunciando en su dialecto gutural y duro que su hijo de veinte años, herido en la revuelta, acababa de expirar en brazos de Hellen a las mismas puertas del hospital.

Las palabras «vamos a prenderle fuego» circularon entre aquellos centenares de almas irritadas y dispuestas a la venganza.

Y los más violentos se destacaron en agrupaciones formados al frente, dispuestos a marchar al ataque. Lucían casi todos diversas armas con las que amenazaban en medio de rudas vociferaciones... Algunas mujeres y algunos obreros más tímidos corrieron a dar cuenta a Pablo del terrible proyecto. Lo encontraron preparando las bases de un arreglo, que debía imponer a unos y a otros. Al recibir la noticia comprendió que sus palabras iban a ser desoídas y su autoridad burlada. Cuanto había en él de violento y dominador se sublevó. Salió, dirigiéndose rápidamente al taller y un momento después encaminose hacia el puente.

La muchedumbre al mismo tiempo terminaba su organización y empezaba a avanzar con aire decidido. Las mujeres la miraban silenciosas y horrorizadas.

Pablo bajó al costado del canal y reapareció desenvolviendo unos hilos metálicos; con la vista fija en la muchedumbre que avanzaba fue alejándose poco a poco del puente.

El paso de los obreros se hizo más rápido y resuelto... Cuando les faltaba poco para alcanzarlo se oyó una terrible detonación sorda y crujiente que los contuvo. Y vieron lanzados al aire trozos de hierro, y a toda la gran cabecera del puente tambalear y hundirse en el agua tranquila.

La estupefacción fue el primer movimiento de aquellos hombres rugientes de ira. Detuviéronse como veteranos a la voz de ¡alto!

Un estremecimiento circuló en todos sus cuerpos; dejaron caer los brazos y algunos las armas. Estos eran los obreros de Itahú heridos en el corazón, al ver morir su puente, orgullo y cariño, incorporado a sus afectos como si fuera un organismo sensible.

Después de ese momento de estupor, instintivamente buscaron con la vista a Pablo.

Distinguiéronlo de pie, con los brazos cruzados, inmóvil, la altiva cabeza un poco inclinada sobre el pecho. ¡Debía él sentirlo como ellos! ¡Debía ser muy segura su convicción de que fue necesaria esa destrucción para haberla cometido con su propia mano! Con la rapidez con que se mueven los impulsos en el alma de una multitud, pasaron de la ira al dolor, del dolor a la ternura por aquel hombre que nada había detenido para evitar a los suyos, a sus obreros, escenas de sangre, en las cuales serían víctimas o criminales. Y cediendo a estos últimos impulsos, los obreros de Itahú, desprendiéndose de sus hermanos de la otra orilla, avanzaron lentamente hacia él.

Al llegar, éste irguió su cuerpo, y los más próximos pudieron distinguir en sus ojos señal de lágrimas y en su rostro pálido los reflejos de una profunda conmoción. Cuando miraron de cerca esa figura familiar y amada corrieron sus lágrimas también, y extendiendo sus rudos brazos hacia él como en una invocación a lo irremediable salió esta exclamación de sus entrañas:

—¡Don Pablo... nuestro puente!

El les hizo un gesto de afecto con las manos, una sonrisa dolorosa contrajo su boca, y caminó silencioso a tranquilizar inquietudes en los suyos y para ocultar a sus hombres la debilidad de un momento.

Sabía bien que su sacrificio no había sido estéril.

XVIII

El tiempo soberbio y frío animó a Pablo a volverse a pie. Dejó la fábrica, buscó un sendero abierto en el bosque sin hojas todavía, y contra su costumbre caminó muy despacio. En su fisonomía varonil se acentuaba una expresión reconcentrada, adivinándose la lenta germinación de un pensamiento. Su naturaleza expansiva no podía callar su nombre, y ya que no le era dado decirlo entre los hombres, dejolo brotar entre los árboles: «Hellen...» murmuró, y continuó caminando lentamente. No iba solo, marchaba dominado, conducido por ella y sorprendido de haber encontrado por ella el primer obstáculo invencible y doloroso en su camino. Su corazón demasiado ardiente impedíale reflexionar, y en él entraban y salían el estímulo y el desaliento, la esperanza y la desesperanza, la alegría y el pesar, la fe y la duda; era un estado moral el suyo de luz y sombra.

¿Cuándo había arrojado Hellen en su alma la semilla?... El mismo no lo sabía. Recordaba, sí, la sensación de placer que tuvieron sus oídos la primera vez que oyó su voz mezclada a la del cura. El goce pleno de sus ojos cuando la vieron aparecer, como una ondina blanca, diáfana, rutilante por las gotitas de agua de su vestido, la noche de la fiesta. La admiración que le produjo la grandeza de su acción moral, la nobleza de su actitud y la gracia de su gesto, despojándose de sus flores para coronar la muerta. El asombro de oírla decir cosas salidas de su corazón altivo y justo durante la huelga. Y más que todo, el dolor, la ansiedad, la angustia casi femenina de su corazón de combatiente al verla pasar en la ambulancia yendo serena al peligro, obediente a su deber profesional y a su alma piadosa.

Pablo nunca había amado aunque su existencia estuviera poblada de amores y pasiones, más o menos violentas, más o menos duraderas. El sentimiento que le inspiraba Hellen, —entusiasmo, ternura, pasión profunda— basábase en bellezas positivas que resistían triunfantes al análisis y a la reflexión.

La impresión más violenta recibiérala una mañana que pasando por la casa de la joven, la percibió por las ventanas abiertas, de pie, contemplando una estatua. Esta representaba una mujer, con los labios entreabiertos; y su actitud, su movimiento, su expresión eran tan vivientes y tan reales, que diéronle a comprender que Hellen había querido representar en ella el Eco. La joven tenía apoyada una de sus manos en la espalda de la figura de mármol como si la acariciara, y a su semblante lo embellecía una expresión de amor intenso. Hellen amaba en ese instante la obra salida de sus manos. Al revelarle esa iluminación de su fisonomía el alma ardiente y vibrante encerrada en el cuerpo armonioso de esa mujer, se la hizo más deseable; y la nueva ambición de poseer para sí sólo ese espíritu puro y luminoso, la de provocar en ella la sensación que provocara la estatua, aplastó con su peso sus viejas ambiciones de popularidad, de poder y de placeres.

Hacía dos meses de la huelga.

Después de arreglados los disturbios y desazones por él producida, Pablo había reanudado su vida regular yendo a Buenos Aires con la frecuencia necesaria a sus ocupaciones. Aparecía en su semblante una mayor seriedad que en tiempos anteriores. Todos en Itahú lo atribuían a los disgustos, aún no borrados, de los desórdenes cortados por él de tan violenta y dolorosa manera. Sus amigos de la metrópoli, de cuyas alegres diversiones participaba, notáronlo también menos asiduo, y que se les escapaba con distintos pretextos, cuidando únicamente del cumplimiento de sus deberes.

Sólo él tenía la clave del enigma. Ya entonces, y aún sin quererlo, el nombre de Hellen caía en su pensamiento, sorprendiéndole que lo evocaran las más extravagantes asociaciones de ideas. Y al venirle a la memoria se le sugería instantáneamente el de Marco. ¿La amaba él, su amigo, su hermano?... Ningún motivo tenía para afirmarlo, pero recordaba las sospechas de los otros, y como sucede con el miedo, agrandábanse aquellas atribuyéndoles sonrisas, miradas, palabras, frases que habían tenido intenciones distintas. Atormentábalo la inseguridad. Su carácter impaciente y decidido no toleraba las situaciones equívocas o ambiguas sin una mortificación deprimente. Un dato cualquiera del que pudiera asegurarse hubiéralo impulsado a tratar de borrar para siempre el recuerdo amoroso de esa mujer, pues si algo rechazaba su naturaleza nobilísima y abierta eran hasta los pensamientos que no fueran de una lealtad irreprochable.

Abordar a Marco francamente sería el camino de resolverlo todo; mas conocía el carácter de su sabio amigo, y el menor indicio de su interés sería apartarlo de su cariño si lo sentía, de su felicidad si iba hacia ella.

En Pablo el amor tenía que ser impetuoso, nacer como un torrente, desbordarse incontenible. Y sin Marco, esa muralla sagrada e infranqueable, que él acusaba al destino de poner ante sus ojos, estaría ya en marcha a la conquista del amor de Hellen.

Su misma voz interrumpió sus meditaciones. *«Si tu m' aimes, ma tendresse t'encouragera a unir nos amours par un lien sacré»*[43], cantaba. Y la vio venir a lo lejos.

La idea de huir y la de acercársele se le confundieron, y en ese primer momento de vacilación no se le ocurrió otra cosa sino esconderse entre los eucaliptos, únicos árboles que conservaran sus hojas. De pronto, la voz igual, justa, plena, aterciopelada en los agudos, profunda en los graves cesó, y él se sintió súbitamente como abandonado por ese sonido, que en ese momento sólo para él vibrara. Se asomó, temeroso de ser descubierto y pudo verla más de cerca, inclinada, atando la cinta de su zapato del color de las hojas secas que tapizaban el suelo. Recogió después una cajita de níquel y continuó su camino. *«Si tu m'aimes, ma tendresse t'encouragera a unir nos amours par un lien sacré,»* pasó cantando y su manga rozó al árbol que lo escondía.

Se fijó en su pollera de tartán muy corta, a cuadros de dos tonos de un verde borrado y ceniciento parecido al de las hojas de los eucaliptos, su saco de pana de igual color, el cuello blanco de hilo liso y el sombrero redondo, pequeño, colocado sobre sus cabellos rubios. La corbata punzó de terciopelo ponía una nota viva en ese traje oscuro, y animaba su figura, que se movía graciosa y esbelta, muy fresca y muy juvenil en el fondo invernal.

Tuvo que llamar a sí toda su voluntad para no salir, y hablarla, para no confesarse y confesarla. El temor de que pudieran ser verdad sus sospechas, y que su conversación lo convenciera de ello, fue más fuerte que su impaciencia. Ella seguía por el sendero con su paso ligero y elegante, y él, atraído por ese andar de casta diosa, conducido por esa voz radiante la escoltó invisible.

Llegaron al confín, donde doblaba el camino. Ella calló, se detuvo un momento y gritó «Coco aquí». El niño apareció al punto a pie, corriendo y le dijo: «Ha llegado Esperanza con papá; y ha llegado también Marco». La joven lanzó otro grito de alegría y apresuró el paso.

Pablo permanecía siempre en la sombra. El grito de Hellen lo llenó de mayores sobresaltos y temores; le pareció nublada la vida, e indigna de ser vivida.

Apenas llegaban a la terminación del sendero, cortado por el camino ancho y despejado, Coco gritó desde lejos: «Che Hellen, han llegado Esperanza, Marco y Papá». Una exclamación de alegría le respondió y al aproximarse el niño, preguntole la joven:

—¿Dónde han bajado?

—En lo de Emilia.

—Vamos, pronto, pronto allá, –dijo, apresurando el paso.

Pablo permaneció en el mismo sitio, pensando en la felicidad que llevaba Hellen pintada en el rostro, cuyas impresiones había dejado nacer espontáneas, ignorando que se hallara allí, mostrándole con un candor adorable lo que él y tantos otros sospecharan.

Celoso como todos los excesivos, su pasión lo enceguecíó. No se dijo que

---

43   «Si tu me amas, mi ternura te animará a unir nuestros amores con un lazo sagrado» De la versión francesa de la comedia popular de William Shakespeare de 1600, *Much Ado About Nothing*. Ver http://fr.wikisource.org/wiki/Beaucoup_de_bruit_pour_rien_-_Acte_III

Marco no estaba solo; no recordó el cariño que la unía a Esperanza, cuyo arribo anunciara también Coco. El mismo desaliento sentido por Mecha, la débil, hirió a este ser fuerte con músculos y garras, y echando a andar para aplacar sus nervios murmuró: «Hellen es dichosa porque lleva dentro el amor y la fe».

Largo rato anduvo sin sentirlo, acostumbrado su cuerpo a todos los sports y a las largas caminatas al aire libre. Pero un cansancio moral iba doblegándolo. Presentía la vida con miedo; el miedo de sufrir lo que sufría. Todo lo encontraba inútil fuera de su madre, el gran deber; y a todo lo demás en que había puesto sus energías fantasmas de su ambición. Se le nublaba la vida. Y por sobre todos esos pensamientos pesimistas y desmoralizadores, convertidos por su exaltación en certidumbre, sacaba la cabeza la idea torturadora de que fuera Marco quien le arrebatara la mujer querida; que la fatalidad abriera entre ambos ese abismo.

Sentía ya larga su pena. No podía venirle la calma ni aun a la vista de esa naturaleza de la cual también era buen hijo; que le enviaba su soplo reconfortante, y le mostraba en las ramas ya hinchadas de savia la evidencia de una eterna renovación. No podía venirle la calma porque estaba bajo la presión de una de esas grandes dificultades humanas, a la que temía no poder vencer.

Llegaba al País de las Muñecas que cruzó, sin ver a los muchachos plantando y limpiando su parque, levantando sus casas, pintando el frente de la escuela; sin mirar siquiera a ese pueblo industrioso y feliz. «Adiós don Pablo, adiós don Pablo» oyó decir a los pequeños ciudadanos saludándolo cariñosos. El hábito contrajo su boca que pareció sonreir, y maquinalmente les contestó con su aire simpatico «Dios os guarde, jóvenes» lo cual hizo reír mucho a los niños y los llenó de contento.

Como atravesara una porción de terreno agreste, notó una casa vieja completamente aislada de todo lo demás. Sobre su techo de teja enverdecida por la humedad, se extendían las ramas sin hojas de una enredadera de pasionaria y un gato oscuro, gordo y perezoso tomaba su baño de sol. La puerta estaba abierta. Olvidado un segundo del lugar en que se encontraba y de las circunstancias que hasta allí lo habían conducido, sintió curiosidad, se aproximó y diciéndose, «por lo visto estoy condenado a espiar, este día» miró por la ventanilla. Atrajeron sus ojos la mancha blanca del vestido y el oro de los cabellos de una niña, que sentada en una silla de paja sostenía sobre sus rodillas un libro abierto. Era Alba Buklerc que leía para su amigo el contramaestre.

Parecía estar enfermo; incorporado en su cama, reposando su cabeza hirsuta y cana sobre almohadas muy blancas, escuchaba las historias fantásticas del libro de Alba. Al cabo de un momento la niña lo cerró, acercó su silla a la cama del enfermo y púsose a conversarle. Pablo oía que le refería los pequeños acontecimientos de la villa, únicos que ella conociera: el casamiento próximo de su hermana Dagmar, cuyo novio ocupaba un puesto más alto ahora en la fábrica; el interés de toda la población por el resultado de la operación que Marco iba a realizar en los ojos de Emilia; la bronquitis alarmante de su mamá, curada recién por Hellen; y ahí se detuvo a detallar las operaciones que ésta llevaba a cabo diariamente, sobre todo en los ciegos cuyo número hacía la niña incalculable, extendiéndose también con complacencia a describir las figuras modeladas por su hermana en los ratos de descanso. Pablo quedose sorprendido de los conocimientos artísticos de esa criatura crecida con las plantas de Itahú, y del amor espontáneo por todo lo bello y lo grande revelado por su conversación con el pobre viejo. Contole después muchas cosas de su reino.

La niña dejó de hablar; el semblante del enfermo se entristeció de pronto, y con una sonrisa pálida y doliente dijo:

—Soy un mal hombre.

—¡Oh! no; –le contestó ella con aire convencido, y permaneciendo perfectamente tranquila en su asiento. –Tú has hecho una cosa muy mala pero no eres malo tú, mi pobre Guillén... Si lo fueras no me querrías.

—El temor de que llegaras a perderme el cariño *después*, detuvo mucho tiempo lo *que fue*, –volvió a decir el viejo con voz temblorosa, deslizándose apenas por sobre el recuerdo de cosas condenadas por la niña... –y me pregunto: ¿cómo puedes disculpar faltas que deben parecerte negras?

Ella lo miró con afecto y le contestó sonriente:

—Por igual razón a la que detuvo tanto tiempo tu mala acción. Te disculpo porque te quiero... Así me disculparías tú si hubiera yo cometido tu misma falta... No quiero que te entristezcas, mi pobre viejo. Hellen dice que estás ya bien... Vas a tomar la leche de la cabrita de Beatriz.

Sobre la mesa se veía una jarra de cristal llena de leche aún espumante, traída por ella diariamente desde su casa para el enfermo. Sirvió una copa y se la dio a beber. Notando en él una tristeza creciente lo miró en los ojos, y con esa autoridad sugestiva de los seres que se saben obedecidos por el amor que inspiran le preguntó simplemente:

—¿Qué tienes?

—Sufro con anticipación del mal de ausencia, –contestole esforzándose por reir, pero no consiguiendo disfrazar el sufrimiento. –En cuanto mi pierna mejore tendré que alejarme, Alba, a buscar trabajo fuera.

—¡Irte tú, mi pobre Guillén! –exclamó ella sorprendida por una idea que no pudo ocurrírsele nunca antes. –Alejarte de mí, lo único que quieres en el mundo... Jamás!... Sin mí tú morirías. –Y agregó como engañando a un niño: –Yo te encontraré trabajo... No olvidemos lo que leimos en tu biblia. ¿Recuerdas? «Para mí no hay nada difícil» dice el Señor... No, no te alejarás de nosotros... Tú no podrías, mi viejo lobo, vivir en las grandes ciudades. Si allí te enfermaras te llevarían a un asilo de pobres... No tendrías a Hellen para sanarte, ni a Alba para cuidarte.

—Ah! querida niña mía; sin ti hace mucho tiempo que el viejo lobo hambriento hubiera desaparecido, olvidado hasta de Dios.

Ella se acercó más aún; lágrimas de ternura y de misericordia llenáronle los ojos haciéndoselos resplandecientes. Miró a su viejo lobo solitario que parecía en ese instante doblegado por el peso de todos sus males, de todas sus faltas, de todas sus desventuras, y se inclinó sobre él. La sensación de algo muy suave, tibio, fresco, húmedo, palpitante, lo hizo reaccionar: los labios de Alba que besaban su frente. Entonces, recién después de muchos años, desde aquel día en que por primera vez se embriagó, cuando conociera la muerte de su madre en las lejanas tierras de Finlandia, sus lágrimas saltaron con ímpetu, como empujadas desde una fuente oculta y muy profunda.

Pablo iba siguiendo esa escena que le producía asombro, enternecimiento, extrañeza, compasión y angustia; una gran angustia dolorosa. No se daba bien cuenta donde estaba ni lo que presenciaba; vagamente sabía que quien tenía al frente, blanca, pura, ideal figura de leyenda, era Alba Buklerc acompañando, alimentando, consolando a Guillermo el contramaestre, el desalmado jefe de la huelga sangrienta borrado como una triste necesidad del personal de su fábrica.

Largos minutos permanecieron callados, hasta que Alba secó sus ojos y sonrió insistiendo:

—Sí, sí; yo te buscaré trabajo cerca de nosotros... Hellen no ha querido pedir a Pablo para tí lo que se ha pedido para tantos otros, quienes revistan ya en sus talleres. «No; nos ha dicho ella; si nuestro padre hubiera caído en el error no habría permitido que se mendigara para él una gracia. Guillermo Gunther, anciano, sin familia, extraviado por sus pesares y su soledad, tiene también su dignidad. Respetemos su ancianidad, hagamos con él lo que hubieramos hecho con nuestro padre.»

Pablo al escucharla, no pudo contenerse y entró impetuoso en la habitación. Dirigiéndose al enfermo, al mismo tiempo que pasaba su mano por los cabellos de la hermana de Hellen, dijo:

—Don Guillermo, sabiendo que estaba usted enfermo, he venido a visitarlo.

La sorpresa en el primer momento paralizó al viejo y a la niña. Esta, pronto reaccionó y en su rostro se pintó el placer, un íntimo contento. Pablo veía a su sangre afluir, bañar su semblante y su cuello nacarado en olas rosadas, y levantarse su pecho delicado bajo el influjo de su emoción violenta.

La fisonomía del contramaestre en cambio se contrajo, y con el orgullo del que no pide, del que se ha hecho libre suprimiendo necesidades, contestó sólo dos palabras cortantes:

—Gracias, don Pablo.

—Está muy mejor, –aseguró Alba, cual una madre que hablara de su recién nacido... –Hellen lo asiste y yo lo acompaño... El me contaba historias cuando estaba en salud, ahora que está enfermo le leo yo mis libros. A cada uno su turno; eso es lo justo. De pronto cambió de tono, y seria, acentuando sus palabras sencillas en su forma pero de una elocuentísima intención, agregó mirando a Pablo. —Guillermo quiere lo que yo quiero.

—Tu amigo sufre porque ha hecho airada la altivez de sus penas, —observó el joven.

—Y sufre de silencio, Hellen lo dice, —replicó la niña.

Pablo enternecido cada vez más a medida que iba suponiendo y calculando, midiendo la consagración de las hermanas para con aquel paria rebelde, sintió a su gran corazón dar un vuelco, al oír el nombre de la joven que era ya todo su amor. Aproximándose también al lecho del enfermo le dijo noblemente:

—Don Guillermo, los talleres lo reclaman. Se necesita urgentemente allí de su trabajo.

—Don Pablo, es una generosa acción la suya, pero aceptar su ofrecimiento sería aceptar su perdón... En su opinión he cometido un delito; no así en la mía... Tal vez los dos tengamos razón.

—Es Guillermo quien cometió el delito, —dijo Alba, tranquila y serena como un juez. —Es él el culpable, Pablo no... Otra vez quizá lo será Pablo.

En ese momento Gunther sintió que le subía a la garganta toda la amargura de su amarga vida; toda la amargura de su último error que no sólo había sido inútil.

La niña lo comprendió, quiso disculparlo ante los ojos de Pablo y ante sus propios ojos, levantarlo de su anonadamiento, y juntando sus manos como invocando todo lo que a ese hombre le había faltado en la vida, exclamó:

—Lo arrojó de su propio país la mala suerte y en el país ajeno no tuvo quien lo amara.

La familiar franqueza, la gallarda generosidad con que Pablo atraía las voluntades, habían conmovido ya y vencido al contramaestre, al que dio el golpe de gracia el encanto de Alba. Hizo un esfuerzo y se incorporó en su cama trabajosamente.

El momento tan ardientemente llamado por la niña llegaba; comprendiéndolo tomó la ancha mano patricia del joven Herrera y la callosa mano del viejo obrero, y con la suya, blanca y ligera, unió a las dos en una suprema reconciliación.

—Don Pablo, —dijo Gunther con la garganta apretada por la emoción, —estoy muy viejo; ya las ideas se van... que retornen y ocupen su lugar los sentimientos.

—Abrales el corazón, mi viejo, —repuso el joven, —y olvide lo demás... Es la razón lo que extravía al hombre.

—«Para mí no hay nada difícil» dice el Señor, —murmuró Alba, clavando sus grandes ojos en el contramaestre.

La dulce soberana venía así a cumplir una vez más, por obra y gracia de su sola bondad, el comando de las hadas, a realizar la misión impuesta en el bosque por su madre: daba la paz a las almas, unía en el amor a los hombres.

XIX

—No dude, Hellen, de la verdad de mi declaración... Más aun si quiere; muchas veces me pregunto para qué sirven mis esfuerzos, adónde conducen mis trabajos.

—¡Pesimista usted! —exclamó la joven respondiendo a Pablo con quien conversaba en el salón de Emilia, de pie, cerca de una ventana, en el extremo opuesto al rincón donde ésta y Marco se encontraban, y el que se le demostraba amargamente desalentado.

—Yo mismo, Hellen. ¿Por qué no?... No se nace pesimista. Pesimismo es el mal de vivir.

—¡Qué mala es la vida! ¿No es cierto, Pablo Herrera? Casi estoy por creer que desea usted morir... Usted... un fracasado; —respondió, soltando su risa clara y armónica como toda ella. Viendo en él, vehemente y por serlo susceptible, signos de impaciencia, cruzó las manos y con gesto de súplica burlona prosiguió: —Perdón, pero ese estado en usted es tan reciente que no me convence que sea suyo. Me lo figuro, Pablo, vestido con ropas ajenas... A otro le diría, que dar entrada en el ánimo a los desfallecimientos es igual a estimular una enfermedad. Nos asustan los síntomas de una dolencia física cualquiera y descuidamos los males morales como si fueran irremediables... Ahora ría usted de mí cuanto quiera, diciéndose: ya apareció la profesional prodigando sus recetas.

El la miró bien en los ojos y le contestó:

—Desde que me he hecho pesimista no río, Hellen. —Como sube la marea en el mar por influjo de la luna, sentía subir la emoción en su interior en presencia de la joven. Esta, que se había visto rodeada por las admiraciones masculinas en su paso por los salones y que sin ser coqueta sentía una satisfacción muy femenina en provocarlas, no podía engañarse sobre el efecto que producía en Pablo. Y entre el homenaje rendido a su encanto, la simpatía intelectual, y el amor completo no podía equivocarse. No bajó los ojos ante esos ojos agrandados y ansiosos, ni su agitación la desconcertó, mas él comprendió que descubría ella el amor en su turbación; diose cuenta exacta del momento en que esa convicción la penetró. Habíase hecho su expresión más grave, su voz más velada, su tono más lento. El sintió un placer violento y un temor. El temor de Daniel...

Pablo prefirió como él permanecer en lo indeciso a arrostrar la posibilidad de oirle decir: quiero a tu hermano. Y esta posibilidad que cortaría toda relación entre ellos lo sumía desde ya en las tinieblas. Su vida en ese caso quedaría trunca, lo sentía; y nada divisaba en su horizonte que pudiera consolarlo de esa privación. Nunca habíase sentido en el alma una exaltación semejante. Amaba a Hellen, no con el amor destinado a sucumbir. La amaba con una idea más alta que la unión de sus dos juventudes condenadas a marchitarse, a perder su fuerza, a perecer más tarde o más temprano; aspiraba a la identidad de sus pensamientos, a la posesión moral absoluta y perdurable... Ante la idea de que estaba allí bien cerca, destacando su figura elevada y elegante del fondo rojo del tapiz, escuchando y respondiendo a Emilia, el único que podía robársela, lo embriagó el dolor...

Necesitaba decir algo y dijo al azar:

—Está usted más delgada y eso la hace parecer más alta. Los sufrimientos de Itahú la han empalidecido, Hellen.

—El sufrimiento no sólo se encuentra en el hospital, –contestó ella, aunque bien entendiera que él le daba mayor extensión.

—¿Para qué buscarlo?

—Se busque o no él se impone, Pablo. ¿Dónde no lo hubiera encontrado yo con mi profesión... o sin ella?... Vealo en su madre, en nosotros; los tres hemos luchado, y luchar es sufrir... El dolor es el dueño de la vida; la intensidad, la experiencia se hacen con el dolor.

Sin darse cuenta había elevado la voz. Emilia que la escuchaba dijo desde lejos, en el más puro acento,

—«...*beauty born of murmuring sound*»[44]. ¿Quién comprenderá mejor las palabras del poeta que los que estamos privados de la vista... Si te pareces a tu voz debes ser, Hellen, muy bella.

—Defiende, según parece a un amigo, –observó Pablo.

—Decía, simplemente, que el dolor es inevitable como la muerte, –contestó Hellen, con un ligero rubor en las mejillas; –que es una consecuencia de la vida y hay que aceptarlo con ella.

—Tienes razón, querida, –dijo la madre, –pero los fuertes como Pablo se rebelan contra esa ley fatal, se creen casi intangibles; no comprenden que

---

44   Cita de poema de William Wordsworth (1770-1850), «Three Years She Grew»:
       The stars of midnight shall be dear
       To her; and she shall lean her ear
       In many a secret place
       Where rivulets dance their wayward round,
       And beauty born of murmuring sound
       Shall pass into her face.

los seres jóvenes y lindos como tú no huyan de él... Menos comprenden que
pueda ser fecundo...

Marco se paseaba, escuchando, y agregó en apoyo de la madre:

—Al cabo de siglos de dolores la humanidad da a luz una verdad que la
engrandece o cambia su rumbo... Es la prueba de esa fecundidad lenta y
segura.

Hellen miró a Pablo; como para convencerlo señaló por la ventana abierta
a un hombre que hacía surcos con su azada en el gran parque y repitió:

—El dolor es fecundo; hasta la misma tierra necesita ser herida para producir.

El bien lo sentía dentro ese dolor, pero árido, infecundo, creyendo que su
amor no daría flores ni frutos, que sus heridas sangrarían sin producir.

La invasión bulliciosa de las Buklerc, Esperanza y Nina, quienes habían
resuelto tomar el té con Emilia, los interrumpió. El sirviente apareció con la
mesa esbelta, bien provista de masas y golosinas y Beatriz y Dagmar ocupá-
ronse en servirlo.

Esperanza y Maud, abriendo el gran piano, ejecutaron a cuatro manos
una rapsodia de Liszt, resplandeciente, brillante, arrebatada. Y cuando hubieron terminado, Marco dijo: «Cántenos ahora algo usted, Hellen.» Maud
entonces volvió a sentarse al piano y en medio del silencio, cantó la joven ma-
gistralmente. «*Y, ai pardonné*», de Schumann[45].

El Maestro repitió entonces, traduciéndolas, las palabras del poeta inglés,
pronunciadas por Emilia un momento antes y a las cuales su voz daba un
sentido más profundo: «...la belleza nacida del murmullo de los sonidos». El
semblante de Hellen presentaba esa especie de transfiguración, que provocaba
siempre en ella el arte.

Marco se le aproximó, la llevó aparte y entre ambos se estableció una larga
conversación muy seria y en voz muy baja. Al cabo de un rato las muchachas
y Hellen se retiraron acompañadas por aquel.

Pablo salió a la terraza; desde allí siguió con la vista al grupo que atravesaba el parque. Mientras las otras se adelantaban ligeras y rápidas, Hellen
caminaba detrás muy despacio, escuchando atenta lo que Marco le decía.

La tarde caía; era esa hora que alarga las sombras y agranda las tristezas.
Pablo permaneció un largo rato apoyado en la baranda. Abrió su pecho en un
suspiro salido desde el fondo de su alma sonora, y le pareció sentir que toda
su vida de lucha y de esfuerzo se desplomaba. «Como mi puente» pensó, clavando sus ojos, luminosos como los de los felinos en la sombra, en el sitio
hueco donde aquél antes existiera. «Unos cuantos gramos de dinamita bas-
taron para hundirlo. Así mí existencia entera vacila y cae, derrumbada por
el amor de una mujer... Pero el puente volverá a alzarse... ¿qué mano alzará
mi vida nuevamente?»... Y dejando caer su cabeza anduvo lentamente.

En su carácter excesivo una sola impresión intensa lo anonadaba, como

---

45   *Liszt y Schumann*: dos de los músicos y compositores europeos románticos más impor-
      tantes del s. XIX. Franz Liszt (1811-1886), pianista y compositor húngaro; Robert
      Schumann (1810-1856), músico y compositor alemán.

bastaba un pensamiento esforzado para darle todos sus impulsos.

Caminó en esa actitud por el corredor que conducía a sus habitaciones. Marco entraba nuevamente por la puerta del hall y lo vio de espaldas. Permaneció contemplándolo un breve rato con una expresión de íntimo cariño paternal, dejó detenerse en sus labios bondadosos una sonrisa de infinita dicha, y dando unos pasos lo alcanzó dejándole caer su mano sobre el hombro. El joven sorprendido dio vuelta la cabeza y lo miró, encontrando en él una expresión triunfante que lo confundía. Marco más alto se inclinó un poco para sumergir sus ojos en sus ojos, para verlo mejor en la penumbra; las dos miradas amigas, viriles, intensas se cruzaron y el Maestro dijo simplemente:

—Pablo, hemos convenido con Hellen en operar a Emilia el sábado.

Tan inesperado fue, que Pablo cayó, mudo, derribado sobre el pecho amigo.

Marco bajó al jardín, iluminado apenas por los últimos reflejos del sol de ese día tibio de septiembre.

Paseábase fumando por las avenidas. Recordaba a Mecha Iturbe de la cual horas antes leyera una carta, dirigida a Emilia, y a pedido de ésta.

Pensaba que su primera impresión después de la tristeza de verla alejarse, fue de alivio. La joven ejercía una fascinación poderosa, impregnada de la singular idea de un peligro. Atraía como el abismo por el vértigo.

Acostumbrado a investigar en los demás, investigó en sí mismo.

Las ráfagas de pasión sentidas que ella le infundía no era el amor en que se mezclan todos los afectos sino algo como un amor pagano, que no alcanzaba a llenarle el alma. Cada vez más, sin el influjo de la presencia, veía desvanecerse sus pensamientos apasionados, que se le reemplazaban por los de una amistad protectora, llena de piedad inmotivada, extraña, tierna y suave.

Y mientras descifraba los caracteres altos, sin perfiles de la ausente, habíase dicho, viendo la despreocupación con que contaba sus placeres y fiestas, que no se había equivocado al juzgar que en su espíritu diáfano y ligero no podian echar raíces hondas los sentimientos ni las pasiones. Estas reflexiones sirvieron de reposo a la pena sentida algunas veces, de haber podido ocasionar un sufrimiento a esa criatura que parecía conformada para todo menos para el dolor.

Voces de muchachos expresando el terror, lanzadas desde la calle, lo alarmaron y salió al portón.

Ya ahí oyó un gruñido, el grito de espanto de una mujer, otras voces guturales, alcanzando a distinguir confusamente lo que pasaba: Esperanza levantaba un niño del suelo y entretanto otros más se agrupaban detrás de ella, escudándose con su cuerpo de un animal grande y velludo que parecía lanzarse sobre el grupo, y el cual, parándose en sus dos patas traseras, dejó caer una de sus manos sobre el brazo de la niña, que al sentirlo arrojó el grito que acababa él de sentir. Cuando Marco, corriendo, se acercaba al lugar de la escena, unas mujeres vestidas de colores chillones, habían tirado la cadena de hierro colgante del collar que el animal llevaba en el cuello, y Esperanza caminaba ya hacia él mostrándole la manga de su blusa desgarrada. Medio llorando le contó que regresaba de la iglesia, adonde fuera para hacer un voto en nombre de todo el pueblo por el feliz resultado de la operación de Emilia, y habiendo encontrado unas gitanas, acampadas, desde días atrás, cerca del País de las Muñecas, se le ocurrió hacerse decir la buena aventura. Las mujeres alejáronse después, una corta distancia; algunos chicos que las seguían, arrojaron cascotes a la bestia, lo cual la enfureció. El más chiquito, el hijo del jardinero, pisando la cadena cayó, y pareció que el animal íbasele encima. Entonces ella a pesar de su gran miedo, hizo coraje, se arriesgó, y llena de lástima y de espanto corrió y levantó al niño.

Consiguió alzarlo, pero el oso púsole una de sus manos en el hombro, y si gritó fue porque sintiose herida por sus uñas.

—¡Ah! ¡qué susto Marco! —concluyó, mirándolo con una gran confianza.

El sonriole tiernamente, tomó su cabeza que apenas le llegaba al hombro, alzole los cabellos de la frente que apareció muy blanca y muy pura, mirola como queriendo penetrar esas blancuras y pronunció con voz velada.

—¡No te he dicho que eres divinamente buena!

Y entró con ella en la casa silenciosa, donde todo parecía esperar el acontecimiento de que tuvieran luz los ojos de Emilia, de que viera el corazón de Itahú.

XX

La acción generosamente violenta con que Pablo impidió que los obreros atacaran la fábrica de Lamparosa, y con la que adquirió el derecho de intervenir sin trabas morales, permitiéndole fundar bases de arreglo durables para todos, le había traído consideración y afectos mayores, que se reflejaban, a más del que inspiraba por sí mismo, en su madre. Como se adopta una opinión la multitud adopta un cariño, y lo esparce, y lo agrandó el alma colectiva. Así la operación que devolvería la vista a Emilia constituía la intensa preocupación de Itahú y sus alrededores. No inspiraba temores, pero había ansiedad, la ansiedad con que se aguarda un acontecimiento benéfico y lleno de auspicios favorables.

En la casa todo eran preparativos, y todo se refería al difícil trance. Pablo tan lleno de valor y decisión, tan tranquilo en medio de sus vehemencias, había perdido la habitual serenidad, y a su decaimiento moral, traído por la pasión que lo subyugaba y que creía desgraciada, sucedió una nerviosidad irritable que apenas, y no siempre, contenía.

La única que aparecía con su dulce suavidad era Emilia, que fiaba en Dios y en Marco, segura del éxito anhelado. Le hubiera parecido injusto que no acabara la desgracia de no ver, cuando ella lo deseaba para extender aún más su caridad y su amor por los suyos. Casi podría decirse que había llegado a querer su vista para los otros.

Llegó el sábado tan deseado y tan temido.

Todo estaba pronto. Hellen no vivía sino en los minuciosos preparativos. Aunque sabía de memoria cuanto pudiera hacer falta, en esa ocasión recorría sus apuntes y anotaba al margen con todas sus letras: listo. Y aún duplicaba y multiplicaba ciertas cosas por si alguna faltaba en último momento. Ninguna precaución le parecía bastante. Estaba más ágil, más suelta, más rápida y segura. Todos sus movimientos mantenían gran animación. Tenía para cada uno alguna frase, algún encargo. Veía y sufría la inquietud de Pablo, y no lo dejaba sin una palabra de aliento, aunque sin detenerse a conversar con él. El joven la miraba y la admiraba. Las voces de su amor eran menos imperantes, y no exclusivas, en esas horas en que hablaba en voz alta su gran amor filial.

Marco no llegaría sino un rato antes de proceder. Se habían fijado las diez de la mañana, y desde dos horas antes vagaban por la vecindad mujeres con niños en los brazos, o se detenían en grupos comentando el suceso esperado.

En los talleres el trabajo no absorbía como siempre, y las conversaciones no eran frecuentes. Se veía una seria preocupación, también, en todos aquellos hombres rudos.

Coco se había negado a asistir a la escuela, y caminaba silencioso por la primera vez, en los jardines de la casa de Emilia.

¡Al fin sonaron las diez!

Por orden de Hellen alejose del departamento de Emilia toda la concurrencia de la casa, dejando cerca únicamente a la hermana Angélica, Esperanza, Maud, y a Coco en la galería, con encargo de no moverse de ahí.

Pablo hablaba con Marco cerciorándose una vez más de las probabilidades de éxito.

La enferma, vestida para el caso, esperaba tranquilamente, con toda su energía puesta en el deseo de no aumentar la aflicción de los otros, sobre todo la de Pablo.

Colocada en el sillón especial oraba sin palabras.

Entró el hijo sin hacerse sentir y permaneció inmóvil, en una detención de vida que lo insensibilizaba. Un momento después entraron Marco y Hellen, vistiendo su larga blusa blanca.

El Maestro examinó una vez más aquellos ojos. Detúvose un instante como recogido en sí mismo, se alejó de la enferma acercándose a Hellen, y tomando el bisturí, dijo gravemente en voz baja, con toda su autoridad, alargándoselo a la joven:

—A usted, Hellen.

Ella empalideció hasta ponerse lívida, lo miró con ojos asombrados y suplicantes, y extendió su vista a Pablo. Viendo la tranquila decisión del Maestro, la imposibilidad de discutirle en momentos supremos, hizo un llamado a sí misma, recibió con la mano izquierda el instrumento que se le imponía, se aproximó a la enferma, entornó los párpados y con la diestra se santiguó.

El corazón de Pablo estallaba; con paso trémulo se retiró de la habitación.

Aquella escena muda y solemne no había durado un minuto.

Una vez terminado el vendaje, Hellen posó largamente sus labios helados en la frente de la paciente y se irguió temblorosa.

Marco le estrechó la mano fuertemente como a la de un hombre, y la condujo, sin abandonársela, a la habitación donde tendido en un sofá esperaba el hijo.

Al verlos entrar de un sólo salto púsose de pie con la mirada ansiosamente interrogadora hasta parecer extraviada... Marco tomó a la joven por los hombros: «Anda» le dijo, y con un movimiento casi brusco se la arrojó en los brazos. Ella desfallecía; sus nervios de mujer se vengaban de la voluntad que los había contenido, en ese pecho palpitante y todo suyo soltó su llanto.

Pasados esos instantes indescriptibles de una emoción sofrenada que se desborda, Marco dijo, dirigiéndose a Pablo.

—Te entrego a mi hija, de la que estoy orgulloso.

El joven, desprendiéndose de ella, le tomó las dos manos, sacudiéndolas con toda la vehemencia efusiva de su gran amistad y de su gran alma.

—Ahora, –volvió el Maestro a decir, –vamos a ver a tu madre y prométele que pronto estarás delante de sus ojos. –Y añadió con toda su intención y toda su dulzura, dilatado su pecho por la dicha de su hermano, a que contribuía en ese instante. –Y como ella querrá verte.

Con la lucidez que se tiene en los momentos de vida intensa comprendió el joven en toda su amplitud lo que se le decía, y fue él entonces quien escondió su rostro en el vasto pecho de su fuerte amigo, rodeándolo con sus brazos en una presión convulsiva, para dejar correr sus lágrimas en las que se exprimían todas las venturas.

La noticia esparcida de que se operaba a Emilia atrajo a su casa a todos los que no estaban en sus ocupaciones.

La ansiedad general hacía un acontecimiento público de aquel detalle de vida privada.

A las once, hora de salida de los operarios para el almuerzo, la calle tomó el aspecto de una manifestación.

Un cuarto de hora más tarde apareció Esperanza en la ancha puerta.

—Dad gracias al Señor, –les dijo con su voz más clara y su tono más alto. –Emilia recuperará la vista.

Y vieron también a Hordies, ayudado por Coco, y en quienes se transparentaba el regocijo, colocar un pizarrón en el cual se habían escrito los detalles de la operación.

La buena nueva cundió, se difundió, llegó a largas distancias y la alegría mostró su sonrisa en los semblantes. Los vecinos de las dos orillas vinieron a satisfacer por sí mismos su curiosidad. Y el nombre de Hellen unido al de Pablo circuló en todas partes, creciendo el cariño que desde el día de la huelga despertaba la joven en aquel pueblo, el cual como todos, grandes o chicos, pobres o ricos, era susceptible de los más nobles entusiasmos.

XXI

Entre sus virtudes contaba Emilia la discreción. Esa discreción que tanto se confunde con la reserva —ocultamiento de las cosas, guardar un secreto, no revelar un nombre— bien diferente a lo que es puro tacto, conocimiento instintivo de lo que se debe callar y de lo que se debe decir. Que tanto puede herirse con la palabra como con el silencio, según el momento, el caso y la circunstancia.

No había querido mortificar a Marco, interrogándolo, limitándose a conjeturar sobre la situación de las cosas entre él y la ausente, para lo cual servíanle de base conversaciones anteriores, en las que él confesara sus decepciones y ella le increpara su intolerancia. Completamente tranquila respecto al estado de alma de su amigo, no lo estaba tanto en lo que a Mecha se refería.

Su corazón clarovidente leía en la jocosidad de sus cartas, y en las festividades de su existencia, lo que los otros no veían.

Esa ligereza le revelaba verdades profundas; mentiras conscientes e inconscientes. Y su ternura se dedicaba con mayor tenacidad a la criatura que allá lejos necesitando protección, protegía a los suyos. Comprendía y justificaba la insurrección de todos sus hábitos, prejuicios, creencias, supersticiones, ante la imposición violenta de un fanatismo, que se le presentaba como una linterna iluminando para ella los infiernos de la existencia, haciéndole divisar espantada la nueva vida ignorada.

La influencia de las ideas es más poderosa cuando éstas se mezclan a los afectos. Si la inteligencia de Mecha no estaba preparada para penetrar la complejidad en las cosas humanas, el gran amor de su vida le habría aconsejado aceptarlas, y hubiera conseguido comprenderlas siempre que en un amor igual hubiera encontrado su enseñanza.

Algunas conversaciones tenidas con el desgraciado Daniel, como ella le llamaba para sus adentros, mostrábanle bien claramente su situación, y que sólo tenía vida recordando a Mecha y sus encantos. Muchas veces sentíase tentada de poner la verdad delante de los ojos velados del joven, pero la contenía la infinita lástima sentida delante de esa pasión única, que constituía toda la existencia de ese hombre amarrado a su afecto, de un modo inquebrantable.

Emilia sabía que aun dejando de querer a Marco, los ojos de Mecha no buscarían a Daniel. Se asemejaban demasiado los dos para atraerse recíprocamente. La naturaleza la obligaba a buscar sin pretenderlo un ser fuerte, algo que diera consistencia y rumbo a las agitaciones movedizas de su espíritu, un punto de apoyo para su ser moral frágil y delicado. El amor de una mujer como Mecha Iturbe se forma de admiración, de respeto; es necesario que un hombre le deslumbre el alma. En ellas no se verifica una de esas evoluciones que la transforman, sino bajo el imperio de una pasión o de un dolor inmenso, que les es muy difícil llegar a sentir. Y es mucho más fácil forjar una pasión nueva que hacerla con los endebles elementos de una simpatía aniñada, que se fue sin dejar rastros. Mas el joven no se convencía que así fuese. Reconstituía el amor en ella con frases tolerantes y compasivas; con recuerdos sólo vivientes en él. Pretendía formar un jardín con tallos secos de plantas de estufa.

Emilia veíalo transfigurarse con el recuerdo que le dedicaba en sus cartas, y que caminaba soñando en la alegría de su vuelta a la cual llenaba de ilusiones.

El orgullo de Mecha, el carácter reservado de Marco, y la manera especial con que eran juzgados sus actos, habían alejado de todos hasta las sospechas, y únicamente la lucidez maternal de Emilia llegó hasta el fondo de esos corazones.

Mecha y Daniel constituían para Emilia las únicas penas que sombreaban la felicidad inmensa de ver a Pablo exuberante de animación y de vida llenándolo todo con las manifestaciones de su dicha. Sonreía recordando las rientes protestas del juicioso Manuel: «Pablo va a arruinar la fábrica con sus dádivas, sus promesas, sus licencias, sus ascensos, y sus propósitos de aumentar todos los sueldos».

A las que se adhería Hordies, agregando: «No escapa a la penetración de los obreros el estado entre el cielo y la tierra de su jefe, y lo aprovechan para las exigencias más extravagantes. Hasta los chicos favorecen su País, con esta embriaguez de Pablo.»

Las ambiciones políticas sufrían un eclipse, mas no la inquietaba, porque Hellen estaba preparada para tener gran influencia en el destino de su marido; era una de esas mujeres que ayudan a agrandarse a un hombre. ¡Y la dicha, cayendo como una recompensa sobre esa otra madre digna y sufrida, sobre toda la familia Buklerc, le parecía tan justa y tan providencial!

Todo esto iba recordándolo Emilia, una lindísima mañana de noviembre, dos meses después de haber sido operada por la joven que había ya removido sus entrañas maternales. Caminaba tranquila por la avenida del parque, trabando conocimiento con sus árboles cuyo crecimiento la sorprendía, con sus flores a las cuales había distinguido hasta entonces sólo por el perfume, y al mismo tiempo seguían llegando a su memoria escenas y episodios íntimos de la villa y del hogar. El efecto que le causara Pablo, lo primero que percibieran sus ojos, quien le había parecido más grueso, más vigoroso, más moreno, más hombre sobre todo. El placer de ver a Marco, a Esperanza, a todos los seres queridos, y la impresión profunda de conocer a Hellen, el amor de su hijo, cuya mano dábale la luz.

¡Qué sensación singular habíale producido el País de las Muñecas! Sus ojos resucitados penetraban a ese pueblo minúsculo, alegre, bullicioso, trabajador y disciplinado; respirando, dilatándose, prosperando al costado del otro y obediente a leyes instintivamente sabias, dignas de una república ideal, reverente ante una ideal soberana.

Distrajo sus pensamientos la visita de Margarita y de Lucinda, con las cuales resolvieron irse a pie hasta el hospital para ver a Celia y a Hellen, la cual oponiéndose a los deseos de Pablo, que temía para ella todos los contagios, había decidido permanecer en su puesto hasta el día de su matrimonio, fijado para el otoño.

En su ausencia llegó Esperanza, que estaba desde hacía tres días en Itahú con su madre, resueltas a pasar allí todo el verano. Ya casadas las hijas, no había trabas en la casa para ir y venir fácilmente.

Vagó mucho rato por los jardines, y al entrar al salón el piano la atrajo, corrió hacia él, lo abrió y empezó a tocar con entusiasmo Nocturnos de Chopin[46], cantatas de Mendelssohn, valses de Rubinstein se sucedieron, hasta llegar a una sonata de Beethoven, y entrar con él en el mundo divino que describía. Al rato sintió que no estaba sola, extendió su mirada sin levantar los dedos del teclado y percibiendo a Marco sentado en el sillón de Emilia, escuchándola atento, le sonrió y continuó, como si estuviera sola, compenetrándose intuitivamente con ese pensamiento formidable, lamentándose, llorando, invocando, agitándose, hasta encontrar en el adagio el consuelo y la calma.

—No sólo eres buena, —díjole cuando se perdió la última nota, —eres también artista.

—¡Si cantara como Hellen! —exclamó ella yendo a sentarse en otro sillón frente al que Marco ocupaba.

—¡Si Hellen tocara como tú!

—Toco mejor de lo que canto, es cierto, —dijo ella naturalmente, brillándole una satisfacción apacible en el semblante. —Me gusta oírtelo decir... ¡Mi ambición sería llegar a tocar como una gran artista!

Sonrió del entusiasmo de la niña y le preguntó:

---

46   *Chopin, Mendelssohn, Rubinstein, Beethoven*: cuatro de los más importantes músicos y compositores europeos del s. XIX. Frederic Chopin (1810-1849), polaco; Felix Mendelssohn (1809-1847), alemán; Ludwig van Beethoven (1770-1827), alemán; Anton Rubinstein (1829-1894), ruso.

—¿Y por qué te gusta oírmelo decir?

—Porque dices lo que sientes y respeto tu opinión.

—Tu gran admirador está tan lejos... —observó Marco espiándole los ojos.

Se ruborizó, rió fuerte para ocultarlo, y le respondió:

—¡Oh! ese juicio me es muy poco respetable, aunque respete mucho al juez... mi amigo Parcialidad. ¡Pobre Cristián!... Pobre... cuando debe estarlo pasando tan bien en París.

Habíanse levantado, y caminado sin darse cuenta, hasta la terraza. Ahí, en la luz plena, con las verduras del parque y el cielo límpido por fondo, mirola sorprendido al descubrir recién, que sus encantos de niña eran ya de mujer. Fijose en que sus cabellos eran castaños y los llevaba levantados formándole jopo espeso sobre la frente; su color apenas sonrosado y sus ojos avellanos magníficos, como ensanchados por el pensamiento aún no maduro, reflejando bien el alma llena de gérmenes generosos; sus contornos firmes y precisos, sus gestos graciosos, su andar rítmico y decidido, adivinándosele capaz de grandes audacias en los momentos de prueba para los suyos. Y a través de su música conoció a un ser muy dulce y muy serio; a una criatura alegre y pensativa, púdica y apasionada. Y díjose que Esperanza Millares era la genuina representación de la niña nuestra: mujer antes de ser mujer, madre antes de ser madre, piadosa sin gasmoñería, candorosa sin ingenuidades pueriles; penetrante, sutil e intuitiva sin suspicacias, sin perversiones en el espíritu, ni malicia en los ojos; mimosa sin perezas, indolente sin indolencias y admirablemente inteligente; promesa de una feminalidad[47] superior, marchando ya en el rumbo de la selección.

—En este momento, así de perfil me recuerdas el día de la apertura del Congreso Científico; —díjole la joven interrumpiendo sus observaciones. —Nunca te lo había dicho, porque nos hallábamos siempre rodeados, tú de tus amigos yo de los míos; ahora aseguro no haber oído nunca música más tocante, Marco, que la de tu palabra.

—Y ahora a mí repetir: porque dices lo que sientes y respeto tu opinión...

—He oído hablar también a Pablo. Es muy elocuente, pero su palabra ataca, la tuya desarma.

—Y la tuya apacigua.

—¡Mi elocuencia! —exclamó ella riendo con su carcajada de niño. Súbitamente se alejó de él, y fue a tomar una jarra con agua de la pieza inmediata; bajó la escalinata en puntas de pie, y corrió ligera, persiguiendo a un picaflor con la idea de cazarlo. La siguió él con los ojos, y se dijo que ver correr a Esperanza era un gran placer. Los menores gestos de su cuerpo lleno de fuerza y de esbeltez provocaban un vivo gozo, y en ese instante atraía imperiosamente su expresión llena de ansiedad y de alegría. El animalito se escapó, y ella, muy rosada, levantado el pecho por la agitación y todo mojado el vestido por el agua destinada a aquel, dejose caer en la grada de mármol diciendo:

---

47 *Feminalidad*: (sic en el original) por femineidad, condición de femenino.

—¡Qué zonza! lo dejé escapar y era para Neneta.

—¿Quieres mucho a Neneta? –le preguntó suavemente.

—¡La adoro! –respondió... –Si quiero tanto a todos los niños no iba a querer a esa delicia... Además es hija de Manuel...

El atractivo de su fisonomía aumentó con un encanto amable y muy femenino, y se traslució en ella una fuente de sentimiento a que un día daría salida, y el cual sólo se manifestaba, todavía en su voz, y en sus ojos.

—¡Qué hermosa encuentras la vida! –díjole Marco, viéndola vibrar.

—Muy hermosa. No ignoro que hay mucho malo, pero prefiero recordar que hay mucho bueno. La vida como los paisajes no se debe contemplar deteniéndose en lo feo y en lo sucio. Hay hermosuras en ella que retemplan y fortalecen... ¡Oh! ya sé, repito, que hay en ella fealdades, miserias, maldad, dolor, veneno y odio. Pido a Dios que no me lleguen nunca. Hasta hoy me ha protegido siempre... ¡Y si vieras como le doy gracias de haberme preservado de las tristezas sin razón! Yo puedo contar las mías una a una, porque no hay una sóla sin una causa real: –su voz se entristeció y con ella sus ojos también. –la muerte de papá, mi dolor profundo; después, la mala suerte de mi hermana Sofía, –¡es tan malo Luis!– las desgracias de Thira, la ausencia de madrecita; la pena incurable de Daniel...

Calló, y permaneció sentada en el peldaño, pensativa. Marco en la terraza, callaba también, y al nombre de Daniel se nubló su semblante. Con cierta impaciencia movió la cabeza, ahuyentando la mala impresión...

El espíritu investigador, que en algunos casos obra como simple curiosidad, hizo que avanzara sus preguntas para sondear esa alma abierta naturalmente a la vida y que miraba el porvenir sin temores ni ansiedades.

—¿Por qué no quieres a Cristián? Vamos a ver... Dame, mi hija, la razón, puesto que alguna debes tener.

—No me lo he preguntado yo misma. Me parecía debía quererlo o no quererlo, porque así debía ser, sin análisis y sin violencias... En eso no tienen intervención, Marco, ni el juicio ni la razón... Y te confieso, fue para mi un descanso su alejamiento. Sabiéndolo dolorido me era mortificante su presencia.

—¡Pobre Cristián! –exclamó Marco para oírla responder.

—Cristián me olvidará, como Mecha ha olvidado a Daniel. –Viendo en él formarse su signo de severidad entre las cejas, apresurose a decir, disculpando a la ausente. –Muchas veces yo misma he tenido rencores para madrecita; más tarde, al encontrarme en un caso igual, la he comprendido y compadecido... ¡Es tan doloroso causar las penas de un hombre bueno!

—Tienes razón, –repuso Marco, de quien se alejaba poco el espíritu de justicia. –El amor no da derechos... Veo que eres tolerante.

—Lo es todo aquel que está cerca de Emilia, –respondió, llena de ese fervor con que se hablaba de la madre de Pablo en ese rincón del mundo. –¿Quién no lo sería después de oírla decir: «han hecho mayor bien a la humanidad las pocas ideas de bondad y tolerancia que ha recogido, que todos los descubrimientos científicos e industriales de que se enorgullece»?

—Esas palabras son bien de ella, —repuso Marco y poniéndose de pie caminó unos pasos. Esperanza subió, y recostose en una columna, alrededor de la cual se enredaban mosquetas blancas llenas de racimos. La terraza escudada del sol por las cortinas de hilo a bastones amarillos, y las plantas trepadoras era un refugio perfumado, lleno de sombra y frescura, en ese día de gran calor.

—Cristián... –murmuró al cabo de un rato Marco continuando su pensamiento–. Es sensible que no hayas nacido para él. He ahí todo lo que puede decirse. –Y la miró fijamente, cariñosamente, como queriendo leer el porvenir en los ojos de la niña, los cuales sostuvieron con franqueza la mirada escrutadora que los reflejaba, repitiéndose, detenido en esa convicción, que era realmente una desgracia para Cristián no ser amado por Esperanza.

—Otra cosa envidiable para mí, —dijo ésta– es tu disciplina intelectual... Igual, sólo la he encontrado en tu discípula... Cómo la admiro, yo, que todo lo hago por ráfagas... ¡Qué felicidad la de Hellen y de Pablo! Su amor es un amor radiante.

—¿Y no envidias también ese amor?

Pensó ella un momento y luego dijo:

—«L'amour fait peur».

—¿Miedo del amor a los veinte años?

—Sí. No le tengo miedo a la vida y le tengo miedo al amor... Miedo a lo misterioso, a lo desconocido, a lo incierto que hay en un amor que empieza.

—¿Y por qué temer a ese misterio? –preguntole él, cada vez más sorprendido e interesado.

—Ese misterio es hipócrita, y se presenta siempre vestido de etiqueta... Después, cuando se quita los guantes habría que conocerlo... Le temo porque si el amor es grande es también terrible. O peor: chico y mezquino. Pienso en Hellen, pero también pienso en Thira, en mi hermana Sofía, en Daniel; en Emilia sobre todo... En tantas obreras maltratadas, abandonadas. Y me digo: sin el amor muchas desventuras no existirían.

Su tono tenía una elocuencia sencilla y conmovedora que removía en él, haciendo subir a la superficie, sus ideas de humanitarismo, y evocaba figuras amadas, conocidas o simplemente entrevistas, sobre todo madres abandonadas de que estaba llena la Maternidad, víctimas todas de ese amor al que ella temía.

—¿No ves? –le dijo tiernamente. –Tu elocuencia es más fuerte, mucho más fuerte que la de Pablo y Marco.

—¿Sábes que Emilia te ha descubierto una enfermedad? –dijo ella de pronto.

—¿En qué consiste?

—En tu perfección. Pablo lo repite.

Marco rió de veras exclamando:

—Yo, médico no conozco esa dolencia.

—Llamémosle tu defecto, si prefieres, a esa perfección que te hace el hombre-reproche... Tienes una gran bondad justiciera perdonadora del conjunto, pero inflexible con el detalle... Tú, Marco, consideras muy poco al ser aislado; todo lo refieres a la humanidad... Y es de seres aislados que esa humanidad se forma... –Dio dos pasos para acercársele, y agregó: –Ya te he mostrado el pensamiento de Emilia...

—Muéstrame el tuyo.

Ella lo miró en la cara algo vacilante, desconfiando si debía hacerlo o no, mas vio tal interés en sus ojos y su sonrisa inspirole tal confianza que dijo sencillamente:

—Para pensar como tú hay que ser más que un hombre... Jesús se refería también, únicamente, a la humanidad.

Marco se quedó perplejo mirándola fijamente. Nunca se le había ocurrido semejante reflexión; sintió una especie de pudor del inmenso orgullo que él mismo se desconocía, y que revelaban, sin duda, sus obras y sus libros, cuando Esperanza lo había deducido. Y pensó: «Ella no se da cuenta de lo que me ha enseñado con la sencillez de su juicio».

Emilia aparecía en el portón acompañada por Lucinda.

—Buenos días, mamá, –gritó la niña desde la terraza y tiró como los bebes un beso a su madre soplando en las yemas rosadas de sus dedos.

Después, riendo de la expresión asombrada de la cara de Marco, díjo para Emilia, mirándolo traviesamente: –¡Admírate! El doctor ha descubierto esta mañana que Esperanza toca el piano y habla español.

El la miró muy serio y le respondió pausadamente:

—No; el doctor ha descubierto que Esperanza habla su lengua e interpreta a Beethoven.

XXII

Mecha, en la suntuosa corte madrileña era siempre la estrella. Asistía a todas las fiestas. Las cuidaba, las hacía, las solicitaba buscando y creyendo encontrar en el aturdimiento que producen el remedio necesario a su pasión. Durante el viaje habíase hecho la ilusión del olvido. Las heridas a su orgullo le ponían cierto vacío que ella tomaba como síntoma de curación, y esperaba en los halagos sociales, tal vez en un nuevo amor, la salud y la vida de su alma entristecida. Pero se sucedían las fiestas, y sólo encontraba en ellas el cansancio. Nacióle un espíritu de análisis inexorable, recordativo y vidente.

Las fisonomías, las frases, las actitudes, las acciones, que se le ponían delante sufrían la comparación con Marco, y en su sentir se achicaban y deprimían ante ese hombre, cuyos mismos defectos le parecían emanar de calidades y grandezas morales. En su visión transformada de las cosas encontraba que la existencia de Itahú, envuelta en afecto, llena de vida útil y activa, colmena en que se destilaba tan dulce miel, era preferible a las fastuosidades que la rodeaban. Extrañaba aquel contacto con la naturaleza en que había creído rejuvenecer.

En ella, al revés de lo que sucedía en Marco, la ausencia estimulaba y acrecía el cariño. El recuerdo le era imperioso. La tomaba, la asía, la poseía la nostalgia de aquel pequeño mundo, inmenso ante su necesidad de amor.

En sus horas de meditación pasaba sin transiciones de la esperanza al dolor. Traíale éste, agudo y amargo, la memoria de Hellen, a la que veía en esos instantes, respondiendo a Marco con su grave dulzura. Pensaba que si lo perdía se debería solamente a la interposición de ese espíritu más conforme sin duda con las concepciones del Maestro.

Sin embargo no podía odiarla. Su bondad cristalina estaba ahí para impedirle todo lo que no fuera suave y hermoso.

Pasaban los días asechando la correspondencia de América. Lo único que había llegado a saber con precisión eran las horas y los días en que el correo efectuaba la distribución de las cartas.

Los asuntos de familia, la grave situación de su hermano, siempre empeñado en las gestiones de su felicidad, todo lo que había impulsado su viaje desmerecía para ella en importancia; todo se arreglaría menos su propia ventura. Y meditándolo, dejaba correr silenciosamente lágrimas gruesas de melancolía inevitable.

No hacía nunca preguntas en las cartas. Su orgullo tan propio de naturaleza, velaba siempre. Así su vida era un continuo sobresalto, un continuo desasosiego; y su despreocupación de lo que anteriormente más le interesara la convencían de lo indiferente que el amor nos hace para todo, porque es más fuerte que todo.

Su espíritu nunca se había sometido a ninguna obligación fuera de los deberes creados por el cariño a los suyos, y por eso costábale doblemente acatar la de permanecer alejada, impuesta por su dignidad.

Un domingo, en el mes de enero, regresaba del teatro. Mientras Villapandos refería a su hermana la sensación siempre nueva producida allí por su belleza y mirábanla los dos viejos embelesados, ella devoraba su correspondencia de Buenos Aires.

Al poco rato lanzó un grito y exclamó levantando al cielo sus ojos de madona: «¡Gracias mi Dios! Emilia ha vuelto a ver». Era Esperanza quien se lo contaba. En la letra de otro sobre reconoció la de Hellen. Siempre temía algo de ella, y vaciló en abrirlo; mirábalo, dábalo vuelta, volvíalo a mirar, hasta que rasgándolo bruscamente empezó a leer la carta encerrada en él. Su cuñada la vio de súbito empalidecer y sentarse como temiendo caer.

—¿Qué hay, mi linda? –preguntó a la joven que adoraba.

—Me ha impresionado grandemente la noticia recibida tan de pronto de la operación de nuestra Emilia. –Y agregó, dirigiéndose a don Jaime: –Otra noticia agradable de por allá, hermano: Hellen se casa con Pablo.

Retirose a sus habitaciones, y una vez en ellas estalló en sollozos.

Mecha pisó el barco que la conducía a Buenos Aires con el alma iluminada por la ilusión de lo que allí iba a encontrar, y por la certeza de haber desconocido lo que pasaba en el corazón de Marco. «Si él se ha engañado confundiendo lo que pasaba en el mío, bien he podido yo, sin sus ojos de águila, no ver lo que pasaba en el suyo.» Y consolada, impaciente, gozosa y radiante esperó el mes de marzo. Quería llegar justamente en la fecha convenida con Esperanza.

En esos dos meses de espera hizo la resolución de amoldarse a las ideas de quien era para ella omnipotente como el destino, puesto que tenía en su mano su felicidad o su desventura, su vida o su muerte.

Durante la travesía esa resolución se afirmó en su espíritu impresionable, en su imaginación vibradora como la de su padre, y a fuerza de pensarlo, meditarlo, prometerlo, jurarlo, comenzó a no ser ya en ella una idea ajena, insegura y postiza, sino que tomaba la forma de una convicción. Ardía en deseos de encontrar la ocasión, iba en busca de ella, como el joven soldado a su bautismo de fuego. Agradecía las atenciones excesivas del personal del barco con su sonrisa, la cual estimulaba a repetirlas con el único fin de verla reaparecer, aceptaba amable las relaciones que impone la vida de abordo, soportaba las conversaciones insípidas o no con que la obsequiaban sus compañeros, vestía con la misma elegancia que en tierra, su sutil coquetería no abandonaba un momento sus ojos, sus labios, sus manos, sus gestos, pero su alma estaba ausente, su alma no navegaba; había cruzado de un golpe de ala el espacio; había llegado mucho antes que ella a su país natal.

A las aproximaciones de la línea, cuando el calor comienza a hacerse sentir, notó que subía a la superficie de las verdosas aguas una multitud de delfines juguetones, y como a ellos vio aparecer sobre la cubierta de proa grupos abigarrados y sucios de hombres, mujeres y niños atraídos fuertemente por el espectáculo de la vasta soledad del inmenso oceano seductor. Eran los pasajeros de tercera clase, la mayor parte inmigrantes, llenos de sufrimientos y miseria. Su primera idea fue la de acercárseles pero un pudor desconocido la retuvo: su vestido. Su vestido de comida de espumilla color paja, su blusa de Cluny, el pendiente de rubíes y esmalte que llevaba al pecho, su capa de paño blanco con cuello de oro que Anita echara sobre sus hombros. Una reminiscencia lejana la chocó, y la hirieron, como una ironía muy aguda, palabras de Pablo que antes hiciéranla reir. «El ídolo fuera de su nicho» había dicho él al percibirla en el taller, afanada por librar sus encajes de las chispas de las fraguas, soltando su carcajada vibrante como el metal... Sufrió en esperar. Al día siguiente levantose muy temprano, vistió un traje de paño oscuro, y llena su bolsa de monedas y sus manos de frutas y golosinas se dirigió a proa, saltando cual un pájaro por sobre las suciedades y repugnancias, aspirando perfumes, empalideciendo, y dando, dando sin mirar todo lo que llevaba, en medio del asombro pedigüeño y mendicante de aquella majada humana hacinada allí, media asfixiada en su atmósfera espesa, que reían disimuladamente como Pablo de aquel desprendimiento desusado. Una impresión extraña le causó todo aquello. Le dieron ganas de llorar las voces de un acordeón con que un viejo napolitano se solazaba, mirándola, indiferente, pasar. Y no vio, sintió allí la verdad de los empeños de Marco: la caridad, la obra humana de amor que no está en dar lo que sobra, en aliviar apetitos del momento, sino en remediar males esparcidos que doblegan millones de seres a la vez.

Con una impresión entre triste y satisfecha volvió de su excursión, elogiada con bromas espirituales por sus compañeros de viaje observadores curiosos de sus movimientos.

Pero persistió en sus propósitos. Hacíase en ella un trabajo interior, una metamórfosis; pareciéndole que su alma era ahora un foco de luz, una pira permanente donde haría el sacrificio de sus viejos dioses; que en ella tenía que cumplirse también esa ley de evolución de la cual tanto oyera hablar a Marco y cuyo resultado sería dar a sus facultades un empleo más alto. Juzgábase capaz de ser paciente, sufrida, abnegada, hasta heroica.

Ese trabajo interno hacíase, en verdad. Pero hacíase condicionalmente.

Al llegar no encontró a Marco que se hallaba estudiando las fiebres palúdicas en las provincias del interior; a sus días los llenaban, Emilia, en éxtasis ante su belleza «uno de los espectáculos más hermosos que le fuera dado contemplar» según sus palabras, Hellen, a la cual quería ahora sin sospechas, sintiéndola hermana como sentía hija a Esperanza –tan hija, que le parecía raro no fuera salida de sus entrañas– y la fruición sanamente envidiosa de la felicidad de Pablo y de su prometida, sin nubes, fuerte, hecha como para desafiar todos los trances de la vida.

La alegría de Mecha alcanzaba a Daniel, que en la obsesión de su amor nutría sus esperanzas de las gentilezas amables de la joven.

Marco le telegrafió desde Tucumán dándole efusivamente la bienvenida, y anunciando su próximo regreso.

Los viajes a Itahú constituían una gran distracción. Durante las dos horas de tren del trayecto charlaban contando cosas de la tierra unas, de Europa otras. Una vez en la villa, que hallaba ensanchada y floreciente, dedicábase a los preparativos de la inauguración del Pabellón, al cual trataba de adornar como un salón, provocando las burlas de Hordies y Pablo.

Gran placer le fue escuchar la respiración de la fábrica. La primera vez la sensación había sido angustiosa como si en ella se quejaran los centenares de hombres, que negros de hollín, parecían achicarse entre las enormes máquinas o alimentando las inmensas bocas devoradoras de los hornos.

Ahora el ruido de los motores, los golpes formidables en los yunques ocurríansele fuerzas incontrastables a las que debía someterse, a las que no podría oponerse ya jamás. La amarraban a Itahú.

El mismo día debía inaugurarse el nuevo puente, construído aún con más amor.

Marco llegó al fin. En el acto notó un cambio que la conmovió. La gravedad asignada a su vida señalábase apenas en él. En su rostro, noble por la corrección de sus lineas, severo por la expresión, desaparecían, como borradas por una mano invisible, las huellas de sus meditaciones amargas. Todo él tenía un no sé qué de animado y juvenil y seductor; su conversación era vivaz, alegre casi. Narraba su excursión describiendo con travesura y gracia las escenas que viera; con pena liviana la pobreza y la miseria; con entusiasmo las inmensas riquezas naturales, entre las que vivía pobre la indolencia de los habitantes descuidados del presente y del porvenir.

La palabra que no había pronunciado nunca, la palabra de amor estaba ya en sus labios. Veíasele en ellos pronta a salir y sin esfuerzo, naturalmente, como se abre una flor a su hora y a su tiempo. Y ella contenta, bellísima, feliz de una ventura inconcebible aun en sus momentos de completa ilusión, se sintió unida a él anticipadamente por todas las promesas de esa transformación.

XXIII

Desde los tiempos en que Pablo fundara Itahú, levantando en terrenos baldíos las diez primeras casas de los diez primeros obreros de su fábrica; cuando los talleres eran un galpón, la iglesia una sala y los árboles de su parque endebles barillas que doblegaba el viento, Emilia había designado el domingo de Pascua para dar gracias a Dios por los beneficios recibidos.

Más de un motivo obligaban a ser, ese año, las fiestas grandiosas: a la curación de Emilia, la inauguración del Pabellón, el compromiso de Pablo y Hellen, la bendición del nuevo puente.

La víspera por la mañana comenzaron los preparativos con entusiasmo, el cual se aumentaba con el día lleno de esplendor.

Marco caminaba hacía rato. Su fisonomía que no expresaba tristeza reflejaba una preocupación. Cerca del bosque se oyó llamar, reconoció la voz de Esperanza entre afligida y risueña, viéndola al mismo tiempo en una situación tan apurada y tan graciosa que no pudo menos de soltar la risa. La de la joven le respondió como un eco, aunque al aproximarse notara lágrimas en las puntas de sus pestañas. Tardó un poco en darse cuenta de la razón de esas lágrimas alegres, y de la inmovilidad en que mantenía su cuerpo.

—¡Pobrecita! —exclamó corriendo a libertarla. Con mil precauciones desenredó sus cabellos de las ramas agresivas de un espinillo que los había cazado al pasar por querer ella quitarle sus últimas aromas doradas por el sol.

—¡Mira allá arriba la inmensa flor! —le dijo mostrándole, suspendida en la rama, su boina punzó.[48]

Marco estiró su brazo, inclinó la rama, y ella empinándose la sacó triunfalmente, volviendo a colocarla en sus cabellos. Su traje de franela crema con blusa marinera que dejaba a descubierto su cuello fresco como una hoja de nardo, cinturón de cuero claro, bota del mismo color y pollera corta hasta el

---

48 *Punzó*: rojo encarnado.

tobillo, dábale el aspecto, no de una mujer que acortara su vestido, sino el de una niña que no hubiera aún llegado a la edad de los vestidos largos.

—Me has salvado del peligro de morir como Absalón[49], –díjole al sentirse libertada.

—Debe ser ésta una mala partida que ha querido jugarte alguna hada envidiosa.

—Me has libertado también de la boca del lobo feroz, a quien teme Neneta.

Y caminó a su lado esbelta y flexible. Conversaba de cosas banales, hasta que notando el silencio de su compañero observó:

—¡Qué charlatana!... Habla pues tú también un poco. Como Hellen eres un enamorado del silencio.

—Gusto escuchar el sonido de tu voz aquí. Me hace la impresión de que hablaran las hojas.

—¡Qué curioso! me comparas a las hojas cuando ya no las hay, –observó. El entendió su alusión al desconocimiento que hasta entonces de ella tuviera y siguió con los ojos su mano extendida para indicarle las pocas hojas que quedaban en los árboles, y esas ya del color de viejo bronce o de cobre bruñido que les daba el otoño. –Mamá va a retarme por mi tardanza, es su manera de demostrarme su intranquilidad. Figúrate, tiene miedo para mí hasta del Chuchumeco. Cuando sabe que galopo en el burrito por el campo se estremece. Es cierto que es tan empacador... Y nada más cómico que verlo tirar sus coces. ¡Mamá lo cree terrible!

Su carcajada fácil y espontánea se mezcló a la del Maestro rara y difícil. La malicia le asomó a los ojos y prosiguió– Te contesto desde ya que sí... Sí, antes de que me lo preguntes pues tu conversación conmigo desde hace cierto tiempo resulta un examen abrumador. –Y rió más aún de la cara de su compañero que interrogaba siempre, apresado en su gracia infantil, traviesa y ágil como el león la trampa primitiva de un africano.

Ella agregó tratando de imitarlo:

—¿Amas a tu madre, Esperanza? Con toda mi alma, Marco... ¿Amas a los animales Esperanza? Mucho doctor. ¡Son tan lindos a su modo! Deben quererse con ternura esas criaturas incompletas a las cuales no les es dado libertarse de los trabajos y las penas que se les impone sin otra razón que la fuerza. –Aunque todo lo decía con una gran sencillez su fisonomía movible expresaba bien la lástima sentida por dolores que el hombre condena a sufrir a esos pobres seres privados de palabra. –Me has contagiado e interrogo yo también: ¿dime, Marco, en qué piensas? –preguntó al cabo de un rato en que los dos callaran.

—Que has nacido para hacer la felicidad de un hombre... ¿Cuál?... Es ésta la cuestión.

—La felicidad del que yo quiera, –contestó ella, en cuyo semblante apa-

---

49   *Absalón*: Hijo de David, tercero en orden de mención (II Reyes, iii, 2, 3) de los hijos nacido en Hebrón durante los primeros años turbulentos de David, rey de Juda. Su muerte a manos de sus perseguidores ocurre cuando en medio de la huída su largo pelo suelto se enreda en el follaje de un árbol, dejándolo suspendido de sus ramas mientras su caballo huye.

recía más animado el color, casi un rubor, no por las palabras de Marco sino más bien por el aire con que las pronunciaba.

—¡Ah! ¿con que ya no tememos el amor?

Lo miró bién de frente y le díjo en un tono que no quería dejar dudas ni propias interpretaciones:

—He dicho, Marco, que temía el amor como un peligro remoto desde que me había dado cuenta, no por los libros sino por las desgracias que presencio, de su poder para hacer la desgracia, el martirio de la vida de una mujer... y también de la de un hombre. Pero no quería eso decir que tuviera la pretensión de escapar a una ley que debe ser muy poderosa para arrastrar a tantas criaturas que saben lo que yo... que saben más que yo. ¡Cuando se piensa que una Emilia ha sido víctima de un hombre por el sólo hecho de quererlo, dan deseos de aborrecer a los hombres!

—Te animarás entonces, Nena, a amar? —díjole Marco a cuyos labios acudía sin darse cuenta este nombre de infancia, con otros mil empujados por la ternura que le rebosaba dentro para esa niña cuya imagen desde hacía cinco meses, desde aquella mañana en que supiera que los ojos de Esperanza tenían el color de las avellanas, en su cuarto, en la cátedra, en el anfiteatro, en la calle, en la ciudad o en el campo entraba y salía de su memoria sin cesar.

Recién en ese momento comenzó a asombrarse de la prontitud con que un sentimiento tan nuevo había germinado y brotado en su alma infiel a la mujer.

Se apercibió obediente a una fuerza extraña más que a su propia fuerza. Y ante la misteriosa y pura criatura sintió él también una tierna cobardía; la misma de los otros... Sabíase vencido, irremediablemente vencido, y se sintió feliz. Se sorprendía repitiendo: «Pues hay en su juventud ese lenguaje mudo e irresistible que por sobre todo conmueve a los hombres.»

—Espero que sí, pues si me caso será porque amo, —contestábale ella mientras tanto.

—¿Y cómo se conquistaría ese amor, al que se teme... y que rechaza a un Cristián?

—¿Conquistar?... No. El amor nace, señor doctor.

—¿Y qué medios emplear para que nazca?

—Los que se emplean con todo lo que se siembra: se arroja la semilla y se espera... El buen Dios la hará brotar, si es ésa su voluntad. —Y miró a Marco con toda su graciosa coquetería, sonriendo de poner delante de los ojos del sabio la intervención divina en los humildes hechos de la vida.

—¿Entonces crees que Dios se ocupará de tu amor?

—Hasta de mi amor, Marco... Tengo la dicha de creer, —agregó contenta de poder hacer ante él su profesión de fe. —De creer profundamente aunque deteste las beatas... Entre la beata y la mujer religiosa hay la diferencia que entre los aficionados y los artistas: aquellos vulgarizan y afean el arte abusando de sus prácticas sin estar jamás en su espíritu.

—Y no hay que olvidar que tú eres una, –díjole Marco.

—¡El arte! Mi viaje y Hellen han sido mi escuela... He aprendido en ella que el gran atractivo de la vida está en lo espiritual y en lo bello... ¿Por qué no se preocuparán de enseñarlo a todos, así?

—Tienes razón, mi hija. Lo bello en lo moral y en lo físico es la dignificación de la vida. El conocimiento de esa belleza; en eso sólo se compendia la educación. –Y pensó: «Esta criatura tiene todo para dar la dicha... ¡Si el destino me la ofreciera!»

Se estremeció de placer sólo al pensar que esa alma pudiera ir hacia él toda entera. Y le hizo deliciosa la visión del porvenir.

El bosque no tenía esa mañana su aspecto otoñal. Bajo el sol ardiente como un sol de estío la tierra se caldeaba, todo revivía. En los árboles circulaba todavía la savia nutricia. La naturaleza parecía despertar no adormecerse, marchar más lentamente que otras veces a la muerte anual.

Cuando llegaron, desde el portón, divisaron a Emilia en la terraza rodeada de sus huéspedes y de sus amigos. Un rato después las campanas cantaron Gloria. Emilia se levantó y dijo con su voz untuosa:

—¡Cristo ha resucitado!

Diéronle todos el beso pascual y entraron al comedor.

Después de almorzar los caballeros permanecieron allí y las señoras corrieron al salón donde las esperaban los obsequios de Pascua traídos por el capataz de la fábrica.

Flores, bombones, juguetes llenaban las mesas. No sospechaban que antes de ellas había pasado allí una invasión. Coco, la Chacha, Neneta aprovechando la ausencia de los grandes se entretenían en curiosear, registrar, tocar todo aquello e involuntariamente mezclaron las tarjetas; al sentir sus pasos dejáronlas caer al azar sobre cada uno de los regalos.

Las grandes alborotaban más que los chicos y una exclamación saludaba cada obsequio que aparecía libre de su estuche o de su envoltorio de papel de seda.

—¡Miren la bonita caja de perfumes que Hordies manda a María! –gritó Maud... –¿Y esta otra de *marrons glacés* 50 para mamá?...

—¡Más dulces! –anunció Beatriz.

—¡Ah! –exclamó nuevamente Maud. –Una colección de libros para Esperanza y para mí... ¡Qué elegantísima encuadernación!

—¡La preciosura! miren muchachas el pinche que me envía Daniel, –gritó Esperanza exhibiendo un prendedor de sombrero, de oro y cuya cabeza estaba formada por un gran topacio.

—¿Y estas cajas todas iguales? –preguntó María. –¡Ah! son dulces de Boissier 51 que manda Marco. No ha querido hacer diferencias.

—San Marco el Igualitario, –dijo Mecha riendo pero con una voz cálida y enternecida que lo acariciaba desde lejos.

---

50 *Marrons glacés*: (fr.) castañas glaceadas con azúcar.
51 *Boissier*: célebre pastelería del barrio de la Madeleine en París.

—¡Que esplendidez! –exclamó Esperanza. Y levantó en el aire una malla de oro resplandeciente. Una bolsa de bombones cuya cerradura, obra de arte de orfebrería, imitaba a la perfección una mariposa de luz formada por brillantes y ópalos.

—Es un trabajo de Falize, –dijo Mecha, gran conocedora, antes de saber a quien venía destinada.

Esperanza leyó la tarjeta: «A Mecha, Daniel.» Nadie notó el fastidio por esa alusión a un nombre dado por Marco y que siempre le producía escozor, aunque su bondad, siempre flotante en ella, la obligara a agradecer el obsequio realmente espléndido de su adorador.

Un placer, fresco placer de niña que se pone roja ante el regalo de su prometido, recibió al encontrar sobre el piano las flores que Marco le dedicaba; un ramo de mano, no muy grande pero admirable y para el cual se habían elegido las primeras violetas y las últimas rosas, sus flores predilectas.

La impresión fue tan honda que la obligó a salir al parque antes que las otras; Marco, el Maestro, el hombre despreocupado lleno de preocupaciones, advertía y prevenía sus gustos, cuidaba de que para ella se cortaran rosas y se juntaran violetas.

Enterró la cara entre sus perfumes y la dejó estar un largo rato en esa frescura.

Al momento las señoras se le reunieron. Los caballeros salieron también, se formaron grupos, se improvisaron juegos, llenándose de voces, de movimiento, de animación el jardín.

Marco habíase alejado acercándose al lago. En el agua límpida, tan transparente que permitía ver nadar y jugar a los peces de carmín y plata, fijaba él sus ojos, meditabundo pero no taciturno, y absorbido hasta no sentir los pasos que se le acercaban.

Lo despertó una mano muy leve posándose en su brazo, y una voz llamándolo muy suave: «Marco». Tenía a su lado a Mecha Iturbe, deliciosa, sonriente, blanca. Parecía transparente como el lago, y que se reflejara en ella el cielo, la luz, la frescura de las flores, y en sus ojos el verde de los olmos. Sostenía en sus manos y acercaba a su pecho con una gracia sólo suya el gran ramo, que surgía, como de un montón de espuma, de los encajes.

A pesar de sus preocupaciones, de su trabajo de análisis y de disección en carne propia, fue tan hermosa la aparición que le sonrió como pocas veces le había sonreido, y ella, con los ojos chispeantes de felicidad y de orgullo le dijo simplemente ¡pero en qué tono!:

—¡Cuánto placer me has dado!

—Ah! –respondiole –¿se trata de mi obsequio pascual? –Le extendió la mano en la cual ella colocó la suya que él mantuvo, estrechándola apenas tan delicada le pareció. –El saludo de amor y de paz que recorre este día la Cristiandad, –agregó, sacudiéndola tiernamente.

Ella lo miró dándole a aspirar sus flores y volviendo a decirle con voz algo trémula.

—Lo que me ha conmovido es que hayas recordado mi pasión por las violetas.

—¿Cómo? –interrogola con expresión de extrañeza. Ella le señaló nuevamente su ramo, y él comprendiendo recién le dijo cariñosamente:

—Es una equivocación, mi hijita... Mi obsequio es menos precioso pero más duradero, y te recordará por mucho tiempo el nombre ligero que te puso el Maestro severo y aburrido, y que te dan ya todos tus íntimos.

—¿La mariposa... la bolsa... la malla de oro? –murmuró cambiando de voz, de tono y de color. –¿Y las flores entonces?

—Las flores, esas flores tan delicadamente ofrecidas, no pueden ser sino de Daniel... ¡De ese pobre Daniel, Mecha! –contestole Marco, ignorando que en el corazón de la joven sobreviviera el amor y que sus palabras le causaran terrible decepción.

Ella se sintió dolorida, entristecida, deprimida ante sus propios ojos. En uno de esos momentos en que se obra antes de reflexionar, dejándose vencer por la desilusión abrió sus manos y cayeron en el lago las flores de Daniel.

—Es demasiado fuerte su perfume, –susurró, mirándolas alejarse lentamente, en tanto que en Marco aparecía una extrañeza, una duda, una sospecha que súbitamente se apagó.

En ese instante se oyó un estallido cerca de donde los otros se encontraban, gritos de susto, la risa estridente de Coco, Neneta y sus amigos, y sobresaliente, la alegre voz de Esperanza, que decía:

—¿Pero no ven que es Coco saludando la Pascua con salvas de cohetes?

—¿Por qué no van, mis hijitos, a jugar más lejos? –pidioles Lucinda, incomodada por el humo y por el estruendo.

—Espérate un poquito, abuela, –díjole su nieto muy ocupado en hacer pantalla con sus manos a otra gruesa de petardos a la cual Hordies acercaba un fósforo. –Tengo muy poco tiempo para divertirme. Hemos invitado al señor cura para que vaya mañana a visitar el País, después de la procesión... ¡Preparamos una mesa magnífica!

—¿Sáben cuál es la despensa del País de las Muñecas? El galponcito verde. Allí guarda Coco todo lo que le dan... Y todo lo que... nos... –dijo Esperanza haciendo correr maliciosamente sus cinco dedos.

—Desde su segunda presidencia Coco se llama Caco [52], –observó Maud.

El niño muy colorado por la indignación protestó y dijo:

—Mira abuela, nos está prohibido mentir, acusar, traicionar, huir y robar.

—No le hagas caso, mi hijo, –dijo Beatriz, –son ellas las que te sacan los dulces y los juguetes.

—Vamos, Alba, a preparar algo con tiempo al galponcito verde.

—Sí mis hijitos, –suplicole María, –váyanse con los cohetes a otra parte.

---

52 *Caco*: ladrón; proviene del nombre del gigante, hijo de Vulcano, que robó unos bueyes que Hércules había, a su vez, robado al monstruo Geriones. (La Eneida, Libro VIII).

—Mecha y Marco –llamó Emilia, bajando la escalinata con la señora Buklerc– y todos ustedes, también acérquense.

Mecha avanzó con su andar ligero que parecía deslizarse por el borde de
los macizos, al lado de Marco. Y fue un espectáculo sugerente, de que todos
gozaron sin comunicárselo, el contraste de sus bellezas: delicada, diáfana, fascinante la una; en la plenitud de su virilidad gallarda la otra, como nacidas de
la noble luz de ese día de Gloria, entre la majestad severa de las palmas y la
gracia de los laureles en flor.

Mecha había reaccionado. Su movibilidad indicábale: «Marco no te ha
obsequiado las flores, pero sí la mariposa. Y si no te ha elegido para ti ese
ramo, ha elegido algo más duradero y que como él manifiesta, no un simple
regalo sino también una preocupación. ¿Su rejuvenecimiento no evidencia
un nuevo estado?»... Y lo esperó en una dulce preparación del alma a su confidencia.

Detuvo sus ojos complacidos en Pablo y Hellen, entregados por completo
a su amor, y pensó: «La vida es una sucesión de equivocaciones, confusiones
y malos entendidos... Haber sufrido tanto y tan inútilmente por lo que sólo
existía en mi imaginación.» Y volvió la cabeza para sonreír a Marco que se
había quedado un poco atrás, pidiéndole un perdón mudo por haber
dudado... Encontró sus ojos muy luminosos fijos en ella como si fuera contando sus pasos, y vio brillar entre sus labios sus dientes muy blancos. Como
en el balcón de Julieta «sintiose inundada por el inmenso gozo de haberlo conmovido». No supo comprender que él tan sólo miraba su andar de diosa.

—Beatriz va a darles la buena nueva, –advirtió Emilia para provocar la
atención.

Beatriz Niobe, la misma de siempre aunque con el cabello gris, anunció
entonces muy conmovida.

—Hemos fijado, mi amiga y yo, el primero de mayo para unir indisolu-
blemente a nuestros hijos.

Un bravo saludó el anuncio y al capellán que llegaba con su hermana a
dar las Pascuas a los señores del lugar.

—Es este, señor cura, un verdadero día de Gloria para esta casa, –díjole
Mecha cariñosamente.

—Sí, señor, –agregó Hordies, acercando para él el sillón más cómodo...
–Usted entra justamente en momentos en que se condenaba a Pablo por
tiempo indeterminado.

—Ya lo veremos a usted también convertido en buen padre de familia,
–díjole el sacerdote moviendo la cabeza maliciosamente.

—Conservador y burgués, –agregó Maud, defendiendo su nido de los
druidas.

—Le ayudará a velar por él Guillermo el contramaestre, –dijo Hellen.

—Falta elegir los padrinos, –observó la señora de Manuel.

—Madrina, mamá, –replicó vivamente Hellen abrazando a su madre.

—Padrino, el hermano, –agregó Pablo, dando dos pasos hacia Marco.

—¿Hora y sitio? –preguntó Hordies.

—Será sin duda una gran fiesta, –observó Lucinda. –Los casamientos de tono se hacen en la Merced; y los obispos...

Pablo la interrumpió, y mirando apasionadamente a su novia, dijo:

—Hora: el medio día, cuando el sol está en su plenitud. Sitio: Itahú. Asistencia: los nuestros, y en éstos nuestros obreros. Y quiero que ligue nuestros destinos el patriarca del lugar. Que bendigan nuestra suerte las viejas manos de nuestro cura.

Muy grande fue el contento que siguió a estas palabras y a esta decisión.

Mientras se tomaba el té al aire libre, en pequeñas mesas de junco, Coco vino a buscar a Esperanza, para que lo ayudara en sus preparativos. Maud, la única disponible, tiraba al blanco con Nina y su marido, María y Hordies, y se rehusó a acompañarlos. Lo hízo Mecha y Marco las siguió.

Muy alegres y bromistas llegaron al galponcito verde. Este, chato, feo, se sostenía en toda su decrepitud en un sitio aislado, al fondo de la casa, que únicamente Coco frecuentaba. Construído en madera exclusivamente, se componía de un cuarto bajo y dos más superpuestos, y había servido de asilo a los caballos de Manuel y Pablo, cuando muy muchachos vinieran a establecerse en Itahú. Emilia quiso conservarlo como recuerdo de su época de pobreza y Pablo lo llamaba: «la última vaca flaca de mamá».

Los techos eran tan bajos que Marco tocaba el primer piso con la mano.

—Me da risa pensar, –dijo Mecha, –en las tribulaciones del cochero de Pablo, cuando habitaba esta construcción digna del pueblo de los chicos. Pablo la embroma jurando que el pobre estaba condenado a andar en cuatro pies... Pero veamos ¿cómo se sube aquí? –preguntó notando la falta de escalera.

—Así, –dijo Coco trepándose como un gato de tejado.

Desde allí estiró su brazo y Esperanza, sirviéndose de los listones salientes colocados allí para ajustar las planchas de madera que formaban las paredes, subió sin gran trabajo.

Mecha miraba y vacilaba en poner su fino pie en aquellas tablas medio desclavadas; aquellos la animaban desde arriba y Marco, a su lado, la burlaba. En cierto momento asaltolo una tentación; «¡floja!» le dijo y alzándola delicadamente por los codos la colocó de pie en el peldaño más alto a que alcanzaban sus manos, retirándose unos pasos para gozar de su miedo... Una vez allí no tuvo más remedio que seguir subiendo, prendida, miedosa como una gatita blanca de salón... Esperanza le dio la mano y ella gritó, «tierra! tierra!» anunciando a Marco su llegada con el grito de Colón.

El galpón se hallaba atestado de cosas preciosas: desde botellas de limonada y cajas de galletas hasta barriletes de papel y banderas de trapo. Esperanza y Coco subieron al tercer piso permaneciendo Mecha en el primero.

De cuando en cuando sacaba la cabeza por la abertura oscura de las tablas carcomidas. Aprovechando una de esas apariciones, Marco le pidió:

—Espera; quédate así de perfil, voy a hacer tu caricatura. —Sacó su cortapluma y púsose a dibujar una figura grotesca en el tronco de un naranjo, murmurando al verla allí, saliendo a la luz y desapareciendo en la sombra, desapareciendo en la sombra y saliendo a la luz— boceto genial de algún viejo maestro, encontrado por casualidad en un granero, pareces.

Coco, en ese momento oyéndose silbar por algunos de sus compatriotas, se deslizó por el lado opuesto para ir a su encuentro, mas, ocurriéndosele una travesura se detuvo, sacó de su bolsillo el último manojo de cohetes, lo colocó cerca del galpón, y ya corriendo, desde lejos le tiró un fósforo encendido.

Mientras tanto Esperanza en el piso alto terminaba de atar unas banderas y su madrecita hablaba con Marco sobre la fidelidad.

—Me crees incapaz de guardarla, estoy segura, —díjole por coquetería.

—Al contrario, te creo de una fidelidad formidable contigo misma, —contestole refiriéndose a la inalterabilidad de sus encantos. —Eres adorablemente inquietante y estoy cierto que te vistes de blanco porque sabes que así pareces una mujer de ensueño.

Comenzaba ella a creer también en esa divinidad, esquiva y caprichosa como una quimera [53]; y esa fe sin dudas daba a sus ojos un ardor misterioso. Sentía tal intensidad de vida que hubiera necesitado gritar. Como si todas esas fuerzas ocultas la empujaran hacia dentro, súbitamente la divina cabeza desapareció. Marco, afanado en terminar su dibujo, daba la espalda al galpón. De pronto lanzó ella un grito de alarma que consiguió sofocar recordando que Esperanza estaba arriba.

Volviose él vivamente, y lo desfiguró el espanto. La joven aparecía allí asustada sin agitaciones, extendiéndole los brazos para que la salvara de las llamas que invadían el galpón.

El fósforo de Coco había caído en una especie de parva alta de paja vieja y sobras de pasto seco, recostada contra las tablas, y si al principio, cerca de la tierra húmeda ardió trabajosamente, luego con gran rapidez, soplada por el aire, la llama llegó a la altura.

Cuando Mecha lo vio estremecerse, ponerse lívido, y comprendió que su garganta anudada le impedía hablar sintió un íntimo contento, y lo miró fijamente, como si alguien le dijera que esa sería la última vez que sus ojos se detendrían en él con una igual confianza... Pero sus ojos no le respondieron; horrorizados miraban arriba... Dio Marco dos pasos, y ese hombre soberbio y ese hombre avezado a los peligros, y al sufrimiento, retemplando en el dolor ajeno y en el propio dolor, con un gesto suplicante y cobarde le pidió:

—¡No la asustes!

Tarde cubrió ella sus oídos para no oír. Como si realmente no lo hubiera oído, al ver a Esperanza aparecer, ajena todavía a lo que sucedía a su alre-

---

53   *Quimera*: animal fabuloso, monstruo horrendo hija de Tifón y de Equidna, según versiones, o del león de Nemea, que vagaba por las regiones de Asia Menor aterrorizando a las poblaciones y engullendo rebaños y animales. Tenía tres cabezas, una de león, otra de macho cabrío, que le salía del lomo, y la última de dragón, que nacía en la cola. Todas sus cabezas vomitaban fuego.

dedor, con los ojos entornados repitió maquinalmente «No te asustes», y tomándola maternalmente por las espaldas la empujó hacia bajo, sabiendo que había brazos impacientes para recibirla.

Marco, dejando a Esperanza en el suelo, gritó llamando, y subió rápido hasta donde se hallaba la joven. La encontró con los brazos pendientes, semejante a una paloma blanca herida en las dos alas. Pensaba que ese fuego bien podría servir a consumir el gérmen de dolores que la horrible revelación acababa de arrojarle en el corazón. Cuando estuvo a su lado lo miró otra vez; lo miró con toda la fuerza de su alma ardiente y dolorosa, como si el pequeño incendio que apagaría dentro de poco el balde de agua de algun peón hubiera sido colosal; hubiéralo devorado ya todo, y dejado tan sólo a ese hombre en pie, pálido y tremante pero dueño nuevamente de su serenidad salvadora.

¿Para qué oponerse?... ¿Para qué luchar?... Dobló la cabeza como una flor que muere y se dejó arrebatar por él.

En el sitio predilecto de Alba oculto por el muro de árboles espesos a orillas del río, el domingo de Pascua al caer la tarde, como una estatua blanca en una arcada sombría, Mecha Iturbe teníase de pie. Terminados los festejos, venía hasta allí, herida, a esconderse.

De la procesión, de la bendición del puente y del hospital, de la alegría que les siguiera conservaba sólo el recuerdo preciso: de los esfuerzos de su voluntad para mostrarse contenta y muy risueña; de la mirada de Marco bañando con su luz amorosa a Esperanza, al pasar ante él vestida de blanco, envuelta en la nube diáfana de su velo de comulgante, sosteniendo en su mano el cirio pascual, entre Hellen y Maud vestidas de igual manera, a la cabeza del coro de niños que sacudían ramos de olivo y cantando acercábanse al puente lentamente precediendo la cruz; y del nombre de su madre «Felicia, Felicia» pronunciado dos veces por el sacerdote al arrojar el agua bendita en las nuevas salas... Después habíanse ido todos de fiesta, y ella, cubriéndose su cabeza con la mantilla que solía ponerse para ir a los toros en Madrid, pues eran ya frescas las tardes de abril, atravesado una calle, donde algunas mujeres sentadas a la puerta de sus casas la miraron con admiración, recorrido un sendero sinuoso el cual iba haciéndose cada vez más estrecho, hasta que girando a la izquierda encontró lo que buscaba: la soledad.

Lejos de las gentes y de todo ruido se lanzó a pensar.

Súbitamente herida, todo se abatía en ella menos su orgullo de raza, de educación, la soberbia paterna, su altivez. En la derrota mantenía la disciplina de sus actos, no consintiendo a la desmoralización llegar hasta su dignidad de mujer.

Dos temores diferentes, igualmente ansiosos hacían latir su corazón hasta destrozarlo: el amargo y enconoso de que Marco conociera su estado, el cual se acentuaba recordando el movimiento irreflexivo de arrojar las flores de

Daniel; y otro tímido, especie de susto humilde de que la tremenda decepción pudiera fecundar en ella algún mal sentimiento para Esperanza. ¡Desconocemos tanto hasta donde somos buenos y hasta donde somos malos!

Muchas lágrimas amargas habían ya corrido al recuerdo de la traición irónica de la suerte, pero un sólo instante no se le ocurrió combatir aunque conociera el temple de sus armas. ¡Rival de Esperanza!...

Nunca pudiera imaginar la interposición de su hija entre ella y su aspiración. Porque era Esperanza se sometía.

Separó al instante sus dos amores. Mientras sacudía al uno para voltearlo de su pedestal, temía mirar al otro temblando de que un mal pensamiento, de esos que nos envenenan, pudiera enfermarlo. Su corazón era incapaz de alimentar un sentimiento no justificado. Lola de Arco dejole impresa su estirpe moral.

Las penas en la noche toman formas fantásticas y agrandadas, que nos dan la ilusión de ser visiones prontas a desaparecer en la mañana. La luz del día dejándolas en su verdadero tamaño nos da la evidencia de su realidad. Así la joven, que había ya pasado por los momentos torturantes de identificar su desventura, encontrábase ahora bajo la más intensa depresión.

Mucho tiempo pasó allí mirando el agua gris, que obediente a su destino corría para arrojarse al mar. Creyó que surgía del abismo la hermosa figura de un hombre que una noche, hacía muchos años, habíala apretado contra su corazón, y a quién no volviera a ver jamás. Sintiose atraída con toda la fuerza de tentación de la herencia, y huyó de allí. Huyó de su padre orgulloso y altivo, partido en dos por la suerte, y de la cual escapara por su sola voluntad.

Huía, escondida en su mantilla blanca. Pablo, Marco, Hordies, si la hubieran encontrado, habríanla confundido con una figura misteriosa escapada del cuento de Hellen para vagar furtiva por el bosque.

A su alrededor una gran calma se extendía, mas ella sin percibir la hermosura del silencio ni las palpitaciones de las cosas que le rodeaban, sin notar que bajo sus pies ligeros la hierba tenía también una morbidez silenciosa, huía siempre de la aparición soberbia y trágica, de la terrible atracción hereditaria.

XXIV

—Hasta la vista, mi querido amigo.

—Hasta la vista, mi querido presidente, —respondió Pablo, despidiendo en el vestíbulo de su casa, a las siete de la noche, al presidente de la República, uno de los últimos en retirarse de la reunión que terminaba.

Pablo Herrera abría esa tarde sus salones por primera vez después de su casamiento, y en ellos habíanse confundido durante varias horas hombres de todos los partidos, hombres de ciencia y de gobierno.

Los afanes políticos de Pablo, iniciador oportuno y valiente de una reacción cívica fructuosa, habíanse independizado de las tareas de comités y de reuniones seccionales. Era hombre-jefe, y eficaz por el apoyo que le prestaba la opinión pública. Al afecto de sus amigos unía, como fuerza, el respeto de sus adversarios.

A sus ideas avanzadas y definidas agregaba su patriótico espíritu de conservación, que lo convertía en un aliado del poder por su amor al orden, calificado por él como la primera exigencia del bienestar y del progreso.

A la par de las leyes había que poner la educación pública, el amor al deber, la salud moral, cosas que no se obtienen sino lentamente y sin violencias, por transiciones sucesivas.

Juzgaba que en los pueblos ineducados las revoluciones benéficas las verifica el poder bien intencionado, imponiendo el respeto a los preceptos fundamentales con toda la eficacia de que dispone.

La seguridad en la independencia probada de su carácter y su desinterés le guardaban prestigio popular, cualquiera que fuese su situación respecto al gobierno. Sabíase que sólo obedecía a la voz de su razón y de su conciencia. Su gran fortuna amasada por sus propias manos, su elocuencia afirmativa y contundente que convencía por impresión; la alianza por él realizada entre el elemento obrero y el político; su consideración a todos los valimientos, su ignorancia del lenguaje íntimo del poderoso para quien la virtud es zonzera, como es vil la pobreza para el rico, le mantenían el cariño respetuoso que se tributa siempre a la virtud sólida libre de ostentación y de solemnidades.

Enamorado como un loco de su mujer, esa tarde sentíase orgulloso al presenciar los homenajes que se le tributaban, y encantado, con su soltura de mujer realmente distinguida, su tacto y discreción amables y su elegancia puesta de relieve por su traje y el collar de zafiros, obsequio de Mecha.

Pablo pensaba que la elegancia no es puerilidad y debe cultivarse como un arte. Que una mujer linda enseña más que una cátedra de estética.

A pesar de ser una recepción y no un baile, matizada apenas por algunos números de canto y la música de una orquesta, la joven sabía dar alma a su ambiente, animación y vida a todo lo que la rodeaba y unánimemente se calificó la suya, la más importante de las reuniones realizadas en Buenos Aires desde años atrás. Pablo y Hellen respondían a una máxima de Villapandos: el amor es también la necesidad de completarse.

Ayudábanla a hacer los honores de su casa, sus hermanas, Mecha, y Esperanza fresca como una rosa y alegre como el día. Llena de su nuevo amor, sorprendida un poco de haberlo impuesto al hombre grave que veía esa tarde rodeado por los personajes importantes cuyos oídos, listos, esperaban su palabra, y sobre quien caían más de una sonrisa, más de una mirada femenina que los otros se habrían disputado. Marco sentíase renacer. Y Emilia lo comparaba con un padre a quien le llegara un hijo después de muchos años. «El hijo de la vejez» llamó ella un día al amor que le inspiraba la niña. «El hijo de la vejez» repitió Pablo; lo repitieron Maud y Nina y Hordies, quedando así bautizado el nuevo sentimiento que lo hacía tan feliz.

Marco amaba su amor; lo acariciaba, veíalo crecer y lo exaltaba con sus propias reflexiones. La respuesta de Esperanza cuando se atrevió, tímido como un colegial, a declararle su amor, lo llenó de seguridad y contento. La niña interrogada tan imprevistamente, sin turbarse, con la misma naturalidad con que le ofreciera en el baile de Lamparosa sus flores, habíale contestado: «¿Si te quiero?... No lo sé, Marco.»

Además de la ingenuidad de todo enamorado que toma como razón una actitud para probarse la correspondencia de la mujer amada, tenía otra poderosa e indiscutible para cerciorarse de la falta de todo cálculo en la joven: su misma vacilación. El amor quita valor a cuanto le es ajeno. En Marco perdieron mucho de su fuerza las tareas de su apostolado.

El nuevo matrimonio sabido en perspectiva, enorgullecía a Lucinda, apaciguándole la envidia ocasionada por el de Hellen, y era mirado con cariño por todos los amigos para quienes la niña constituía la encarnación de la bondad gentil e inteligente.

Cuando se hubo retirado el último invitado, hízolo también Beatríz, la madre de Hellen, para no dejar tanto tiempo sola a Thira. Esta, muy delicada, habíase venido a vivir a Buenos Aires. En los establecimientos de Itahú sustituíanlas hábiles directoras, sometidas a la inspección de las antiguas y a Hellen, el novio de Beatríz ya diplomado.

Sin embargo, todos los jueves veíasele bajar invariablemente en Itahú acompañada de su marido, separándose de él a la puerta del hospital. Durante todo el día atendía a sus enfermos, operando ayudada por su futuro cuñado. A la tarde Pablo dejaba la fábrica, y los vecinos salían a la puerta por el placer de saludar a la joven pareja que pasaba del brazo para alcanzar el tren de regreso a la ciudad. Nadie hubiera pensado, al verlos en la noche en su palco, que venían de llenar tan útil y rudamente su día.

Pablo cuidaba cariñosamente del bienestar de la familia de Hellen. Adquirió para ella una casa que le regaló el día de su enlace. La señora, alcanzando toda la previsión delicada de su yerno, alquiló los dos primeros pisos y habitó el tercero. La renta le permitía vivir desahogada con sus hijas Maud, Beatríz, Alba y Thira, a quien, enferma y desalentada, llevó a vivir con ella. Dagmar, casada ya, permanecía en la villa.

La belleza de Alba se agrandaba, y su reino con ella. En los salones de su hermana, sus quince años atraían todos los ojos. De tiempo en tiempo desaparecía de la casa lujosa de Pablo. Se iba a Itahú; se iba a su pueblo del que sentía a veces la nostalgia, a visitar sus obreros, a sus vasallos, a sus árboles y su río; a Guillermo el contramaestre.

Eduardo el hijo menor, vendría el año siguiente con sus primeros estudios terminados para formarse al lado de su cuñado.

Las señoras subieron a arreglarse los peinados y empolvarse; los hombres quedáronse en el hall y prendieron sus cigarros. Hordies, arrellanado en un sillón más cómodo que una cama, estiraba sus piernas, recostaba los pies admirablemente calzados en el travesaño de bronce de la chimenea, en cuyo centro abría las alas una quimera, fumando un exquisito habano, y entretenido en mirar la llama a través de sus uñas pulidas y brillantes. Permanecían a su lado, de pie y también fumando, Manuel y Velázquez. Marco y Pablo paseábanse conversando en voz más baja. Se hablaba de muchas cosas, menos de mujeres, en aquella reunión de enamorados. Hordies extrañando el tema, dijo, mirando a Marco, Pablo y Daniel:

—El amor sería idiota si no fuera el objeto de la vida... Empiezo a echar de menos a Villapandos.

—¡Pobre viejo! —exclamó Pablo. —Dan pena sus cartas. Sin Mecha, se le va la vida... Es preciso ver la pintura que hace de aquella casa solariega, en la vieja corte, sin su sol... ¡Ah! Mecha, Mecha la hechizadora!...

—Lo es tanto —observó Hordies, —que en Itahú resulta tan popular como Emilia. Ha venido a desbaratar mi convicción, con el amor frenético inspirado a mis druidas, de que el lujo hace más anarquistas que la miseria, y las muchedumbres no están heridas por la falta de igualdad en la riqueza sino en la justicia... ¡Y es un acto de injusticia de la suerte; el haber dejado caer sobre una sola criatura tantos favores!... Sin embargo, yo habría hecho otro tanto, —agregó.

—De nuestro país ha cuidado más la providencia que los hombres, –dijo Daniel en ese instante distraído, golpeando con sus dedos en la gran vidriera, al oír el fresco rumor de la lluvia. –¡País de suerte!

—Esa pobre providencia, –observó Velázquez, –que nunca consigue contentar a todos... Pienso como el paraguayo que no quería ser Dios...

—Es que el mayor beneficio que un pueblo solicitara de ella, siempre originaría males individuales... ¡Son tan encontrados los intereses de los hombres!

Y mezclose a la conversación de los tres amigos tan confortablemente ubicados en la chimenea. Hordies no se enojaba nunca; recibía y volvía, como un hábil jugador de volante, las bromas de sus compañeros sin mudar de tono ni de posición. Una carcajada estruendosa saludó una de las enormidades que le lanzaba Velázquez. Marco y Pablo sonrieron por contagio sin saber de que.

Un momento detuvieron su propia conversación, y oyeron decir a Manuel dirigiéndose al anarquista:

—¿No te digo? Te has echado otro adversario, desde que falta don Jaime... Daniel lo ha heredado en vida.

—No es por eso, –dijo Velázquez, –sino que necesita estar bien con la familia.

Daniel se alteró y dijo muy ligero:

—Por eso tú has estado tan galante con la señora Buklerc.

Velázquez dejó escapar: «Maud» y un palmoteo saludó su atropellamiento.

Manuel insistía sobre las exaltaciones de Daniel, para con el belga y Velázquez imitando a un vendedor de diarios, gritó:

—¡Daniel esta noche está tremendo!

—Yo me preocupo siempre de él –dijo Hordies con mucha calma y a quien el joven, su contrario absolutamente en ideas, solía decir cosas duras. –Las energías de los débiles son atroces. Vean ustedes al Zar.

—Cuidado Velázquez, –dijo Manuel, –mira que Pablo vela por Finlandia... Y Pablo es astuto.

—Un hombre verdaderamente fuerte no tiene astucias, –observó Marco, y se prolongó la charla...

—Che Pablo, –preguntó Velázquez, –¿no podría dictarse una ley dando un puesto honorífico a los chiflados por la educación pública? ¡Por favor, proponlo! Sería la única manera de sacarnos de encima a Manuel.

—Motiva esta explosión el haber yo dicho que se debe educar, cambiando al individuo el cual sin educar es una fiera. Un asalto, una catástrofe cualquiera, que suspenda las garantías, convierte a los hombres en bandidos. He ahí la muestra de la naturaleza humana librada a sus propios instintos.

—Enseñar a leer y enseñar a trabajar, –observó Daniel.

—Sí. Y se habrá hecho mucho, cuando deje de mirarse al trabajo como virtud heroica y se le considere simple costumbre provechosa.

Después de un rato Hordies tiró su cigarro y recogió las piernas; los demás lo imitaron, porque entraba Hellen.

—Se hablaba de la amistad y aquí llega su gentil representante, –dijo Marco sonriéndole.

—El sentimiento más elevado y quebradizo, –exclamó Hordies.

—¡Y tan noble! Lo afirma el tiempo, lo prueban las tribulaciones, y no consigue disminuirlo la distancia; –respondió la joven con firmeza, pensando en Mecha y Esperanza, mirando a su marido y a su Maestro.

—¡Y la influencia que puede tener un amigo superior sobre otro amigo superior! –observó Pablo. –Recuerdo la impresión que me hizo, el oírle decir a mi Hellen un día: «La intensidad y la experiencia de la vida se hacen con el dolor.» Era un eco fiel de Marco.

—Es que Marco es el Maestro, no hay que olvidarlo, Pablo, –advirtiole su mujer, mirándolo con su manera cordial y amante.

En grupo bullicioso volvieron las señoras nuevamente al hall.

—¿Y mamá? –preguntó Pablo.

—Ha quedado arriba en su sala, está un poco cansada, –respondió Lucinda, siempre hermosa, con sus cabellos demasiado negros.

—Emilia era lo mejor de la reunión, –dijo Mecha con aplomo, apareciendo la última, vestida de blanco, perlas soberbias cayendo en cascada, en varias vueltas, hasta su cintura y gran sombrero negro con plumas, que se erguían altaneras en su altanera cabeza. Y preguntó: –¿Qué se decía?

—Comentábanse las crueldades que ha usado usted para con Daniel durante la reunión y todo éste último tiempo. Se sumaban con envidia; –respondió Velázquez, uno de los primeros en apercibirse del cambio favorable de la joven para con aquél.

—¿Conoce usted algún hombre que merezca la pena de nuestra crueldad? –contestó ella, entre risueña e impertinente.

—Todos nosotros, –contestó Hordies muy ligero, provocando la risa de los demás.

—¡Se cree tan fácilmente lo que se desea! –observó Marco, desde el otro extremo, donde se hallaba conversando con Esperanza.

—¡Es cierto! –exclamó Mecha tan vivamente, que no bien pronunciado, mordió sus labios y se puso como grana, lo cual aumentó la risa a su alrededor.

—¡Cosa curiosa! –decía al mismo tiempo Manuel, soltando la carcajada, a quien Velázquez refería una conversación sorprendida durante la fiesta.

—¿Qué pasa? –preguntó María.

—Un cuento para hombres solos inventado por Velázquez, mi hija, –contestó su marido.

—*Parole d' honneur* [54], –afirmó éste con seriedad fingida, –lo he oído tal como siento no poderlo repetir... Es auténticamente incontable... Unicamente puedo exclamar con el protagonista: ¡tengo el alma destrozada!

---

54   *Parole d' honneur* : (fr.) palabra de honor.

—Sólo los hombres son capaces de sufrir de esa enfermedad, –dijo Mecha, mientras sacaba sus guantes largos, descubriendo sus manos y brazos estatuarios.

Daniel no había intervenido en las bromas, aunque sentía a su orgullo dilatarse y dejaba traslucirse a su contento. Tomó en ese momento la mano de su hermana y sacudiéndola cariñosamente preguntó:

—¿Por qué se respeta a Marco aquí? Son demasiadas prerrogativas.

Pablo aprobó con la cabeza, dio un golpecito en la espalda del médico y dijo:

—El amor no me lo ha guiado, amigo, por el trayecto en que se orienta su vida. Nada tiene que reformar en la elegida.

—Todavía Mecha... –observó ésta misma, riendo.

—Como en el amor no interviene la reflexión, lo ha guiado bien: hacia el descanso moral... Con Mecha tendría que haber seguido siempre en actividad su enseñanza, –dijo Manuel, mirando a la joven con la ternura indulgente que se tenía para ella.

Ella extendió sus manos en acción de gracias, fijó sus ojos en Marco y una expresión vivasísima la iluminó toda. Con exageración y acento de piedad estudiados dijo:

—¡Ah!... Era tiempo que descansara el pobre Maestro. Vivíamos todos oprimidos por la ansiedad, entre sus tentativas de reforma... ¡El Redentor!... Ibamos necesitando redimirlo. Y como un loco hace ciento íbamos también cayendo, cayendo como en un pozo oscuro en sus ideas de altruismo y regeneración – Soltó la risa en cascada como sus perlas y viéronse sus dientes entre la corola rosada de su boca. –Hasta yo me sorprendía inventando la constitución de una sociedad nueva para la que me servía de molde la del país de Coco... ¡Ah! ¡Cómo se respira bien ahora lejos de su moral flotante y angustiosa! –Y usando un aire cualquiera tarareó– *«L'ami du genre humain n'est pas du tout mon fait.»*[55]

En ese instante hacía irrupción en la pieza un grupo original. Maud, Beatriz y Dagmar, aprovechando la conversación y el bullicio, habíanse escabullido, disfrazándose las tres con mantas de colores vivos y largas barbas. Entraron haciendo reverencias, y rodeando a Alba, vestida de blanco que llevaba en sus manos, muy en alto, una bandeja de plata. Recorrieron así lentamente el hall, en medio de la curiosidad general, hasta que deteniéndose delante de Marco se inclinaron hasta tierra. La niña se adelantó y en una actitud llena de gracia púdica le presentó la bandeja que llevaba en las manos diciéndole, con su voz más suave que ninguna: «Salve Maestro. Aceptad de mi mano la ofrenda de los Reyes Magos.» Conmovido y radiante, Marco vio brillar, liso, tímido sobre el gran plato de plata, el pequeño anillo de oro que una trampa de Esperanza pusiera un año atrás en sus manos.

Tomándolo con la veneración que un creyente una reliquia, y la con-

---

55   Cita de la bien conocida comedia *El misántropo* de Molière (Jean-Baptiste Poquelin, 1622-1673), dramaturgo y actor francés. Acto I, escena 1, Alceste dice a Philinte: «Je veux qu'on me distingue; et, pour le trancher net,/ L'ami du genre humain n'est point du tout mon fait». En castellano: «Quiero que me distingan, y para decirlo en breve, el amigo de todo el género humano no es amigo mío».

vicción con que se ejecutan los actos definitivos, lo colocó en el dedo trémulo de su prometida.

Una exclamación de inmenso contento lanzaron todos los amigos reunidos en el hall, y Lucinda anunció entonces, oficialmente, el compromiso consentido por ella de antemano.

Esperanza corrió hacia Mecha y abrazándola hasta ahogarla le murmuró en voz baja: «¡Marco te quiere tanto!»

Se bebió por la felicidad de los novios. La alegría más intensa desbordó en aquel ambiente; el júbilo y la dicha mostraron allí por largo tiempo su faz risueña.

Mecha chocó su copa con ellos; la chocó con Pablo, Hellen y Daniel; la chocó con Lucinda... Nunca había estado más alegre y más deslumbrante. Su espíritu salía a torrentes, estallaba como las mil figuras luminosas de un fuego artificial.

—La belleza de Mecha embriaga más que un licor, —murmuró serio Hordies para Marco y Velázquez, parados a su lado.

—¿Se acuerdan de la discusión con don Jaime en Itahú, sobre el super mono? —preguntó Pablo, señalando a la joven. —Ahí tienen ustedes un desmentido de la teoría transformista.

—Hay que obligarla a que siga viajando, —dijo Hellen. —Ella preconiza mejor la idea de nuestra cultura que la diplomacia.

—El gobierno debe otorgarle un cargo honorario —repuso Daniel. Y agregó Velázquez:

—Sí; a cambio de que use en el sombrero los colores de nuestra bandera para llevarlos triunfalmente a todas partes.

Esperanza hizo esta observación muy justa:

—Y lo más curioso es, que esa belleza nadie la envidia.

—Porque tienen la intuición de lo que pesa, —contestó Mecha con súbito impulso, y su tono breve provocó un silencio.

—Con ese sombrero, amenazado por la cocarda azul y blanca, pareces un retrato de Reynolds [56], —díjole Marco con su voz aterciopelada.

—Gracias, Maestro, por las comparaciones artísticas con que usted me obsequia... con demasiada frecuencia... Lástima que me cambies de ubicación tan fácilmente. ¿No soy ya, entonces, el boceto genial de un Viejo Maestro encontrado por casualidad en un granero?... —Su risa infantil no dejó entrever a Marco su amargura. Risa que fue perdiéndose con ella, que se alejaba y desaparecía en la puerta abierta sobre una sala interior, mantenida a media luz. Sola allí dejose caer sobre un sofá, y dijo en voz alta con aire de lasitud:

—¡Estoy cansada!

—Es que llevas sobre las espaldas el dolor que causas, —dijo una voz: la voz detestada de Lucinda. Casi un grito le arrancó la sorpresa de oírla y de encontrarla allí.

---

56 *Reynolds*: Joshua (1723-1792) pintor inglés, retratista muy famoso y uno de los más destacados artistas de la pintura inglesa. En 1784 Reynolds sucedió a Allan Ramsay (1713-1784) como pintor de la Corte. Artista muy prolífico, produjo más de 2.000 retratos que plasman a la sociedad londinense de su época http://www.epdlp.com/pintor.php?id=351

La madre de Esperanza hacía un rato que se hallaba en esa sala, aprovechando el tiempo en adelantar las oraciones de la noche. Lucinda habíase refugiado en esa devoción que consiste en pasar las cuentas del rosario.

Mecha se levantó y dijo con aire impertinente, parándose delante del enemigo:

—¿Qué?... ¿qué?... Y en el acto Lucinda recordó viendo crecer su estatura y bullir su sangre en soberbia cólera al orgulloso chileno, don Diego de Iturbe.

Después de Esperanza, para esa madre, el hijo preferido había sido siempre Daniel, y cuando llegara la antigua Cenicienta, transformada en duquesa y dueña de millones, acarició la idea de hacer lo que deshiciera antes. Desde entonces la hija de Felicia no tuvo admiradora más entusiasta, ni amiga más rendida, y la joven, comprendiendo que Esperanza no hubiera tolerado desaires para con su madre, soportaba su sociedad y sus adulonerías, conservándole el rencor, la antipatía invencibles, el desprecio que moraban continuamente en ella.

Lucinda en el fondo no le perdonaba tampoco los sufrimientos de su hijo, sin ocurrírsele que su mano fue quien desuniera a los dos en la edad primaveral. La madre no se engañaba como los otros; las apariencias no la burlaban. Vigilaba el semblante del hijo leyendo en él las alegrías de su cariño y de su orgullo con ansiedades agrias, pues el desdén de la joven se le hacía cada vez más visible.

El matrimonio de Esperanza con un hombre como Marco la entonaba, animándola a decir lo que no hubiera sabido decir antes, y le repitió con voz más clara:

—Es que llevas sobre las espaldas el dolor que causas.

Mecha comprendiendo de donde le nacía el valor de la palabra, cruzole la cara con una mirada impertinente y lanzó sobre ella todo su desprecio, increpole todas sus maldades.

—Suegra de Marco, –concluyó, –¿recién te apercibes que causo dolores?... No he olvidado yo a mamá, ¿me entiendes? No he olvidado los sufrimientos de la Santa. Te he soportado por Esperanza... Ahora ya no existe; ahora nos la llevan... No es tuya, no es mía: es de Marco. Es toda de él; del hombre pulpo que no suelta... ¡Ah! eso te lo aseguro yo... Nuestra hija, Lucinda, es ya de Marco.

—¡Gracias a mi Dios! –dijo ésta, levantando sus espléndidos ojos al cielo. –¿En qué manos podría estar mejor?

—No ignorabas mis sentimientos en el pasado para contigo, –continuó la hija de don Diego, implacable y más exaltada cada vez, dejando caer sobre la cabeza odiada la amargura que le causaban los otros. –No quise entonces defenderme con el escudo de los pobres: el silencio... He dicho, he dicho siempre. He mordido, según dice Pablo. Mi único lujo durante quince años han sido la franqueza y la rebelión. –Una risa nerviosa salió de su garganta al descubrir en las manos de Lucinda el rosario de marfil. –¿Hablas de Dios y hablas con Dios, tú?... ¡Con el Dios de mi madre!... ¿Quién es tu confesor?... ¿Le cuentas todo? Dile de mi parte que no conseguiría todo el Jordan blanquear tu alma percudida.

Lucinda mirábala, azorada y empalidecida. A esta última frase púsose lívida y enmudeció, como si hubiera perdido el uso de la palabra.

La joven se acercó a la puerta interior, levantó la cortina y antes de traspasarla dijo de nuevo en tono insultante:

—He dicho mucho, mucho; pero me resta mucho que decir... –Y dándole la espalda, salió de la habitación.

Emilia cansada de haber recibido todo el día, refugiada en su salita, a pesar de los repetidos llamados que le hacían desde el piso bajo, Pablo y Marco sobre todo, permanecía medio adormecida sentada en su «bergère»[57] cerca del fuego. De pronto el fru–fru de la seda y pasos muy leves anunciáronle que se acercaba una mujer. Mecha entró, aproximose a la chimenea y estiró, para calentarlo, su pie.

Guardó silencio y pareció a Emilia, presa de una preocupación.

—De las diez o quince mujeres lindas que debe haber por el mundo, tú eres una de ellas indudablemente, –díjole Emilia para distraerla. –Me causas deslumbramiento, al mismo tiempo una dilatación del espíritu y esa serenidad que produce una obra perfecta.

Mecha hízo un movimiento de indiferencia y nada contestó. De repente se acurrucó en un almohadón a sus pies, y distraída, tomó para jugar y morder la cadena de oro que le colgaba del cuello. Tiraba, tiraba de ella maquinalmente, y la cabeza blanca fue inclinándose a esa presión hasta confundirse con los cabellos sombríos de la joven.

—Me vas a ahorcar, querida, –díjole, con la voz con que acariciaba a Pablo en la cuna. –Estás muy nerviosa... ¡Cuidado!... Porque lo estás, únicamente por eso, perdono a tu bondad que desaparezca para Daniel. Desaparece para el más bueno... Todos creen que desde Pascua te ha conquistado su amor y su constancia; y lo peor es que él lo cree más que ninguno... Eso no puede ser, porque no ha podido ser nunca... ¿Por qué, por qué Mecha entonces? –repitiole como a los niños.

Esta se incorporó quedando hincada sobre el almohadón; recostose de codos en sus rodillas, mirola largamente y explicole después:

—Porque es necesario, Madre... ¿Crees que no tenga afecto alguno a Daniel?... –Súbitamente a su rostro lo iluminó la sangre que el esfuerzo hacía subir, y repuso, tomándole las manos: –Es preciso también que yo me vaya para siempre. No he tenido energías para el bien... puedo llegar a tenerlas para el mal.

Emilia que lo sabía y lo entendía todo, para quien no eran necesarias las

---

57   *Bergère*: (fr) sillón de origen francés, caracterizado por las alas que como continuación
      de los brazos enmarcan el respaldo. Los hay de diferentes estilos, campesino, Luis XV,
      etc.

palabras ni las lágrimas, no preguntó más. Levantó casi bruscamente la adorable cabeza y le escudriñó los ojos hasta el fondo; vio en ellos todo el drama, apenas esbozado por las palabras entrecortadas e imprecisas, y una amarga energía para dejar todo y partir. Los ojos de la joven sostuvieron su mirada y un momento después bajáronse vencidos. La Madre los besó piadosa, y su voz vibrante le respondió.

—Sí, mi alma. Sí, alma querida, más hermosa aún que el cuerpo maravilloso que te guarda, y que mis ojos ciegos sólo vieron; anda, aléjate de los que te amamos, por tu bien... y el bien de todos.

La joven besó a su vez esas sus pálidas manos expresivas, que durante mucho tiempo habían sido sus ojos, y escondió la cabeza en su regazo. Su gran sombrero se desprendió de sus cabellos, rodó lejos, y dejó a sus plumas negras erguirse sobre la alfombra roja como los penachos de duelo de un funeral... La madre sentía caer sus lágrimas en sus manos, la hija caer sus lágrimas en su frente.

Al largo rato de permanecer así, inmóviles, en la misma posición, una sombra oscura se dibujó en la puerta. Emilia miró, abrió inmensos los ojos e imperiosos. Ojos que arrojaban fuera al que llegaba, y le imponían silencio eterno sobre lo que acababa de sorprender.

Marco empalideció, abarcó en un segundo aquella escena muda, que destacaba el reflejo de las llamas del hogar, una expresión de asombro entristecido cambió su rostro, movió la cabeza en señal de haberla comprendido y sin hacer el más leve ruido desapareció. Mecha no lo supo nunca.

A Mecha la sostenía su dignidad orgullosa y altiva. Hubiera preferido morir antes de que Marco sospechara su derrumbe, antes de leer esa sospecha en el dolor de Daniel, en el cariño de Pablo, en la expresión burlona de Hordies. Y toda su voluntad púsola al servicio de su amor propio femenino, esforzándose por cubrir con sus propias manos los escombros. Su tribulación la llevó a tentar el medio de que se valen otras, escudándose detrás de la pasión inmutable de Daniel, y llegar, si conseguía vencer su propia resistencia, a ligarse a él, borrando con ese acto en Marco toda duda. Su vida no tenía más objeto desde el incendio del galponcito verde, que recordar, compulsar, analizar todo aquello que podía haberla hecho sospechable cerca de él: sus cambios de color, el abandono de las flores de Daniel, la elocuencia de sus ojos, la coquetería de sus palabras. Y el joven, que últimamente se había retraído, no yendo a Itahú, desapareciendo del escenario, mostrando un poco tarde su orgullo de varón, creyó soñar al notar su cambio y tenía momentos en que se atrevía a pensar que sus manos asían al fin su sueño.

Todos estos cambios y zozobras y alternativas, doloroso trabajo interno, no salían a la superficie. El drama cavaba hondo sordamente.

Continuaba poseyendo a la joven un terror secreto; sabíase impulsiva como su padre y como él suceptible de que la encegueciera la cólera. Era muy rápido, también ese momento, porque acudía siempre a tiempo la bondad materna. ¡Pero se necesita tan poco tiempo para hacer el mal! ¡Y el mal irreparable!

Los distintos estados en Daniel, que cambiaban como la flecha destinada a marcar el viento, dependían de las impresiones casi enfermizas de Mecha, las cuales variaban cada día y con cada una de sus reflexiones inseguras, inconstantes e impacientes.

Al mismo tiempo que cayera la venda de sus ojos, cayeron su fe en la religión toda humana del Maestro, las resoluciones de emplear su vida en bien de los demás. Su espíritu vivaz y flexible, que veía pronto la ironía y el ridículo de las cosas, se burlaba de sus propósitos, y más, de escenas parecidas a la del trasatlántico. Y se convenció que para ella no había más ley que la del amor. Su fuerza venía de ahí. Ahora toda su fuerza cedía y rechazaba. No obedecía, al ir hacia el templo de la heroica fe de Marco, a ninguna convicción, ni adoptaba doctrina. Quería simplemente seguir al Maestro porque lo amaba, sin apropiarse sus teorías ni sus máximas. Comparábase con un infeliz ignorante a quien un cruzado hubiera encontrado desorientado en su camino, levantándolo por piedad hasta la grupa de su caballo... ¿Hasta dónde había ido?... Hasta donde la llevó el cruzado.

Las ideas pasan ante nuestros ojos ligeras, impalpables, como nubes, sin dejar rastro; pero otras se encarnan en nosotros, nos levantan el alma con su soplo, nos llevan con ellas, nos arrastran. La fuerza de convencimiento no podía emanar para la joven de las ideas, sino del Maestro mismo, que con la paciencia del amor hubiera llegado a engendrarlas.

Le parecía fácil desatar el lazo que la ligaba al país natal. Sin embargo, difería el momento de resolverse a partir...

Así pensaba y sentía el día siguiente de la recepción de Hellen, sola en la salita amarilla y oro de su casa de la calle Uruguay. Unicamente se oía el ruido de la leña al quemarse en la chimenea, y en la calle el rodar de algún carro o algún carruaje.

Acababa de cerrar un cofre artístico, el cual veíase aun sobre la mesa, en el que guardaba antiguos papeles y viejas cartas, cuando Anita le anunció a Daniel.

Hablaron de cosas indiferentes algunos momentos, mas, el joven impaciente llevó la conversación al terreno que él ansiaba, haciéndole un resumen elocuente de la historia de su cariño. Exaltándose a medida que recordaba, terminó en un arranque de energía apasionada, y ella se resolvió a decirle claro lo que no quería él entender a medias palabras, confesándole con dulce acento la imposibilidad de pertenecerle y empleando este consejo doloroso:

—Daniel, debes olvidarme.

—Sabes, Mecha, que es eso imposible. —Sus propias palabras lo embriagaron, crecieron sus vehemencias y su exaltación, y de las súplicas pasó a los recuerdos, y de los recuerdos a los reproches.

—El peor camino tomas, —advirtiole la joven, con cierto cansancio en el ademán y en la voz. Y él, herido en sí mismo y en su madre, conociendo la escena de la noche anterior, no pudo contenerse y a pesar de su amor, justamente por su amor, quiso herirla y le dijo en un tono que ofendía:

—¡Eres una coqueta!

—Completaré tu frase, —respondiole con aire estudiadamente negligente. –Eres una coqueta, y una coqueta no merece la consagración de un hombre. La contestaré también: el sacrificio de una mujer lo merecen muy pocos hombres. No figuras tú entre ellos... Estamos iguales pues; hemos concluido de tratar este asunto, Daniel... Y amigos como siempre.

Daniel leyó la firmeza de esa resolución y desesperado volvió a las súplicas, a las protestas de imposible olvido, y cayó nuevamente en las ironías hirientes y amargas.

—Te fastidio... No te fastidiaba antes sin embargo, —dijo clavándole los ojos con expresión de desafío.

Tranquilamente y sin bajar la vista ella le contestó:

—No sé si realmente te he querido alguna vez, aunque me inclino a creer que aquello fue sólo el deseo de contrariar a tu madre.

—Bastante te ha perdonado ella, después, —le respondió.

—¿Perdonar?... ¿Perdones de ella a mí?... —exclamó levantándose y lanzando chispas por los ojos.

—Sí, —respondiole Daniel. Y enceguecido por el despecho y el dolor, arrojó sobre la criatura que adoraba y por quien hubiera dado sin vacilar la vida, todos los cargos que tenía para ella guardados desde tantos años, y que él creía justos.

La hija de don Diego de Iturbe lo escuchó callada, pero ante sus ofensas su cólera empezó a ofuscarla, y a bullir con su sangre el odio a la madre. Y en tanto que el joven continuaba increpándola y tomando su silencio por confusión producida por sus palabras, ella escuchaba y acogía la tentación, obedecía a la fascinación del pecado.

Sin pronunciar una palabra se acercó al cofre, sacando de él un paquete atado con una cinta celeste pálido. Sacudiolo en el aire delante de los ojos del enamorado iracundo y con una expresión maligna que afeaba su cara, riendo exclamó:

—Los colores del candor... Emblema de la primavera de la vida... Recuerdo de amores inocentes... Estiró luego su mano en el ademán de entregarle el paquete y lo miró fijamente, agregando: –No quiero conservar estas cartas de amor. Tómalas tú, y muéstraselas a tu madre, la interruptora, a quien tal vez le interesen mucho más de lo que tú y ella misma pueden suponer.

Daniel más sorprendido de la ironía sardónica de sus palabras que de su gesto, a su vez enmudeció.

Arrepentido ya de haberse dejado arrebatar por la ola de sus iras, no encontró palabras para interrogarla o para responderle, e impuesto por su ademán imperioso, recibió las cartas. Un dolor sintió, y lo enterneció el contacto del papel en el cual había creído volcar el alma en otro tiempo, en la estación, según ella decía, primaveral, y sintió que sus propias palabras grabadas, en él, quemábanle las manos. Minutos más tarde tomó su sombrero, se inclinó, y dio unos pasos para salir.

Por una gama de colores pasó el semblante de la .joven, desde el carmín más subido hasta el blanco del mármol. Su pecho se levantó apresurado, y su cara tan movible se llenó de cambios de expresión, transparentando los que se operaban en su interior. Repentinamente, cuando vio a Daniel traspasar la puerta, soltó un leve grito, corrió hacia él, le arrebató los papeles y rápida como el pensamiento los arrojó al fuego. La llama se alargó devorándolos en un segundo.

Mecha y Daniel contemplaron con los ojos muy fijos y muy abiertos el sacrificio. Después de un rato ella dijo con voz grave: «*Requiem æternam*».[58]

Daniel salió... Continuó ella un largo rato mirando el fuego... Murmuró de nuevo:

—«*Requiem æternam*» y levantó su frente. Pasó por ella, tersa y pura, su mano blanca: «Estoy en peligro de volverme mala; de volverme cruel... Si hubiera dejado salir a Daniel, a estas horas Mecha Iturbe sería una infame criatura... ¡Horror!... Manuel, Esperanza, Daniel: los únicos que valen de su raza!... Y qué poco faltó para que Daniel saliera... ¡Qué fácil es perderse!...»

La elegante mujer con gesto de repugnancia añadió: «Creo que me habría sido imposible vivir después, con esa mancha en el alma; sin que el fuego hubiera purificado mi intención... Sucias las manos... el alma sucia... Sí, Emilia; debo alejarme; irme para siempre por el bien de todos... No he tenido energía para el bien, empiezo a tenerla para el mal».

Una desesperanza mortal la abatió de nuevo, un frío soplo pasó sobre ella, y una convulsión abrió su boca por la que salió un sollozo amargo.

Los papeles que arrancara a Daniel y arrojara a las llamas, eran, sí, cartas de amor. Las cartas de amor de Lucinda Millares a Carlos de Alcántara, encontrados después de su muerte por Mecha Iturbe, en el cajón secreto de un viejo escritorio.

---

58   *Requiem aeternam*: (lat.) «descanso eterno» las primeras palabras de la misa de difuntos en latín.

XXV

Cuando conoció Emilia la partida del barco que se llevaba a Mecha, sintió un gran frío en las entrañas, dejose caer en brazos de Hellen, único testigo de su desgarramiento, a quien como a ella faltara el valor de ir hasta abordo, y no pudiendo dudar que la inteligencia superior de la mujer de su hijo, tenía que haber transparentado las tribulaciones dolorosas del alma fina que se alejaba, antes de comenzar su llanto, prorrumpió como informada por un presentimiento: «¡Mecha, Mecha querida!... No volverá... Es la primera hoja caída antes de tiempo, del frondoso árbol de Itahú.»

Pasados los primeros meses de su regreso a la Corte, Mecha quiso viajar sin otro programa que aliviar su tedio. Acompañada de Villapandos recorrió sin curiosidad un mundo ya visto, y sin conseguir lo apetecido, que para ella consistía en ser en el extranjero una desconocida. Su belleza la delataba.

Don Jaime, a quien rejuvenecía su presencia, gozaba con la reputación adquirida por su cuñada de ser una de las mujeres más lindas y elegantes de Europa y con la huella que dejaba en las cortes, coleccionando las revistas que publicaban su retrato y los periódicos que le destinaban sus crónicas. No protestaba jamás de aquel abrir y cerrar baules, de aquellas continuas fugas de un país a otro. Decía apenas algunas veces, que era andar en un automóvil cuyo *chauffeur* se hubiese enloquecido. Con egoísmo de viejo, encontraba encantador el rechazo de los adoradores brotados a su paso, temiendo el momento en que pudiera serle arrebatada la luz de su vejez, según se repetía, cuando dilataba su corazón la angustia; tanta en algunos casos, que descendía a consultar con Anita las impresiones de su Señora.

La noble familia de Alcántara y Ramos, y la de Arco, veían en la duquesa viuda del Riesgo una representante soberana de sus casas, un exquisito florón de su diadema que las enorgullecía en el presente por las glorias de su raza, la cual fuera ostentada por la joven americana en todo su esplendor, al llevar la representación de una Majestad o de una Alteza a ceremonias y festividades de cortes extranjeras.

En estos viejos cariños, en esta ternura apasionada de su familia española refugiaba ella su alma de gran amorosa, como una flor tropical en un invernáculo, pero no se acortaban sus horas de soledad moral. No tenía ya fe, no tenía ya confianza en que apoyarse. Y extrañaba. Extrañaba sus amigos y extrañaba su tierra; sufría la nostalgia no sólo de la patria sino también de los seres y de las cosas. No le faltaba únicamente la gran familia; necesitaba atravesar el puente, cruzar el bosque, contemplar el río, deslumbrar sus ojos con su sol de fuego. Y anhelaba el saludo de los obreros, la sonrisa de los enfermos, las manos escudriñadoras de los ciegos, y el golpe sobre los yunques y el ruido de los motores, y el incendio de las fraguas y el cielo azul y la hierba verde. Deseaba los ojos de Alba, «los caramba» de Coco, la risa de los niños del lugar, las caricias de Esperanza... Y también la voz del Maestro.

Su vida estaba allí. Su vida moral dolorosa, combatida, amable, tempestuosa, sonriente, dulce, trágica, que le aparecería confusa, haciéndole suceder impresiones, y concluyendo por abatirla en una melancolía, en que todo le aparecía uniformemente gris, acortándole el horizonte.

Su tristeza la hizo supersticiosa; creíase esclava de un destino inmutable, y miraba, ahora, su propia belleza con lástima, como una cosa preciosa y delicada y frágil, condenada a romperse.

De esta situación mortalmente afligente llegó a sacarla Emilia, acompañante de sus hijos en un corto viaje que de pronto resolvieron realizar. Durante todo el tiempo de su permanencia en el viejo mundo no se separaron. Su compañía, las promesas de repetir la visita reanimaron su espíritu, y una preocupación agrandada por los asuntos pasionales de su hermano la distrajeron aunque ansiosamente. Éste vivía para su amor al que la incertidumbre y la oposición no dejaban languidecer. Cada día adquiría nuevos temores, pues el marido de Silvia, Carlos Delort, lejos de abandonar la partida, aparecía cada vez más empeñado, resuelto e irritado por el justo temor de que pasado el tiempo exigido por el decoro, su mujer se uniera al joven Iturbe. Aquél había acentuado aún más su reputación bien ganada de hombre impulsivo y violento con numerosos lances y reyertas, y salió a luz un episodio de su vida de hombre soltero en París, repitiéndose que una artista célebre por sus diamantes conservaba en su cuello la señal de sus uñas. Corría hasta el rumor de que parecían alteradas sus facultades mentales, lo que otros desmentían piadosamente achacándolo todo a excesos en la bebida. Una u otra causa no eran precisamente tranquilizadoras.

Una vez el divorcio declarado, Silvia continuó llevando una existencia retirada, viéndose muy de tarde en tarde aquí o allá con su prometido.

La madre de la joven no permitió la entrada de Pancho a su casa. Se oponían sus convicciones religiosas, y las conveniencias sociales.

La hermana vivía en la inquietud de la solución que debería llegar alguna vez para ese estado de cosas, imposible de mantener perpetuamente.

Celosa del concepto de los suyos, deploraba las murmuraciones, tan inevitables en una situación irregular, y las cuales fueron extendidas por la noticia de que Silvia y Pancho preparaban un viaje a la América del Norte, cada uno por su lado, con el fin de casarse allí. Esta era una de esas suposiciones que su posibilidad da como ciertas. En el mundo se esparce siempre con éxito una nueva, aunque sea absurda, con tal de que moleste la reputación de alguien.

Mecha llevaba contados, día por día, los diecisiete meses transcurridos desde su regreso a España. Una noche no quiso salir, prefiriendo permanecer en la casa con los viejos. Don Jaime que leía diarios de Buenos Aires exclamó de pronto, en su tono de distinción campechana:

—¡Hombre! ¿Puede darse nada más idéntico que este retrato de Marco?

La joven le arrebató de las manos el número de *Pebete* indicado, recorriendo interesadísima una página, dedicada por el periódico al Maestro, y entretanto fue interrumpida de nuevo por la carcajada de don Jaime, al mostrarle otro ejemplar de *Caras y Caretas*.[59]

—En éste sí que está parecido nuestro amigo, –díjole, y puso ante sus ojos la admirable caricatura del gran médico por Cao.

Esa profusión de retratos la llevó a buscar su razón de ser, y encontró la noticia de su designación por el gobierno, como delegado a un Congreso Científico que debía verificarse en Alemania.

¡Marco y Esperanza en Europa! Éste fue su primer pensamiento. Luego, mil otros entraron a torrentes en su cerebro, hasta que cansados se aquietaron, dejando a su corazón sentir.

Marco llegó con Esperanza a Madrid, después de haber llenado, con todo el brillo de su talento, su misión, alojándose en el departamento principesco destinado para ellos en la lujosa mansión de los duques del Riesgo.

Hermosa, fresca, encantadora, más gruesa y más mujer encontró Mecha a su hija; y a Marco más jovial y más plácido, reflejando el bienestar que lo inundaba.

Todo lo más notable de la corte castellana visitó al Maestro, viniendo desde provincias, hombres de todos los credos y de todos los partidos, a saludar al argentino eminente en su obra y en su ciencia.

Mecha veíalo muy poco. Nadie, y menos él, hubiera sospechado el aniquilamiento de esa alma sellada, profundamente honesta y pura, heroica en su renunciación. Cordial, sonriente, de una elegancia refinada y sutil, ofrecíales su regia hospitalidad de gran señora con igual naturalidad y sencillez de maneras que en Itahú.

Llegaban justamente en días de gran labor para las señoras de la alta sociedad española. Terribles inundaciones habían azotado algunas provincias,

---

59 *Pebete, Caras y Caretas*: revistas populares argentinas. Las caricaturas del artista José M. Cao aparecían en *Caras y Caretas*. La primera novela de Duáyen, *Stella*, recibió mucha atención en la revista, y hay caricatura de Emma de la Barra en el número 366 (7 de octubre, 1905).

arrojando en la miseria a cientos de familias. Para aliviarlas, formose un comité con miembros de la aristocracia, cuya presidencia honoraria aceptó la princesa Isabel, designándose secretaria a la joven duquesa, la cual aumentó su popularidad, al conocerse la suma con que inscribiera su nombre en las listas de suscripción. Las proximidades del carnaval les sugirió la idea de resucitar en todo su esplendor una diversión en desuso, intercalando en el programa de fiestas un baile de disfraz, al cual sólo tendrían entrada las personas invitadas.

Mecha, completamente dedicada a sus nuevas tareas de secretaria, permanecía el tiempo fuera de su casa. El día de la fiesta regresó muy retardada para la comida. Al sentarse a la mesa preguntó por su hermano a quien no veía hacía días, y que acostumbraba a comer con ella tres o cuatro veces a la semana. El sirviente al oírla, pidiéndole disculpa por haberlo olvidado, le transmitió una comunicación que el joven hiciera por teléfono, avisando su salida en excursión de caza con algunos amigos a la finca del Marqués de las Canteras, no pudiendo ésta postergarse, pues tenía por objeto hacérsela conocer a un notable extranjero de paso en la corte.

—El señorito, –añadió, –dice también a la señora, que no le será posible venir a buscarla, porque llegará tarde y apenas tendrá tiempo de cambiar de ropa. Que en el baile se verán.

—¡Ah! –advirtió Esperanza cuando hubo salido el criado, yo también iba olvidando... –Silvia Duparc te llamó por teléfono, a las seis poco más o menos, y en tu ausencia acudí yo. Preguntó por Anita, y habiéndole dicho que tampoco se encontraba en la casa, me pidió, creyéndome otra persona de servicio, te comunicara su desistimiento de ir al baile.

—¡Pobre Pancho! –exclamó la joven entristecida; –vive desde hace un mes a la espera de esta fiesta que por su carácter les hubiera permitido hablar libremente. ¡Son tan raras las ocasiones que se les presentan de poderse ver!

—La madre de la joven se conduce sin tino alguno. Debe ser muy poco inteligente para no darse cuenta que su manera de proceder obligará a estos dos enamorados a precipitarse –observó Marco sin terminar su idea.

—Hay que ponerse en su caso, –dijo Esperanza; y Mecha, cuyo semblante se había nublado más aún, repitió:

—Hay que ponerse en su caso. –Pensó luego un momento y añadió: –¿Qué sucederá para que Silvia no asista? Alguna escena con la madre o algún encuentro con el marido. ¡Hombre malvado y vil!, –exclamó llenándosele la cara con la sangre que hacía subir la indignación. –Hasta ahora no ha habido una sola persona que salga a su defensa, todo el mundo lo condena, y es ésta la mejor prueba de su conducta odiosa. Sin los escrúpulos religiosos, todos, todos sin excepción, después del divorcio, hubiéramos facilitado la unión de dos criaturas buenas y simpáticas como Pancho y Silvia... Ultimamente resolvió ella ocultarle las persecuciones y amenazas de que era objeto, para no exasperarlo.

—¿Y en qué parará todo esto? –preguntó Esperanza. –¿Es cierto lo del viaje a Norte América?

—Nada hay de cierto, ni de mentira, –contestó la joven... –Todo es indeciso en este asunto, angustioso como una agonía; todo es sinuoso, según pasa siempre, en las situaciones irregulares... Sí; para nosotros, católicos fervientes, es irregular y tortuosa la de estas dos criaturas, tan queridas de mi corazón, Marco, –agregó, mirando al Maestro en cuya expresión había entrevisto su pensamiento.

—He conocido al marido, –dijo Marco. –Es un hombre interesante, y cuando se habla con él y se le tiene delante, no es difícil comprender que haya podido enamorar a la que fue su mujer y a otras muchas, antes de conocer de él otra cosa.

—¡Y ella es tan linda, tan espléndidamente linda, y espiritual e inteligente! –exclamó la hermana. –Convence sólo con presentarse, de la razón que tiene Pancho de adorarla, y el otro de enloquecerse al perderla. –Lágrimas llenaron sus ojos, y la emoción apretó el pecho de los otros. Con voz profunda dijo: –¿En qué parará todo esto? Veo, como en la tragedia antigua, cernirse sobre nosotros la Fatalidad.

El matrimonio se retiró a su departamento, y Mecha se dirigió al suyo, a vestirse para la fiesta.

Marco escribía hacía rato en la magnífica mesa de ébano y bronce que perteneciera al gran señor de aquella casa, y Esperanza, cómoda en su baton celeste, ocupábase en copiar a máquina los pliegos que él le iba pasando, llenos de sus caracteres claros y firmes. De tiempo en tiempo una caricia o una palabra los interrumpía. El Maestro preparaba una conferencia, que había sido invitado a dar próximamente por la Sociedad de Ciencias de París.

Esperanza, desobediente a los ruegos de su madrecita, prefirió a los placeres de la fiesta, la austera velada en compañía de su marido.

Pasadas unas horas, tuvieron los dos al mismo tiempo el sentimiento de la presencia de alguien en la pieza. Volvieron la cabeza y la admiración apareció en sus ojos. ¡En sus ojos que la habían admirado tanto y tantas veces!

Palpitante y sonriente, en una larga túnica blanca de la cual emanaba un perfume delicado y sutil, contemplábalos la Conquistadora. Todo era blanco en ella menos los ojos, los inmensos ojos de luz y sombra, y dos manchas rojas: sus rosas y sus labios.

—¡Admirable! –exclamaron los dos.

—¡Admirable! –exclamó ella señalando el cuadro de felicidad íntima, que presentaban. Y dirigiéndose a Esperanza prosiguió, mirándola sin mezcla y sin rencor: –Tu reino empieza y termina el mío. Sí, Maestro, –agregó; –mi reino es divertido, es turbulento, es fatigoso; deseo abdicar.

—¿Cuál se atrevería a recoger tu cetro? –preguntole.

Ella sin responderle prosiguió:

—Tu reino, querida, es sereno, envidiablemente monótono, como toda dicha destinada a perdurar. Quiso distraer su emoción y cayó en otra, al recordar a su hermano. Levantando en alto su ramo de rosas rojas, dijo: —¿Ven estas flores? En ellas se oculta, con sus espinas, la traición. La traición tierna, y compasiva y fraternal... ¡Pobre Pancho!... Mientras me vestía, Soledad, mi cuñada, me ha sugerido la idea de hacerle menos dolorosa su decepción, llevándole yo misma, disfrazada de Silvia, la mala nueva.

—Sí, sí madrecita, —exclamó Esperanza, aplaudiendo, contenta como una chica de la broma. —Eso lo distraerá; y ofrecido por tu mano, le parecerá menos amargo el trago... La misma estatura tienen las dos.

—Y si mi capucha descubre por alguna abertura mis cabellos, negros los tenemos también las dos... Me imagino ya la cara de mi Pancho en el momento de reconocer mi voz. —Su corazón de mujer estaba enternecido y sus labios al mismo tiempo llenos de la ingénua malicia de su travesura. —El me contó que Silvia iría vestida de blanco, llevando flores rojas como estas por distintivo... Miren, miren ustedes si no soy Silvia Duparc... Silvia, la infeliz prometida de Francisco Iturbe... —Y, rápida como el relámpago, la negra máscara cubrió su rostro.

—Se ha puesto el sol y nos deja a oscuras, —díjole el Maestro... —¿Y si estás cansada por qué no te quedas con nosotros? —le preguntó en tono distinto.

—Mi puesto está allá... allá en el baile, al que me llama mi vida de brillante insecto, —dijo con un tono de ligerísima amargura que tan sólo ella advirtió, y al cual obligó a cambiarse para agregar: —me obliga también mi cargo de secretaria del comité.

—Me haces mal efecto, no quiero verte así, —replicole él, quien usando la confianza habitual, con su ancha mano, bruscamente, le arrancó la máscara.

—Tiene razón Marco; ni por juguete tienes el derecho de cubrirte la cara, —dijo Esperanza. —Creo que nuestra vida hubiera sido distinta, que el mundo nos habría parecido incompleto si le hubiera faltado tu gracia... Es, deber pues, en ti, el de conservar un encanto que es de todos; desde Marco hasta mi; desde Emilia hasta el último habitante de Itahú.

—Emilia... Itahú... —murmuró ella, dilatando sus ojos, como si eso hubiera podido darle el poder de ver más lejos... —Emilia: ¿hay nada que se le parezca? —preguntó muy ligero, en la movilidad de sus impresiones. Antes de dar tiempo a que se le contestara estiró su mano libre todavía del guante, señaló un retrato colgado de la pared, frente a la mesa en que trabajaba Marco, diciendo: —Miren a Mecha, cuando tenía quince años... A la novia de Daniel... Mi marido no se separaba de él jamás. Mi «mascota» le llamaba... Yo le ofrecí a Emilia mandárselo, y me he olvidado. No lo olvides tú Esperanza. Cuando se vuelvan ustedes a Buenos Aires, lo llevarás. No lo olvides pues... Trataste pues poco a don Carlos de Alcántara, Marco. Era hombre digno de ser tu amigo... No podrías tú querer ni ser querido, sino por gente noble, como él lo era. –Y un momento después añadió, acariciando los cabellos de Esperanza: –A los hombres se les juzga por los afectos que inspiran y por los afectos que sienten.

—Me ha entristecido el recuerdo de la tierra, –expresó Esperanza con una gran melancolía.

—También a mí que ya lo estaba un poco. No sé porque se me presentan esta noche todos los que quiero. –Y haciendo esfuerzos para reaccionar, prosiguió Mecha –El baile se prevé espléndido. Los caballeros pueden presentarse de disfraz o de particular según prefieran. Las señoras deberán ir todas disfrazadas, sin excepción. Se sabe que miembros de la familia real se preparan a asistir... aunque se sabe en voz muy baja... ¡Yo que deseaba, en las postrimerías de mi reino, divertirme tanto, venir a ser la víctima de las tribulaciones de Pancho!... ¡Ah! tan tarde ya! Anita, Anita ven pronto a darme mi abrigo... ¡Cendrillón está en retardo! –Levantó delicadamente el ruedo de su vestido y dejó ver su pequeño pie nervioso dentro de su zapato de baile. Anita trajo su capa de armiño, amplia y espléndida como un manto real. Antes de echarla sobre sus hombros abrió sus brazos, los levantó en el aire, e inmediatamente sus mangas flotantes tomaron la forma de dos alas. Su cabeza se inclinó hacia atrás, su cuerpo delicioso dibujose entero bajo la brillante tela de su larga túnica; parecieron más grandes, más verdes sus ojos, y su boca se abrió como un fruto maduro para sonreír.

—Marco, la Mariposa, –dijo, girando ligera y armoniosa.

—¡Guay! –observole el Maestro. –Mariposa cerca de la luz concluye siempre por quemar sus alas.

Cubriéronla como a un objeto precioso en su capa de armiño, y se alejó de ellos.

Marco creyó oír a la voz de Hordies, tomar un tono grave para decirle: «Su belleza embriaga más que un licor».

XXVI

En todo su esplendor encontró Mecha la fiesta, cuando penetró a la platea del teatro, transformada en un inmenso salón de baile en el cual bailaban y paseaban mil máscaras bulliciosas, luciendo su gracia, su coquetería y su lujo. Damas, pastoras, colombinas, flores y estaciones mezclábanse sin cesar; pero la mayoría de las señoras y los caballeros habían preferido el dominó, vistiendo muchos de éstos traje de frac. Debajo del antifaz se adivinaban los nombres más altos de la aristocracia.

De tiempo en tiempo las danzas cesaban, deteníanse las parejas, y la concurrencia abría calle a alguna máscara extravagante o a grupo original que llegaba.

En cierto momento el interés y las curiosidades disimuladas, siguieron ávidos una fina silueta negra que se escurría entre la concurrencia, pinchando con bromas ligeras y espirituales a todo el mundo que las aceptaba y reía hasta ahogarse, sin acertar jamás a conocer al obsequiante. «Es el rey; es el rey» era la voz que pasaba de oído en oído.

La joven aprovechó la entrada sensacional de un grupo, representando los personajes del célebre cuadro de Fortuny «La Vicaría»[60], para hacerlo ella, también pues no deseaba ser notada. Sin embargo, su aire, su elegancia, su andar inconfundible de mujer bien hecha, y más, el deseo evidente de no ser reconocida, que ponía de manifiesto la capucha cerrada de su dominó y la larga barba de su careta de raso negro, no desviaron de sí las curiosidades que deseaba alejar.

Pálido, de estatura mediana, con ojos oscuros y boca sensualmente bondadosa, descubierta por sus bigotes castaños poco espesos, muy levantados en las puntas, simpático, todo el tipo distinguido sin afectación del chileno de raza, parado en un extremo de la sala y devorado por la impaciencia, Pancho Iturbe esperaba. Su educación obligábalo a soportar las bromas in-

---

60   *Fortuny*: Mariano, (1838 - 1874) pintor español, famoso por sus cuadros de gabinete. Al
      casarse en Madrid con Cecilia Madrazo, famosa belleza de la época, en la iglesia de San
      Ginés, sus visitas al templo lo inspiraron para pintar *La vicaría*: su obra maestra.
      http://www.artehistoria.com/frames.htm?http://www.artehistoria.com/genios/pin-
      tores/1954.htm.

discretas, bondadosas o impertinentes que le atraía su situación, contestándolas al azar risueño y distraído.

En un momento en que la concurrencia atraída por la llegada, al son de la zampoña[61] y el tamboril, de «una boda de pastores de la montaña», la vio venir al fin. Su corazón saltó, y al tenerla más cerca, adivinándola medrosa y anhelante, necesitó violentarse para no salirle al encuentro. Se dijo, mirándola llegar: «El color blanco del dominó sentará a su belleza, y el temor de ser descubierta, mezclado a la dicha de verme, dará a su semblante la expresión de amor ansioso... Adivino su sonrisa bajo la careta, y sus cuidados para disimular el ritmo de su paso. ¡Y cómo se mueve, con su aliento, la barba de encajes de su antifaz!... ¡Y cómo levanta su pecho la emoción! Sus manos están nerviosas, se crispan para apretar las flores rojas como la sangre, las hojas verdes como la hiel... ¡Pobre adorada mía!...»

Ella entretanto avanzaba, disimulando, en verdad, su andar esbelto, no por los otros sino por él; la ansiedad de su expresión dábala la pena que iba a causarle, la sonrisa oculta por el antifaz era tierna, compasiva, traviesa y burlona.

Ya estaba cerca, ya iba a tenerla... De repente, apagando súbitamente los sonidos de la música y los alegres rumores de la fiesta, se oyó una detonación, y al mismo tiempo una voz gritaba, voluntariosamente firme como para proclamar esta verdad: «¡Atentado contra el rey!», repetida inconscientemente por las innumerables voces espantadas de los que corrían, uniformes, confundidos en sus oscuros dominós, en busca, para rodearla, de la fina silueta negra, a la que no encontraron ya... Y Pancho Iturbe, en medio de la tribulación confusa de ese instante, vio al cuerpo de Silvia Duparc dar unos pasos, abrir sus manos, girar, caer extendido e inmovilizarse, después de una extraña convulsión... Atropellándolo todo, lívido y bamboleante se abalanzó hacia donde la joven yacía, y a la que se acercaban muchos otros que la vieran caer, descubiertos, como lo estaban ahora todos los demás en la sala. Se arrodilló a su lado, e instintivamente le arrancó la máscara... Un grito de horror, de asombro, de dolor, desesperación y protesta lanzaron sus entrañas al ver aparecer, ya en los tonos del marfil, el divino rostro de su hermana. Los que rodeaban el grupo trágico sintiéronse helados de estupor y pena. «Es Mecha Iturbe, es Mecha Iturbe» fue la voz anunciadora que corrió por la sala. Y todos, al pronunciar su nombre ligero, gracioso y familiar lloraron. Mecha no lo oyó ya. Su alma había dejado de sentir. Sus grandes verdes ojos parecían mirar a esta tierra que la amó tanto, sus labios tenían la sonrisa esfumada del que ya no sufre.

Por medio de aquel gentío azorado, se abrió paso con violencia un hombre alto, pálido, todo afeitado. «Soy su médico y soy su padre», dijo, y con autoridad apartó a las personas que la circundaban... Arrodillándose también, Marco palpó su corazón, cerró sus ojos. Todo lo comprendía: la decisión de

---

61 *Zampoña*: también llamada flauta de Pan, instrumento de viento formado por varias cañas unidas.

Silvia a última hora de no asistir al baile fue tomada sin duda al saberse es-
piada, seguida, descubierta, amenazada. El marido, de una u otra manera,
habría conocido sus propósitos y su distintivo; enamorado, celoso, iracundo,
furente en su derrota, aprovechó para herirla una fiesta que le permitía
ocultar su cara y confundirse con muchos otros, a los que su grito fríamente
premeditado, despistara, transmitiéndoles la convicción de que el tiro había
sido destinado a su soberano, y al que sirviera de blanco el pecho de la joven...
Con esa claridad de juicio, y esa rapidez de concepción que nunca le aban-
donaban, miró fijamente a Pancho. Su desesperación lo comprendió: «¿A qué
hablar? ¿A qué decir? ¿A qué poner en la verdadera pista a la justicia?
¿Tendría remedio acaso lo irremediable? ¿El descubrimiento de que la bala,
que se creía destinada al rey de España, estaba destinada a Silvia Duparc, des-
pertaría a nuestra dulce muerta de su sueño? En homenaje a la inocente
víctima debemos callar. Abandonar a los otros en la terrible confusión.
Apartar de ella lo que ella más temía para su hermano: el escándalo»... Sacudió después la cabeza, y mudo, reconcentrado, incomunicado con todo lo
demás, tomó el cuerpo adorable y lo levantó en sus brazos robustos como a
un niño dormido. Condújola a otra sala, la tendió en una mesa y absorto,
sombrío, miró en su semblante las huellas de la muerte... Y dobló su frente;
su frente de hombre y de Maestro, que en los azares de su vida moral intensa
jamás cedió a una aflicción más honda y torturante.

¡No podía convencerse de Mecha cadáver, ahí ante sus ojos, abatida por
una mano impía! Púsole el oído nuevamente sobre el corazón. Su inmovilidad recordóle aquella otra inmovilidad del pobre muerto del anfiteatro, que
la impresionara hasta el delirio... Al levantar la cabeza rozó su frente un objeto
duro y frío; casi maquinalmente lo tomó, e inmediatamente brillole en las
manos, ensangrentada, una mariposa...

Reconoció la suya, la de la bombonera, su regalo pascual, colgante de una
cadenita de oro abrochada a su cuello... Como un relámpago lo iluminó la
revelación, y todo se borró de su mente, menos lo que ese juguete delator le
descubría... Y recordó las flores dejadas caer en el estanque; sus ojos amorosos
en el incendio del galponcito verde; el llanto sorprendido en el regazo de la
Madre...

Todo se borró de sus ojos, menos la pequeña herida abierta, un poco a la
izquierda, sobre el pecho blanco sin latidos... La miraba enajenado porque
ahora sabía que el alma por ella escapada no había sido tan sólo honesta, fina,
buena, sino también hermosa, noble y discreta, generosa en su abnegación por
Esperanza, grande en el sacrificio de su amor oculto.

Una ternura inmensa y desconsolada, una ternura que le parecía imposible cupiera tanta en el corazón de un hombre lo inundó, lo ahogó en oleadas,
que llegaban, llegaban como de un mar no descubierto, arrollando entre sus
aguas amargas más recuerdos... más y más, en los que se sentía sumergir...

«La Mariposa, la Mariposa» se repetía apretando hasta encajar las alas de brillantes ensangrentadas en la palma de su mano, comprendiendo que ese nombre había sido su tormento. Y la veía, como hacía una hora volar, volar realmente entre la blanca túnica, que era ya sudario, diciéndole, mientras giraba su cuerpo adorable: «Voy allá, donde me llama mi existencia de brillante insecto... Marco, mira la Mariposa.» Y oía su propia voz, ronca al lado de la suya cristalina y mórbida: «¡Guay! Mariposa cerca de la luz concluye siempre por quemar sus alas»... En el acto pensó: «¿Habrá tenido tiempo de recordar mis palabras al sentirse herida?» «No, contestó el médico; ha muerto instantáneamente, la bala le ha partido el corazón.»

Miró, miró de nuevo muy largo rato, la herida abierta, un poco a la izquierda, sobre el pecho blanco sin latidos, por donde había salido el alma que ahora sabía, que fue toda suya.

—¡Alma bellísima y desconocida, —murmuró, —fuíste eclipsada por una hermosura corporal resplandeciente y sin defecto! La belleza mortal fue tu rival triunfante. Comprendo recién cuando me faltas la verdad y la justicia con que te reconoció Emilia... la única a quien no podían engañar los ojos»... ¿Para qué le servían su ciencia y su talento si no supo verlo? Y oyó otra vez palabras de la Madre: «Mecha será una víctima de tu intolerancia».

Dobló de nuevo la frente y dejó nacer su llanto, permitiendo a su pecho lanzar sus gemidos más amargos. Pedía perdón, perdón sumiso y humilde a esa alma que ya no estaba ahí.

Así permaneció largo rato. Cuando levantó la cabeza, hubiérase creído que sobre ella había pasado el soplo de los años; y la descomposición de su rostro traslucía un dolor tan intenso, que ese vivo inspiraba más lástima que esa muerta. Bellísima como en la vida, de su cuerpo no había desaparecido la gracia y en su rostro sereno aparecía una dulce majestad.

Por el dolor infinito, formidable, que sintió, por las horribles crispaciones del alma, removida hasta las raíces, comprendió que él también la amaba, que él también la había amado siempre... Que a pesar del cariño tierno, fresco y protector que le inspiraba Esperanza, y le inspiraría mientras viviera, y de su incurable altruísmo, su alma de apóstol seguía la suya... Que estaba condenado a ser el hombre de los dos amores, y que su herida era también mortal.

Una gran conmoción causó en Madrid el suceso; y mientras los diarios lanzaban boletines tras boletines a altas horas de la noche, la agencia Havas apresurábase a trasmitir al mundo entero el siguiente despacho: «Durante el baile de máscaras organizado por el Comité de Damas Españolas, y al que asistía toda la aristocracia, sabiéndose que el rey se encontraba allí disfrazado descargose un tiro sobre él, del cual salió ileso, habiendo hecho blanco en la joven duquesa del Riesgo, quién murió instantáneamente, pues la bala le atravesó el corazón. El asesino logró escapar gracias a la confusión; la mitad de los caballeros asistían disfrazados. Supónese que el autor sea un anarquista conocido que haya falsificado una de las tarjetas de entrada. Se está en la pista. Hay varios sindicados. La muerte de la duquesa del Riesgo ha causado verdadera consternación en esta capital y será muy sentida en Europa y América, donde su belleza era célebre. Se le llamaba en todas partes por su sobrenombre, Mecha Iturbe. Pertenecía a una distinguida familia argentina por su madre; y por su padre, a la noble familia de los Iturbe, chilena. Era viuda de don Carlos de Alcántara y Ramos, duque del Riesgo».

XXVII

Las campanas de Itahú cantaban Gloria. La Ciudad Obrera retumbaba toda entera con sus sonidos de bronce y la multitud, palpitante, escuchábalas cantar.

Para ella sus campanas eran seres vivientes como su fábrica, como su puente. Amaba sus voces que la hablaban, la consolaban, la alentaban, contándoles, lentas o agitadas, las luchas del trabajo, ensalzando el presente, anunciándoles los tiempos venideros en que nuevas generaciones repetirían su mismo esfuerzo, a la espera histórica, también, del «porvenir social».

Sus voces anunciadoras llegaban hasta los enfermos, los paralíticos y los ciegos; hasta los inutilizados por ese trabajo triunfante en el lugar; extendíanse por los campos llevando a todos y a todas partes la buena nueva: ¡Cristo ha resucitado!

Marco y Esperanza habían esperado la Pascua para que su recién nacida recibiera el bautismo. Los miles de obreros de las dos fábricas, reunidos en hermandad, sus mujeres y sus hijos, apiñados en la calle y rebosando en la plaza espiaban regocijados la aparición del cortejo.

Un contento gozoso, un gran bienestar emanaba de ese movimiento humano. Veíaseles disfrutar de la existencia, admirar la armonía de las cosas en la cultura de sus almas simples.

Por un momento aquella alearía se nubló. Las mujeres se estremecieron y se cerró el entrecejo de los hombres. Una mujer de cabellos canosos alborotados, la cara enjuta, y el perfil aquilino acentuado por la flacura, atravesó mansa, cantando, riendo, rezando y blasfemando al mismo tiempo. Era la madre, enloquecida, de aquel joven de veinte años que expirara tres años antes en los brazos de Hellen a las puertas del hospital.

Cruzó por entre ellos, trágica, siniestra y recordativa. Y aquel gentío enorme sintió pasar sobre él el soplo funesto de la vieja huelga; como si le enviara su frío aliento desde lo lejos.

El contento y el regocijo volvió un momento después para no abandonarlos ya.

Entre tanto, en el interior del templo, tenía lugar la ceremonia solemne y tocante. Las tres madrinas, Emilia y sus dos abuelas, Margarita y Lucinda, acompañadas por los tres padrinos Pablo, Manuel, y Hordies, en representación de don Jaime Villapandos, muriéndose de pena y tedio allá en Madrid, sostenían sobre la pila bautismal a la ahijada rodeada por los padres, la familia, los amigos íntimos.

La niña hermosísima y sana no lloraba; abría muy grandes sus ojos, los mismos ojos de su padre, curioseando lo que pasaba a su alrededor, como si lo entendiera. A esa ceremonia hacíanla solemne los recuerdos.

—¿El nombre de la neófita? –preguntó el sacerdote, que no era ya el viejo cura.

Esperanza lo miró. Dos gruesas lágrimas corrieron por sus mejillas, y con la voz titilante cual la luz del cirio pascual que sostenía su mano, respondió:

—María de las Mercedes.

Daniel, bajo el hábito negro de religioso, parecía más alto, más pálido y más distinguido; miró también a su hermana, rozó sus labios la sonrisa de una indecible pena, y con voz firme dijo, dibujando sobre la cabeza de la niña la señal de la cruz: «María de las Mercedes: yo te bautizo en el nombre del Padre, del Hijo y del Espíritu Santo». Toda la asistencia contestó al unísono, en un gran trémolo de sus almas: «Amen».

Las campanas repicaron más fuerte, y los hombres reunidos en la calle al notar que Guillermo el contramaestre, en cuyos brazos reía y jugaba, fuerte y magnífico el primogénito de Pablo, popular ya como su padre, interrumpía la conversación mantenida con Bernardino el foguista, se sacaba el sombrero y miraba hacia la iglesia, se descubrieron también, y al mismo tiempo vieron aparecer en el atrio, alto de tres metros sobre el nivel del suelo, las figuras tan amadas que venían a cumplimentar. Para verlas mejor, el gentío se inmovilizó.

Distinguieron a las tres madrinas, a los padrinos, a Hellen, María, Nina, su marido, las Buklerc, y entre estas a la reina de los niños ya mujer.

La última en aparecer fue la joven madre, pálida por la emoción, llevando en sus brazos a su hija dormida.

Andaba lentamente, y a su lado caminaba su marido, como protegiéndola con su alta figura, procurando acortar su paso para igualarlo al suyo, sonriéndole tiernamente. Un rumor primero, luego una salva de hurras y de aplausos la anunció y Esperanza sonrió, aceptando conmovida el saludo atronador.

Marco recorrió con la vista esa inmensa corriente humana y contempló a tantos hombres que no lo amaban. Lo sabía; como sabía que no era popular, porque para serlo necesitaba estar más abajo en su pensamiento y en sus ideas. Su saber y su talento lo alejaban de ellos, le estorbaban para ser el representante de una multitud con ideas y aspiraciones concretas, limitadas al presente. Emilia habíalo explicado, con su espíritu de justicia siempre incólume: «Felizmente la inteligencia de Pablo no tiene las dimensiones desmesuradas de la de Marco, pues si así fuese, no sería hombre de acción».

El entusiasmo cundió. Los hombres levantaban sus sombreros, las mujeres sacudían sus pañuelos; las jóvenes de su misma edad, futuras madres también de hombres robustos, arrojábanle besos y flores.

Era aquello la embriaguez tranquila, el deslumbramiento amoroso de una multitud.

En medio de las voces de bronce y de las voces humanas, palomas blancas y globos de colores cruzaron el espacio, aumentando aún más el ardor fanático.

Entonces, Emilia, en un arranque de su gran alma fervorosa, de un solo movimiento robó a la niña de los brazos de la madre, y caminó hacia ellos. Marco, comprendiendo su intención, le cruzó el paso, y fiel a sí mismo, fiel a sus sentimientos de equidad, no quiso permitir que los niños pobres, que los niños humildes, conocieran a su hija en sus ropajes espléndidos y en su lujo. Sin pronunciar una palabra arrancó bruscamente con sus propias manos, los encajes regios de su traje bautismal.

Emilia dio unos pasos, tomó a la niña por la cintura y la levantó en el aire, la cual al sentirse libre agitó contenta sus piernas desnudas, gorjeó y sonrió a la luz. Fue un cuadro sin igual el que representó, durante unos instantes, bajo el cielo sin nubes, aquella mujer de cabellos blancos, presentando, como una reina bienhechora a un pueblo ferviente, la tierna infanta de una noble raza. Pueblo el suyo que representaba tres generaciones de almas útiles.

Las campanas detuvieron su vuelo; su canto enmudeció, y enmudecieron todos; Emilia les iba a hablar. En un silencio profundo y conmovido dejó caer sus palabras, pronunciadas con voz expresiva de una ardiente elocuencia:

—Su nombre es María de las Mercedes; pero la llamaremos Mecha... Mecha no ha muerto: ¡Mecha ha recomenzado!

El silencio de la multitud se prolongó en un homenaje instintivo a la que trasmitía a la infanta su dulce nombre, como si al pronunciarlo la Gran Madre, hubiera evocado la imagen bellísima que todos recordaban; como si temieran espantar demasiado pronto la divina, fugitiva, visión.

¡Mecha ha recomenzado! ¡Mecha ha recomenzado! anunciaban incansables las campanas, y las sirenas de los talleres saludando a la nueva hija del lugar. Y comenzó a notarse ese balanceo precursor, en una multitud que va a ponerse en marcha.

—¡Qué hable don Pablo! –pidieron mil voces retumbantes haciendo callar todo ruido, e inmediatamente otras mil, viéndolo avanzar, lanzaron el grito con que saludaban invariablemente en las grandes ocasiones a su jefe, y que estalló inmenso e incontenible:

—¡Viva Pablo Herrera!

Iba él a contestarles. Antes de darle tiempo, en medio del gran silencio expectante de aquel mundo reunido, se oyó la débil voz de otra campana, el silbido agudo de otra sirena, que elevaban también a lo lejos su himno triunfal. Al oírla, toda esa multitud se sacudió como una sola alma, una expresión de ternura feliz hasta la beatitud apareció en los rostros, los labios sonrieron gozosos, y todos los ojos fijáronse en un punto...

Reconocían la campana de la iglesia, la sirena de la fábrica del País de las Muñecas, cantando también ellas los misterios gloriosos de la Resurrección. Entonces, Pablo se adelantó; señaló enérgicamente hacia la misma dirección, sonrió con igual ternura, sacudió en el aire su sombrero, y con la voz sonora que levantaba sus almas les contestó:

¡Vivan nuestros hijos!
¡Viva el porvenir!

FIN

Thank you for acquiring

MECHA ITURBE

from the
Stockcero collection of Spanish and Latin American significant books of the past and present.

Mecha Iturbe is one of a large and ever-expanding list of titles Stockcero regards as classics of Spanish and Latin American literature, history, economics, and cultural studies. A series of important books are being brought back into print with modern readers and students in mind, and thus including updated footnotes, prefaces, and bibliographies.

We invite you to look for more complete information on our website, **www.stockcero.com**, where you can view a list of titles currently available, as well as those in preparation. On this website, you may register to receive desk copies, view additional information about the books, and suggest titles you would like to see brought back into print. We are most eager to receive these suggestions, and if possible, to discuss them with you. Any comments you wish to make about Stockcero books would be most helpful.

The Stockcero website will also provide access to an increasing number of links to critical articles, libraries, databanks, bibliographies and other materials relating to the texts we are publishing.

By registering on our website, you will allow us to inform you of services and connections that will enhance your reading and teaching of an expanding list of important books.

You may additionally help us improve the way we serve your needs by registering your purchase at:
http://www.stockcero.com/bookregister.htm

www.ingramcontent.com/pod-product-compliance
Lightning Source LLC
Chambersburg PA
CBHW031118030726
47496CB00002BA/592